THE DEAD AND THE DARK
Copyright © Courtney Gould, 2021

Imagem de Capa © Walton Ford
Design da Capa © Mary Austin Speaker

Tradução para a língua portuguesa
© Jana Bianchi, 2025

Diretor Editorial
Christiano Menezes

Diretor de Novos Negócios
Chico de Assis

Diretor de Planejamento
Marcel Souto Maior

Diretor Comercial
Gilberto Capelo

Diretora de Estratégia Editorial
Raquel Moritz

Gerente de Marca
Arthur Moraes

Gerente Editorial
Marcia Heloisa

Editora
Nilsen Silva

Capa e Miolo
Retina 78

Coordenador de Diagramação
Sergio Chaves

Designer Assistente
Jefferson Cortinove

Preparação
Monique D'Orazio

Revisão
Lorrane Fortunato
Victoria Amorim

Finalização
Sandro Tagliamento

Marketing Estratégico
Ag. Mandíbula

Impressão e Acabamento
Ipsis Gráfica

DADOS INTERNACIONAIS DE CATALOGAÇÃO NA PUBLICAÇÃO (CIP)
Jéssica de Oliveira Molinari CRB-8/9852

Gould, Courtney
 A maldição de Snakebite / Courtney Gould ; tradução de Jana
Bianchi. — Rio de Janeiro : DarkSide Books, 2025.
 336 p.

 ISBN: 978-65-5598-473-6
 Título original: The Dead and the Dark

 1. Literatura infantojuvenil norte-americana 2. Suspense
I. Título II. Bianchi, Jana

24-4760   CDD 028.5

Índice para católogo sistemático:
 1. Literatura infantojuvenil norte-americana

[2025]
Todos os direitos desta edição reservados à
DarkSide® *Entretenimento* LTDA.
Rua General Roca, 935/504 — Tijuca
20521-071 — Rio de Janeiro — RJ — Brasil
www.darksidebooks.com

O VERDADEIRO MONSTRO
NÃO VIVE NA FLORESTA

COURTNEY GOULD

A MALDIÇÃO DE SNAKEBITE

DARKSIDE

Tradução
Jana Bianchi

Para a minha mãe,
que me ensinou que o amor
é o que impede o avanço do Breu.

Interlúdio

Pela primeira vez em treze anos, está nevando em Snakebite.

A neve cai suave, flutuando como poeira ao sabor do vento de início de janeiro, cobrindo as rochas na margem do lago Owyhee com uma camada fina de flocos meio derretidos. A água do lago é preta e mescla-se como nanquim ao céu esbranquiçado pela precipitação. Já é noite, e os moradores de Snakebite estão aquecidos em casa, com as mãos espalmadas contra a janela enquanto vigiam, apreensivos, o cair da neve. Por um momento, o mundo é puro silêncio; é apenas o vento, o farfalhar das árvores e o pulsar sussurrado da água batendo nas pedras. É a respiração contida.

Um garoto avança aos tropeços na direção do lago.

Ele acha que está sozinho.

Está com as mãos estendidas diante do corpo, as palmas viradas para cima como se a neve fosse apenas coisa da imaginação. Flocos grudam em seus cílios, no tecido azul-escuro dos shorts de basquete, no cabelo que tem a cor das colinas douradas que cercam a cidade. Ele para à beira d'água, olha para o horizonte e avança até ficar imerso à altura dos joelhos. Está longe de casa, longe da luz, longe de tudo.

O Breu observa o garoto. Está abrigado no corpo de um novo hospedeiro, que tropeça pela relva morta e por entre os galhos dos zimbros para enxergar melhor. O Breu ainda tem dificuldade de conduzir seu novo corpo. Ainda vai levar um tempo para se ajustar àquela pele, àqueles olhos, às batidas ansiosas daquele novo coração.

Está com medo de quê?, pergunta o Breu, tão baixo quanto o sussurro do vento. *Você tem um plano. Aja.*

O hospedeiro tensiona os músculos. Está com as mãos fechadas em punho ao lado do corpo, os lábios comprimidos e os olhos arregalados. É um animal selvagem congelado de medo.

"Tem alguma coisa errada", sussurra o hospedeiro. "Por que ele tá no chão?"

Isso importa?

"Não sei." O hospedeiro não se move. "O que eu faço?"

Vá, sopra o Breu.

O hospedeiro concorda com a cabeça. Sai devagar de onde estava, atrás do tronco de um zimbro, e para perto do garoto, no limiar do campo de visão dele. O menino não percebe. Não se move. Em meio à neve cintilante, seu rosto está marcado pelas lágrimas, avermelhado pela tristeza, vazio. Ele encara o horizonte escuro, mas parece estar olhando para o nada.

O hospedeiro hesita de novo.

O garoto tira um celular do bolso. O brilho da tela banha sua face, a única luz na escuridão sem fim. Ele digita uma mensagem, depois fita as palavras em silêncio. Ainda há lágrimas úmidas em suas bochechas, regatos de luz branca.

De repente, o hospedeiro é sobrepujado pela ideia de avançar, de agarrar o garoto pela gola, de apertar a goela dele com os polegares. Chega a sentir a pele sob os dedos, o cheiro ferroso e pungente misturado à neve. Por anos, imaginou um momento como esse. Ele vislumbra a morte fluindo pelo garoto como uma correnteza.

Tão rápido quanto a imagina, reprime a visão.

O Breu já lidou com esse tipo de hesitação antes. Serpenteia pelo hospedeiro, envolvendo seu coração até encontrar a mácula obscura de ódio que ele conhece muito bem. Esse hospedeiro tem sede de matar. O desejo borbulha sob sua pele desde que se conhece por si, mas ele nunca reivindicou como seu, por ter medo demais.

Quer minha ajuda?, pergunta o Breu. *Quer que eu te fortaleça?*

O hospedeiro fecha a expressão. "Quero."

É a verdade.

Então vá em frente, sussurra o Breu. Ele fervilha nas sombras, na água, no céu. *É a verdade que você vem escondendo ao longo de todos esses anos.*

"A verdade", sussurra o hospedeiro.

Ele abre e fecha os punhos, agitando os dedos. Um momento de silêncio se passa, e depois outro.

Enfim, o hospedeiro se move.

Quando ele resolve percorrer a distância até o garoto, a neve está caindo em camadas pesadas. O céu é um borrão gris, está mais perto do solo do que deveria. Sufocante. O hospedeiro agarra o menino e não há como voltar atrás.

Os olhos da vítima se encontram com os do hospedeiro por um instante, em um lampejo a dor se transforma em surpresa e então em reconhecimento. Ele não grita. Acima deles, o céu vai de cinza para preto, e depois para nada.

O Breu penetra mais fundo no hospedeiro, finca as unhas e enraíza-se na mácula.

Depois de treze anos, o Breu enfim voltou para casa.

1
Com amor, Hollywood

BRANDON (VOICEOVER): Estamos de volta ao porão da Casa Calloway, em New Prague, Minnesota. Segundo as lendas locais, Agatha Calloway usava o cômodo para rituais satânicos, mas não encontramos evidências que sustentem tais alegações. Nossos equipamentos não geraram leituras incomuns durante a visita à luz do dia, mas Alejo e eu voltamos ao porão à noite para ver quais espíritos podem ter permanecido entre essas paredes.

ALEJO: Você sentiu isso, Brandon? Ele estava aqui.

[Alejo balança a cabeça, os olhos com as cores invertidas pela câmera de infravermelho. Ele agita uma de suas mãos no ar diante do rosto enquanto leva a outra ao peito. Brandon se aproxima com cautela. Ajusta os óculos e liga um aparelho desengonçado.]

BRANDON: O que ele fez? Qual foi a sensação?

[Alejo fica em silêncio.]

BRANDON: Alejo?

[Alejo aperta com força a gola do cardigã. Suas pálpebras tremem, e ele se larga contra a parede.]

ALEJO: Ele passou por mim. Meu deus, que frio.

[Brandon segura as mãos de Alejo. O apetrecho de Detecção de Temperatura TermoGeist pisca entre os dedos de ambos, em um tom de azul perturbador, ao detectar uma anomalia próxima. Os dois homens se olham nos olhos, cheios de afeto.]

BRANDON: Nós vamos sobreviver. Já passamos por coisa pior.

Logan revirou os olhos e jogou para dentro da mala outra blusa de gola rolê toda embolada. *Já passamos por coisa pior...* Ela duvidava muito. Tinha assistido a todos os episódios do programa, inclusive o do moinho assombrado, o do museu do rock satânico e o do banheiro que também fazia um bico como passagem para o inferno; ainda assim, o episódio a que assistia naquele momento era o mais brega de todos. *Fantasmas & Mais: Detetives Paranormais* não economizava no melodrama, mas, conforme o programa se aproximava da sexta temporada, aparecia uma cena cafona de fazer chorar em quase todo episódio. Logan não sabia se era ideia da produtora ou se era só a quedinha que os pais dela tinham pelo drama mesmo.

Puxou duas malas lotadas da pilha de bolsas aos seus pés e as levou até o corredor. Além das vozes baixinhas de Brandon e Alejo que vinham da TV, a casa estava em silêncio. Logan voltou para o quarto, de mau humor, e parou diante do janelão do primeiro andar. O sol pálido da manhã refletia na superfície da piscina. Além do quintal dos fundos, amplas casas geométricas se estendiam vale abaixo, uma ao lado da outra. Ela espalmou as mãos no vidro e fechou os olhos.

Não queria *mesmo* ir embora de Los Angeles.

Ouviu, atrás dela, o barulho de alguém pisando nos grãos de pipoca não estourados que estavam espalhados pelo carpete. Alejo Ortiz — não um Alejo Ortiz qualquer, mas o famoso caçador de fantasmas — estava com o corpo apoiado no batente da porta. Com o mesmo cabelo preto meio arrepiado e compleição magricela, parecia ter saído direto da TV de Logan. Ele olhou para as malas da garota, segurando o celular como se fosse um walkie-talkie. O Alejo de verdade se portava diferente daquele da TV. Era mais tranquilo e menos dramático, sempre meio inclinado para a frente, como se estivesse tentando escutar melhor.

"Tudo certo com a mocinha da casa", disse Alejo para o telefone. Varreu os grãos porta afora com a sola da bota e ergueu uma sobrancelha para Logan, como se aquela sujeirada fosse o segredinho deles. "Tem mais algumas malas para colocar no carro, depois a gente já pode botar o pé na estrada."

"*Maravilha.*" A voz baixa de Brandon, do outro lado da linha, saiu meio chiada pelos autofalantes. "*Nenhum corpo escondido debaixo da cama?*"

Alejo deu uma risadinha.

"A pilha de roupa suja deu um belo trabalho, mas a gente mostrou quem manda."

Logan revirou os olhos e continuou fazendo as malas. Ao longo dos últimos seis meses, os pais tinham esse tipo de conversa piegas pelo FaceTime todo santo dia. Sempre que terminavam as gravações de mais uma temporada anual de *Fantasmas & Mais*, Brandon e Alejo voltavam para casa enquanto a equipe de produção saía para encontrar locais novos e "mais assombrosos". Naquele ano, porém, Brandon tinha outros planos.

"E como vão as coisas aí em Snakebite?", perguntou Alejo.

"*Como sempre. Parece que nada mudou em treze anos.*" Brandon pigarreou. "*Tirando a neve. Mas finalmente ela parou de cair.*"

Snakebite — a cidade rural no interior do Oregon onde os pais de Logan haviam crescido — era o tipo de lugar que sequer tinha fotos no Google. Era um pontinho no mapa, um cisco formado por fazendas perdidas em meio a um mar de colinas amarelas. De acordo com Brandon, era o lugar perfeito para filmar o primeiro episódio da nova temporada de *Fantasmas & Mais: Detetives Paranormais*. Mas o que começara como uma semana de procura por locais de gravações havia se transformado em um mês. A produtora tinha dado uma festona para o encerramento da sexta temporada, mas Brandon não participara. Alejo havia celebrado o aniversário de 42 anos sozinho. Logan se formara no Ensino Médio, e Brandon assistira à colação por FaceTime. Um mês tinha virado um semestre, e Logan se perguntava se Brandon ainda planejava voltar para casa *algum dia*.

Ela não era especialista em procurar locais assombrados, mas tinha quase certeza de que um episódio não levava seis meses para ser planejado.

Havia alguma coisa estranha ali.

Até que, na semana anterior, Alejo anunciara que, como Snakebite estava mantendo Brandon afastado da família, todos iriam de uma vez para Snakebite. Los Angeles não era exatamente um lar — a família passara só alguns anos naquela casa, mas aquele tinha sido o lugar em que Logan tinha morado por mais tempo. Agora que estava começando a se acostumar com a cidade, seria levada embora.

E isso era uma *grande merda*.

Logan colocou a mão na cintura. "Se você tá parado aí, que tal me ajudar a levar isso lá pra baixo?"

"Deixa comigo", disse Alejo. "Aqui, segura seu pai."

Ele passou o telefone para Logan e pegou uma mala com cada mão. Logan deu uma olhadinha em Brandon, na tela; o cabelo escuro, cortado curto, estava um pouco mais bagunçado que o normal, mas os óculos de armação grossa e as sobrancelhas sempre meio franzidas continuavam iguais. A aparência meio zumbificada era a mesma de sempre. O homem abriu um sorriso tenso.

"*Oiê.*"

"Oi."

"*Tá curtindo as férias de verão?*"

Logan piscou algumas vezes. "Não são bem férias, né? Eu me formei. É tipo, só... verão."

"*Entendi.*"

Logan encarou Brandon e Brandon a encarou de volta. Ela tentou achar mais alguma coisa para dizer, mas não conseguiu pensar em nada. Com qualquer outra pessoa, tinha tanta facilidade para conversar quanto para respirar, mas com Brandon era sempre mais difícil. Olhou para o corredor e depois para de volta para o homem. "Eu devia ir ajudar o papai."

Ela jogou o celular no colchão já sem lençol e pegou mais algumas bolsas. Brandou pigarreou.

"*A vista durante a viagem vai valer a pena. Eu tinha esquecido de como é bonito aqui. Tudo tão amplo...*"

"Mal vejo a hora de passar dezessete horas vendo relva a caminho daí", resmungou Logan.

"Ei", gritou Alejo do corredor. "Não corta meu barato. E são *dezenove* horas até Snakebite. A gente também vai ter tempo pra cantar bastante."

"Agora sim."

Logan pensou em Snakebite: caminhonetes enormes, casas térreas, acordes estridentes de música country vindos de todos os lados. Tinha certeza de que a família dela aumentaria a população *queer* do lugar em trezentos por cento. Seria igual todas as outras cidadezinhas do interior nas quais tinha vivido durante a infância e adolescência. Até ela completar 14 anos, a pequena família não tinha "morado" em lugar algum. Eram criaturas da estrada, montando acampamento de cidade em cidade enquanto Brandon e Alejo caçavam fantasmas e canalizavam a voz dos mortos por alguns trocados. E enquanto Brandon e Alejo vendiam seus serviços de porta em porta, Logan precisava se virar. Pulando de um quarto de hotel de beira de estrada para outro, ela estava sempre sozinha.

Era assim que as coisas funcionavam na família Ortiz-Woodley. Mesmo depois que os pais tinham atingido a fama com *Fantasmas & Mais*, mesmo depois de comprarem uma casa em Los Angeles para ter "certa estabilidade", mesmo depois de Logan ter se adaptado a uma escola pública pela primeira vez na vida, eles pareciam viver em um assentamento enorme. Mesmo com Alejo e Brandon prometendo que Snakebite seria apenas temporário, fazer as malas e ir embora de Los Angeles era um lembrete de que aquele lugar nunca fora um lar.

Logan nem se iludia pensando que qualquer coisa relacionada à mudança seria permanente.

"*Que horas acham que vão sair daí?*", perguntou a voz abafada de Brandon.

"Eu diria que estamos prontos", respondeu Alejo. Olhou ao redor procurando o telefone, depois ergueu uma das sobrancelhas para Logan quando o viu largado na cama.

"É tarde demais pra fugir?" Logan cutucou a mochila com a ponta da bota. "Tenho umas barrinhas de cereal e água com gás aqui. Acho que dá pra sobreviver no mundo selvagem."

"No mundo selvagem de West Hollywood?" Alejo pegou o telefone do colchão e o virou para a TV para que Brandon pudesse enxergar. "Nossa, Logan, preferia que você não assistisse a esses episódios."

> BRANDON (VOICEOVER): Com Alejo fora de batalha, sou forçado a continuar a investigação sozinho. Uso o SonusX para detectar possíveis vozes fantasmagóricas no porão.

> BRANDON: Espírito, a gente não tá aqui para machucar você. Por favor, não ataca a gente. Não ataca meu marido. A gente está aqui pra te ajudar a seguir caminho.

> VOZ FANTASMAGÓRICA: Quem são estes que me perturbam?

> BRANDON: Brandon Woodley.

> [Brandon se ajoelha ao lado de Alejo, pousando a mão no ombro dele.]

> BRANDON: E meu marido, Alejo Ortiz. A gente tá aqui para...

"Beleza, chega", disse Logan. Pegou o controle de supetão e desligou a TV. Em poucas viagens, ela e Alejo levaram as malas que restavam até a minivan na garagem. Alejo guardou o celular no bolso de trás do jeans, e ainda era possível ver, de relance, a ponta da cabeça de Brandon em um pedaço da tela. Sob a luz do sol veranil, o logotipo verde-fluorescente de *Fantasmas & Mais: Detetives Paranormais*, estampado na lateral do veículo, quase cegava.

Alejo fechou o porta-malas e deu um tapinha paternal no capô da van. "Tudo no carro. Logan, alguma consideração final para o seu pai antes de a gente mandar ver?"

Ele estendeu o celular na direção dela e a tela se iluminou, como se esperando algo.

Logan aproximou o rosto do aparelho. "Te vejo daqui a dezenove horas."

Alejo virou o celular para si de novo e deu a volta até o outro lado da van. Em voz baixa, perguntou: "E aí, encontraram alguma coisa?".

"Ainda não." Brandon suspirou. *"Tem, é... O pessoal está ficando nervoso. Eu tô ficando nervoso. O ritmo das coisas não tá dos melhores."*

Logan semicerrou os olhos.

Fora da van, Alejo assentiu. Sussurrou alguma coisa ininteligível para o celular, e virou a tela para Logan. "Bom, como disse nossa filha, que é muito eloquente, nos vemos daqui a dezenove horas."

"Eu amo...", disse Brandon, e não ficou claro na ligação se ele estava falando dos dois ou só de Alejo.

"Também te amo", respondeu Alejo. Com um meio sorriso, encerrou a ligação.

Logan pegou o celular e montou uma lista com dezenove horas de seus podcasts favoritos antes de se largar no banco do passageiro. Alejo guardou o próprio celular no bolso e assumiu o volante.

Depois de todos acomodados, ele suspirou. "Certo, antes de a gente sair, acho que preciso deixar uma coisa bem clara. Snakebite não tem nada a ver com Los Angeles. É um lugar... *Isolado* é uma boa palavra. Quando a gente chegar lá, vamos ter que lembrar que a família é a coisa mais importante de todas."

Logan pestanejou. "Tá... bom? A gente já morou em cidadezinhas pequenas antes."

"Sim, mas essa é um pouco diferente. Sei que as coisas entre você e seu pai não são fáceis o tempo todo, mas é muito importante que a gente tente se dar bem em Snakebite."

Logan fez um gesto com a mão, como se estivesse dispensando o comentário. "O que vão fazer de tão ruim, mandar uma multidão atrás da gente?"

Alejo franziu a testa. Deu a partida e tirou a van da garagem sem responder. O céu com neblina da manhã se estendia atrás da casa, pintado de um azul claro e iluminado como água fresca. Logan largou a cabeça no encosto.

"Vai ser complicado, mas é só por uns meses", afirmou Alejo. "Só... tenta se divertir."

"Vou tentar. *De verdade*."

Logan enfiou os fones no ouvido e aumentou o volume até os podcasts encobrirem o som engasgado do motor da van. Alejo estava certo — ficariam em Snakebite apenas por alguns meses. Só mais uma parada no mapa. Assim como tinha acontecido com Los Angeles, o lugar não passaria de mais um acampamento na estrada.

Mas as coisas seriam diferentes. Daqui alguns meses ela faria 18 anos, então poderia ir para onde quisesse. Daqui alguns meses, poderia fazer as malas e vagar pelo mundo até encontrar um lugar real. Um lugar onde ficaria mais do que "por um tempo". Um *lar*. Snakebite era só mais uma parada na estrada — mas, para ela, seria a última. Alejo virou a esquina com a van, e os ângulos retos da casa de Los Angeles desapareceram. Logan fechou os olhos.

Daqui alguns meses, enfim encontraria um lugar que poderia chamar de lar.

2
Uma Despedida Viking

"Agradeço por você ter organizado isso, Ashley. Ficou lindo." A sra. Granger segurava o pulso do marido com força, limpando o rímel borrado com um lenço amassado. "O Tristan teria adorado."

O sol estava alto na Funerária de Snakebite, projetando sombras irregulares na grama amarelada. A coisa mais estranha do cemitério, pensou Ashley, era o fato de ele ter a melhor vista da cidade. As colinas ao redor de Snakebite eram escarpadas e meio disformes, pintalgadas pela sombra das nuvens que passavam, por montes de terra seca e por arbustos de flores amarelas. Na base da colina, o azul-esverdeado do lago Owyhee batia na margem rochosa e se estendia até onde o olhar alcançava. Não parecia justo que as únicas pessoas com uma vista daquelas fossem as que não podiam mais aproveitar a paisagem.

Mas talvez fosse *necessário* morrer para ver o vale daquele jeito.

Tristan Granger não veria nada daquilo. Não tinha corpo para ser enterrado.

"Espero que ajude", falou Ashley. Ela puxou o cardigã preto ao redor do corpo para se proteger do vento. "Só achei que se o Tristan soubesse que a gente está procurando por ele, talvez voltasse para casa."

A sra. Granger assentiu. "Espero que você esteja certa."

Uma mesa na frente da sala de velório exibia uma foto de Tristan para quem quisesse ver. Era o registro dele de que Ashley mais gostava — cabelo loiro-claro todo bagunçado, um moletom preto surrado de capuz e os mesmos shorts de basquete que ele usava desde o nono ano. Ele estava com o queixo apoiado nas mãos, e exibia um sorriso fácil e cálido no rosto. A foto seria cafona se mostrasse qualquer outra pessoa, mas nada parecia cafona em Tristan. Nada mesmo.

Seu desaparecimento estava completando seis meses naquele dia. Cinco meses antes, as inscrições para o processo seletivo da Universidade de Oregon tinham se encerrado. Três meses antes, a polícia do Condado de Owyhee tinha parado de procurar uma pessoa e passado a procurar um corpo. Um mês e meio antes, Tristan perdera a colação do Ensino Médio. Um mês antes, o xerife Paris tinha dado o caso de Tristan Granger como encerrado.

Naquele dia, eles fariam quatro anos de namoro.

Ashley tentou não pensar em nenhuma dessas coisas.

"Vocês eram tão lindos juntos... Eu sei que ele te amava", disse a sra. Granger. "Você tem a coragem da sua mãe. Queria ser forte assim."

Ashley não falou nada, mas olhou para o outro lado da sala. Tammy Barton estava ao lado da mesa de comes e bebes segurando um copo plástico cheio de água aromatizada com limão, gerenciando com calma várias conversas simultâneas. Aquela não era a primeira vez em que alguém dizia que Ashley parecia a mãe; mas, em todas, ela se lembrara de como a comparação era falsa. A expressão de Tammy estava cuidadosamente equilibrada entre a calidez e o luto, seu semblante era, ao mesmo tempo, receptivo e solene. Ashley queria ter metade da postura de Tammy.

Como se calculado, ela se virou e percebeu que a filha a observava. Deixou o grupo de enlutados ao lado da mesa, caminhou até Ashley e pousou a mão no ombro dela, transformando o sorriso treinado em um simpático franzir de testa dirigido aos pais de Tristan. "Greg, Susan, eu sinto muito. Saibam que estamos rezando todo dia pra vocês e sua família."

"Tammy", disse a sra. Granger. "Obrigada por tudo."

E com "por *tudo*" Susan Granger queria dizer "pelo dinheiro". Todo o apoio emocional que Tammy Barton não podia oferecer era compensado com um apoio financeiro dez vezes maior. Ao longo da última década, o rancho dos Barton tinha tomado quase todo o Condado de Owyhee. A cerimônia, a comida, a decoração — tudo ali era por conta da mãe de Ashley.

"A gente era praticamente da mesma família. Queria poder fazer alguma coisa."

"Não tem nada que *você* possa fazer", replicou o sr. Granger. O olhar dele recaiu sobre o xerife Paris, que estava sozinho na frente da sala de velório, olhando em silêncio para a foto de Tristan. "Mas *ele* pode."

"O Frank está fazendo o possível com as evidências que tem, Greg." Tammy pousou a mão no ombro dele. "As pessoas podem apontar o dedo à vontade, mas ele precisa de provas."

Ashley fez uma careta. Desde o desaparecimento de Tristan, a mãe tivera aquela mesmíssima conversa milhares de vezes. A cerimônia deveria ser um momento para as pessoas pensarem em Tristan — contudo, mesmo ali, todos só queriam falar sobre Brandon Woodley. Até alguns meses antes, Ashley nunca sequer ouvira falar do morador de Snakebite que havia se transformado em um caçador de fantasmas da TV — assim que ele chegara na cidade, porém, era como se as pessoas tivessem ficado burras do nada. Como se não soubessem mais falar de outra coisa.

Parte da suspeita fazia sentido. Ao que parecia, Brandon Woodley estava ali para filmar um episódio do programa, mas se negava a dizer às pessoas qual mistério estava investigando. Não tinha levado câmeras ou equipe. Até onde Ashley sabia, fazia seis meses que ele estava vagando por Snakebite, sem intenção de ir embora. Talvez aquilo não fosse gerar burburinho em outro lugar, mas Snakebite não era o tipo de cidade onde as pessoas se instalavam. Ali, ou você só estava de passagem ou morava para sempre. Pessoas que visitavam a cidade sempre iam embora, e pessoas que iam embora nunca mais voltavam.

Exceto Brandon Woodley. De acordo com a mãe de Ashley, Brandon tinha passado quase treze anos longe, e ninguém sequer pensara nele desde sua partida. Ele era uma entidade desconhecida — um fantasma de uma versão de Snakebite que existia antes de Ashley. Só de pensar nele, a garota ficava inquieta.

Então, uma semana depois do retorno do homem, Tristan tinha sumido.

"Vou pegar uma água", disse Ashley.

"Cuidado, os limões não estão muito gostosos. Acho que estavam velhos", aconselhou Tammy, dando um único tapinha no ombro da filha.

Do outro lado da sala de velório, Fran Campos e Bug Gunderson conversavam em voz baixa. Ashley se aproximou delas, e a sensação era a de que enfim estava ancorando em um porto. Todos ali estavam dedicados em fazer mil perguntas sobre Tristan para ela — *Quando foi a última vez que você o viu? Ele falou para onde estava indo? Mencionou o tal Brandon Woodley?* —, mas Fran e Bug eram melhores que isso. Eram as melhores amigas dela e único conforto que tivera nos últimos seis meses, como dois faróis gêmeos em uma noite que se negava a terminar.

Fran viu Ashley e a puxou para um abraço apertado, com os cachos cor de mel batendo nos ombros magros. Bug ficou parada ao lado das duas com um copo de limonada entre os dedos. Estava com uma expressão distante no rosto marcado por sardas, a boca pequena franzida e os olhos fixos no lago.

"Se você quiser ir embora, é só falar que a gente vai", disse Fran. Ela ajeitou uma mexa do cabelo de Ashley atrás da orelha da amiga. "Você não precisa ficar aqui o tempo todo."

"Eu meio que preciso." Ashley esmagou um dente-de-leão com a ponta da rasteirinha preta. "Ia ser esquisito se eu fosse embora, afinal, fui eu que planejei tudo."

"Pois é, você planejou, então eles já devem uma pra você."

Ashley soltou um gemidinho.

"Eu não posso só..."

Ela foi interrompida pelo barulho de uma porta de carro batendo na base da colina. Uma minivan branca tinha sido estacionada de forma precária às margens da rodovia que cruzava o vale, com uma roda no asfalto e a outra afundada no acostamento de brita. Ashley não conseguia ler a inscrição em verde-limão na carroceria da van, mas tinha quase certeza de que o logotipo incluía o desenho infantilizado de um fantasma. Um homem magrelo de pele marrom e cabelo preto saiu do veículo, espreguiçando os braços para o alto. Inclinou-se para se apoiar na janela do passageiro, murmurou algumas palavras e, com um buquê de lírios na mão, andou devagar até a área de terra nua que era protegida por um portão no fim da via.

Ashley vivera em Snakebite a vida toda, mas nunca vira alguém visitar o Cemitério dos Pioneiros por vontade própria. A propriedade onde a Funerária de Snakebite fora construída ficava no topo de uma colina coberta de relva dourada e lápides bem-cuidadas; já o Cemitério dos Pioneiros, na base do aclive, não passava de montes de terra seca cobrindo corpos sem nome. Era um local histórico, uma espaço dedicado, acima de tudo, àqueles que tinham morrido na Rota do Oregon. Na entrada do terreno havia uma placa de pedra listando mais ou menos as pessoas que jaziam enterradas ali — *o bebê Gunderson, a menina Mattison, o menino Anderson* —, mas ninguém sabia quem elas eram de fato. Quem era de Snakebite mesmo era sepultado no topo da colina, sob o gramado macio, voltados para o vale escancarado.

Mas o homem parecia saber exatamente para onde estava indo. Passou pelo arco de pedra e se aproximou de um monte de terra um tanto isolado dos demais. Parou, fechando os olhos em uma oração silenciosa, e colocou as flores no chão com delicadeza.

Os túmulos ali eram apenas nomes sem memórias, mas o homem parecia estar se lembrando da partida de alguém.

A cena fez o estômago de Ashley embrulhar.

"Quem é?", perguntou Bug.

Ela não estava olhando para a lápide, para os lírios ou para o homem misterioso. Ashley acompanhou o olhar da amiga e viu que ela fitava a van estacionada. Uma menina tinha descido do banco do passageiro e agora estava parada na estrada, inclinando-se contra a porta do carro para estalar as costas. Ashley tentou ver melhor, mas o rosto da garota estava meio coberto por óculos escuros grandes demais. Seu cabelo liso batia no ombro, tinha um corte reto e era do mesmo tom de preto resplandecente das penas de um corvo. Mesmo de longe, refletia a luz do sol.

"Que grosseria", exclamou Fran, cruzando os braços na frente do peito. "Não é uma boa hora pra dar uma paradinha pra esticar as pernas."

"Não acho que é uma paradinha", respondeu Ashley. Ficou olhando o homem diante do túmulo. A postura dele era solene. Estava lamentando algo. "Talvez ele conheça alguém que foi enterrado lá?"

"Quem?"

Ashley deu de ombros. "Sei lá."

"É como se eles nem tivessem se tocado de que tem um velório acontecendo aqui", disse Fran.

Ashley rangeu os dentes ao ouvir a palavra *velório*.

Ao redor delas, pairava o silêncio. O som das pessoas interagindo tinha sumido, substituído pelo barulho sussurrado do vento. Os demais presentes haviam parado de falar e estavam junto com eles na borda do cemitério, olhando colina abaixo para os recém-chegados com um tipo meio sombrio de reconhecimento. Era como se a chegada de Brandon Woodley estivesse se repetindo. O silêncio parecia afiado como uma arma. Aqueles estranhos não eram de fato estranhos.

Eram inimigos.

A garota na estrada notou a multidão. Endireitou a postura e olhou colina acima, congelada por um momento. Parecia um animal que acabou de perceber que está vulnerável. Disse algo para o homem diante do túmulo e voltou às pressas para a van.

Ele se virou e olhou para o topo do aclive, mas não parecia abalado. Encarou as pessoas ali, como se os provocasse. Como se estivesse desafiando alguém a falar algo. Seu rosto era familiar. Ashley tinha certeza de que já o vira antes.

O homem continuou no cemitério por mais alguns instantes antes de voltar em silêncio para o veículo. Os dois estranhos deixaram o acostamento da rodovia e seguiram para o sul, na direção de Snakebite propriamente dita.

"Bom, tá aí uma pessoa que eu não esperava ver de novo."

O xerife Paris parara ao lado de Ashley, mas não estava falando com ela. O sorriso inquieto estava sendo dirigido à mãe da garota.

Tammy apertou os lábios. "Pois é."

"Quem é ele?", perguntou Ashley.

Paris e Tammy se entreolharam. Depois de um momento, ela balançou a cabeça. "A gente fala disso depois."

Sussurros irromperam ao redor deles, fazendo Ashley se sentir mal. Estava tudo errado ali; a cerimônia era para ser algo para Tristan. Era para ser uma forma de o trazer de volta para casa. Todo mundo achava que ele estava morto, mas Ashley sabia que não. Ainda conseguia senti-lo, como se houvesse um fio conectando os dois. Ele só precisava que alguém o encontrasse, onde quer que estivesse. Só precisava de alguém que o trouxesse para casa.

"Sra. Granger", chamou Ashley, alto o bastante para que a turba toda ouvisse. "Sei que a senhora pediu para todo mundo escrever uma lembrança do Tristan. Acho que a gente deveria compartilhar essas recordações agora."

Por um momento, todos os olhos se voltaram para ela. A manhã cheirava a terra e pesar, e as têmporas de Ashley estavam doloridas de tanto segurar as lágrimas não derramadas. As pessoas se reuniram ao redor da foto de Tristan. Tremendo um pouco, Ashley tirou um cartão do bolso do vestido.

Antes que pudesse falar, porém, o xerife Paris pigarreou. "Ashley", começou ele, "espero que não se importe se eu começar."

Ashley piscou algumas vezes. Sem esperar resposta, o xerife continuou: "Certo. Não é exatamente uma lembrança, é mais uma promessa. Sei que Snakebite é uma cidade bem pequena, e quando alguma coisa acontece com um de nós, acontece com todo mundo. E sei que é fácil para a gente apontar o dedo para as pessoas que são diferentes". O xerife Paris pigarreou de novo. Seu cabelo loiro estava brilhante e murcho sob o sol do verão, os olhos azuis estavam limpos como o céu atrás dele. "Amo o Tristan como se ele fosse meu próprio filho. Mesmo tendo anunciado oficialmente que o caso está encerrado, não parei de procurar. Não vou parar até a gente encontrar o Tristan vivo. Não vou parar até trazer esse menino para casa."

Ashley segurou a mão da mãe. Diante dela, o sr. e a sra. Granger assentiram, solenes. Haviam tido seus problemas com a investigação, mas o xerife Paris estava certo. Não podiam prender ninguém apenas com base em suspeitas — e, mesmo que pudessem, deter Brandon Woodley não resolveria o desaparecimento de Tristan. Ninguém queria encontrar um assassino — ninguém queria que Tristan estivesse morto. Ashley só queria que o namorado voltasse para casa.

Paris franziu a testa, comprimiu bem os lábios e assentiu de forma contida. Depois fez um gesto para Ashley.

"Agora é com você."

Ashley respirou fundo. A multidão no cemitério se virou para olhar para ela. A garota ergueu os cartões onde tinha escrito sua mensagem e os analisou. Passara a noite praticando o discurso diante do espelho do quarto. Porém, com dezenas de pares de olhos focados nela, as palavras pareceram sumir de repente.

Mas aquilo não era para a multidão. Era para Tristan.

"Espero que vocês não se importem se eu, é... se eu disser algumas coisas me dirigindo *a ele*." Ashley ergueu o olhar e viu a mãe assentindo para ela. Pigarreou. "Tristan, quando a gente estava no segundo ano, você me pediu em casamento. Você me levou para passear no campo atrás da trilha e me presenteou com um anel feito de grama seca. Eu te dei um fora porque a gente era muito novo e disse que, se eu fosse me casar com você, teria que ser de verdade."

As pessoas riram baixinho. O vento frio vindo do lago fez o rabo de cavalo de Ashley fustigar suas costas. Ela encarou as palavras nos cartões até sumirem no meio das lágrimas e precisou continuar com base na memória.

"Você não desistiu. Esse é seu jeito: você enxerga as coisas como elas precisam ser e faz elas acontecerem. Você pediu para se casar comigo de novo no terceiro ano, no quarto ano, no quinto ano. No oitavo ano, você aceitou um meio termo. Disse que a gente podia só ir juntos na festinha de primavera. Eu teria dito sim na época, mas minha mãe falou que eu era muito nova pra ter um namorado."

Tammy Barton ergueu a mão, tímida, e deu um longo gole na água aromatizada com limão.

"Mas a gente não ligou", continuou Ashley. "A gente não precisava de um encontro de verdade. Eu saí para dançar com meu melhor amigo, e foi a melhor noite das nossas vidas. Na primeira série do Ensino Médio, você me chamou pra jantar. Nada de casamento, nada de dança, só cheeseburguers e milkshakes. Eu me sentei no sofá do outro lado da mesa, de frente pra você, e a gente riu por horas. Você e eu éramos apenas duas pessoas que já dividiam tudo. Foi a coisa mais fácil que a gente fez."

O canto dos seus olhos ardiam com as lágrimas. Não era uma lembrança, era uma dor. As lembranças eram Tristan; mas, mais do que isso, as lembranças eram tudo que lhe restava. A sra. Granger enterrou o rosto no ombro do marido. O xerife Paris segurou o quepe contra o peito e a observou, com o rosto endurecido de pesar. Fran e Bug olharam para ela de canto de olho, enxugando o rosto.

Ashley fechou os olhos antes de encerrar seu discurso.

"Algumas pessoas podem até achar que você não vai voltar, mas o Tristan Granger que eu conheço nunca desistiria. Snakebite é nosso lar. Foi aqui que você e eu começamos, e é aqui que a gente vai terminar. Então, Tristan, onde quer que você esteja... Volta pra casa, por favor."

3

O Hotel da Morte

Em uma reviravolta triste, mas não inesperada, Alejo estacionou a minivan do lado de fora de um hotel de beira de estrada fuleiro, todo caindo aos pedaços. O sol passava direto pelo para-brisa dianteiro enquanto o motor barulhento da van engasgava até adormecer.

"Uau", resmungou Logan. "Esse hotel parece incrível. Tô me sentindo uma criança de novo."

"Você *é* uma criança." Alejo olhou para ela. "Seu pai tá esperando ali fora. *Por favor* dá um sorriso quando vir ele."

Logan se virou no assento. Brandon Woodley, seu segundo pai, que era menos efetivo de muitas formas, esperava por eles no centro do estacionamento do hotel, com as mãos no bolso, enquanto andava de um lado para o outro da calçada escaldada pelo sol.

Um outdoor alto e enferrujado no estacionamento dizia: HOTEL BATES. O nome era promissor, embora, por fora, o estabelecimento não fosse nem um pouco arrepiante. O letreiro no prédio dilapidado onde funcionava a recepção brilhava informando HÁ VAGAS; o NÃO parecia nunca ter sido aceso. Havia uma construção baixa e abandonada no centro do estacionamento onde, ao que parecia, costumava funcionar, no passado, um quiosque de venda de pizza. A janela estava fechada permanentemente com tábuas, e a fachada dizia apenas BEM-VINDO AO BATES. VENHA PEGAR UMA FATIA.

"Minha família", exclamou Brandon, andando a passos largos na direção da minivan como se tivesse passado os últimos seis meses no mar. "Enfim, juntos."

Alejo saiu da van e encontrou Brandon no meio do caminho, abraçando o marido tão apertado que Logan ficou surpresa quando ele não quebrou ao meio. Ela largou a cabeça no apoio do banco do passageiro e fechou os olhos. Talvez estivesse sendo dramática demais. Se esse fosse o caso, era porque tinha aprendido com os melhores. Brandon e Alejo olhavam um para o outro como não se vissem havia anos, mesmo ligando um para o outro por FaceTime todas as noites que passaram afastados.

Pareciam estar na TV. O encontro só precisava de uma trilha sonora de violino para ser indicado ao Oscar.

Logan pausou o podcast que ouvia e desceu da van. O sol parecia mais quente em Snakebite do que em Los Angeles. Parecia mais próximo, como se estivesse só alguns metros acima do chão. Logan limpou a nuca com a manga para enxugar o suor. Era o tipo de clima que pedia um mergulho na piscina, mas ela duvidava de que encontraria uma ali. O Bates não parecia o tipo de hotel que oferecia *comodidades*.

"Espero que tenha manchas de sangue no chão do box", comentou ela. "Um nome desse não pode ser desperdiçado."

Brandon olhou por cima do ombro de Alejo e abriu um sorriso desconfortável para Logan. De uma forma surpreendente, ele parecia melhor do que pelo FaceTime no dia anterior. Mais desperto. A barba castanho-escura e curta não tinha mais toques grisalhos, e ele estava com o rosto um pouco menos magro. O homem franziu o nariz e colocou a mão acima dos olhos para bloquear o sol.

Fazia anos que Logan não o via com uma aparência tão viva.

Era perturbador.

Brandon andou ao redor de Alejo e parou diante de Logan sem oferecer um abraço. Vestia uma camisa larga com estampa de palmeiras e abacaxis que resplandecia sob o sol de verão. Ele pigarreou.

"O que tá achando do Sul?"

"Chato", respondeu Logan. "É aqui que a gente vai morar? Achei que o Oregon era todo arborizado."

"Ah, é, sim. Essa parte do estado é mais... Ah, é um pouco diferente." Brandon fez um gesto na direção de duas portas vizinhas na parte de dentro do L formado pelo prédio. "Nossos quartos são o 7 e o 8. Suítes *de luxo*."

"De luxo...", murmurou Logan.

Tirou os óculos de sol e limpou as lentes com a barra da camiseta. O exterior do hotel fora pintado de branco e estava todo marcado por manchas marrons de ferrugem. O estacionamento era meio de brita e meio de asfalto, cheio de bueiros e repleto de bitucas de cigarro. Não parecia o tipo de lugar que as pessoas procuravam por vontade própria, pelo que Logan suspeitava. Era mais o tipo de lugar onde viajantes paravam quando não aguentavam mais dirigir. Ela havia ficado em centenas de lugares como aquele ao longo dos anos. Em determinada altura, todos esses lugares haviam se fundido uns nos outros até formar um único borrão.

"Um dos quartos é só meu, né?"

"Não sei, não", respondeu Brandon. "Achei que ia ser divertido nós três dividirmos o mesmo. Tipo uma noite do pijama eterna."

Logan o fulminou com o olhar.

"Ele tá zoando", interveio Alejo. Fechou o triângulo e colocou um dos braços sobre os ombros de Logan, soltando a risada tensa de um homem que acabava de evitar um massacre. "A menina mal saiu da cidade e já esqueceu como funciona uma piada."

Logan abriu um meio-sorriso. Queria que Alejo não intermediasse sempre as interações entre ela e o outro pai. Falar com Brandon deveria ser mais simples. Antes de os dois se sentarem com ela para a conversa do *você é adotada*, ela apenas tinha presumido que Alejo fosse seu pai biológico. Tinham o mesmo cabelo escuro, o mesmo senso de humor afiado e a mesma cabeça fria. Alejo sempre garantia que, onde quer que estivessem, Logan se sentisse querida. Mesmo que precisasse ficar sozinha.

Mas em todos os lugares que iam — Flagstaff, Shreveport, Tulsa — eles pensavam nela depois de pensarem em si. Logan tinha certeza de que, para Brandon, ela era só mais um fantasma pairando fora do campo de visão.

Uma mulher mais velha surgiu da recepção do hotel, apoiada em uma bengala de madeira. Quando seus olhos recaíram em Alejo, ela pareceu derreter.

"Chacho, venha aqui agora mesmo."

"*¡Ay, Viejita! ¡Hermosa como siempre!*", exclamou Alejo. Atravessou o estacionamento e deu um beijo em cada bochecha da mulher.

"*Mentiroso*", disse a mulher. "*¿Que pasó, Chacho?*"

Logan sorriu, mas de forma contida. Alejo começava a falar espanhol sem nem pestanejar, mas isso não era algo natural para Logan. Alejo tentara ensinar a língua para a filha quando ela era criança, mas, graças ao programa de TV, nunca estava por perto tempo o bastante para que ela pudesse praticar. Quando tentava falar, as frases sempre saíam emboladas. Ela ficou trocando o peso de uma perna para outra, excluída de repente da conversa e da atenção de Alejo. Ao seu lado, Brandon parecia ter saído de órbita. O olhar dele parecia focado em um ponto a quilômetros de distância.

"E essa é a Logan", disse a mulher. Foi uma afirmação, não uma pergunta. Ela soltou Alejo e foi até a garota, plantando um beijo firme em sua bochecha. A idosa usava um rabo de cavalo comprido e grisalho, tinha algumas mechas inteiramente brancas. Vestia uma camiseta que dizia SNAKEBITE TE MORDE E TE BATE. "Sempre a vejo nas fotos do Facebook, mas ela é mais bonita ainda pessoalmente."

Alejo sorriu. "Logan, esta é Gracia Carrillo. Ela é *mi tía*."

"Teu pai vivia aqui quando era apenas um pirralho", contou Gracia, apontando para Alejo. "A gente falou para ele voltar e visitar quando desse. Não achamos que ele ia esperar ficar velho antes de vir."

Alejo bufou.

Logan exibiu seu melhor sorriso de prazer-te-conhecer e retribuiu o abraço de Gracia. "Obrigada por deixar a gente ficar aqui. O lugar é lindo."

"Outra mentirosa." Gracia deu uma risada. "Venha, vou mostrar o quarto pra ti."

Enquanto Brandon e Alejo descarregavam a van, Gracia levou Logan até o quarto 7. A porta emperrou um pouco no batente, e lasquinhas de pintura branca descascada caíram no chão. Do lado de dentro, parecia um quarto padrão de hotel de beira de estrada — papel de parede com uma estampa breguíssima, duas camas *queen* iguais, um frigobar e uma TV pendurada na parede maior. Uma porta conectava o quarto dela ao de Brandon e Alejo. Não era algo que a empolgasse muito, mas, fora isso, o quarto era *bom*.

"Lar, doce lar", exclamou Gracia, dando uma batidinha animada na mesa de café da manhã. "Não *odiaste* muito, *sí*?"

"É perfeito", mentiu Logan. "Posso fazer algumas pequenas mudanças?"

Logan não sabia muito bem quanto tempo planejavam ficar em Snakebite. Ela precisava que um daqueles caras dos programas de reforma — aos quais os pais se referiam como "a maldição dos reality shows" — trouxesse um pouco de beleza para a sua vida.

"Claro."

Sem estardalhaço, Gracia entrou e fechou a porta do quarto. Pela cortina, deu um espiada em Brandon e Alejo, que estavam só na metade do processo de descarregar o carro. Depois se virou para olhar Logan.

"Tô feliz que tu e teu pai enfim chegaram. Feliz que vocês três estão juntos de novo. Acho que Brandon estava muito... sozinho", comentou a idosa. Logan ergueu uma das sobrancelhas. "Ele fica vagando por aí o dia inteiro. Sempre sai à noite. Fico aqui sentada o tempo todo me perguntando o que ele tá fazendo. As pessoas me perguntam por que ele voltou para cá. Eu digo que não sei."

"Ele veio procurar lugares." Logan inspecionou as cutículas. "Para o programa deles."

"Aham. Foi o que ele me disse. Achei que *poderias* saber de alguma outra coisa." Gracia deu um sorriso cálido e radiante. "Mas não importa. As pessoas podem não estar muito felizes de ver vocês três aqui, mas eu..."

Logan semicerrou os olhos. "Como assim?"

Ela lembrou daquela gente no velório, amontoada como um bando de corvos na beira da colina, fitando-a em silêncio. Tinha sido tão esquisito que ela chegara a achar que imaginara a cena. Olhavam para ela como se ela estivesse entrando em um lugar proibido. Como se tivesse chegado à cidade deles vinda direto do espaço sideral.

Gracia agitou a mão.

"Eu torço pra ti e teu pai voltarem para casa desde o dia em que ele foi embora."

Pai. No *singular*.

Talvez Brandon também fosse um mistério para Gracia. Mas se queria informações privilegiadas, tinha escolhido a fonte errada. Logan passara anos tentando extrair a real essência de Brandon. Gracia não era a única que achava mais fácil falar com Alejo.

"Posso te perguntar uma coisa?", indagou Logan. "A caminho da cidade, vi um pessoal em um velório."

"Ah." A voz dela saiu aguda. "A cerimônia do menino dos Granger."

Logan se empertigou. Quando tinha perguntado para Alejo o que exatamente iriam investigar em Snakebite, as respostas tinham sido vagas, na melhor das hipóteses. *O de sempre: plantações mortas, regiões mais frias que o normal, barulhos estranhos.* Um garoto morto era o tipo de coisa sinistra de cidadezinha pequena que ele teria mencionado. Ela se inclinou para a frente e apoiou o queixo no punho cerrado.

"Como ele morreu?"

"Ele não morreu, só tá desaparecido", esclareceu Gracia. "Provavelmente fugiu. Se *preguntares* por aí, todo mundo vai responder que ele era um bom garoto. Acham que ele não teria ido embora assim. Mas o pessoal com quem ele andava... Não são gente boa. São todos podres."

Logan ficou em silêncio.

"Espero que ele esteja vivo", continuou Gracia. "Mas uma parte de mim quer que não encontrem ele. Se aquela turma perder um dos integrantes, talvez pare de agir como se estivesse por cima da carne seca."

Logan pestanejou. Gracia não estava mais com a expressão cálida, mas Logan não conseguia identificar o que mudara. As pessoas na cerimônia tinham olhado para ela como se ela tivesse chegado em um disco voador, e agora a mulher falava aos sussurros sobre aquela rixa. Tinha algo estranho ali, e algo diferente do que costuma haver nas cidades pequenas.

Ao longe, Logan conseguia distinguir a voz dos pais vindo do lado de fora.

"Quer um conselho? Pega mais leve nas piadas."

"*Você* sempre faz piada com ela. Por que eu não posso?"

Logan se virou de costas para Gracia e olhou pelas venezianas. Alejo puxou uma mala do assento de trás da minivan e a empilhou em cima de outras no estacionamento. Brandon estava parado ao lado dele, brigando com a trava de uma das bolsas. Era difícil interpretar a expressão dele — talvez vergonha, talvez desconforto. Parecia mais deslocado do que o normal, como se, de alguma forma, não ornasse com o sol, as colinas e o céu amplo.

Alejo parou e limpou o suor da testa. "Somos só nós três agora. Só nossa família. Vai ficar tudo bem."

"Você sabe que eu nunca fui bom nisso."

"Nisso o quê?"

"Nisso de ficar bem."

Alejo riu, uma risada curta e tensa.

Parada atrás de Logan, Gracia pousou a mão no ombro dela, franzindo a testa emoldurada por cabelos grisalhos enquanto via Brandon tirar as malas do carro. Olhava para ele como a multidão na cerimônia olhara para Alejo e Logan — como se quisesse desmontá-lo para analisar as pecinhas internas.

Alejo viu as duas pela persiana e revirou os olhos. "O que foi mesmo que você disse lá em casa? Se você tá parada aí, que tal me ajudar?"

"A gente tá só botando a conversa em dia, Chacho", disse Gracia, alto o bastante para Alejo ouvir. Apertou o ombro de Logan uma única vez e, mais baixo, falou: "Vai ajudar seus pais. E se algum dia precisar conversar, lembra que eu moro no quarto 2."

Logan engoliu em seco e confirmou com a cabeça. Gracia saiu do quarto, e Logan ficou sozinha com o ar-condicionado barulhento e a calmaria reinante no lugar. Como em qualquer outro hotel de beira de estrada, ela se acostumaria com aquelas paredes. Se acostumaria com o silêncio, com o calor absurdo, com a solidão. Mas havia algo diferente em Snakebite. Por anos, ela havia deixado os "mistérios" de Brandon e Alejo passarem batido, mas algo naquele mistério a atraía. Implorava que ela cavasse mais fundo.

Porém, não importava. Mesmo que houvesse algo distinto naquela cidadezinha — algo *errado* —, seria só por alguns meses. Logan passara anos suportando lugares como aquele.

Aquilo não era um lar. Era só mais uma parada, e ela também sobreviveria a mais essa.

4
No Abismo Selvagem

Ashley Barton já perdera pessoas antes.

Quando Tristan desapareceu, todos em Snakebite se transformaram em detetives. Todos juravam que haviam *acabado* de vê-lo: a sra. Alberts, da escola, o vira no lago; Debbie, da lavanderia, dissera que ele tinha passado para buscar os lençóis da mãe naquela tarde; Jared, do posto de gasolina, havia visto, do carro, Tristan brincando de pega-pega com o irmão mais novo. Todos os 43 alunos da Escola Secundária do Condado de Owyhee tinham se juntado aos grupos de busca. A princípio, Ashley achava que encontrariam Tristan cedo ou tarde — não havia muitos lugares aonde um adolescente de Snakebite pudesse ir. Até um mês antes, os grupos de busca continuavam firmes e fortes. Mas quando o xerife Paris declarou que o caso estava encerrado, os esforços começaram a rarear. Uma semana depois da cerimônia e sem nenhuma pista nova, Ashley duvidava que aquilo iria muito mais longe. Logo, ela seria a única a continuar procurando. Tentou abafar o desespero dentro do peito.

Às 5h30, Ashley chegou ao estacionamento do acampamento à beira do lago Owyhee, equipada com uma garrafa térmica com chá de hibisco e suas melhores botas de caminhada. O sol estava a minutos de nascer no horizonte, aquecendo o céu escuro com um suave brilho rosado. O xerife Paris estava parado no meio do estacionamento, com um mapa da área ao redor do lago Owyhee aberto sobre o capô da viatura de polícia.

"Bom dia", cumprimentou Ashley, reprimindo um bocejo. "Talvez só eu venha hoje."

Paris balançou a cabeça. "John estava escovando os dentes quando saí de casa. Vai chegar com o resto da turminha de vocês já, já."

Ashley deu um longo gole no chá. Uma bruma cinzenta pairava pouco acima da água, borrando a mata além do lago. Eles tinham vasculhado a área ao redor da cidade três vezes, mas o outro lado do Owyhee permanecia intocado. Um temor estranho e nauseante se remexeu no peito de Ashley quando ela olhou para as árvores na margem oposta. Tinha certeza de que havia algo ali. Algo que a observava, sombrio, faminto e à espreita. Algumas manhãs, ela ouvia um zumbido baixo que parecia ecoar por toda Snakebite. Bug e Fran juravam que não escutavam nada, mas se Ashley fechasse os olhos ali mesmo, lá estaria o ruído.

Ela focou em Paris.

"A cerimônia acabou parecendo meio que um funeral." Torceu a ponta do rabo de cavalo entre os dedos. "Fiquei com medo de as pessoas pararem de aparecer para participar das buscas."

"*Você* sente que ele partiu?", perguntou Paris.

Ashley comprimiu os lábios. Não conseguia explicar o *que* estava sentindo. Às vezes, era como se a lembrança dele a seguisse, sempre em algum ponto fora de seu campo de visão. Antes, ela achava que era só o luto — conversas em que jurava ter ouvido respostas dele, o cheiro fraco de combustível um pouco antes de cair no sono, a expectativa constante de passar de carro e ver Tristan no quintal de onde morava, cortando a grama. Ela havia ficado de luto quando a avó morrera, quando precisaram sacrificar seu primeiro gato, quando o pai saíra da cidade na época em que Ashley cursava o primeiro ano do Ensino Fundamental e nunca mais voltara. Mas aquilo era diferente. Ela nunca sentira aquele tipo de saudade antes. Era como se Tristan estivesse parado ao seu lado.

Ela pensava nele e era preenchida por tristeza, mais profunda e gélida do que qualquer outra que tivesse sentido. Uma tristeza que respirava. Que não era definitiva.

"Não", respondeu Ashley.

"É isso que quero ouvir." O xerife Paris conferiu o celular. "As outras pessoas podem desistir, mas vocês, jovens, se importam com ele. É isso que vai fazer com que vocês encontrem o Tristan. E sempre que eu tiver uma manhã de folga, também vou estar aqui procurando."

"Valeu."

O barulho de um motor ribombou da estrada. John Paris surgiu e estacionou perto da área de acampamento, junto com Fran, Bug e o melhor amigo, Paul Thomas, que ia sentado na caçamba da caminhonete. Como sempre, os cinco se juntaram ao redor do mapa do xerife Paris para ter uma visão geral da área que iam vasculhar — e, como sempre, dividiram-se em dois grupos para cobrir um território maior. Por semanas, tinha sido John e Paul em um grupo e as três garotas em outro.

Naquele dia, porém, Fran segurou John pelo braço sem pestanejar.

"Acho que a gente deveria se misturar. Ver se assim os grupos pensam em algo novo."

Não tinha como discutir com Fran, então Ashley e Bug seguiram sozinhas na direção das colinas além do acampamento. Depois de avançarem o bastante pelo aclive íngreme mais próximo, Bug soltou um suspiro, como se estivesse prendendo o fôlego desde que chegara. Ela se sentou em uma rocha e prendeu o cabelo em um coque ruivo todo arrepiado. "Ela tá meio estranha, não tá?"

"A Fran?", perguntou Ashley.

Bug fez que sim.

Ashley colocou a mão na testa para proteger os olhos da luz e fitou a outra colina. Fran e John estavam andando lado a lado, brincando de empurrar um ao outro enquanto Paul seguia um pouco atrás. Não estavam procurando por Tristan; a única coisa que procuravam ali era uma forma de se livrar do garoto que estava segurando vela.

"Ela tá a fim dele", comentou Ashley. "E beleza. Eu só preferiria que ela não usasse as buscas pra dar em cima dele."

"Você podia falar alguma coisa."

"Você também."

Bug raspou o calcanhar em uma área de brita solta. "Mas você é melhor nisso. Ela provavelmente vai te dar ouvidos."

"Ela também te daria ouvidos."

"Ela *nunca* me dá ouvidos", resmungou Bug.

Ashley prendeu melhor o rabo de cavalo. "Vou falar com ela mais tarde. Talvez."

As duas sabiam que ela não diria nada. Ashley era amiga de Bug desde que ambas eram bebês, e de Fran desde que os Campos tinham se mudado para Snakebite, quando ela estava no primeiro ano. Não havia muita gente da idade dela na cidade, o que significava que conhecer todo mundo era o padrão. Mas assim que Fran chegara, as três tinham ficado muito mais amigas que o padrão. Era como se fossem uma fera com três cabeças. Ashley não existia sem Fran e Bug. As festas no chalé do outro lado do lago, as excursões de verão, os jantares gordurosos no Moontide — sem Bug e Fran com ela, Snakebite não existia. Não era um lar.

Agora, porém, as coisas estavam mudando. E isso não tinha só a ver com Tristan. Fran estava se afastando, andando o tempo todo com John Paris, encontrando jeitos de ficar sozinha com ele. O que fazia Bug ficar com ciúmes de John, de Fran ou dos dois ao mesmo tempo. Ashley tinha certeza de que uma parte de Bug queria juntar todo mundo e interromper aquele afastamento antes que fosse tarde demais, mas isso não seria fácil. A faculdade já estava no horizonte de Fran, e cuidar do rancho estava no de Ashley. Bug ainda tinha mais dois anos de Ensino Médio, e sua perspectiva era passar por aquilo sozinha. Sem muito alarde, as três estavam se isolando. Não era culpa de ninguém. Era só o tempo agindo. Talvez fosse até pior.

Ashley olhou além do topo da colina, para Fran e John. Os dois tinham conseguido se separar de Paul e estavam escondidos atrás de um zimbro isolado, crentes, ao que parecia, de que ninguém conseguiria vê-los ali. O sol do início da manhã os banhava, e Ashley sentiu uma pontada de saudade no peito. Ela e Tristan já haviam tido momentos como aqueles, fora das vistas do resto do mundo. Se fechasse os olhos, Ashley quase conseguia ouvir o som rouco dos dois sem fôlego de tanto rir.

Quando os abriu de novo, havia algo diferente na cena. Uma terceira sombra, perto de John e Fran. Ashley apertou os olhos para enxergar melhor. Era um outro rosto, acomodado bem entre eles dois, olhando além das colinas. Encarando Ashley.

O mundo ficou calmo demais, imóvel demais, silencioso demais.

Uma voz sussurrou em seu ouvido: *"Eu sou..."*.

"Ashley", chamou Bug.

O mundo voltou ao foco. Ashley piscou algumas vezes e a sombra entre John e Fran desapareceu. A manhã estava ampla e brilhante como sempre. O coração de Ashley batia desesperado, os pulmões ansiando por ar. Havia sido só sua imaginação, mas, por um momento, ela teve a certeza de que a sombra tinha o formato de Tristan.

"Foi mal", disse Ashley, esfregando os olhos. "Dei uma viajada aqui. Eu... acho que tô cansada."

Bug franziu a testa, assumindo uma expressão gentil.

"Posso te dar um pouco da melatonina da minha mãe se você quiser experimentar."

"Não, eu tô bem", disse Ashley. "Mas valeu."

A manhã seguiu, e eles não encontraram nada. Ashley e Bug cobriram a área designada, virando cada pedra, vasculhando cada moita de chamiça, conferindo cada ravina cheia de terra, mas Ashley não precisava nem procurar para saber que Tristan não estava naquelas colinas. Conhecia o som das batidas do coração dele, o padrão de seus passos, o chiado de sua respiração sempre que ele ia falar alguma coisa. Se ele estivesse por perto, ela sentiria.

Ele estava em algum lugar além do alcance dela, mas *estava*.

Ainda existia.

Ainda não tinha partido.

5
Comida Contra o Baixo-Astral

Alguém bateu na porta entre o quarto de Logan e o de seus pais.

Ela tivera sucesso ao transformar o cômodo em um casulo confortável, cercado de um sortimento das porcarias que mais gostava de comer quando estava mal. Crises específicas geralmente pediam um tipo único de petisco: para a vergonha, batatinha chuchada em salmoura de picles; para a raiva, sorvete de baunilha com um pouquinho de shoyu; para a solidão, banana coberta de molho de queijo.

Naquela noite, porém, ela estava no fundo do poço. Aquela noite exigia todas as porcarias juntas.

"Entra", resmungou Logan.

Minimizou a janela do navegador com ideias de viagens para se fazer de carro pelos Estados Unidos e desligou a TV. Eles entraram — Alejo na frente, e Brandon logo atrás — para ver o tamanho do estrago. O quarto do hotel estava abafado e impregnado do cheiro de mofo e suor.

"A santíssima trindade ao mesmo tempo, é?", sussurrou Alejo, vendo o estoque de comida. Ele se sentou na cama e jogou na boca um pedaço de banana com molho de queijo. No mesmo instante, franziu o nariz e se forçou a engolir. "Os jovens hoje em dia não têm critérios mesmo."

"Eu tenho critérios", retrucou Logan.

"Pela parede, a gente ouviu você assistindo àquele reality show jurídico da juíza Judy", disse Alejo. "Episódios *antigos*, ainda por cima. E não me diga que ficou curiosa com a história, porque eu e você já vimos todos."

Logan se largou no travesseiro e o cheiro abafado de poeira a envolveu.

"A gente tá no meio do nada com um bando de 'cidadãos de bem'. Todo mundo aqui é esquisito e eu não quero sair do quarto. Mas meu quarto também é uma merda. Eu vou morrer, literalmente."

Ela estava em Snakebite havia só uma semana e já tinha a sensação de estar no vácuo do espaço. Não tinha nada para fazer ali. As paredes do quarto eram próximas demais umas das outras. O colchão era duro demais. O céu noturno lá fora era grande demais, e ela estava certa de que seria sugada por ele se não tivesse cuidado. Sufocaria sem ter pessoas com quem falar. A cidade mais próxima ficava a horas dali, e provavelmente seria tão ruim quanto Snakebite. Ela estava a quilômetros de qualquer ajuda, e naquela noite Logan sentia cada um desses quilômetros como dedos se fechando ao redor do pescoço.

"Eu falei que ia ser difícil", disse Alejo, afastando uma mecha de cabelo do rosto da filha.

"Por que a gente está aqui?", perguntou Logan.

Alejo e Brandon se entreolharam, franzindo a testa do mesmo jeito. Tinham um tipo de comunicação telepática com a qual Logan nunca se familiarizara, mesmo quando ainda estavam em Los Angeles. Ainda que estivesse enfiada junto com eles naquele hotel de beira de estrada, ela sentia que não fazia parte daquilo. A intenção deles não era essa, mas era o que acontecia.

"A gente tá aqui pra ajudar as pessoas", respondeu Alejo.

"Achei que era por causa do programa."

"Também", disse Alejo. "E o programa vai ajudar as pessoas."

"Como?"

Brandon ajeitou os óculos. "Sei que você talvez não acredite no que a gente faz, mas tem alguma coisa errada com essa cidade. Você consegue sentir, não consegue? Quando seu pai e eu éramos crianças, já tinha alguma coisa esquisita aqui. Agora a gente veio descobrir o que é."

"Tem a ver com o menino que desapareceu?"

"Não sei."

"Sem ofensa", começou Logan, "mas vocês nunca *resolvem* nada".

Brandon fez uma careta. "Isso é diferente. É pessoal."

"Isso é meio sinistro."

"Não é sinistro." Alejo riu. "Tem mais a ver com ter crescido em um lugar e achar que certas coisas eram normais porque eram tudo que a gente conhecia. Voltar não estava nos planos, mas achamos que, com tudo que aprendemos quando saímos daqui, poderíamos retornar e fazer algum bem por essas bandas. E vai ser como se despedir de verdade da cidade, de qualquer forma."

"Entendi", assentiu Logan.

Alejo apertou a mão dela. "Juro que é só isso."

Atrás de Alejo, Brandon olhava para as próprias mãos.

"Eu queria que vocês tivessem me deixado em Los Angeles", falou Logan.

Alejo puxou a filha para um abraço. "Eu sei que é um saco. A gente não pode ir embora, mas seu pai e eu vamos fazer tudo que for possível pra melhorar as coisas."

Logan se afundou mais no edredom. O papel de parede floral, as mesas de madeira que pareciam ser da década de 1970, o teto quadriculado e descascado, as luzes fluorescentes sempre zumbindo — ela ia ficar louca. Jogou um braço sobre a testa, dramática.

"Eu preciso de arte ou algo do gênero. Luzinhas decorativas. Travesseiros novos."

Alejo olhou para Brandon e assentiu. "Decoração. Dá pra providenciar."

Ele apoiou as costas nos travesseiros, ao lado de Logan. Sentado ao pé da cama, Brandon aprumou a postura. Olhou para os outros dois com uma expressão melancólica, e Logan pensou que ele parecia tão solitário que até doía. Ele se inclinou por um instante, fazendo menção de se deitar ao lado deles, mas não conseguiu ir em frente. Era sempre assim. Brandon parecia ao mesmo tempo perto e a milhares de quilômetros de distância. Ela perdera a conta de quantas vezes tinha visto o pai com aquela expressão, e a sensação era sempre a mesma.

"Ei", sussurrou Alejo. Estendeu a mão para segurar a de Brandon.

Ele se levantou e abriu um sorriso sofrido. "Tá ficando tarde. Vou me arrumar para dormir. Vocês são as criaturas da noite, não eu."

Alejo não disse nada. A porta entre os dois quartos se fechou atrás de Brandon, e os outros dois ficaram ali sozinhos, mergulhados em um silêncio inquieto. Logan pigarreou. Não era tarde demais para fazer um último apelo.

"Sinto que a gente não *precisa* ficar aqui."

"Não. Não precisa."

O suéter de Alejo farfalhou quando ele afundou um pouco mais no colchão. Fazer ele admitir aquilo tinha sido uma pequena vitória. O homem apertou os olhos com a palma das mãos, os lábios comprimidos em uma expressão tensa.

Logan se sentou.

"Então o que vocês estão fazendo aqui? Tipo, *de verdade*?"

"Como assim?", perguntou Alejo.

"Já faz seis meses. O que ainda estão tentando descobrir?"

"Às vezes", Alejo suspirou, "não é questão de descobrir as coisas ou não. É questão de ser uma família. Seu pai está lidando com esse lugar sozinho. O mínimo que a gente pode fazer é vir para cá e dar apoio pra ele".

"Ah, claro, porque ele sempre deu muito apoio para a gente..."

Foi a coisa errada a dizer. Alejo encarou o teto com uma expressão complicada. Depois de um instante, rolou para o lado e saiu da cama. Como se quisesse garantir que não estava bravo, ele sorriu, mas era um sorriso de pesar.

"O quarto vai ficar bonito com um cordão de luzinhas", comentou Alejo. "Talvez a gente possa sair amanhã para comprar."

Logan assentiu. Era como se estivesse se afogando, mas eram águas nas quais nunca estivera com Alejo. Ele não era Brandon — nunca existira aquele silêncio entre eles. Ela queria perguntar por que Brandon tinha ficado ali por tanto tempo antes da vinda dos dois. Queria perguntar sobre o garoto desaparecido. Queria implorar ao pai para irem embora.

Em vez disso, disse: "Boa noite, pai".

Interlúdio

O Breu não é um monstro.

Simplesmente é o que é.

Gosta deste mundo e do sofrimento que ele contém. Sente o gosto do medo no vento. Já viu cidades grandiosas e brilhantes à beira do mar, florestas exuberantes desprovidas da presença humana, desertos tão amplos que o horizonte se transforma em ouro. Mas o lugar de que mais gosta é Snakebite. Foi em Snakebite que o Breu nasceu. Snakebite é o lar do Breu.

E, esta noite, o Breu está faminto.

Está morrendo de fome.

O hospedeiro está sozinho, sentado em um canto. Com frequência fica sozinho, sentado em um canto, oscilando em silêncio entre a culpa e a apatia. A TV está ligada como sempre, passando os mesmos programas esportivos aos quais o hospedeiro não assiste. O hospedeiro não consegue assistir a nada. Pensa no sangue entre os dedos. Pensa nos sons de estrangulamento e de ossos sendo esmagados. Essas coisas não costumavam perturbar os pensamentos do hospedeiro, mas agora ele só consegue pensar em morte. Não no medo da morte, mas no desejo por ela.

O hospedeiro precisa da morte tanto quanto precisa de ar para respirar.

Você quer, não quer?, sussurra o Breu para o hospedeiro quando estão sozinhos. *Você é forte, mas não forte o bastante. Por que não faz o que quer fazer?*

O hospedeiro faz uma careta. "Vou fazer. Depois. As pessoas ainda estão assustadas."

Já passou tempo o bastante, sussurra o Breu. A voz paira no ar como uma brisa cálida. *Ninguém mais está prestando atenção. Ninguém se importa. Eles já superaram. Vai acontecer a mesma coisa com o próximo.*

O hospedeiro se reclina na poltrona. Não gosta de ser pressionado assim, mas o Breu já o esperou agir por muito tempo. A cada dia que passa, está mais fraco. Flui de um lado para o outro nas sombras, nadando para sobreviver enquanto o hospedeiro inútil fica sentado pelos cantos, *pensando*.

"O que você ganha com isso?", pergunta o hospedeiro. Ele apoia os pés na mesinha de centro e fecha os olhos. "Isso está fazendo você ficar mais forte?"

Não tem nada a ver comigo, relembra o Breu. *Vim atrás de você porque você precisa de ajuda. Hospedeiros anteriores eram medrosos demais para entender minha oferta. Não fuja de si mesmo.*

O hospedeiro olha para as próprias mãos.

É temporário, diz o Breu. *É como eu disse no começo disso tudo: quando você tiver forças para se erguer sozinho, vou embora. Quando seu coração lhe disser o que quer e você não hesitar mais para agir, não vai mais precisar de mim.*

O hospedeiro gosta da ideia. Imagina a si mesmo fugindo pelo país, esperto demais para ser capturado. Imagina os noticiários condenando suas ações, horrorizados e fascinados por ele em igual medida. Imagina as reportagens escritas a seu respeito; todas tentando entender o que ele fez e como conseguiu não ser pego. As garras do Breu estão fincadas tão fundo nele que ele não consegue mais senti-las. O hospedeiro dá um muxoxo, contemplando a ideia. "E se você quiser que eu faça alguma coisa que eu não quero?"

Impossível. Eu só posso querer o que você quer. Essa é minha natureza. O Breu envolve o hospedeiro — ele sente a calidez e se reconforta. *Enquanto você estiver me carregando, eu sou você. Não posso ser mais nada.*

O hospedeiro pigarreia. "Parceiros, então."

Parceiros, concorda o Breu. De certa forma, o hospedeiro não está errado. Eles *são* parceiros. O Breu o pressiona, puxando o pedaço de seu coração que anseia por mais um ataque. Sob a pele do homem há uma víbora, e víboras não foram feitas para passar seus dias à espera. O Breu rumoreja: *Que tal fazermos de novo?*

O hospedeiro sorri.

6
Estradas do Interior

Quando imaginou ir às compras, Logan não tinha em mente estar espremida no Doge Neon alugado de Brandon, descolando os joelhos do painel sob um calor de matar, o motor funcionando aos trancos e barrancos, enquanto percorriam a rua principal da cidade à procura de uma loja de antiguidades que, por acaso, vendesse algum objeto de arte. Desde que chegara a Snakebite, aprendera que o centro da cidade era o local mais distante de um McDonald's que se podia estar dentro do território norte-americano, que a área urbana em si somava colossais quatro quilômetros quadrados, e que a *qualquer coisa* mais próxima significava que estava a duas horas de distância, em Idaho.

Nem o próprio satã teria criado um inferno mais perfeito.

Brandon dirigia para a cidade em silêncio, com os olhos fixos nas colinas douradas que se estendiam dos dois lados do vale. Era a primeira vez em anos que os dois iam para qualquer lugar sozinhos, sem Alejo para mediar. Dados os meses que tinham passado separados, Alejo parecia achar que uma ida até a cidade — só Logan e Brandon — geraria algum tipo de aproximação entre eles. Talvez Alejo não os conhecesse tão bem quanto imaginava.

Brandon ia com uma das mãos no volante e a outra para fora da janela do motorista, subindo e descendo ao sabor do vento. Sem se virar, ele perguntou: "Quando foi a última vez que a gente saiu só nós dois?".

"Em Tulsa", respondeu Logan, sem hesitar. "Quando eu apareci no programa."

"Ah", exclamou Brandon. Ajustou os óculos de sol de lentes quadradas acomodados sobre os óculos de grau. "Verdade."

Verdade. Logan tentou não se deixar afetar pela frieza desinteressada na voz do pai. Para Brandon, Tulsa era só mais um ponto no mapa. Provavelmente o que havia acontecido lá não tivera nele o mesmo impacto que tivera nela, pairando pesado no silêncio entre eles. Provavelmente não era algo de que ele se lembrasse todas as vezes que fechava os olhos. Provavelmente não via o lugar da mesma forma que ela — o túnel de alvenaria que passava sob a cidade, o cheiro de lixo e fritura, o horizonte distante que parecia todos os lugares e lugar algum ao mesmo tempo.

Ela só tivera permissão de participar de *Fantasmas & Mais* essa única vez, e Brandon havia feito questão de garantir que nunca mais surgisse outra oportunidade. Talvez ela tivesse feito perguntas demais, tivesse sido muito irritante, ou talvez ele apenas não a quisesse por lá, para começo de conversa. À noite, quando o silêncio permitia que a cabeça de Logan voasse longe, ela ainda podia ouvir a voz dele ecoando das paredes do beco como um trovão. Via Brandon se virando para ela, o olhar transbordando ódio, dizendo: *Vai embora, Logan. Vai para casa e me deixa em paz.*

E, depois, nada. Ele tinha ficado parado enquanto a produção corria até eles, oferecendo água para Brandon, perguntando se ele queria se sentar, se preferia começar o episódio do zero. Haviam tirado Logan do set e a levado de volta para o hotel de beira de estrada onde estavam hospedados, dizendo: *Foi meio esquisito. Mas fica para a próxima.*

Depois disso, houvera apenas silêncio entre eles. Brandon não dissera nem uma palavra ao longo de toda a semana em que haviam filmado em Flagstaff. Em Shreveport, ele pegou um quarto em um hotel diferente só para não ter que conviver com ela. Logan não conseguia aceitar como ele tinha superado aquilo de forma casual, como se não houvesse dor alguma no fundo do peito. Brandon não passara noites sem dormir fuçando os fóruns de *Fantasmas & Mais: Detetives Paranormais*, lendo especulações sobre o porquê de Logan Ortiz-Woodley nunca mais ter voltado ao programa.

- **Ela provavelmente deu no saco deles;**
- **Ninguém quer ficar cuidando de uma criança reclamona enquanto trabalha;**
- **Bralejo é perfeito. Colocar uma filha na equação só ia deixar tudo esquisito.**

Por anos, Logan tinha ansiado por uma explicação. Algum tipo de pedido de desculpas pelo surto e pelo silêncio que se seguira. Ela esperara que Brandon pelo menos dissesse que tinha sido um acidente, um dia muito cansativo, que ele estava nervoso com Alejo e havia descontado a raiva nela sem querer.

Mas Brandon nunca dissera nada.

Mesmo ali, voando por estradas planas na direção de lugar algum, Brandon não dizia nada. Atolado em um silêncio úmido e desconfortável, ele não dizia nada. Talvez ficasse distante dela de propósito, só esperando ela fazer 18 anos para se livrar da filha para sempre. Talvez quisesse que fosse só ele e Alejo de novo. Talvez sempre tivesse se arrependido de tê-la adotado. Antes de Tulsa, seu relacionamento já era esquisito e distante. Mas depois Logan parara de tentar consertar a relação. Se Brandon não se importava, ela também não se importaria. Viveria a vida, e ele poderia fazer o que quisesse.

Estacionaram do lado de fora da Loja de Presentes e Antiguidades Snakebite e Logan logo colocou as mãos na massa. Tinha uma ideia de como melhorar o quarto na cabeça, e chegara à conclusão de que precisava de algumas reproduções de arte bem posicionadas, luzes, uma manta nova e uns vasos de plantas. Gracia não permitia velas nos quartos do hotel, mas incenso de ervas e um acendedor elétrico já serviriam. A loja não era bem o que tinha em mente, com suas prateleiras lotadas de antiguidades cobertas de poeira, mas ela daria um jeito.

Brandon a seguiu sem falar nada, silencioso como um fantasma. Espiava as prateleiras pelas quais passavam, fingindo que estava procurando algo.

"Você precisa comprar alguma outra coisa?", perguntou Logan.

Brandon riu baixinho, evasivo. "Não. Só entrei de cabeça nesta missão."

Logan resmungou qualquer coisa como resposta.

Seguiram até uma pequena seção com quadros decorativos. Logan parou diante de um com a foto de uma paisagem rural. A imagem era um pouco bucólica demais para o gosto dela, mas a atraía de alguma forma. Pegou o quadro da prateleira e correu o polegar pela costura da tela. Era o tipo de imagem — genérica e impessoal — que a faria tirar sarro de alguém em Los Angeles, mas a solidão da foto agora encontrava eco em algo dentro dela.

"Gostei dessa."

Brandon parou ao lado da filha e admirou a foto. "Não é algo que eu teria escolhido. Quanto custa?"

"Vinte e cinco dólares", disse Logan. Virou a foto de lado e estreitou os olhos. "Não sei... Você acha feia?"

"Não." Brandon pegou a tela com delicadeza e a analisou de cima a baixo. De suéter e óculos, parecia um crítico de arte avaliando uma obra-prima, e não uma reprodução feita em larga escala em uma lojinha aleatória. "O que faz você gostar dela?"

"Ah, não sei... Só sinto que entendo a sensação", arriscou Logan. Brandon estava todo casual, como se irem às compras juntos fosse algo que costumavam fazer. Logan apertou os lábios. "Ela me faz pensar em quando a gente vivia na estrada. Digo, era um saco. Mas tinha uns momentos bons. Lembro do dia que o papai me levou para aquele rio no fim da tarde. Eu achava que..."

Logan cerrou a mandíbula. Costumava achar que lar não era um lugar, era estar em família. Mas a família que tinha — aquele trio estranho e quebrado de pessoas deslocadas do resto do mundo — não passava a sensação de lar havia muito tempo. Ainda eram três perdidos, mas estavam muito, muito distantes. Lar não era mais estar em família. Não havia lar.

Brandon olhou para ela, mas tinha o olhar vazio. Como se fitasse algo além.

"Deixa pra lá", continuou Logan. "Vou comprar."

Pegou a tela da mão de Brandon e a prendeu sob o braço. Continuaram andando pelo resto da loja, passando pela lista de melhorias estéticas de Logan. Em alguns meses, ela estaria encaixotando aqueles itens de decoração quando fosse a hora de ir embora de Snakebite.

Brandon parou ao lado de uma prateleira com bonecas esfarrapadas.

"Você se sente... *segura* em Snakebite?", perguntou ele.

"Eu não amo esse lugar", começou Logan, "mas ainda não vi ninguém agitando um forcado por aí".

"Não, digo mais no sentido de..." Brandon encarou o carrinho, pensativo. "Às vezes, fico pensando no que é a memória. Em como nossa mente reescreve nossas lembranças do zero sempre que a gente pensa em algo. Se a gente quisesse, daria para esquecer por completo uma parte da vida. Só... reescrever por cima."

Com uma careta, Logan colocou no carrinho as peças que tinha escolhido.

"Espero esquecer Snakebite quando for embora daqui."

"Justo." Brandon ficou em silêncio por uns instantes. "Às vezes, também queria poder esquecer essa cidade."

A sineta da porta da frente da loja tocou. Logan ficou na ponta dos pés para ver além das prateleiras. Um grupo de adolescentes da idade dela entrou, aos risos. Era formado por três garotas e dois garotos, e eles exibiam vestidos de verão, bermudas cargo e óculos de sol, com a pele bronzeada e o cabelo molhado com o que Logan supunha ser a água do lago. Não eram como os jovens de Los Angeles, mas ela sentiu uma pontada de saudade ao ver o bando.

Ao lado dela, a expressão de Brandon ficou mais sombria.

"Conhece eles?", brincou Logan.

"Melhor a gente comprar logo isso e ir para casa."

Os adolescentes se apinharam ao redor da prateleira mais próxima, tocando os itens de forma aleatória, sem considerar comprá-los de fato, como se vagar pela loja fosse só mais uma parte normal do dia deles. Logan não podia julgá-los: em sua breve excursão ao "centro da cidade" de Snakebite, não vira nada que gente da idade dela pudesse fazer para se divertir.

Um menino na frente do grupo congelou no lugar quando viu Brandon. A luz do sol passava por entre as prateleiras empoeiradas, pintando o rosto claro do garoto com um tom doentio de amarelo. Ele franziu a boca fazendo uma careta.

"Eles se reproduziram", disse o menino. Fez um gesto na direção de Logan, franzindo o queixo irritantemente quadrado. "O que vocês estão fazendo aqui?"

Logan olhou para Brandon, pedindo uma explicação, mas Brandon só a encarou de volta. Ajustou os óculos e depois se virou para ir embora.

"Ei", repetiu o menino. "Perguntei o que estão fazendo aqui."

Os outros jovens ao redor dele não falaram nada. Logan os reconheceu da cerimônia no topo da colina, no dia em que tinham chegado. Era o mesmo grupo de adolescentes que tinha fuzilado Alejo e ela com o olhar. Logan começou a entender por que Brandon não gostava de chamar atenção, mas ela não era do tipo que fugia.

"A gente tá comprando umas coisas", respondeu. "*Algum* problema?"

O olhar penetrante do menino foi de Brandon para Logan. "Sim. Meu problema é que esse cara apareceu aqui e meu amigo desapareceu. Quero saber o porquê."

Talvez ela tivesse falado muito cedo sobre pessoas agitando forcados. Logan olhou para a frente da loja esperando algum apoio, mas a mulher no caixa assistia ao desenrolar da discussão com um interesse vago, como se estivesse na plateia de uma peça de teatro durante uma tarde preguiçosa. O motor de caminhonetes resmungava lá fora, vozes chegavam pelas frestas da porta, e Snakebite seguia a vida. Ninguém a iria defender.

"Que tal você cuidar da sua vida?", disparou Logan. Ajustou o quadro debaixo do braço, mas não cedeu.

O garoto à frente do grupo avançou um passo.

Antes que pudesse falar qualquer coisa, outra adolescente se colocou na frente dele. Tinha prendido o cabelo loiro e brilhante em um rabo de cavalo, as bochechas eram marcadas por sardas e os olhos estavam tão arregalados que dava nervoso. Era uma das pessoas paradas no topo do cemitério no dia do velório; Logan reconheceu os olhos azuis que a tinham encarado, como se a garota quisesse fazer picadinho dela.

"A gente não tá a fim de brigar", disse a jovem, com uma voz irritantemente conciliatória. "Por que vocês dois não vão embora?"

"E quem é você mesmo?", perguntou Logan.

"Chega."

Brandon colocou a mão no ombro de Logan como se quisesse calar a filha. Não estava focado no grupo de adolescentes que a provocavam. O *chega* tinha sido para ela, não para os valentões. Como era de praxe com Brandon, já estava em modo de fuga, correndo para longe da situação, como fazia com todas as outras coisas.

"Mas por que *a gente* precisa ir embora?", perguntou Logan. "A gente não..."

"Logan", alertou Brandon. Ela franziu os lábios. Ele olhou para a menina loira e disse: "A gente já tá indo".

Com delicadeza, ele puxou Logan na direção do caixa. No outro corredor, a molecada sussurrava e ria. A humilhação bateu como uma avalanche no estômago de Logan. Mesmo quando ela estava se defendendo, Brandon não ficava do lado dela.

Ele entregou o cartão de crédito para a atendente no caixa. "Sinto muito pela confusão."

A mulher balançou a cabeça.

Sem dizer nada, Logan pegou os itens de decoração e saiu da loja. Se fosse Alejo, ele teria defendido a ambos. Ou talvez ficasse orgulhoso por ela ter dito algo. Mas Brandon não fizera nada. Logan não conseguia nem olhar para ele.

Ela entrou no carro e afivelou o cinto, procurando as palavras certas, mas tudo que saiu foi: "Que porcaria foi essa?".

Brandon tamborilou os dedos no volante antes de dar a partida no carro.

"Não vale a pena discutir."

"Você poderia ter falado alguma coisa."

"Não ia ter feito diferença." Brandon ajeitou os óculos. "Aqueles jovens... Sabe a loira? Ela é uma Barton. Os Barton são donos de tudo na cidade. Da madeireira, do rancho, de todos os restaurantes, de todos os parques. Eles estão no comando de tudo."

"Não tenho medo dela", zombou Logan. "Dou conta dessa Barbie caipira."

Brandon negou com a cabeça. "Ela não é o problema. E sim a mãe dela."

"Que seja."

"É melhor só... só fazer o que eu estou dizendo."

Logan revirou os olhos. "Mesmo com eles falando coisas que não têm nada a ver?"

"Eu sei que é difícil, mas é temporário." Ele deu a partida no Neon e se afastou do meio fio, deixando Snakebite em meio a uma nuvem de fumaça de escapamento. Depois de um silêncio doloroso, suspirou. "A gente vai terminar de gravar o programa e depois vamos embora para sempre. Não vai demorar muito. O que acha, parece um bom plano?"

Logan fez uma careta. Engoliu a vontade de discutir que fervia no peito e assentiu. "Claro. Parece um bom plano."

7
O Que se Faz no Escuro

"A gente pegou o salmão com aspargos na semana passada", disse Tammy Barton, com o pescoço esticado para trás para conseguir enxergar o aplicativo de perda de peso através dos óculos de leitura. "Poucas calorias, mas sem gosto. Vamos experimentar a carne salteada desta vez. Posso fazer várias porções. Vai ser bom para comer no almoço."

"Eu odeio carne salteada". Ashley olhou com desejo para um pacote de purê de batata instantâneo. "Posso fazer meu próprio jantar."

"Pode, claro. Quando pagar o mercado com seu próprio dinheiro."

Ashley resmungou. O embate com Brandon Woodley e a filha dele na loja de presentes acontecera havia alguns dias, mas ainda arranhava o fundo da mente dela como um cachorro tentando entrar em casa para filar uma boia. Interromper a briga tinha sido a coisa certa a fazer, mas a forma como a garota olhara para Ashley — ofendida e com raiva — não a deixava em paz.

Sua mãe estava comprando alguns pacotes de arroz integral, pesando em silêncio os prós e contras dos tipos arbóreo e basmati. Entrara em uma onda de comer saudável, o que significava que só vegetais frescos, peixes e frutos do mar faziam parte do cardápio do jantar. Mesmo antes da dieta, era infernal ir às compras com ela. Antes do desaparecimento de Tristan, Ashley evitava sempre que possível. Mas, nos últimos tempos, não andava com vontade de ficar sozinha. Tinha alguma coisa estranha em Snakebite havia meses, algo que ia além até mesmo do sumiço de Tristan. O sol parecia diferente, implacável e fulminante como ódio. Algo borbulhava sob a superfície da pequena cidade.

O Mercado Snakebite estava quase vazio àquela hora do dia. A voz de Carrie Underwood saía de um único alto-falante no teto, ecoando no linóleo xadrez verde e bege. Em algum lugar atrás de Ashley e da mãe, rodas de carrinhos rangeram. Um homem entrou no corredor de mantimentos com o carrinho carregado de nada além de pratos congelados para micro-ondas, molho de queijo e um pote de picles. Quando Tammy o viu, ficou tensa e jogou o arroz basmati no carrinho como se quisesse ir embora às pressas.

As luzes fluorescentes tremeluziram com expectativa. O ar parecia pesado com a ameaça de batalha. O homem estranho franziu a testa de tez escura, cerrou a mandíbula e apertou com força a manopla do carrinho. Tammy estreitou os olhos, mas não recuou. Ajeitou uma madeixa loira atrás da orelha, abriu um sorriso cirúrgico e disse apenas: "*Alejo*".

Surpreendentemente, o homem devolveu o sorriso, embora o dele fosse mais tranquilo. Ashley acreditou que, ao contrário da mãe, parte dele estava sendo sincero. O cabelo preto de Alejo batia nos ombros e estava meio amarrado em um coque atrás da cabeça. Ashley demorou um instante para reconhecer o homem que vira no Cemitério dos Pioneiros no dia da cerimônia de Tristan.

Sentiu o estômago embrulhar. Isso queria dizer que aquele era o outro pai da menina da loja de presentes. Talvez estivesse ali porque ficara bravo. Embora fosse difícil ler sua expressão, era intimidadora de uma forma inusitada para um homem que estava usando um suéter que dizia QUEM TEM MEDO DO ESCURO?.

"Tammy", cumprimentou Alejo. "Que bom ver você por aqui."

Tammy pigarreou. "Que coincidência. Minha impressão é que ando te vendo por todos os lugares."

"E tenho certeza de que você adora."

As mulheres Barton não cediam, e certamente também não perdiam. Tammy soltou o ar todo de uma vez. "Onde você e sua família estão instalados?", perguntou ela. "Ouvi dizer que estão no Bates. Isso me parece uma queda no estilo de vida de quem morava em uma mansão em Hollywood, mas vocês estão acostumados a morar na minha propriedade, né? Então tenho certeza de que estão se sentindo em casa."

"*Mãe*", resmungou Ashley, entredentes.

O homem se virou para Ashley e a expressão dele ficou cálida. "Esta deve ser sua filha. Ashley, é isso? Há quanto tempo."

Ashley pestanejou. Estava certa de que nunca encontrara o homem antes, mas algo no sorriso dele era familiar.

"Não fala com ela", disse Tammy, colocando o corpo entre os dois.

Alejo revirou os olhos. "Ah, qual é. Só estou tentando conversar. É você quem tá transformando isso em um barraco."

"Ora, só estou fazendo compras."

"Tá bom", disse Alejo. Olhou de novo para Ashley. "Fiquei sabendo que você conheceu minha filha outro dia."

Tammy fez cara feia. "Eu disse para não falar com ela. Você ia gostar se eu fosse e falasse com a *sua* filha?"

Ashley ficou olhando de um para o outro. A mãe costumava ser mestre em mitigar situações como aquela. Devia estar sendo um exemplo de postura e calma. Aquela versão surtada era perturbadora. Ashley prendeu a respiração. A culpa pela briga na loja de presentes a preencheu como se ela fosse um balão.

"Nem precisa", respondeu Alejo. "Sua filha e os amigos dela já assediaram a menina. Pelo jeito, essas são as boas-vindas de Snakebite."

"Humm." Tammy olhou de relance para Ashley como se fosse pedir explicações, então continuou: "Talvez se ela ficasse na dela, não iria...".

"Logan não estava fazendo nada pra ninguém, só comprando *velas decorativas*, Tammy."

Tammy hesitou por um instante, com os olhos arregalados. "Logan...?"

Alejo pigarreou, mas não disse nada.

Tammy disfarçou a surpresa causada pelo nome. Virou o carrinho para ir embora. "A gente termina de fazer as compras depois."

"Você não precisa..." Alejo levou a mão à boca. Os lábios se comprimiram em uma linha fina e desesperada. "A gente pode conversar?"

Tammy fechou os olhos e soltou o ar de forma lenta e controlada. Sem olhar para Ashley, sorriu. "Vai buscar uns brócolis para o refogado, por favor? Vou levar só um minuto."

Ashley assentiu. Pegou o carrinho de compras e andou tão rápido quanto possível até o corredor ao lado. Não pretendia perder a conversa. Nunca vira a mãe agir de forma tão irritada com alguém, ainda mais com um cara magrelo de uns quarenta e tantos anos vestindo suéter de tricô. De trás da área dos chocolates e dos refrigerantes, dava para ouvir a voz tensa da mãe, bem baixinho.

"Beleza, você tem cinco minutos."

"Tammy..." Eles ficaram em silêncio quando alguém passou pela prateleira. Alejo continuou: "Você não está feliz com a minha presença aqui. Já entendi".

"Pelo jeito, não entendeu. Se tivesse entendido, iria embora." Ashley podia ouvir a mãe fazendo cara feia, mesmo estando a um corredor de distância. "O que vocês querem?"

"Você sabe que a gente passou por poucas e boas aqui."

"É, sei que a perda foi um baque forte pra vocês. E sinto muito, mesmo." Tammy ficou calada por um momento. "Mas achei que a mudança de vocês dois tinha sido algo permanente."

"Eu também achei", respondeu Alejo, "mas nós três temos tanto direito de estar aqui quanto qualquer outra pessoa."

"Humm", disse Tammy. "Foi de péssimo gosto ter dado esse nome pra ela, aliás."

Alejo ficou quieto. O silêncio dele era algo ferido, empertigado e gélido ao mesmo tempo. "Você pode falar o que quiser para mim e para o Brandon, não tô nem aí. Mas a Logan não tem nada a ver com isso."

"Vocês sabem como Snakebite é. Por que trazer ela pra cá?"

"Por que nós somos uma família", disse Alejo, e sua voz beirava o desespero. "O que a gente deveria ter feito? Deixado ela em casa?"

"Alejo", falou Tammy, usando um tom mais suave do que antes. "Eu tô falando sério. O que vocês estão fazendo aqui?"

"A gente tá procurando algum lugar. Para o programa."

"Você vai fazer com que a cidade vire alvo de chacota."

Depois disso, nenhum dos dois disse mais nada. Ashley colocou a cabeça mais perto das barras de chocolate, tentando ouvir. Sua mente girava, tentando absorver tudo. Ocorreu-lhe que sua posição ali pareceria muito estranha para alguém que passasse naquele corredor olhando os produtos, mas não estava nem aí. Isso se referia a mais do que o que John dissera a Logan na loja. Ela nunca ouvira a mãe falar daquele jeito. Nunca a vira tão perturbada. Era a mesma Tammy Barton que expulsava de Snakebite as redes de fast food e as supercorporações sem sequer suar, a mesma Tammy que comandava com facilidade o rancho dos Barton. Era a grande protetora de Snakebite. Nada a abalava, mas algo sobre Alejo aparentemente, sim.

Ele pigarreou. "Não é uma piada. Você não acha que as coisas andam esquisitas? Não acha que tem algo *errado*?", perguntou. "Depois que... Aconteceram várias coisas por aqui depois que a gente foi embora. Problemas que nunca resolvemos."

O salto do sapato de Tammy estalou no chão. "Eu sou um desses problemas?"

"Problemas *de verdade*", esclareceu Alejo.

A mãe de Ashley disse mais alguma coisa, mas o som foi engolido pelo barulho de um casal de idosos entrando no corredor de onde ela espiava. A garota olhou para eles fazendo uma cara feia, mas o casal não notou nada — em vez disso, estavam focados na água com gás da marca do mercado. As luzes no teto zumbiam e os congeladores grunhiam; abaixo disso tudo, a voz da mãe dela continuava, suave e tão baixa quanto um murmúrio. Ashley fechou os olhos, mas não conseguiu identificar as palavras.

Enfim, parte da conversa voltou a chegar até ela.

"Você não precisa fazer isso", disse Alejo, "mas sabe que é o certo."

"Mas e daí? Você quer que eu finja que nada aconteceu?"

Alejo não falou nada por um instante. "Logan não sabe nada sobre ela. Brandon e eu achamos que seria melhor assim. A gente não saberia nem por onde começar."

"Beleza."

"Obrigado", falou Alejo, e Ashley teve a impressão de que ele agradecera de coração.

"Quando acabarem, vocês vão embora? De verdade dessa vez?"

"Claro. Assim que a gente resolver tudo, vocês nunca mais vão ver nossa família de novo."

"Ah, graças a deus." A voz da mãe saiu inundada de alívio. Era a Tammy Barton usual, certeira e à vontade. "Façam o que quiserem se isso significar que depois vão embora. Até convido vocês para os brunches de domingo."

Alejo riu, com mais alívio do que Ashley esperava de alguém que acabara de ser convidado a se autoexilar da cidade. Em um instante, a atmosfera mudou de tensa e horrível para agradável. Amigável, até.

"*Pior* que tenho saudade dos brunches de domingo, acredita?" Ashley ouviu as rodas do carrinho de Alejo girarem. "Meu deus, eu odeio este lugar."

"Não costumava odiar."

Alejo ficou calado por um momento. "Não, não mesmo."

O silêncio entre eles perdurou por tempo demais, e Ashley calculou que talvez já tivessem se despedido. Ela apoiou as costas nas prateleiras e fechou os olhos. Aquilo não estava nada certo — a mãe contava tudo para ela, mas nunca falara nada sobre Alejo. Ashley nunca tinha ficado sabendo de nada sobre Brandon ou sua família, muito menos algo pudesse se referir àquela história. Ashley odiava segredos. Pareciam agulhas enfiadas na pele, pequenas, afiadas e constantes; lembretes de que havia algumas verdades que ela ainda não merecia, por mais que trabalhasse para fazer jus ao sobrenome que carregava.

"Bom, então até vocês desaparecerem de novo", disse Tammy, quase baixo demais para Ashley ouvir.

As rodinhas de Alejo rangeram. "Mal posso esperar."

A garota correu até o corredor do hortifrúti e pegou um saco de floretes de brócolis. A mãe virou a esquina com um sorriso estranho e astuto no rosto. Pegou o saco de brócolis e o colocou no carrinho, mas manteve os olhos fixos no rosto de Ashley.

"Quanto da conversa você escutou?"

"Tudo?" Ashley mordeu o lábio. "Foi mal pela briga com a garota. O John começou a provocar ela do nada, e eu tentei..."

"Não se preocupa com isso." Tammy balançou a cabeça, mas não estava brava. Ajeitou uma mecha do cabelo de Ashley atrás da orelha da filha. "Eu teria feito a mesma coisa se fosse você. Conheço essa família há tempo suficiente. Algumas pessoas adoram se vitimizar, só isso."

"Quem é aquele cara?", perguntou Ashley.

Tammy deu de ombros. "Ninguém importante."

"Vocês são amigos?"

Tammy deu a volta com o carrinho. Por um instante, seguiu em silêncio, remoendo a resposta antes de cuspi-la: "Fomos, em determinada época. Bem amigos".

Ashley concordou com a cabeça. No fim do corredor, Alejo pegava um saco de batatas fritas industrializadas de uma prateleira alta. Sua expressão era distante e vidrada. Ashley não sabia dizer se era a raiva ou a adrenalina ainda fazendo efeito, mas as mãos do homem pareciam estar tremendo. Se Tammy percebeu, não deu sinal algum.

"O trabalho de todo Barton é garantir que Snakebite permaneça segura", afirmou Tammy, seguindo caminho até o caixa.

Ashley não soube muito bem se entendera. Mas assentiu e seguiu a mãe sem falar nada, os segredos seguindo seus passos como sombras.

8
Uma Fogueira Necessária

Ashley estava no sétimo ano quando enfim entendeu que o lugar era chamado de Snakebite — ou "mordida da serpente" — por causa do formato do lago. No mapa, o lago Owyhee não parecia um lago. Em vez disso, lembrava um rio de foz larga que se estendia pela natureza selvagem, ressecada e erma de Owyhee. Contorcia-se pelas colinas nuas como uma cobra, bifurcando-se ao norte na forma da boca de uma víbora. E entre as presas ficava Snakebite, comicamente pequena e incomodamente solitária.

Na última vez em que ficara de bobeira no lago à noite, Tristan estava com ela.

Agora Ashley estava imersa até a cintura, olhando para o ponto onde a cálida água escura tocava as colinas no horizonte. Longe das luzes da cidade, o céu noturno era pincelado de nuvens que assumiam um tom de roxo-clarinho, e polvilhado da luz das estrelas. A água pulsava contra a barriga dela, incitando-a a dar apenas mais um passo em direção às suas profundezas. Antes, ela não gostava de nadar à noite, mas agora havia algo de reconfortante na escuridão, que atraía a garota, com gentileza, na direção do nada.

"Ash."

Ashley se virou bem a tempo de receber o impacto de um jato de água do lago em cheio na cara. Bug estava imersa até o joelho, a apenas alguns passos de distância, exibindo um sorriso maroto. Ela se abaixou para jogar água na amiga de novo, mas Ashley dobrou os joelhos e mergulhou, reduzindo o mundo a nada além do som do bater das ondas.

Quando voltou à tona, Bug estava parada ao seu lado.

"Você tá bem?"

"Aham", soltou Ashley. Torceu o rabo de cavalo. "Tô ótima."

Não estava, mas não valia a pena explicar. Desde o desaparecimento de Tristan, o mundo era como argila úmida apertada por um punho. Ashley sentia no peito a forma vazia do garoto. Sua nova versão de "estar bem" seria aquilo. Era duro de engolir.

Ash não estivera muito animada para sair naquela noite, mas passara semanas tentando levar o grupo de buscas até o outro lado do lago. Tinha colocado na cabeça que, assim que chegasse ali, sentiria a presença de Tristan. Saberia onde olhar. A resposta cairia no seu colo. Porém, estava ali havia horas e não tinha sentido nada.

Na margem do rio, John Paris estava agachado sobre um monte de galhos de zimbro. O calção de banho vermelho-vivo se destacava contra a escuridão gélida, os ombros enormes subiam e desciam enquanto ele tentava acender a fogueira. Tinham lenha e um isqueiro na caçamba da caminhonete, mas, como sempre, John estava determinado a fazer fogo como nos filmes. Só com um graveto e movimentos frenéticos. Fran e Paul estavam sentados atrás dele, na mesa de piquenique, prestando só um pouco de atenção ao garoto.

"Achei que a gente tinha vindo para nadar", comentou Ashley.

Bug deu de ombros. "Pelo jeito, eles mudaram de ideia."

"Você pode ir lá ficar com eles se quiser." Ashley inclinou a cabeça para trás. "Talvez você e o Paul possam conversar mais sobre o pai dele."

"Ai, meu deus, não, valeu", disse Bug. "Se ele..."

Antes que ela pudesse terminar, a fogueira de John crepitou. Ele se jogou para trás, de costas no chão. Fran e Paul começaram a pular atrás dele, comemorando. Ashley e Bug seguiram até a margem.

Enquanto os outros se acomodavam, John se sentou no tronco ao lado de Ashley. Por um instante, ficou encarando a terra entre os pés, em silêncio. "Como você tá levando as coisas?"

Ashley piscou algumas vezes. "Ah. Você sabe."

"Sei." John limpou o nariz. "Sei bem."

A garota confirmou com a cabeça. Quando comparado à amizade que tinha com Fran e Bug, o relacionamento dela com John não passava da amistosidade entre dois jovens criados na mesma cidade pequena. Mas, em noites como aquela, quando Ashley olhava John Paris nos olhos, era como se ele fosse o único que a entendesse. Era a única outra pessoa que tinha uma vazio com o formato de Tristan no peito. O único que olhava para o horizonte escuro e se perguntava se Tristan estava olhando de volta. O vazio o sufocava. Assim como sufocava Ashley.

De certa forma, era legal saber que não estava sozinha.

Eles costumavam ser seis. Havia um espaço na rodinha, bem entre Ashley e John. Ela não esperava que o ar fosse estar tão gelado.

Depois de um tempo, a noite foi se ajeitando até adquirir uma semelhança borrada com a maneira como as coisas costumavam ser. Brincalhona, Fran dava biscoito com chocolate e marshmellow derretido na boca de John, limpando a meleca no maiô. Bug vestiu seu moletom de capuz preferido, um verde, e enfiou as mãos no bolso da frente. Paul abria e fechava a mão na escuridão, tentando pegar cinzas entre os dedos. As coisas estavam quase no lugar certo.

"Queria ver a cara deles quando encontrassem." Paul riu, continuando uma conversa que Ashley estava ignorando havia algum tempo. Ele cutucou John.

"Não tô nem aí para a cara deles. Só quero que admitam que são culpados", disse John.

"Isso também", concordou Paul.

Ao longo do último ano, todos tinham mudado, mas John Paris fora o que mais mudara. Em vez do garoto magro e branquelo da segunda série, ele agora era um rapaz de mais de um metro e oitenta, com ombros largos como os de um touro e um maxilar quadrado que o fazia parecer o pai. Também estava mais frio. Não era o menino que passava o verão inteiro dirigindo quadriciclos pelas colinas com Paul e Tristan. Estava mais sério, como se tivesse virado adulto ao longo de um único ano letivo. Em alguns anos, estaria trabalhando na Madeireira Barton ou treinando para entrar para a polícia, como o pai.

"Precisa de mais lenha", comentou John, ignorando Paul por completo. Deu um tapinha no joelho e se levantou, olhando para Fran. "Quer ajudar?"

Fran arregalou os olhos. "Ah, pode ser. Massa."

John sorriu para ela e eles seguiram na direção das árvores, deixando Ashley sentada diante de Bug e Paul. A fogueira espocava e estalava, formando línguas alaranjadas que lampejavam na direção do céu aveludado. Havia um monte de lenha empilhada ao lado deles — mais do que suficiente para durar por horas.

O que significava que tinham dado um perdido nos outros três.

"Eu vou pegar uma caminhonete", disse Paul, virando o corpo na direção de Bug. A puberdade tinha abençoado John, mas fizera o oposto com Paul. Ele crescera pelo menos uns quinze centímetros no último ano, mas ainda tinha os braços e pernas compridos, e os olhos tão afundados nas órbitas que as olheiras pareciam hematomas. Ele abriu um sorriso para Bug, e a luz do fogo iluminou os sulcos no rosto dele. "Bom, *provavelmente* vou pegar."

Bug continuou fitando a fogueira. "Que demais."

"Pois é. Meu pai disse que se eu conseguir consertar uma Tacoma velha que ele pegou do pátio de veículos apreendidos, posso ficar com ela. Ele tá me ensinando a arrumar o radiador."

"Legal."

Paul continuou falando, sem notar que Bug evitava contato visual. Aquele seria um momento em que Ashley e Tristan se entreolhariam e Tristan balançaria a cabeça. Ashley precisaria morder o lábio para não rir. Mais tarde, quando todos tivessem ido para casa e fosse só ela e Tristan sob as estrelas na caçamba da caminhonete dela, ela faria sua melhor imitação de Paul e diria: *Meu pai me ensinou a trocar o óleo outro dia. Uma caminhonete com o óleo recém-trocadinho? É belezura pura.* E Tristan riria até perder o fôlego. Puxaria Ashley para junto do peito dele e os dois se perderiam em um emaranhado de risadas e beijos até a mãe dela chamar e eles precisarem ir voando para a cidade antes do nascer do sol.

Ashley levou as mãos aos lábios e traçou o sorriso com os dedos. Estava sentada diante da fogueira, lamentando a perda de quem deveria estar ali sentado com ela. Abriu a janela da conversa com Tristan no aplicativo de mensagens — a última que ele enviara parecia alegre demais. Curta demais.

T: Mal posso esperar.

Ela esfregou os olhos e tentou recuperar o fio da meada.

Foi quando o viu.

Na beira da floresta, pouco além de onde John e Fran tinham sumido, havia um vulto sentado em um tronco caído de zimbro. À primeira vista, parecia uma sombra, mas não passava a *sensação* de ser uma sombra. Os braços e pernas eram longos demais; o peito, imóvel demais; o rosto, vazio demais. O vulto a atraía, como a água preta do lago fizera pouco antes. Ele a fitava, sem se mover. Na escuridão, Ashley teve a impressão de que ele estava crescendo, fundindo-se ao breu entre as árvores.

Bug se empertigou. "O que foi?"

"Vocês enxergam alguém ali?", perguntou Ashley. "Uma pessoa sentada no tronco?"

"Não tem ninguém ali", afirmou Paul, sem se abalar.

Bug estreitou os olhos. "Tô tentando ver..."

O vulto se levantou, mas seus movimentos não pareciam certos. Eram irregulares, abruptos e doloridos. O vulto não se aproximou deles. Só ficou olhando. Ashley sentiu o suor enxarcar a nuca. Seu peito estava gélido e apertado, o coração batia em uma marcha lenta e temerosa.

"Como vocês não estão vendo?", perguntou ela.

Bug puxou o moletom para mais perto do corpo.

"Eu... Descreve o que você tá vendo."

"Tá bem ali!"

"Ash", sussurrou Bug. "Eu não tô vendo nada."

O vulto se virou e seguiu na direção das árvores. Havia algo de familiar nele. Era o mesmo que ela vira durante a busca alguns dias antes, mas ainda mais familiar. Ela já vira aquelas costas antes — conhecia aquela silhueta. Ashley ficou encarando a escuridão vazia e compreendeu.

"Ai meu deus."

"*Ashley*", chiou Bug.

Ashley correu.

Chegou à linha da mata em algumas passadas e depois mergulhou na escuridão. Era tudo diferente ali, como se as árvores a tivessem puxado de um mundo de águas abertas e céus noturnos para o vazio. Um zumbido elétrico preenchia a floresta. O som de passos pulsava do chão de terra batida, vindo de todas as direções. Ela correu breu adentro, apegando-se ao som porque significava que não estava imaginando tudo.

Ele estivera ali o tempo todo.

As árvores rarearam, e ela chegou a uma pequena clareira. A luz do luar passava pelas copas, pintando a terra de prateado. Ashley se apoiou em uma árvore para recuperar o fôlego. Por um instante, achou que o tinha perdido. Os passos tinham parado. Não havia vento, não havia estrelas, não havia grilos ou o farfalhar de galhos ou a água batendo preguiçosa na margem atrás dela.

O que havia era a silhueta escura de um chalé contra a noite.

E o som de uma respiração.

Eram inspirações e expirações calmas. Ela reconhecia o som de anos de silêncio confortável — era a respiração de *Tristan*. Era tão familiar a ela quanto a forma das costas dele desaparecendo entre as árvores. Ashley podia sentir o cheiro dele ali, encobrindo as árvores com o aroma de combustível e de grama cortada. Ele estava ali, mas a clareira estava vazia.

"Tristan", gemeu Ashley.

A respiração de Tristan mudou, acelerando um pouco, como se ele estivesse com medo. Ashley cambaleou até o meio da clareira, mas Tristan não estava em lugar algum. Ela o vira perto do lago. Ela o ouvia ali. Não tinha como estar sozinha.

A respiração mudou de novo, acelerando, falhando como se houvesse algo preso na garganta.

"*Eu...*", entoou a voz de Tristan.

"Tristan?" Ashley caiu de joelhos, as árvores rodopiaram ao seu redor.

"Ashley."

Não era Tristan. Ashley olhou para baixo, para as mãos trêmulas. Terra escapava por entre os dedos. Ela virou no lugar, vasculhando as sombras com o olhar.

Atrás dela, um lampejo de vermelho.

"Ashley, o que...?"

Ashley pestanejou. Um vulto emergiu das árvores, mas não era Tristan. Fran se ajoelhou ao lado dela e apoiou a mão no pulso da amiga. Estava com a camiseta toda amarrotada e o cabelo bagunçado, como se mãos o tivessem embaraçado. John vinha alguns metros atrás, com os braços cruzados sobre o peito. O calção de banho vermelho se destacava contra a escuridão.

"Você falou Tristan?", perguntou John. "Cadê ele?"

Ashley balançou a cabeça. O coração martelava no peito. Ela inspirou com dificuldade, tentando se levantar.

"Ashley, o Tristan não tá aqui." Fran a segurou pelo pulso com um pouco mais de força, depois se virou para John. "Ela está fora de si. A gente deveria levar ela para casa."

"Onde você viu o Tristan?", perguntou John de novo.

"*John*", disparou Fran. "Ela..."

Ashley balançou a cabeça, e foi como se o mundo sacolejasse com ela. Queria se levantar — para continuar procurando por ele —, mas seu peito doía. Ela se largou nos braços de Fran e chorou. Tristan estava ali, mas ela não conseguia alcançá-lo. Algo os mantinha separados, algo frio, sombrio e solitário. Ashley estava procurando, mas não o achava.

Ela estava com medo.

9
A Luz que Sufoca

Logan está na cozinha.

As luzes estão apagadas e o cômodo está escuro, exceto pelos números verdes que brilham no visor do micro-ondas indicando 2h34. As janelas vão do chão ao teto, então a noite pinta os azulejos de preto. Lá fora, o Vale de San Fernando se estende como um manto de barulho e luz. Aqui não é solitário como na estrada. Mas ainda é vazio.

A porta da frente se abre com um estalido.

Ele cambaleia pela cozinha sem acender as luzes, tropeçando como se estivesse bêbado. Olha para o micro-ondas e suspira. Mesmo com todas as luzes que vêm do lado de fora, ele não a vê. Só vê o breu. Às vezes, Logan acha que é tudo que ele quer ver.

Alejo já está na cama. Ela também deveria estar. Brandon abre a geladeira de supetão e fica olhando para dentro, procurando alguma coisa que nunca encontra. A luz branca do eletrodoméstico banha o rosto de Logan, mas nem assim Brandon a vê. Não está procurando por ela.

Quando a nota, o arquejo dele é curto e nervoso, um som farfalhante, como asas de mariposas contra o linóleo.

"Eu não te vi aí."

"Só vim pegar água", diz Logan. As palavras ecoam como se ela estivesse submersa. A voz soa perto demais dela. "Onde você estava?"

Brandon ajusta os óculos. Logan olha para ele, mas não consegue ver seu rosto.

"Pesquisando umas coisas para o trabalho", diz Brandon.

"Pesquisando o quê?"

"Ah." Brandon se apoia na ilha de mármore e cruza os braços. O cômodo fica mais escuro ao redor dele. "Já está bem tarde. Você não deveria estar dormindo?"

"Sim." Logan baixa a cabeça. "Boa noite."

Mas a postura de Brandon muda. Ele coloca um braço na parede e bloqueia o caminho dela. Quando fala, sua voz está mais profunda. Vem de todos os lugares ao mesmo tempo.

"Eu sei onde você dorme."

E, de repente, a cozinha some.

Logan está deitada. O medo irrompe de dentro dela como bile. Ela está em um buraco tão fundo que a única coisa que consegue ver lá em cima é o céu noturno, escuro e polvilhado de estrelas.

Brandon reaparece acima da filha. "Tchau, Logan", diz ele. Pega um punhado de terra com uma pá e joga no buraco. A terra bate no rosto dela, e...

Logan acordou engasgada.

Uma luz amarelo baço, cor de urina, escapava pela veneziana fechada. O quarto do hotel estava abafado, quente e cheirando a orvalho. Logan rolou para o lado, os lençóis grudando na pele e o cabelo colado na nuca. Tossiu até ficar com a garganta dolorida, até sentir o gosto de ferro na boca, até os grãos grudentos de terra saírem do rosto, até ter certeza de que estava acordada.

"Não é real", sussurrou, massageando devagar o pescoço. Tocou a coberta, a mesa de cabeceira e a parede atrás da cama e sussurrou: "Isso é real".

Não era um pesadelo novo. Ela já tinha sonhado com aquela cozinha milhares de vezes, mas a última parte — em que fora enterrada viva — era uma reviravolta. Esfregou a garganta, lembrando-se gentilmente de que ali, no quarto do hotel, podia respirar.

Alguém bateu na porta que dava para fora.

Logan saiu às pressas da cama e apertou o corpo contra a parede. Espiou por uma fresta da veneziana e vasculhou a escuridão com o olhar, mas dali não conseguia ver a entrada do quarto. O letreiro do hotel tremeluzia contra uma camada fina de neblina. Fora isso, não havia movimento algum. O estacionamento estava tão imóvel que parecia sobrenatural.

"Tem alguém acordado aí?", perguntou a pessoa do lado de fora.

Logan se aproximou da porta e espiou pelo olho mágico. Não reconheceu o garoto lá fora. Ele trocava o peso de uma perna para outra, parecendo desconfortável. Usava um gorro, uma camisa de flanela e um óculos com armação só na parte de cima, apoiado muito na ponta do nariz. Ao contrário do que seria razoável, Logan abriu. Um vento frio entrou pela gola do pijama dela. "O que você quer?", disparou.

O garoto estava com as mãos diante do corpo, entrelaçando os dedos em movimentos frenéticos.

"Foi mal. Eu, é... Você deveria ver isso."

Logan revirou os olhos. O garoto deu um passo para trás e apontou para a parede entre o quarto dela e o quarto 8. A princípio, ela não viu nada. Então esfregou os olhos, e as letras pichadas entraram em foco.

A primeira palavra era uma que ela vira centenas de vezes nos comentários dos vídeos dos pais. Ali, usada fora da internet, era como se queimasse. Logan chegou perto do termo homofóbico, que ocupava a parede inteira entre as duas portas. A tinta vermelha a fulminou. Só seis letras, mas cada uma era um soco no estômago. Quem quer que tivesse escrito aquilo, fizera questão de usar o plural.

Mas a frase logo embaixo foi o que a fez perder o fôlego: VOCÊS MATARAM ELE.

A porta se abriu de repente. Alejo, de pijama, parou no batente e abafou um bocejo na curva do cotovelo. Logan sentiu o estômago revirar. Foi tomada pelo ímpeto repentino de se jogar na porta, como se, com isso, pudesse impedir que ele e Brandon vissem a vandalização.

"O que aconteceu?", perguntou Brandon, juntando-se ao marido.

Alejo esfregou os olhos e seguiu o olhar de Logan até se virar para a parede. Quando viu a pichação, não disse nada. A noite cheirava lixo velho e sabão em pó.

"Bran, acho que você não deveria..."

Brandon ajeitou os óculos e encarou o xingamento. Sem palavras, cambaleou de volta para o quarto, cobrindo o rosto com as mãos.

"A gente deveria chamar a polícia", disse Logan. "As pessoas não..."

Alejo se virou e colocou as mãos nos ombros dela. Era impossível ler a expressão dele — preocupação, medo, raiva, dó. Balançou a cabeça.

"Não. Não se preocupa com isso. A gente... A Gracia vai ajudar a gente amanhã de manhã. Não é..."

"Não é *o quê?*", perguntou Logan.

Alejo olhou por cima do ombro dela para o garoto que a acordara.

"Elexis. Quase não reconheci você no escuro."

O garoto assentiu. "Foi mal, *tío*. Tentei acordar vocês primeiro, mas..."

"Obrigado por avisar a gente." Alejo inspirou fundo. "Por que não volta para a cama? A gente cuida das coisas agora."

Elexis atravessou o estacionamento, entrando no quarto do outro lado da construção. Logan fez uma nota mental — se Alejo era *tío* do garoto, Elexis também era parente dela.

Logan franziu a testa. "Você ia dizer que não é nada de mais."

Na verdade, um crime de ódio *era, sim,* algo de mais. Logan não era especialista nisso, mas tinha quase certeza de que crimes de ódio eram ilegais. Tinha quase certeza de que a polícia deveria *fazer* alguma coisa a respeito.

Alejo olhou por cima do ombro, com os olhos fixos em Brandon, delineado pela luz fraca do quarto de hotal. Ele não parecia surpreso, bravo ou mesmo decepcionado. Estava apenas... em silêncio. Lembrava o homem no sonho: amplo e sem emoção. Impossível de ler.

"Nada de polícia", enfatizou Alejo. E puxou Logan em um abraço, aninhando a cabeça da filha no ombro. "Só a gente. Vai ficar tudo bem."

De alguma forma, ela duvidava.

10
Do Começo

"Cadê o Paris?"

Ashley espalmou a mão com força no balcão da delegacia do Condado de Owyhee, assustando Becky Golden e a tirando de seu usual torpor alegre. A recepção da delegacia estava super calma às 9h, e o silêncio era quebrado apenas pelo zumbido de um computador antigo e do motor da geladeira na área de café.

O mundo girava rápido demais. Depois que Fran e John a levaram para casa, ela não dormira. Era um milagre não ter acordado a mãe de tanto andar de um lado para o outro. Aquilo não fazia sentido — ela vira Tristan na mata, escutara a respiração dele, estivera perto o bastante para estender a mão e encostar no garoto. A voz dela ecoou nas paredes de tijolos à vista, reverberando de volta e a atingindo como um tapa.

Becky pestanejou. "Ashley? Tá tudo bem? Você está com cara de quem tá meio mal…"

"Estou ótima. Cadê o Paris?"

"Em casa, provavelmente. Mas posso ligar pra ele se for uma emergência."

Uma *emergência*. Ashley quis rir. Não sabia nem quais palavras usar para descrever o que aquilo era, mas "emergência" definitivamente não servia. O som rouco e murmurante da respiração de Tristan a marcara como ferro quente. Mesmo depois de dormir, era tudo que ela conseguia ouvir. Ia muito além de uma emergência.

"O Tristan está na floresta", disse Ashley. "Acho que ele tá machucado."

"Ai, meu deus!", exclamou Becky. Segurou as mãos trêmulas de Ashley entre as suas e pegou o celular. "Onde ele está agora? No rancho?"

"Não. Acho que ainda tá lá."

"Você largou ele lá na floresta?"

Ashley hesitou. "Eu... Eu não lembro."

"Você não viu para onde ele foi?"

Ashley negou com a cabeça. Fitou o balcão amarelo pastel.

"Mas ele estava machucado. Provavelmente não foi muito longe."

Becky estreitou os olhos, com o dedo pairando acima dos botões do celular. Era a mesma Becky Golden que tinha começado como recepcionista no rancho dos Barton. A mesma Becky Golden que vendera o primeiro cavalo para Ashley. Que ainda parava no rancho para tomar um vinho e fofocar toda semana. Ela já era da família quando Ashley ainda mal sabia andar, mas agora olhava para ela como se fosse uma estranha.

"Ashley, eu tô um pouco confusa."

Ashley pigarreou.

"Eu estava com uns amigos na margem do lago e aí a gente viu ele. Eu o segui pela mata, mas de repente ele... não estava mais lá. Ainda dava para ouvir o Tristan. Não sei como, mas sei que ele estava lá."

Becky a escrutinou de cima a baixo com um olhar de pena no rosto. Ashley nem se dera ao trabalho de trocar de roupa — a camiseta estava cheia de terra, os dedos todos sujos, os sapatos cobertos de lama. Tinha certeza de que parecia uma maluca. Talvez *estivesse* maluca.

"Ashley", Becky disse baixinho. "A Tammy sabe que você tá aqui?"

Ashley fez que não com a cabeça.

Becky se aproximou dela como se trocassem confidências.

"Sei que isso tudo está sendo difícil para você. Tenho um primo em Ontario. Ele é psicólogo. Talvez você possa falar com ele sobre isso."

"Como assim?"

"Eu achava que terapia era só pra gente meio esquisita, mas vou te falar: ajudou muito o Tom quando ele perdeu a mãe." Becky pegou um papel na mesa e rabiscou um número de celular. Entregou a anotação para Ashley com um sorriso orgulhoso. "Para quando você estiver pronta."

"Espera aí", replicou Ashley. "Eu não preciso disso. Eu preciso do Paris", disse. Becky suspirou. "Eu não tô inventando nada."

"Não, claro que não." Becky franziu a testa e correu o polegar pelos nós dos dedos de Ashley. A pele era macia e cheirava a hidratante de rosas. "Mas o luto pode fazer coisas estranhas com a nossa cabeça."

"Eu não estava alucinando."

"Parece que você está falando de um fantasma", comentou alguém.

Ashley seguiu a voz até o outro lado da recepção. Havia uma garota sentada em uma das cadeiras de plástico com uma revista de arquitetura e paisagismo aberta no colo. Ashley arregalou os olhos quando percebeu que não estava sozinha. Era a menina do acostamento, que tinha aparecido no dia da cerimônia de Tristan. A da loja de presentes, largada na cadeira como se estivesse ali havia horas, com uma sobrancelha erguida de curiosidade.

Ashley se virou de novo para Becky. "Há quanto tempo *ela* tá ali?"

"Desde que você chegou", respondeu a própria garota, cruzando os braços. "Mas é só me ignorar."

Ashley piscou algumas vezes. Na hora, repassou tudo que dissera depois de entrar de supetão na delegacia. Será que estava cansada a ponto de não ver que havia alguém sentado ali?

"Você estava bisbilhotando minha conversa?"

"Não é bisbilhotar quando a pessoa tá berrando." A menina fechou a revista. "Mas uma pessoa desaparecendo aleatoriamente na mata me parece um fantasma."

"Não era um fantasma." Ashley aprumou a postura e fuzilou a garota com o olhar. "Fantasmas não existem."

"Tá bom, então."

"Se fosse um fantasma, significaria que o Tristan está..."

Morto, pensou ela.

"Morto?", perguntou a garota. "Talvez. Mas meus pais fizeram um episódio com uma tia que via fantasmas de pessoas vivas."

"Ashley", interrompeu Becky em voz baixa, "fantasmas não são reais. Ela tá só tentando fazer propaganda do programa deles. Se você puder esperar o Paris chegar, a gente faz um boletim de ocorrência."

Ashley continuou encarando a garota. Aquela era a filha sobre a qual Alejo discutira com a mãe dela no mercado.

"É por isso que você está aqui? Tá esperando as pessoas entrarem pra convencer elas a assistirem ao programa dos seus pais?"

A menina deu uma risada de desdém. Seu cabelo estava preso em um rabo de cavalo preto e meio escorrido, os olhos obscuros e caídos de quem não tinha dormido bem.

"Não", respondeu a garota. "O programa é uma merda."

"Então por que você tá aqui?"

"Pelo mesmo motivo que você. Vim falar com o xerife." A garota inspecionou as unhas. "Sou a primeira da fila."

"E por que raios *você* precisa dele?"

"Vim dar queixa de um crime de ódio." Ela abriu um sorriso de lábios comprimidos. "Pelo jeito, você não sabe nada do que rolou, né?"

Ashley apertou a boca transformando-a em uma linha fina. Tinha ouvido só parte da conversa de John e Paul na noite anterior, mas tinha certeza de que eles eram os culpados. Lá fora, além da janela, o céu estava cinzento como mármore. O resto das pessoas de Snakebite provavelmente estava acordando. Ela teria de explicar o que vira para Bug e Fran. Para a mãe.

Elas tampouco acreditariam. "A gente pode conversar um pouco lá fora?", perguntou Ashley.

A garota a fitou com o olhar desconfiado. "Tô de boa. Não quero perder meu lugar na fila. Já precisei esperar duas horas para alguém colher meu depoimento."

Ashley se virou para Becky, que estava se esforçando para evitar qualquer contato visual.

"Você não pode só registrar o que aconteceu e deixar ela ir embora?"

"Ela disse que queria falar com o Paris", respondeu Becky.

A garota negou com a cabeça. "Não, eu falei que queria registrar um boletim de ocorrência por crime de ódio. Ficaria feliz se *você* pudesse me ajudar."

Becky abriu um sorriso forçado. "É claro. Logan Woodley, né?"

"*Ortiz*-Woodley", corrigiu a garota. "Com hífen."

Logan Ortiz-Woodley. Ashley remoeu o nome enquanto Becky anotava as informações dadas por Logan. Ortiz era um nome comum em Snakebite — da mesma família de Gracia Carrillo, ela achava —, mas Logan não tinha crescido em Snakebite. Era uma forasteira. Não conhecia a floresta, o lago ou as colinas a perder de vista. Não carregava o fardo dos anos de história sobre os quais a cidade fora construída. Ashley se perguntou se, quando Becky prometeu que Paris falaria com ela logo, sabia que o garoto que fizera aquilo com os pais dela era filho do xerife. Ela se perguntou se Logan sabia que aquele tipo de ocorrência renderia no máximo uma "boa puxada de orelha" em John e nada mais. Também se perguntou se Logan sabia como as coisas funcionavam em Snakebite.

Aparentemente satisfeita, Logan se virou para Ashley e ergueu uma sobrancelha. "Isso foi bem fácil. Minha atenção é toda sua."

Ashley gesticulou na direção da porta.

Elas saíram para a manhã clara. O vento carregava o cheiro adocicado da água do lago, seu toque frio e carinhoso como linho. Ashley inspirou o ar do verão e se sentiu um pouco mais racional. Um pouco mais presente. A névoa indistinta da noite anterior começou a se dissipar devagar.

"Só pra você saber, não sei se fantasmas são reais ou não." Logan se remexeu, inquieta, apoiando a mão no quadril e depois a soltando ao lado do corpo de novo. Estava com os olhos fundos de exaustão, focados na estrada que corria diante do lago e se estendia além do estacionamento. "Não sei se era isso que você ia perguntar. Mas, enfim."

"O que vi ontem à noite não era uma alucinação", falou Ashley.

"Você acha que era alguma coisa paranormal?"

"Não sei. Você já viu alguma coisa paranormal?"

Logan fez uma careta. "Não. Nunca."

"Ah."

"Mas você não quer que seja paranormal", afirmou Logan. "Você quer achar esse tal de Tristan, né? Vivo?"

Ashley confirmou com a cabeça.

Logan pensou naquilo por um instante. A expressão dela era difícil de ler: ao mesmo tempo pensativa e preocupada. Esfregou a mão na nuca, os olhos fitando o asfalto.

"O xingamento sinônimo de 'cervos' não foi a única coisa que escreveram na porta dos meus pais essa noite." Logan fechou os olhos e expirou. "A mensagem também dizia *vocês mataram ele*."

Ashley arquejou. John e Paul eram os responsáveis pela pichação. Se tinham escrito *vocês mataram ele*, significava que achavam que Tristan estava morto. Raiva borbulhou no peito de Ashley. Todas as buscas, as cerimônias, todas as vezes que tinham dito *a gente vai encontrar ele logo...* Eles não acreditavam em nada daquilo. Era tudo fachada.

Logan pigarreou. "As pessoas acham que meus pais machucaram alguém?"

"Eu não sei quem pichou..."

"Não tô dizendo que você sabe de alguma coisa", interrompeu Logan, erguendo as mãos em rendição. "Só tô perguntando sobre o teor da mensagem. As pessoas acham que meus pais machucaram esse garoto, ou é assim que vocês recepcionam todos os gays que chegam nessa cidade?"

Ashley piscou, um pouco chocada com a casualidade com que Logan dissera aquilo.

"Não tenho uma opinião formada sobre isso."

"Mas meu deus do céu... Eu não estou pedindo sua opinião. Tô perguntando se todo mundo aqui acha que meus pais *mataram* alguém."

"Sim. Acho que sim."

Logan expirou com força. "Por quê?"

"Tristan sumiu em janeiro. Uma semana depois que seu pai chegou aqui." Ashley pigarreou. "Você tem que admitir, é meio..."

"Eu não tenho que admitir nada", disse Logan. "Onde ele foi visto pela última vez?"

Ashley fechou os olhos. "Eu fui a última pessoa que viu o Tristan. Ele estava na minha casa. E depois desapareceu."

"Eita." Logan arregalou os olhos. "Vocês dois..."

"Sim. A gente namorava."

"Puta merda."

Foi a pior reação ao sumiço que Ashley já testemunhara. E, de certa forma, foi a mais revigorante. Logan enfiou as mãos dentro das mangas do suéter e cruzou os braços.

"Você tá procurando por ele desde então?"

"Tô", respondeu Ashley. "É estranho, mas é como se eu ainda o *sentisse* aqui. Tenho uns lampejos dele, como se ele estivesse bem ao meu lado. E aí, ontem à noite..."

Logan levou o dedo aos lábios, pensativa. Um vento quente soprou pela rodovia, mais quente do que deveria àquela hora da manhã. Gotas de suor brotavam no pescoço de Ashley. Depois de um instante, Logan suspirou.

"Quer ajuda pra procurar por ele?"

Ashley estacou. "Por que você iria me ajudar?"

"Porque se a gente encontrar ele, ele não vai estar morto. E todo mundo vai ver como meus pais não fizeram nada."

Ashley concordou com a cabeça. "Faz sentido."

"Não tem como ser muito difícil", disse Logan. "Vamos até onde você viu ele ontem à noite."

Ashley arregalou os olhos. "Agora?"

"Por que não?", perguntou Logan. Seu meio-sorriso tinha um toque atordoante de graça. "Eu te ajudo, você me ajuda. E depois que a gente encontrar seu namorado, meus pais podem terminar de gravar o programa e ir embora."

Ashley estendeu a mão. Não sabia se aquele era o tipo de acordo que as pessoas selavam com um aperto de mão, mas parecia adequado. O vento que soprava entre elas era suave como um sussurro.

Logan apertou a mão de Ashley e a chacoalhou.

"Parceiras temporárias", disse Logan.

Ashley sorriu. "Por mim, tudo bem."

11
A Floresta dos Acordes de Piano

Logan estava no banco do passageiro da caminhonete de Ashley, parada na via de cascalho por onde os carros saíam do rancho dos Barton.

A luz do sol refletia nas janelas perfeitamente quadradas da casa de fazenda, emolduradas por imaculados batentes brancos com detalhes em cinza. A passagem até a porta da frente, preta, era margeada por moitas, todas cheias de flores alvas em botão. Além da casa, havia áreas de pasto que pareciam se estender para sempre. O horizonte era uma colcha de retalhos verdes e dourados. Parecia o tipo de lugar que apareceria em programas de arquitetura: bonito, imenso e genérico. Pelo menos a propriedade não tinha uma daquelas cerquinhas de filme.

Logan tentava se livrar do peso da noite anterior. As últimas horas pareciam um borrão — o pesadelo, a ofensa homofóbica na porta dos pais, a delegacia, e agora *isso*. Agora ela estava esperando que a própria Princesinha de Snakebite saísse de sua pitoresca casa de fazenda com roupas limpas para que elas pudessem investigar o namorado desaparecido dela.

Ela não seria capaz de inventar uma história daquelas nem se tivesse tentado.

Enfim, Ashley irrompeu da casa com um boné de beisebol na cabeça e uma camiseta amarela desbotada com as palavras MADEIREIRA BARTON. Parecia mil vezes mais desperta que a garota que Logan encontrara na delegacia uma hora antes, mas ainda havia olheiras escuras ao redor de seus olhos azuis brilhantes. Estava com uma expressão feliz, mas todo disfarce tinha limite.

Ashley subiu no banco do motorista. "Pronta?"

Logan colocou os óculos escuros. "Essa é a caminhonete do seu pai?"

"Não", soltou Ashley. "É toda minha."

"Este é o carro que *você* dirige?"

Ashley deu uma risadinha. "Quando foi a última vez que você carregou carga em um Tesla?" Sua voz saiu com um sotaque ainda mais rural quando ela disse *Tesla*, como se a palavra em si fosse uma ferramenta enferrujada que tirava do cinto pela primeira vez em anos.

"Não viaja, sua tonta. Eu nunca dirigiria um Tesla."

"Não é melhor você falar para os seus pais onde a gente tá indo?", perguntou Ashley.

"Eles não estão nem aí." Logan deu uma olhada para a casa de fazenda. "*Você* contou para os seus pais onde a gente tá indo?"

Ashley só abriu um sorriso.

"Massa. Uma missão secreta." Foi a vez de Logan sorrir. "Vamos nessa."

Elas saíram do rancho dos Barton e seguiram pela rodovia cheia de poeira até as casas térreas de Snakebite ficarem para trás e restarem apenas colinas douradas e cascalho aqui e ali. A paisagem estava a quilômetros de distância da imagem que Logan tinha do noroeste dos Estados Unidos. Passara anos imaginando florestas esmeralda, cordilheiras cheias de neblina e estradas solitárias e arborizadas. Em vez disso, o que encontrou foram colinas que pareciam nós de dedos flexionados, estendendo-se uma após à outra na direção de *lugar nenhum*.

Era onde ela estava: em *lugar nenhum*.

Ashley deu um puxão no volante da caminhonete e, de repente, atravessou a rodovia de duas pistas, enveredando por uma via que acompanhava a margem do lago. O Ford sacolejou quando saiu do asfalto para o cascalho, fazendo as roupas e os livros didáticos no banco de trás voarem por um instante. Logan se agarrou ao painel e fechou os olhos para não vomitar, mas Ashley parecia inabalada. Controlava a caminhonete como se fosse um caubói dominando uma montaria indisciplinada, com a mão firme nas rédeas e o corpo se inclinando com facilidade a cada salto e chacoalhão.

"O lugar é bem longe do desvio", disse Ashley. Abaixou o quebra-sol do motorista e tirou um par de óculos cor-de-rosa preso a ele. "Espero que você esteja com calçados adequados para uma caminhada."

Logan olhou para as sandálias de couro de amarrar. "Tá tudo bem. Qualquer calçado é de caminhada se você acreditar em si mesma."

"Ha, ha", soltou Ashley, sem humor algum.

A caminhonete passou por um buraco e os óculos de sol de Logan caíram no chão. Ashley sorriu para ela com uma expressão presunçosa no rosto, como se encarar sacolejos na estrada fosse algo que apenas uma garota de Snakebite fosse capaz de fazer. A Ashley Barton que dirigia o Ford era diferente da que Logan encontrara na delegacia. Estava despreocupada, acomodada casualmente no assento, com a barra da camiseta dobrada de qualquer jeito logo acima do umbigo. A pele bronzeada da barriga era pintada por sardas de um tom de marrom clarinho.

Logan ficou olhando aquilo por um momento longo demais.

Depois voltou a se ajeitar no banco e focou na estrada à frente. Era lésbica, mas não lésbica a-ponto-de-salivar-por-meninas-heterotop-do-interior.

Depois de meia hora, o caminho de cascalho foi se transformando em uma via de acesso improvisada na borda da mata. A água do lago batia em um ritmo constante na margem à esquerda delas. A escuridão se empoçava nos zimbros à frente, onde as árvores ficavam tão próximas que era impossível ver através delas. Algo no silêncio do lugar fez Logan se sentir mal.

"É aqui que vocês vêm pra se divertir?", perguntou.

"Não exatamente aqui", disse Ashley, descendo da caminhonete. "Vem comigo."

Logan foi. A náusea que sentira na caminhonete só se aprofundou quando atravessaram o limiar da mata. Não era medo, estava mais para um desconforto. A floresta estava mais silenciosa do que deveria. Mas talvez florestas fossem assim mesmo — Logan não era uma frequentadora muito assídua da natureza. Um temor fraco fez seu estômago se revirar, avisando que havia algo à espreita.

Ashley avançou a passos largos, tocando o tronco das árvores como se a casca delas escondesse segredos. O rabo de cavalo loiro intenso, passado pelo buraco acima do regulador do boné, balançava entre as omoplatas a cada passo. Logan foi incapaz de não pensar em um comercial de barra de cereal.

Quando Logan e os pais viviam na estrada, passavam noites entre cidades interioranas, estacionados no acostamento que margeava florestas como aquela. Os insetos e o barulho dos carros passando eram ruins, mas o isolamento era pior. Na floresta, não havia saída. Pessoas que morriam lá dentro só eram encontradas depois de meses, isso quando as achavam. Ela imaginava os galhos como dedos deformados chamando-a na escuridão, esperando para capturá-la. Talvez a floresta tivesse capturado Tristan Granger.

"Aqui", disse Ashley de repente. "A gente estava aqui."

Logan foi até a água, onde a terra dava lugar à lama e às pedras. A margem formava uma pequena baía, grande o bastante para banhistas nadarem sem que alguém no lago propriamente dito pudesse vê-los. Alguns metros adiante, meio imerso na água, a parte de cima de um biquíni estava enroscado em uma rocha, oscilando ao sabor das marolas como uma bandeira solene.

"Que graça", disse Logan. Pescou uma das alças com o dedo e ergueu a peça. "É seu?"

Ashley corou. Arrancou o biquíni da mão de Logan e o torceu para tirar a água antes de amarrá-lo na alça da bolsa. "Não é meu, é da minha amiga."

"Sua amiga aproveitou bem a noite", insinuou Logan. "Melhor que você, pelo jeito."

Ashley se virou para olhar o lago. Pisou na linha d'água e fechou os olhos, com uma das mãos no quadril e a outra apertando a parte de cima do biquíni como se estivesse invocando pistas. Logan ficou tentada a parar na mesma posição e ver se alguma visão de namorados desaparecidos lhe ocorria, mas não estava se sentindo maldosa assim. Não naquele dia, pelo menos.

"O que a gente tá procurando?", perguntou Logan.

Ashley marchou pela margem com as costas voltadas para as árvores. "Eu estava perto da fogueira quando vi o Tristan. Ele entrou na mata."

"Você foi atrás dele?"

Ashley não respondeu. Continuou andando e desapareceu floresta adentro. Logan correu um pouco para alcançá-la. A mata ficava mais silenciosa conforme avançavam. Chegaram a uma clareira, onde as árvores rareavam e o lago não passava de uma linha azul além dos troncos. Havia um chalé meio caindo aos pedaços alguns metros adiante. Um som ecoava sob o silêncio. Logan fechou os olhos para ouvir melhor.

A mata não estava calada. Não completamente.

Música ecoava por entre as árvores. Eram as notas de um piano pairando pela calmaria, vindas de algum lugar próximo. O sol passava pelos galhos pelados, pintando o mundo com uma magia solitária. O instrumento tocava uma música fantasmagórica, assustadora e tensa, tão triste que era insuportável, mas bela mesmo assim.

"As florestas por aqui costumam ter muitos pianos?", perguntou ela.

A risada saiu abafada e nervosa, porque brincar sobre músicas fantasmagóricas era mais fácil do que tentar compreender o fenômeno. Era o tipo de coisa que os pais dela investigariam na tv. Mas Brandon e Alejo não estavam ali. O que quer que estivesse acontecendo na mata era real.

"Eu sei de onde isso está vindo", disse Ashley, e avançou na direção do chalé.

Estava agindo de forma casual, como se fosse normal mergulhar de cabeça no paranormal. Porque era só o que um piano na floresta podia ser — *paranormal*. Até onde Logan podia ver, ninguém morava ali. Além da construção capenga de madeira, a floresta estava vazia.

Logan entrou na frente dela, as mãos erguidas para detê-la.

"Você quer ir *na direção* do piano fantasma?"

"Não é um piano fantasma." Ashley olhou ao redor. "Mas prepara seu, é... suas coisas. Não sei quem vai estar tocando quando a gente abrir."

Logan congelou no lugar. "Calma, que coisas?"

"As coisas do programa. As de encontrar fantasmas", respondeu Ashley. Logan só pestanejou. "Você é uma caça-fantasmas, não é?", continuou.

"E por que eu andaria por aí com os equipamentos? A gente nem parou no meu hotel."

"Achei que vocês andavam carregando tudo." Ashley fez uma careta. "Você não trouxe *nada* com você?"

"Eu nem sei se os negócios que meus pais usam são reais." Logan riu. "Além disso, só participei do programa uma vez. Não sei usar aqueles troços."

Ashley revirou os olhos. Uma brisa leve soprava por entre os zimbros, e a luz do sol passando pelas copas era densa como ouro. A música do piano continuava a ecoar no vento: baixa, doce e cadenciada. Ashley olhou para Logan, que se virou para o chalé. O coração dela pulou uma batida. Havia algo familiar naquilo, assim como nas árvores. Era algo logo além da percepção, algo a um fio de cabelo de uma memória.

"Tá vindo dali de dentro", disse Ashley. A voz saiu tão baixa que ela parecia em transe. "Vou te mostrar."

Caminharam até a entrada da construção. *Chalé* era modo de dizer. A estrutura estava completamente quebrada; tábuas que costumavam estar na vertical agora jaziam encurvadas, como se o céu tivesse apertado o teto com a mão e esmagado tudo. As janelas estavam destruídas, cacos de vidro quebrado presos aos batentes. Tapetes de musgo cobriam os cantos do telhado.

"Tá sentindo esse cheiro?", perguntou Ashley.

Logan fechou os olhos. Havia um cheiro distinto vindo do chalé, algo que lembrava sidra com especiarias e fumaça de fogueira. Era um cheiro do qual ela recordava, mas não sabia de onde. Sentiu o gosto de amoras na língua. O esqueleto de uma memória jazia diante dela, mas ela era incapaz de trazê-lo à vida. A familiaridade era sufocante.

"Você já esteve aqui antes?", perguntou Logan.

"Já...", começou Ashley, mas sua voz morreu. "A gente vem aqui às vezes para ficar de bobeira. Mas nunca estive aqui durante o dia. É... diferente."

Elas se aproximaram da porta da frente. A música do piano continuava, flutuando até elas no alpendre apodrecido da entrada. Quando Ashley abriu a porta com um empurrão, a música parou, substituída pelo ranger da madeira velha que estava sob seus pés. O interior do chalé parecia menos surreal que o exterior; o chão estava cheio de latinhas de cerveja, bitucas de cigarro e pegadas na poeira. As paredes tinham nomes entalhados. Havia um sofá cinza todo esfarrapado encostado em um dos cantos do cômodo principal e, ao lado dele, um pano sujo cobria o que Logan supôs ser um piano. Não precisava tirar a cobertura para saber que o instrumento não era tocado havia anos. Ela ficaria surpresa se ele ainda pudesse produzir música.

"O que é isso?", perguntou Logan.

Ashley andou de um lado para o outro do cômodo principal, acariciando as paredes com a ponta dos dedos.

"Não sei, na real. John encontrou esse lugar quando a gente estava no oitavo ano. Aparecia em um dos mapas do pai dele. A gente começou a vir aqui nos fins de semana para os nossos pais não nos encontrarem."

Logan assentiu. "Tristan também vinha aqui?"

"Aham."

Logan se virou para a janela que dava para o lago. Pequenos fragmentos de vidro pintalgavam a terra do lado de fora, refletindo ciscos da luz branca do sol. No fim da margem, o lago Owyhee se afastava e se aproximava da terra. Aquele lugar já tinha sido bonito antes. Logan quase podia enxergar a cena.

Atrás dela, Ashley arquejou.

Ela encarava a parte da frente do cômodo, recuando como se fosse fugir correndo. Estava com os olhos fixos no espaço vazio diante de si.

"O que...?"

"*Shiu*", sibilou Ashley. "Não tá ouvindo isso?"

Logan prestou atenção, mas além dos sons da mata e do chalé, não escutava nada de diferente. Ashley estava com os olhos arregalados de medo. Recuou devagar até os ombros baterem na parede.

"Eles estão entrando."

"Quem?", sussurrou Logan.

Ashley olhou para ela, e os olhos azuis estavam lacrimejando de pânico. A garota se virou para olhar para a porta, e sua expressão mudou de medo para confusão. "Aquele é... seu pai?"

Foi a vez de Logan ficar confusa. Ela encarou a porta da frente, acompanhando o olhar de Ashley, mas não havia nada. Nem mesmo um vulto que pudesse estar confundindo com uma pessoa. Não ouvia vozes. Nem o barulho de passos. Era só a floresta, o chalé e mais nada.

"Não tô vendo nada."

Ashley continuou encarando a porta, com as palmas da mão na parede.

"Ashley", começou Logan.

"Ele..." Ashley fechou os olhos. "Ele tá tentando... gritar para alguém. Fica repetindo que não sabe."

"Quem?", quis saber Logan.

"Seu pai", repetiu Ashley. "Ah... Então... o Brandon."

Diversos minutos de silêncio se passaram e Ashley permaneceu com os olhos vidrados em um ponto no centro do chalé. Logan fechou os próprios olhos, tentando ouvir, mas não havia nada.

"O que tá acontecendo?"

"Parece que tem alguém falando com ele, mas não consigo ouvir essa outra pessoa. O Brandon tá dizendo que sente muito. E que não sabe o que fazer."

"Não tem ninguém aqui."

Ashley olhou para Logan de supetão. "Você *tem que* estar vendo ele também. Não tem como ser só..."

Logan fitava a entrada do chalé, mas estava vazia. Sentiu o estômago se revirar. O chalé inteiro estava vazio. Não tinha como ter alguém ali na construção sem que ela visse. Aquele não era o tipo de coisa que acontecia na vida real. Pessoas invisíveis eram o tipo de coisa que acontecia em um episódio *filler* de *Fantasmas & Mais* quando não tinham orçamento para efeitos especiais.

Logan engoliu em seco. "O que ele tá fazendo agora?"

"Tá só parado no lugar", respondeu Ashley, estreitando os olhos. "É como se estivesse ouvindo. Não a gente. Ele tá dizendo que eles precisam ir. Está dizendo que..." Ela para e olha para Logan. "... está dizendo que as pessoas vão descobrir. Que ninguém pode encontrar o corpo."

"O quê?", perguntou Logan. "Que corpo?"

"Sei lá", disse Ashley. "Tô só repetindo..."

Ela ficou em silêncio de novo.

Logan se sentou no sofá, fechou os olhos e se pôs a escutar, mas não havia nada.

"Você realmente não tá vendo?", perguntou Ashley.

"*Não*, eu não estou vendo", disparou Logan. "Não sei nem se você tá... Isso é uma pegadinha? Não tem como isso ser real."

Ashley negou com a cabeça. "Não consigo mais ver ele."

Logan levou as mãos ao rosto. O chalé rodopiou ao redor dela. Era como se estivesse presa em um pesadelo de novo. Aquilo só podia ser uma pegadinha, alguma armação para zombar dela, mas Logan não conseguia ver onde estava a parte engraçada.

"Ele sumiu", murmurou Ashley. "Não tô entendendo. Eu..."

"Com quem ele estava falando?", perguntou Logan, ansiosa. "O meu pai?"

"Não sei." Ashley correu a mão trêmula pelo rabo de cavalo. "Não sei o que eu vi. Eu não..."

Logan olhou no celular, mas estavam a quilômetros de qualquer sinal. Queria perguntar a Alejo sobre aquilo. Precisava de respostas *de verdade*, não dos *não sei* de Ashley.

"Você acha que era seu pai quem morava aqui?", perguntou Ashley. "Ele disse alguma coisa sobre 'a casa'."

"*Aqui?*" Logan gesticulou para abarcar a sala de estar destruída. "Esse lugar tá abandonado há décadas, no mínimo. Impossível ele ter morado aqui."

"Então por que ele estaria aqui?"

"Não faria sentido algum ele morar nesse lugar", disse Logan. "Aqui fica a quilômetros de tudo. É super isolado. Ele ficaria completamente..."

"... sozinho", terminou Ashley.

Ashley se juntou a Logan no sofá. As duas ficaram sentadas em silêncio, Logan com o rosto entre as mãos e Ashley encarando a porta da frente. A brisa que entrava no chalé agora parecia mais fria, embora Logan suspeitasse de que fosse uma sensação causada apela ansiedade se revirando no estômago. Brandon estava certo quando dizia que havia algo errado em Snakebite. Mas o desaparecimento, os fantasmas... nada daquilo deveria ter relação com ele. Ela fora até ali com Ashley para limpar a barra de Brandon, não para associar o pai ao mistério.

Primeiro, Ashley vira o fantasma do namorado. Agora estava vendo Brandon. Seria impossível convencer a garota de que as duas coisas não estavam conectadas.

"O que a gente faz agora?", perguntou Logan.

Ashley se apoiou no encosto do sofá. Ainda estava com as mãos trêmulas. Olhou pela janela do chalé e fechou os olhos.

"Você vem comigo. A gente tem... muita coisa para conversar."

12
Bando de Ovelhas Desgarradas

Elas voltaram para Snakebite em silêncio.

Ashley levou Logan até o Chokecherry, o único pub de Snakebite. Pensou na impressão que o estabelecimento passaria a uma forasteira. Ela crescera vendo as paredes lotadas de fotos antigas, trens de brinquedo, camisas de futebol e violões. O lugar cheirava a fritura e molho picante para comer com frango, e o ar era tomado por uma película do calor oleoso vindo da cozinha. Fotos de fazendas com rebanhos de gado e tratores enferrujados tinham sido coladas de qualquer jeito aos painéis de madeira nas paredes. Uma espingarda de caça antiga ficava exposta atrás do balcão, com uma galhada dourada pintada na coronha e tudo. Não havia construção em Snakebite que tivesse mais a essência da pequena cidade do que aquela. A história da do local estava registrada ali, nos montes de lembranças.

O pub estava vazio quando chegaram, o que era surpreendente para um dia de semana. O céu lá fora seguia o embalo na direção do crepúsculo, e a barriga de Ashley estava roncando, pedindo uma boa e velha comida de bar. Elas se sentaram em uma mesa de vinil com bancos estofados, Logan de um lado e Ashley do outro. Gus — o proprietário, bartender, garçom e zelador do Chokecherry — foi até a mesa delas com um bloquinho na mão.

"E aí, Gus?", cumprimentou Ashley. "Manda um caneco de Morro Preto e uma porção de fritas."

Gus assentiu e se virou para Logan, que olhou de Ashley para Gus e depois de Gus para Ashley como se tudo fosse uma armadilha. Enfim, deu uma olhada no cardápio e pigarreou.

"Eu... vou querer uma bebida dessa que ela pediu e... umas asinhas de frango? E pode ser pra viagem?"

"Não, ela vai comer aqui", disse Ashley. Ainda tinha um monte de perguntas, e não ia deixar Logan ir embora antes de conseguir algumas respostas. "É tudo para comer aqui. Eu pago."

Gus olhou para Logan. "Você é maior de idade?"

"Eu... sim?", arriscou Logan.

Gus deu de ombros e foi para a cozinha, deixando as duas sozinhas. Em toda a história do Chokecherry, Gus nunca tinha pedido o documento de alguém. Era uma regra tácita — todos os adolescentes de Snakebite iam até lá quando queriam cerveja barata e fritas, e contanto que prometessem não dirigir alcoolizados e pagassem a conta direitinho, Gus não se fazia de rogado. A polícia em Snakebite não ligava, e o tipo de polícia que ligava nunca botava o pé tão longe assim da civilização.

Logan se acomodou em seu lado da mesa. Estava com o desconforto estampado no rosto, e Ashley não sabia se era o bar, os fantasmas ou o fato de que ela não queria estar ali com uma garota que tinha dito que o fantasma do pai dela dissera um monte de coisas incriminadoras. Não julgaria Logan se o motivo fosse "todas as anteriores". Uma canção de Johnny Cash retumbava da *jukebox* do outro lado do pub. Um mosquito zumbiu na orelha de Ashley.

Ela se inclinou na direção de Logan e a olhou nos olhos. "Acho que a gente deveria falar sobre..."

"Tá, eu sei", disparou Logan. "Eu só... posso ter um tempo para, tipo, *processar* tudo?"

"Opa, claro", disse Ashley. Olhou para o tampo todo riscado da mesa, analisando os padrões da madeira. "Eu tô meio surtada também. Fui eu que vi aquilo. Acho que estou confusa. Tipo, seu pai não tá morto."

"Pois é."

"Com isso, são dois", afirmou Ashley. Logan ergueu uma sobrancelha. "Dois fantasmas-espíritos-sei-lá-eu de pessoas que não estão mortas."

"Dois?"

"Tristan", esclareceu Ashley. "Isso significa que ele pode estar vivo.

Logan pressionou a palma das mãos no rosto e correu os dedos pela cara, puxando a pele sob os olhos. "Isso não faz sentido nenhum. Eu tô confusa demais."

Ashley também estava confusa. Ver e ouvir Tristan era uma coisa, mas aquilo era outra totalmente diferente. Tristan tinha sido só um lampejo. No caso dele, ela vira momentos de familiaridade, e depois ele sumira tão rápido quanto um relâmpago. Já ver o pai de Logan havia sido *real*. Ele tinha uma aparência tão vívida que parecia impossível que Logan não o estivesse vendo. Brandon Woodley estivera lá no chalé, bem na frente dela. Ela poderia ter esticado a mão e encostado nele se não estivesse com tanto medo.

"Seus pais nunca falaram nada sobre o chalé antes?", perguntou Ashley.

Uma sombra encobriu a expressão de Logan. Ashley tinha a sensação de estar andando em terreno pantanoso. Não sabia muito sobre Brandon Woodley ou Alejo Ortiz. Não sabia nada sobre quem eram antes de deixarem Snakebite, ou sobre quem eram agora. Por que tinham desaparecido por tantos anos? Ela correu a unha por uma rachadura na mesa, procurando as palavras certas.

Ashley se inclinou para a frente. "Só quero entender o que vi."

"Tá."

"Não vou contar nada para ninguém, caso você esteja preocupada com isso. Mas acho que é bom ter acontecido justo comigo. Se mais alguém vir o que a gente viu..."

"... o que *você* viu", corrigiu Logan.

"... podem achar que não é nada bom."

Logan estreitou os olhos. "Você tá me chantageando?"

"Nossa, meu deus, não." Ashley correu a mão pelo rabo de cavalo. "Só quis dizer que, tipo, você pode me contar um pouquinho mais sobre ele? Sobre seus dois pais, na verdade? Ninguém sabe mais sobre eles do que você."

"Eu nem sabia de onde eles eram até uns meses atrás." Logan revirou os olhos. "Por que você quer saber? Para poder delatar eles depois? O que sei é que não mataram ninguém."

A porta da cozinha abriu de repente, finalizando a discussão. Gus colocou a comida e as bebidas na mesa e desapareceu de novo cozinha adentro. Ashley ficou encarando as fritas em silêncio. Não queria ser amiga de Logan, mas ambas tinham interesse naquilo. Ambas precisavam de respostas. Logan deu um golinho experimental na cerveja e franziu o nariz. Aparentemente, não curtiu muito o gosto. Empurrou o caneco para o lado e cruzou os braços.

"Não vou delatar ninguém", disse Ashley. "Fora que ninguém ia acreditar em mim."

"O povo acredita mais em você do que nos meus pais." Logan arrancou a carne de uma das asinhas de frango com os dentes, tomando um cuidado delicado para não melecar os dedos com molho. "Todo mundo já odeia a gente. Não ia precisar de muito. O pessoal adoraria se você desse uma razão pra eles."

Ashley franziu a testa. Fazia sentido. "Não quero encontrar um assassino. Porque a existência de um assassino implicaria que o Tristan tá..." Ashley apontou para Logan com uma batatinha. "A gente quer a mesma coisa. Só quer que tudo volte ao normal."

"Normal", zombou Logan.

Ashley revirou os olhos. "Eu não tô te chantageando."

"Sei."

"Você não gosta mesmo de mim, né?"

Logan parou de dissecar as asinhas de frango e ergueu o olhar. "Não é nada pessoal. Na verdade, eu odeio todas as pessoas daqui."

"Parece um pouco pessoal."

"Talvez porque você esteja acostumada a todo mundo gostar de você."

Ashley bufou. "Eu não... Esquece."

Logan pigarreou e sorriu. "Tá, então qual é o próximo passo da investigação? A gente sabe que o chalé é assombrado. *Talvez* esteja conectado ao seu namorado."

Ashley franziu o cenho.

"A gente vai descobrir mais sobre o chalé, acho. Posso perguntar para a minha mãe. Você também pode perguntar para os seus pais. Depois que a gente entender isso, vai conseguir planejar os próximos passos. E com certeza precisamos voltar lá."

A sineta da porta da frente do Chokecherry tocou e Ashley congelou no lugar. Fran e John entraram a passos largos, com os olhos fixos na mesa da amiga como se estivessem em uma missão. Ashley procurou Paul vindo atrás deles, mas pela primeira vez desde que se lembrava, os dois estavam sozinhos. Logan se virou para trás e fitou Fran e John com um interesse casual.

"Ashley", começou Fran, inclinando-se na mesa delas. "Onde você estava? Eu te mandei tipo, um milhão de mensagens hoje cedo. Você tá melhor?"

Ashley sorriu. "Foi mal, hoje tá sendo um dia meio esquisito."

"Percebi." Fran olhou para Logan com uma expressão desconfiada. "Eu sou a Fran, e esse é o John. Prazer."

"Eu sei, a gente já se conheceu", disse Logan, fria. "Fiquei sabendo que você perdeu a parte de cima do biquíni."

Fran corou. Ela se virou de novo para Ashley e roubou uma batata frita do prato.

"Parece que você já tá acabando aí. Podia dar uma carona pra gente, né?"

"Eu..." Ashley olhou para Logan.

Logan deu de ombros.

"Tá de boa. Me passa seu número que a gente se encontra depois."

Ashley digitou seu número na agenda do celular de Logan e seguiu Fran e John noite adentro.

O ar do lado de fora do Chokecherry estava quente e doce. Na maior parte das noites de verão, o ar seco que soprava pela rua principal tinha cheiro de churrasco e uísque, mas naquela noite, também carregava um odor estranho e pungente de luto.

Ashley entrou no banco do motorista do Ford enquanto John e Fran embarcavam no banco de trás. Ela teve a sensação desagradável de estar servindo de chofer. Fran deu um leve empurrão em John, toda brincalhona, e ele a empurrou de novo antes de enlaçar os dedos nos dela. Eles riram, uma risada baixinha e cálida, e a cena toda acertou Ashley como um soco no estômago. Era idiota estar com ciúmes, mas ela não sabia o que mais sentir.

"Quer dizer então que vocês agora têm um lance?", perguntou Ashley.

Fran pigarreou. "Isso, é... Acho que sim. A gente oficializou ontem à noite. Eu deveria ter contado."

"Não sei não. A Ash não te contou que estava saindo com aquela fulaninha lá, nem lembro o nome", comentou John.

Ashley deu partida e eles se afastaram do Chokecherry, deixando para trás os prédios da rua principal e adentrando as fileiras de casas apagadas que margeavam o lago. O Ford avançou pela noite e Ashley ficou em silêncio. Não estava nem aí para a vida amorosa de Fran, mas não conseguia tirar o chalé da cabeça. Ou os fantasmas. Ou Logan.

"Sorte sua que a gente te salvou." Fran riu. "Meu deus, sua cara... Você estava com aquela cara de quem fingindo que tá escutando, com os olhos bem arregalados. Você estava *muito* assim, olhando na cara da fulana."

"Eu não estava. Na verdade, ela até que é interessante."

"Você que é trouxa", disse Fran. "A gente estava passando por ali por acaso e aí eu falei para o John, nossa, ela é boazinha demais. Não sabe como ir embora. A gente *precisa* salvar ela."

"E a gente salvou", completou John. "De nada, Barton."

Ainda bem que o rosto de Ashley estava obscurecido pela escuridão, porque tinha *certeza* de que sua expressão seria motivo de briga. Não sabia o que estava acontecendo com ela. Ashley Barton não arrumava briga. Não discutia com as pessoas. Não surtava na floresta.

Eles seguiram caminho até chegarem à casa de John Paris. Era uma construção baixa e verde, encaixada entre duas outras casas quase idênticas que foram pintadas em outras cores. John desceu do banco traseiro e foi até a porta, mas Fran ficou um pouco para trás e se aproximou da janela do motorista.

"Ei", sussurrou ela. "A gente te ama, sabia?"

Ashley sorriu. "Valeu. Também amo vocês."

"Sei que tem muita coisa acontecendo. Ainda é... por causa do Tristan?"

Ashley olhou para a frente, pelo para-brisa. Era por causa de Tristan de uma forma que ela não conseguia explicar. Não era só o fato de ele estar desaparecido — ele ainda estava ali, pairando como uma sombra a cada passo dela. Era o fato de estar vendo coisas que não deveria, e ninguém acreditaria nela se tentasse explicar.

Ninguém exceto Logan, e Logan por si só era um problema completamente diferente.

"Não quero que você se sinta excluída por causa de mim e do John", continuou Fran. "Tipo, você é tudo para mim. Você e o Tristan eram minha meta de relacionamento. Lembro de olhar para vocês juntos e pensar que *precisava* encontrar algo assim." Fran arrastou o pé pelo cascalho na beira da rua. "A gente vai encontrar o Tristan e trazer ele de volta para casa. Mas..."

Ashley pigarreou. "Mas se a gente não encontrar..."

"... se a gente não encontrar, ou se alguma coisa tiver acontecido... Sei lá... Você é minha melhor amiga. Você vai ficar bem de novo?"

Ashley pestanejou sob a luz do alpendre. Era uma pergunta justa, mas a fez despencar no que parecia um poço sem fim. Tateou ao redor, procurando uma resposta, mas havia apenas escuridão e sentimentos vazios. Abriu um sorriso. "Eu vou ficar bem sim. É só... me dar um tempo."

Fran concordou com a cabeça. "É... Digo, sim, claro. É um saco mesmo. Mas tô aqui pro que der e vier."

"Acho que só preciso que alguma coisa pareça normal de novo", disse Ashley, e depois comprimiu os lábios. Algo brotou no fundo da sua mente. Podia matar dois coelhos com uma cajadada só: investigar as coisas mais rápido, mas sem se afastar de Fran e dos outros. Ainda podia fazer tudo aquilo funcionar. "A gente deveria fazer alguma coisa lá no chalé. Como nos velhos tempos."

"Curti a ideia."

"E a gente pode convidar a Logan", acrescentou Ashley, e Fran estreitou os olhos. "Acho que você ia gostar dela. Vocês duas meio que... Não sei, ela me lembra você. Um pouco. Mas se odiar ela, aí nunca mais convido."

Fran ponderou a ideia. "Beleza, tudo bem. Mas só porque você tá passando por essa barra."

Ashley abriu um sorriso. "Boa noite, Fran."

"Boa noite, Ashley."

Fran desapareceu pela porta da casa de John, deixando Ashley sozinha na noite. O celular dela apitou dentro do bolso. Ela o puxou e leu a prévia da notificação.

NÚMERO DESCONHECIDO: `valeu por pagar o jantar hein hahaha`

Ashley tombou a cabeça no encosto do banco.

AB: `Foi mal, esqueci`

Depois de mais alguns segundos, outra mensagem surgiu.

NÚMERO DESCONHECIDO: `Você atingiu o limite de mensagens para este número. Terá que comprar um (1) jantar antes de receber qualquer outra resposta.`

Ashley foi incapaz de reprimir uma risada. Não era lá muita coisa, mas era um começo. Ela e Logan não iam virar amigas, mas precisariam mergulhar de cabeça naquilo. Trariam Tristan de volta. Ela pararia de ver coisas que não deveria. Tudo voltaria a ser como era antes.

Ashley deu partida no Ford e dirigiu breu adentro.

13
Trouxas Unidos Jamais Serão Vencidos

Logan estava no meio do estacionamento do Hotel Bates com uma embalagem para viagem cheia de asinhas de frango, palitinhos de queijo empanado e batatas fritas com queijo e chili — coisas pelas quais *ela* precisara pagar, uma vez que a Princesinha Bota-na-Minha-Conta tinha deixado ela na mão. Seria mais simples apenas se enfurnar de novo no quarto, mas isso significaria mais uma noite rolando o Twitter sozinha. Significaria ligar a TV até o barulho encobrir a gritaria dentro do cérebro. Porque, de repente, era coisa demais para lidar: talvez fantasmas existissem, talvez Brandon tivesse alguma coisa a ver com o desaparecimento de Tristan Granger, e talvez ela fosse a única pessoa capaz de limpar o nome do pai.

Ou pelo menos a única pessoa disposta a fazer isso.

Mas em vez de se enfurnar de novo no quarto, Logan agarrou a embalagem para viagem contra o corpo e foi até o quarto 1. Era nele que Elexis entrara na outra noite. Depois de lidar com Ashley e os amigos, Logan estava desesperada para falar com alguém da mesma idade que ela e que não fosse do mal.

Bateu uma vez. Ouviu um barulho lá dentro, e alguém abriu uma fresta da porta. O garoto de gorro da noite anterior olhou para fora como se o quarto de hotel onde morava fosse um covil de criminosos.

"Oi", disse ela. "Eu sou a Logan, caso você não lembre."

Elexis pestanejou, olhando para ela.

"Fiquei sabendo que somos parentes", continuou a garota. "A gente se conheceu outro dia."

Elexis arregalou os olhos.

"É, eu sei", disse ele. "Não fui eu que escrevi aquilo. Eu estava só..."

"Eu sei que não foi você." Logan chacoalhou a embalagem para viagem, fazendo os palitinhos de queijo empanados baterem nas paredes de papelão. "Seu nome é Elexis, né? Tá ocupado? Trouxe estas humildes oferendas."

"Ah", soltou Elexis.

Ele fitou a embalagem para viagem nas mãos dela e franziu a testa. Relutante, abriu a porta por completo e fez um gesto para que Logan entrasse.

Havia um abismo de diferença entre o interior do quarto de Elexis e o de Logan. O papel de parede floral estava quase todo coberto por pôsteres de jogos de videogame. Ele se livrara de uma das camas de casal e a substituído por um futon marrom todo disforme. A outra cama fora empurrada até um dos cantos do cômodo e estava lotada de travesseiros de todas as formas e tamanhos. O item de destaque do quarto era um rack para TV que parecia servir de altar para um PS4. A tela da TV estava congelada no que parecia algum tipo de jogo de tiro de caubói.

Pelo menos *alguém* estava se divertindo.

Um garoto que Logan não conhecia estava sentado no futon, vestido com uma camiseta do Homem de Ferro. Ele estava mexendo em peças de eletrônicos e ergueu a cabeça quando ouviu o som da porta se fechando. Os olhos castanhos e arregalados pareciam assustados e curiosos, ao mesmo tempo.

"Vocês curtem queijo empanado?", perguntou Logan. Colocou a embalagem para viagem no futon e a abriu com delicadeza. "Já deve estar tudo frio a essa altura, mas..."

"Você é...", começou o menino da camiseta do Homem de Ferro.

"Logan. E você?"

"Nick." Ele atacou os palitinhos empanados. "Não foi a gente que escreveu aquelas coisas na parede do quarto dos seus pais."

"Eu sei que não", disse Logan.

Nick e Elexis se entreolharam, nervosos.

"Eles escreveram mais alguma coisa?", perguntou Elexis. Atravessou o quarto a passos largos e parou diante da TV, como se quisesse esconder com o corpo o jogo que estava jogando. "Eu posso falar quem foi. Vi a caminhonete do John Paris parada aqui naquela noite. Quer dizer, ouvi. Acordei com o barulho. E depois acordei você."

"Não me surpreende. Trombei com ele no bar e ele pareceu *um amor*", disse Logan. Depois chacoalhou a mão. "Mas só vim para perguntar se vocês queriam fazer alguma coisa. A gente é parente, precisa se unir."

"Eu não sou seu parente", disse Nick.

"Não tem muita gente da nossa idade por aqui." Logan desgrudou um queijo empanado do outro. "E a pessoa que tinha me levado para jantar meio que me deu um perdido."

"Já te levaram para jantar?", perguntou Nick. "Você acabou de chegar."

"Foi só jeito de falar."

"Ela estava com a Ashley Barton", informou Elexis. "Eu vi vocês duas saindo da cidade hoje cedo."

"Isso." Logan sorriu. "Fui dar uma volta com a Ashley Barton."

"Por quê?"

"A gente tá caçando fantasmas."

Elexis e Nick a encararam. Depois de um momento, caíram na gargalhada. Logan riu também, porque às vezes era mais fácil contar a verdade e deixar as pessoas escolherem o que fazer com ela. Se Elexis e Nick achavam que era uma piada, que achassem. Convencer adolescentes de que o impossível existia não estava na lista de coisas que ela gostava de fazer. Ela própria mal acreditava em si mesma.

"No que vocês estão trabalhando aí?", perguntou Logan, inclinando a cabeça para ver melhor a geringonça nas mãos de Nick.

"A gente tá montando um computador", disse Nick. "Você e a Ashley são amigas?"

"Não. Nossa relação é estritamente profissional."

Depois de um instante que se estendeu demais, Nick suspirou e pôs de lado as peças de plástico e o cabeamento. "Você é tão sortuda... Queria *eu* ser amigo da Ashley Barton."

"Bom, agora ela tá solteira." Logan deu de ombros. "Você pode tentar alguma coisa com ela."

Elexis arquejou. "Não foi engraçado."

Logan se sentou na beira do colchão de Elexis e pousou as mãos sobre os joelhos. "Foi mal. Tenho uma pergunta... Vocês... *gostavam* do Tristan Granger? A Gracia falou dele de uma forma que fez parecer que odiava o garoto."

"Ah, esse é o jeito da vovó", disse Elexis. "Ela odeia o Tristan porque ele e os amigos pegavam no meu pé. Mas aquela galera meio que pega no pé de todo mundo. E o Tristan não era muito disso."

"É, o Tristan nunca falou nada para mim", intercedeu Nick. "Ele e a Ashley sempre foram gente boa comigo."

"Mas eles deixavam os amigos pegarem no pé de vocês?", perguntou Logan. Elexis e Nick não responderam nada. "Por que você me contou sobre a pichação na porta dos meus pais?"

"Sei lá", respondeu Elexis. "Só achei que deveria."

"Ah, tá. Bom, valeu." Logan relaxou um pouco o corpo. "Várias pessoas por aqui parecem odiar a gente pra valer. Mas vocês não. Por quê?"

Elexis deu de ombros. "Porque acho que seu pai não fez nada de mal, talvez?"

"Por quê?"

"Ele só... Sei lá, não parece algo que ele faria." Elexis estreitou os olhos para o jogo na tv, matando com agilidade alguns bandidos mascarados. "Além disso, se eu delatasse gente da família, a vovó ia me matar."

Logan pestanejou; não esperava tanto alívio. Ela se recompôs e sorriu. "É assim que nós gays pegamos vocês. Vocês se distraem com nossas camisas chiques e, quando dão por si, estão sendo desovados em uma caçamba."

Nick soltou uma risadinha. "Você é muito mais esquisita do que parece."

Logan sorriu. Era como se tivesse passado em algum tipo de teste — Elexis voltou para o videogame e Nick continuou fuçando em peças de computador, explicando cada uma para Logan. Ela prestou atenção, assentindo com a cabeça enquanto pegava os aperitivos da embalagem para viagem. Pela primeira vez desde que tinha chegado a Snakebite, sentiu que conseguia respirar direito. Se Snakebite era guerra, o quarto de Elexis era um pequeno santuário. Os garotos não eram como os conhecidos aleatórios e super *queer* com os quais Logan saía em Los Angeles, mas Snakebite era outro mundo. Em Snakebite, as pessoas eram ou aliadas ou inimigas. Ela não sabia muito bem qual dos dois Ashley era, mas Nick e Elexis estavam, pelo menos um pouco, do seu lado.

Enfim, encontrara aliados.

14
Uma Dor que Brota

"As meninas não quiseram vir?", perguntou Tammy, da cozinha, colocando uma fatia de pão de fermentação natural na torradeira. Os cachos loiros e brilhantes estavam contidos por uma faixa esportiva presa à testa, e a maquiagem estava imaculada. Ela claramente esperava visitas. "Fiz comida para um batalhão."

"Elas tinham compromisso", mentiu Ashley. "Mas tudo bem. Gosto da ideia de ser só eu e você."

Historicamente, os brunches de domingo à beira do lago tinham a habilidade mágica de reverter qualquer tipo de tristeza. Tinha sido daquele jeito que ela superara uma reprovação em matemática, a primeira vez que o Ford quebrara e a época em que Fran havia decidido que não queria ser mais amiga dela. Era demais esperar que o brunch resolvesse o problema do desaparecimento do namorado, mas valia a pena tentar. Na pior das hipóteses, era uma chance de descobrir qual era a do chalé.

Enquanto Tammy se servia de torrada e geleia, Ashley colocava a mesa no deque, dispondo pela superfície talheres, canecas e um bule de café recém-passado. O céu ainda estava rosado com a luz da manhã e o vento que vinha do lago soprava seco e gelado, mas havia um sol grande e baixo no horizonte, fulminando o mundo com seu calor. Era cedo demais para estar quente daquele jeito, mas era assim que as coisas estavam desde que Tristan sumira. Quente ou frio demais, sempre nos extremos. Tammy se acomodou em um banco com uma caneca de café e um livro de autoajuda para "mulheres empoderadas". Ashley deixou o chá de hibisco em infusão e apoiou a cabeça no recosto da cadeira, analisando a maçaroca de galhos de zimbro acima de si. Era algo fácil de se fazer. Ashley inspirou e expirou, tendo a sensação de estar fazendo isso pela primeira vez em semanas.

"O que você tem?", perguntou Tammy. Ajeitou uma mexa solta de cabelo atrás da orelha da filha. "Você parece estressada."

Ashley envolveu a caneca com as mãos, buscando o calor. "O de sempre. Tá tudo bem."

"É o Tristan?", perguntou a mãe.

Ashley só ficou olhando para a água.

"Se ele estiver por aí, vai voltar. Está tudo sob controle. É assim que as garotas Barton são. Calmas, mesmo no meio do caos."

Ashley concordou com a cabeça.

"Não quero fazer disso algo sobre mim, mas posso dizer por experiência própria: às vezes, os garotos vão embora porque acham que vão encontrar outra pessoa." Tammy deu um longo gole no café. "Às vezes, voltam diferentes. Se deus quiser tirar uma pessoa da sua vida, fará isso sem pestanejar. As coisas acontecem quando têm que acontecer. Não pira por causa disso."

Ashley queria muito que fosse fácil como a mãe fazia parecer. Mas aquilo não era igual ao que tinha acontecido com o pai dela — Tristan não tinha se mudado para outra cidade e assumido outra família. Não tinha fugido para evitar uma vida ali. Na verdade, Tristan estava disposto a passar o resto de seus anos em Snakebite. Todas as vezes que fechava os olhos, ela o via na floresta. Ela o via sufocado, ferido, *morrendo*.

Ela o via no quarto dela. Lembrava da última conversa que tinham tido, dos dois em lados opostos, e seu peito doía. Queria poder desfazer aquele último momento, rebobinar o tempo e tentar de novo.

Ashley precisava mudar de assunto.

"Não tem só a ver com o Tristan. Eu tô me sentindo meio mal com a forma que a gente tá tratando aquela família recém-chegada", disse Ashley.

Ficou encarando a costura do braço da cadeira, ignorando a forma como a mãe se virou para ela. Tammy a analisou com o olhar, frio como gelo. A intensidade típica que caía muito bem nas mulheres Barton.

"Ah, os Ortiz."

"Isso. Os Ortiz-Woodley, na verdade", corrigiu Ashley. "Acho que escrevem com hífen."

Tammy soltou um *hmm* baixinho. Voltou o olhar para o livro. "Você acha que eu estou sendo maldosa?", perguntou. "Se conhecesse melhor aquela gente, ia me entender."

"Como *você* conhece aqueles dois?"

Tammy não disse nada. Ashley não sabia muito sobre os Ortiz-Woodley, mas a própria Logan não parecia muito informada sobre os pais. Aparentemente, todo o resto de Snakebite tinha algum tipo de rixa antiga com os dois homens (e por extensão, com Logan), mas ninguém estava disposto a explicar. Era uma coisa antiga, dormente, silenciosa e imóvel.

"Há um tempo eu li um artigo sobre pessoas como aquela menina", continuou Tammy, como se a filha não tivesse feito uma pergunta. Ela se inclinou de novo na cadeira e deixou o olhar repousar na superfície do lago. "Tem uns estudos dizendo que, na verdade, crianças assim ficam bem. Se tornam pessoas normais. Achei que a falta de equilíbrio em casa dificultaria o crescimento delas. Mas o artigo diz que esses jovens são como aquelas plantas que crescem no escuro. Resilientes."

Ela disse *resiliente* usando um tom que fazia Logan parecer um soldado marchando contra os opressivos pais gays.

"Sei lá", falou Ashley. "Ela parece gente boa. Eu mal conheci os pais dela."

Tammy balançou a cabeça. Envolveu a caneca de café com as mãos e virou o rosto na direção do vento que vinha do lago, fechando os olhos. Às vezes fazia aquilo, como se estivesse sendo puxada por uma lembrança tão forte que ofuscava a realidade por um momento. Era a expressão que ostentava quando falava do pai de Ashley. A expressão de quando falava sobre aprender a cuidar de um rancho com a vó Addie. E agora era a expressão que colocava no rosto quando pensava nos Ortiz-Woodley.

"E é melhor nem conhecer mesmo", disse Tammy. "Não acredito em maldições, mas aqueles dois são uma maldição *das boas*. Já eram quando moravam aqui antes, são agora e sempre vão ser. Juro, tudo em que eles encostam vira pó. Não me surpreenderia se mais jovens da sua turma sumissem antes de eles irem embora."

"Mãe...", soltou Ashley.

"Quem me dera estar sendo dramática." Ela inspirou, uma inspiração carregada e súbita. "Se eu fosse você, ficaria longe daquela família como um todo. Mesmo que a filha seja normal, não vale a pena. Eles são tóxicos. Não sei por que a gente deixa eles voltarem."

"Você falou para o pai dela que ia ser gentil."

"Eu falei que ia ser gentil *com a garota*", esclareceu Tammy, omitindo de propósito o nome de Logan. "E o Alejo me conhece muito bem pra saber que, para os meus padrões, ignorar aquela família *é* estar sendo gentil com eles."

Ashley assentiu. Queria perguntar *por que* ele a conhecia muito bem, mas não a pressionou. Ficou encarando a superfície rodopiante do chá, e o cheiro do hibisco fez seus olhos lacrimejarem. Talvez a mãe estivesse certa. No instante em que os Ortiz-Woodley tinham chegado, Snakebite virara um lugar mais amargo e defensivo. Desde que tinham chegado, as sombras pareciam ter presas. Até o brunch parecia maculado.

"Foi alguma coisa que eles *fizeram*?", perguntou Ashley.

Tammy nem olhou para ela. "Sim. De certa forma."

O lago ondulava sob a luz do sol. O céu estava amplo e brilhante, mas o dia parecia uma mentira. Uma versão ilusória de Snakebite de um tempo mais simples.

"Não quero que você se preocupe." Tammy sorriu. Pegou as mãos de Ashley e as apertou. "Snakebite é mais durona do que você imagina. Eles vão embora, ou vamos expulsar aqueles dois daqui de novo."

Ashley concordou com a cabeça. Correu com cuidado o dedo pelo braço da cadeira.

"Vocês costumavam ficar de bobeira no chalé quando tinham minha idade?"

Tammy pestanejou. "O chalé?"

"Isso. Tem um chalé do outro lado do lago. Tem cara de que tá lá desde sempre." Ashley olhou para a estampa da caneca. "Só fiquei curiosa para saber se vocês costumavam ficar de bobeira por lá também", acrescentou. Tammy não disse nada. "Eu e o pessoal às vezes passamos um tempo lá."

"Eu sei."

Ashley arregalou os olhos. "Ah, ótimo. E por acaso você já viu alguém ali, ou..."

"Ou...?"

"Ou sabe quem é o proprietário?"

"Meus amigos e eu nunca 'ficamos de bobeira' por lá porque o chalé não existia quando eu tinha sua idade", disse Tammy. "Na época da construção, eu já tinha uns... 24? Talvez 25 anos?"

"Pera, sério?" Ashley endireitou as costas. "Parece *antigaço*."

"Não sei o que te falar sobre aquele lugar. Mas preferiria que vocês não ficassem perambulando por lá."

"Por quê?"

"Por que eu disse que não."

Ashley correu a mão pela ponta do rabo de cavalo. "Mas alguém construiu o chalé. Quem foi?"

Tammy tomou mais um longo gole de café, mantendo os olhos fixos no lago. Por um instante, Ashley achou que ela não responderia. O chalé seria só mais um segredo que Ashley não merecia conhecer. Mas depois Tammy baixou a caneca e balançou a cabeça.

"O chalé é meu."

No Bates, a manhã chegou sem cerimônia alguma.

Não era como em Los Angeles, onde a luz rosada e progressiva se desenrolava em uma aurora lenta. Em Snakebite, estava escuro e de repente ficava claro. Logan tinha certeza de que, se piscasse, perderia o nascer do sol. Quando colocou o café no micro-ondas, o céu estava preto como se fosse meia-noite. Quando saiu para respirar ar fresco, momentos depois, a manhã já estava cor de creme.

Provavelmente não significava nada, mas dado tudo que vira nos últimos tempos, era algo que a deixava nervosa.

Logan se sentava no estacionamento todas as manhãs, sozinha com seu café bombardeado por raios de micro-ondas. Era mais fácil raciocinar ao nascer do sol, mas naquela manhã estava tendo dificuldade para focar. Sonhara com ser enterrada de novo, e o pesadelo grudara nela como uma segunda pele. Havia sido diferente da primeira vez. Dessa, tinha cavado até sair da cova. Irrompera da terra e se arrastara para fora, depois tinha olhado para a noite escura e densa como petróleo.

Ela se arrastara para fora da cova e acabara *ali*.

Em Snakebite.

Diante daquele lago idiota.

A porta do quarto 8 abriu e Brandon saiu para a manhã escaldante. Estava de calça jeans larga com a barra batendo nas canelas, carregando uma mochila cheia de equipamentos de caçar fantasmas. O moletom tinha a inscrição MADEIREIRA BARTON no peito. Ele parou na frente do Neon, parecendo surpreso por ver Logan sentada na sarjeta.

"Curti a camiseta", disse Logan. "Achei que os Barton eram do mal."

"A gente tá em Snakebite...", disse Brandon, olhando para o logo da empresa. A careta que abriu foi breve, mas impossível de ignorar. "Você levantou cedo."

"Eu levanto cedo todo dia."

"Ah."

Brandon ficou parado ali. Bateu de leve com o pé no asfalto, procurando o que dizer.

Logan continuou em silêncio. Depois do que Ashley vira no chalé, ela não sabia o que dizer para o pai. Mas, enfim, *nunca* sabia o que dizer para o pai. Mesmo que ele não tivesse nada a ver com o desaparecimento de Tristan, mesmo que a pichação tivesse sido uma piada de mau gosto, o homem estava escondendo alguma coisa.

Brandon pigarreou e disse: "Te vejo depois, então".

Acenou em despedida e foi isso. Brandon entrou no Neon e, devagar, saiu do estacionamento do Bates. Logan o viu virar à esquerda na direção da rodovia e fez uma nota mental. Ou estava indo para o centro da cidade ou seguindo na direção do lago. Na direção do chalé.

Atrás dela, Alejo pigarreou. Estava parado à porta do quarto 8, vestido com um roupão simples, o cabelo na altura do ombro ainda molhado do banho. Fez um gesto na direção da sarjeta na qual ela estava sentada. "Parece confortável."

"É ótimo."

"Você podia se esforçar mais."

Logan arqueou uma sobrancelha. "Em que sentido?"

"Seu pai acabou de tentar conversar com você ou estou enganado?" Alejo se apoiou no batente. "Ele tá tentando. Você também podia tentar."

"Nossa relação tá ótima."

"*Logan*."

"O que foi? Foi mal, eu só não sou muito falante o tempo todo. Odeio esse lugar. Só fico sentada sem nada para fazer."

Logan deu outro gole no café e fitou o brilho suave do horizonte. Não costumava falar assim com Alejo — aquela raiva geralmente era reservada aos homofóbicos que comentavam os tuítes do pai —, mas estava farta daquilo. Farta de ser tratada como a única intransigente ali, sendo que eles dois a excluíam e mentiam para ela a torto e a direito. Sentia-se farta de estar do lado errado da família.

Alejo trocou o peso de uma perna para a outra. "Entendo você estar entediada, mas não *precisa* ficar sentada o dia inteiro. Você pode se inscrever em alguma faculdade."

"Pra fazer o quê?"

"Não sei. Você gosta de história", disse Alejo. "Acho que deve ser tarde demais para esse semestre, mas talvez ainda dê para começar no próximo. Eu amei a faculdade. É uma época em que você aprende muito sobre si mesmo."

"Eu já sei o bastante sobre mim mesma." Logan inclinou a cabeça para trás e fechou os olhos. "Além disso, tirei esse ano para não estudar."

"Meu deus", disse Alejo, cobrindo a boca para reprimir uma risada. "Por que você não entra e toma um café?"

Logan ergueu a caneca. "Já tomei."

"Deixa eu reformular: entra. A gente precisa conversar."

Logan se levantou da sarjeta e seguiu Alejo para dentro do quarto. Pelo menos ela tinha feito um esforço para humanizar o quarto dela. Brandon e Alejo, por outro lado, aparentemente haviam feito o completo oposto. As paredes estavam vazias, as camas limpas e perfeitamente arrumadas, os pequenos sabonetes de brinde do hotel estavam intocados. Era o tipo de quarto que ela via em séries de ação, no qual se hospedavam agentes secretos que queriam ficar fora do radar. Fazia quase um mês que estavam hospedados no Bates, e Brandon chegara ainda antes.

Havia algo estranho ali.

Alejo puxou uma cadeira até a mesa encostada sob a janela e fez um sinal para que Logan se sentasse. "Vou passar um café novo. Quer mais um pouco?"

"É... claro", respondeu Logan. "O quarto de vocês tá mega organizado."

"Pois é..." Alejo se sentou diante dela. A luz do sol deixava seu rosto acobreado. "Eu morei nesse hotel a vida inteira antes de conhecer seu pai. Não estou lá muito empolgado por estar de volta. Manter o quarto assim me ajuda a lembrar que é temporário."

"Nossa", disse Logan. "Não sabia que você tinha morado aqui, *aqui*."

"Eu te falei que a Gracia é *mi tía*", disse Alejo. "Quando eu era criança, quase todo mundo aqui no hotel era da família Ortiz. Eu e meus pais morávamos do lado de lá da construção." Ele olhou ao redor. "Não lembro se tinha alguém morando desse. Talvez estivesse vazio na época."

"Espera." Logan franziu a testa. "Tem mais algum parente meu aqui?"

A expressão de Alejo ficou saudosa de repente. "Ah, meus pais se mudaram de Snakebite há muito tempo. Não sei para onde. Não contaram. Mas a Gracia é da nossa família. O Elexis é seu primo. É legal saber que a gente não tá totalmente sozinho, né?"

"Caramba..." Logan estava sem palavras. "E a família do lado do Brandon?"

"Não estão mais por aqui. Acho que não", disse Alejo. "Mas o pai dele tinha uma loja náutica. Foi professor de matemática do meu irmão antes de se aposentar. É engraçado... Eu e seu pai estudamos na mesma sala durante todo o Ensino Médio, mas só fui me aproximar dele quando voltei da faculdade."

Ele disse aquilo de forma casual, mas era nítido que *antes* da faculdade o mundo era completamente diferente do mundo que encontrou *depois*. Ela nunca pensara muito na vida dos pais antes da chegada dela. Não conseguia imaginar como tinha sido viver naquela cidade sozinhos por tanto tempo.

Logan deu um último gole no café. "Você queria conversar sobre alguma coisa, né?"

"Queria." Alejo serviu uma caneca para si e encheu de novo a de Logan, mas manteve a expressão cautelosa. Calculada. Ele estava nervoso com alguma coisa. "Não falei sobre isso com o seu pai porque é um assunto delicado, mas bati um papo com um conhecido outro dia e ele me disse que você fez uma amiga..."

"A Ashley?"

"Acho que sim", disse Alejo. "Ashley Barton."

"É. Mas não somos amigas."

"Você passou o dia com ela, não passou?", perguntou Alejo.

"Quem espionou a gente tão de perto assim?"

Alejo fez um gesto como quem não dá importância. "Não importa."

"Eu fiz alguma coisa errada?"

"Não, só... só me ajuda a entender", começou Alejo. Apertou o espaço entre os olhos com os dedos. "Se você e a Ashley não são amigas, por que passaram esse tempo todo juntas?"

"Porque tem tipo, o quê? Umas quatro pessoas da minha idade nessa cidade?"

"Sim. Mas olha, se ela for apenas um pouco parecida com a mãe, juro que você pode fazer amizades melhores."

Logan soltou uma risada. Alejo sempre dissera que se ela quisesse a verdade, deveria falar a verdade. As pessoas só mereciam honestidade se fossem honestas. Então ela deu de ombros. "A gente tá caçando uns fantasmas."

"Tá falando sério?" Alejo a encarou, sem entender. Aquele choque era diferente da performance de seu personagem para a TV.

"Sim. Tem umas coisas esquisitas acontecendo em Snakebite. Como vocês nunca me contam nada, achei que podia procurar umas respostas sozinha."

"E desde quando a gente não te conta nada?", perguntou Alejo, indignado.

"Tá, então por que a gente tá aqui em Snakebite?"

"Estamos procurando lugares para a série."

Logan revirou os olhos. "E qual caso vocês estão investigando?"

"Seu pai já contou. Você mesma já notou a estranheza do lugar. Um clima esquisito, presságios sombrios..."

"Não sabia que vocês eram meteorologistas."

"Se a Ashley quer respostas, ela pode fazer umas perguntas para a mãe dela", disse Alejo. Espalmou a mão na mesa, fazendo o possível para esconder o desdém. "Acho que a coisa que Tammy Barton mais ama é o som da própria voz."

"E as *minhas* perguntas, ficam como?"

"Manda."

Logan respirou fundo.

"A investigação tem alguma coisa a ver com o Tristan Granger?"

"Quem?"

"O menino desaparecido."

"Escuta", começou Alejo. Apertou a ponte nasal de novo. "Você sabe como as coisas são quando a gente começa a investigar. Pode ter algo a ver com o menino sumido, pode não ter. Você sabe que a gente não entende muito bem o que tá rolando no começo. O programa é sobre a investigação em si."

"Bom, digamos que vocês não escolheram o melhor momento para vir", disse Logan. "Agora todo mundo acha que vocês têm a ver com o sumiço."

Alejo franziu o cenho. "O que mais você queria perguntar?"

"Beleza." Logan quase desejou ter levado um caderno. Pigarreou. "Ahn... os fantasmas. O que eles são?"

Silêncio. Alejo caiu na risada. Cobriu a boca para esconder um sorriso exibido, mas se recuperou em seguida.

"Não tô rindo de você, só estou... Há quanto tempo a gente tem o programa? Você sabe o que os fantasmas são."

"Eu tô falando de fantasmas *de verdade*."

Alejo arquejou. "Não entendi aonde você quer chegar."

"O que vocês caçam é..." Logan pigarreou. "Só quero saber como é a coisa de verdade. Se é que isso existe.."

Alejo fitou a própria caneca. Sempre reagia assim quando ela falava com ceticismo sobre o programa. No momento, Logan não sabia se a reação se devia ao constrangimento pelo teatrinho que faziam na TV ou à frustração por ela ter perguntado a respeito daquilo. Provavelmente ambos. Por mais ridículo que fosse, Alejo parecia amar a série de verdade.

Mas amar a série e achar que o que faziam era real eram coisas muito diferentes, e o que Ashley tinha visto no chalé não tinha nada a ver com o *Fantasmas & Mais: Detetives Paranormais.*

Alejo ergueu o olhar. "Fantasmas de verdade não são o tipo de coisa para se colocar em um programa de TV."

"Você já viu algum?"

"Eu... já? É difícil explicar sem parecer que estou inventando." Alejo deixou um leve suspiro escapar pelos lábios e olhou pela janela. "Eu sempre vi fantasmas."

Logan piscou várias vezes. Alejo não só via fantasmas como os via *desde sempre.* O aperto no peito dela mudou de raiva para admiração. Empurrou a caneca vazia pela mesa.

"Quer dizer que os fantasmas do programa são...?"

"São de verdade. De certa forma." Alejo tamborilou os dedos na mesa. "Em todos os lugares que a gente foi tinha fantasmas de verdade, mas isso não é ruim. Tem fantasmas em *todos os lugares.* Fantasmas de verdade não machucam ninguém. Não precisam ser exorcizados. Mal são conscientes. São como... sentimentos. Ou memórias. Sei lá."

"'Sei lá'?"

"Não existe um manual de como isso funciona."

Logan balançou a cabeça. "E os equipamentos?"

"São de verdade... de certa forma."

"Qual é a aparência dos fantasmas?", perguntou Logan, com cuidado para não denunciar a empolgação.

Talvez Alejo estivesse falando sério ao dizer que era possível conseguir honestidade em troca de honestidade — ele nunca tinha falado sobre fantasmas de forma tão aberta.

Alejo apertava com força a caneca, e os nós dos dedos estavam pálidos contra a cerâmica cinza. Cruzou as pernas e se inclinou para a frente como se estivesse contando histórias ao redor de uma fogueira de acampamento.

"Eu não quero te deixar impressionada."

"Não tenho medo."

"Nunca teve." O sorriso de Alejo não passou de um lampejo antes de a expressão ficar sombria de novo. "Os fantasmas que vejo são como impressões deixadas pelos mortos. Como momentos capturados no tempo. Nem sempre é visual. Às vezes é um cheiro, uma voz, uma sensação. É difícil descrever."

"O que eles fazem?"

"Pouca coisa, para ser sincero. Até onde sei, só aparecem se tiverem deixado alguma coisa para trás. Ninguém quer ficar aqui se puder seguir caminho. Mas se não estiverem prontos ou se não tiverem partido por completo, é *assim* que se manifestam. É como se estivessem apegados ao passado, pedindo ajuda da única forma que conseguem."

"O Brandon também vê esses fantasmas?", perguntou Logan.

"Não. Não sei por que algumas pessoas conseguem e outras, não. Conheci algumas outras que viam também. Em geral, essas não são muito fãs do programa." Alejo deu uma risadinha inquieta. "Mas não. Seu pai não consegue ver fantasmas."

"E pessoas vivas?", perguntou Logan. Traçou um círculo no carpete sob a mesa com a ponta do pé. "Vocês já viram algum fantasma de uma pessoa que ainda estava viva?"

Alejo estreitou os olhos, pressionando os lábios em uma linha fina. Logan se perguntou se tinha ultrapassado os limites, se tinha sido muito específica. Talvez ele também já tivesse visto o fantasma de Brandon no chalé. Talvez estivesse envolvido naquilo. Devagar, o pai de Logan pousou a caneca na mesa, o ceticismo se dissolvendo com um franzir suave da testa. Parecia estar quase lamentando algo.

"Não tenho uma resposta certa. A gente sabe que espíritos são feitos de dores mal resolvidas que pairam em algum lugar entre a vida e... o além. Na teoria, eu diria que dores que deixam um impacto forte o suficiente, do tipo que mata uma parte da pessoa, também podem criar fantasmas. Fantasmas são morte, mas talvez a morte possa significar coisas diferentes. Sei lá. Se tomarmos a dor como régua, garanto que Snakebite está *lotada* de fantasmas."

Logan arquejou. Eles nunca tinham escondido coisas uns dos outros. Ela *achava* que não, mas agora parecia que Alejo era cheio de segredos. Assim como Brandon. Parte de Logan queria contar a ele o que vira no chalé. Mas não conseguia ignorar o temor crescente de que ele e Brandon tivessem algo a ver com aquilo. De que Alejo fosse parte do que quer que Brandon tivesse feito para criar o fantasma no chalé. Talvez houvesse uma explicação simples, talvez não.

A curiosidade dela se transformou em medo. Esvaziou a caneca com um gole só. "Você queria falar sobre mais alguma coisa?"

"Sobre o seu pai." Alejo abriu um esboço de sorriso. "Ele disse que vocês se divertiram comprando coisas de decoração outro dia. Seu quarto tá muito legal."

"Sim, foi massa."

"Ele está tentando", disse Alejo. "Sei que as coisas talvez estejam meio... esquisitas. E o programa não tá ajudando. Tenta pegar leve com ele."

Logan assentiu. "É só isso?"

"Acho que sim", disse Alejo.

Logan conferiu o celular. Com um toque, abriu a janela da conversa com Ashley, cheia de mensagens:

> ASHLEY B: festa hoje à noite no chalé
>
> ASHLEY B: descobri umas coisas com a minha mãe
>
> ASHLEY B: talvez a gente veja uns fantasmas
>
> ASHLEY B: zoeira
>
> ASHLEY B: mas a gente devia investigar
>
> ASHLEY B: te pego às nove

Logan sorriu para a tela. Virou para Alejo, guardando o celular. "Acho que eu preciso te contar que vou a uma festa hoje à noite, né?"

Alejo ergueu uma sobrancelha. "Uma festa em Snakebite?"

"Sim, naquele chalé abandonado. Eu acho que ele parece sombrio na medida certa para essa cidade."

A expressão de Alejo ficou séria. Não apenas por causa da festa, mas do lugar. Ele *sabia* do chalé.

"Não é uma festa *festa*", continuou Logan. "É só uma reunião com amigos."

"Com todos os seus vários amigos de Snakebite?"

"Aham."

"Os mesmos que decoraram nossa parede?"

Logan sentiu o peito apertar.

"Na verdade, eu vou levar o Nick e o Elexis. Eles são meus novos amigos", disse Logan. "Tô ajudando o Nick a construir um computador."

"Você tá ajudando?"

"Tá bem, eu tô *assistindo* enquanto ele constrói um computador. Mas meu apoio moral é muito importante."

"Você é responsável." Alejo suspirou. "Sei que vai ficar bem. Só... toma cuidado e volta para casa depois. Não fica por aí até muito tarde. E se precisar de ajuda, me liga."

"Vou fazer isso", disse Logan. Depois hesitou. "Pai?", murmurou, e Alejo ergueu o olhar. "Valeu por me contar. Sobre os fantasmas e tal."

"Ah. Bom, você sabe que pode me perguntar sobre qualquer coisa." Alejo deu uma golada no café. "E se divirta lá na festa."

15
O Chalé na Floresta

"Tá de zoeira."

Ashley desligou o Ford e afundou no assento. Achava que iria até o Bates para buscar Logan, no *singular*, antes de seguir para o chalé. Não estava esperando a garota surgir do hotel de beira de estrada junto com dois nerds esquisitos dos quais, pelo visto, tinha ficado amiga na semana anterior. Mesmo depois de doze anos frequentando a mesma escola, Ashley duvidava ter trocado uma palavra sequer com Elexis Carrillo ou Nick Porter. Eram só os moleques que sempre fediam a Cheetos e Red Bull na aula de matemática, e ela *não* ia chegar no chalé com eles. Assim que os dois entraram no banco de trás, Logan se inclinou na janela do passageiro com um sorriso amarelo no rosto.

"Espero que você não se importe de eu ter trazido um acompanhante. Ou dois, no caso."

"Onde você achou esses perdidos?", sibilou Ashley.

"Não dá uma de valentona, vai", disse Logan.

Ashley se inclinou por cima do câmbio da caminhonete. "Eu convidei *você*."

"E eu decidi que não ia sair sozinha com um bando de gente que escreve xingamentos homofóbicos sobre os meus pais por aí." Logan tirou o cabelo de dentro da gola da jaqueta jeans. "Além disso, você deveria ser mais simpática. Eles só falaram bem de você."

Ashley fez uma careta.

Logan, Elexis e Nick entraram no Ford, e Ashley deu uma boa olhada no trio. Logan parecia uma personagem de filme, com um vestido preto curto, uma jaqueta jeans por cima e o rosto lotado de maquiagem. Era o tipo de pessoa que chegava nos lugares de limusine, não de carona em uma caminhonete de trinta anos de idade. De repente, Ashley se arrependeu de não ter explicado a que tipo de festa iriam. Não chegava nem a ser uma festa propriamente dita. Um misto de admiração e constrangimento tomou seu peito.

"Valeu pela carona, Ashley", disse Nick, do banco de trás.

"É! Valeu mesmo, Ashley", ecoou Elexis.

Ashley obrigou a careta a se transformar em um sorriso forçado. Em menos de trinta segundos, a caminhonete já estava cheirando a Mountain Dew. Elexis Carrillo estava usando o gorro que era sua marca registrada e uma camisa de flanela justa demais nos braços, provavelmente porque a usava desde o fim do Ensino Fundamental. Já Nick Porter vestia um moletom de capuz com o escudo do Capitão América no peito. Ele retribuiu o olhar de Ashley por mais tempo do que ela achou confortável.

"Ah, claro, de nada", disse Ashley.

"Elexis, prazer", apresentou-se ele. Depois apontou para Nick. "E esse é o Nick."

Ashley sustentou o sorriso amarelo. "Eu sei quem vocês são."

"Ah, vocês costumam andar juntos?", perguntou Logan, sem nem tentar esconder o sarcasmo na voz.

"Na verdade, não", disse Ashley. "Mas vocês dois são sempre bem-vindos."

"Ninguém nunca convidou a gente para nada", disse Nick, com um tom casual.

Logan arquejou. "*Chocada*."

Ashley disparou um olhar de alerta para Logan. Tinha certeza de que ela convidara os dois meninos como vingança por ter sido abandonada no Chokecherry, o que Ashley achava justo. Mas *mesmo assim*.

Logan devolveu o olhar com um sorriso malandro nos lábios. A intensa luz amarelada do letreiro do hotel fazia as sombras do rosto dela parecerem mais profundas e escuras, misturando-se às linhas puxadas do delineado que tinha nos olhos. Estava com os cabelos lisos soltos, batendo no ombro, e Ashley foi impactada mais uma vez pela forma como ela era *diferente*. Logan Ortiz-Woodley não era o tipo de pessoa que combinava com o banco desgastado da sua caminhonete.

"Tá me olhando assim por quê?", perguntou Logan.

Ashley virou a chave na ignição e o motor da caminhonete roncou.

"Você tá fazendo eu parecer malvestida."

"Nada a ver." Logan deu uma olhada nas pernas de Ashley, depois ajustou o retrovisor do lado do passageiro para se ver e limpar um pouco do batom borrado. "Seu shorts é uma gracinha."

Ashley sorriu. Tinha colocado o básico de sempre: blusa regata preta, shorts jeans e uma camisa de flanela amarrada na cintura, caso fossem ficar ao relento. Ela definia o traje como prático, mas Tristan costumava dizer que ela ficava uma gracinha.

Ela sentiu a culpa se revirar no estômago.

Saíram da cidade acompanhando a estrada às margens do lago. O céu vespertino foi assumindo um tom de roxo que lembrava hematomas conforme a noite caía. O lago, imóvel, cintilava branco sob o luar, e as colinas pretas irrompiam irregulares na margem oposta. Era possível ver lampejos alaranjados de fogueiras na área de acampamento do outro lado da água, mas tudo aquilo estava a mundos de distância.

Ashley pigarreou. "Sobre o chalé...", começou. "Eu perguntei sobre ele para a minha mãe."

"E o que a Tammy disse?", quis saber Logan, mexendo distraída no celular.

"Eu descobri de quem ele é. Tecnicamente, é *nosso*." Ela esperou Logan erguer os olhos do celular antes de continuar: "Minha avó comprou o terreno do governo há tipo, uns vinte anos? Queria que minha mãe transformasse o lugar em um resort, mas ela achou que não ia dar dinheiro. Aí deixou alguns parentes construírem na propriedade na década de 1990".

"Década de 1990?", perguntou Logan. "Parece que ninguém encosta naquele chalé desde a época do Velho Oeste."

"Eu sei. Ela também não sabe por que tá daquele jeito."

"Hmm." Logan voltou a apoiar as costas no encosto do banco. "Ela nunca foi dar uma olhada nele?"

"Ao que parece, não."

"Então, pelo jeito, a gente tem que *investigar*."

"Mas você..." Ashley bufou, olhando para Nick e Elexis pelo espelho retrovisor. Em voz baixa, disse: "Eles sabem o que a gente tá fazendo?".

"Eles não ligam", sussurrou Logan. "Tenho certeza de que acham que eu tô zoando. Sério, fica tranquila quanto a eles. Provavelmente vão ficar um com o outro o tempo todo. Eu só não queria estar sozinha nesse rolê."

"Você não ia estar sozinha", disse Ashley. "Você tá comigo."

Logan não respondeu.

Quando entraram no desvio de cascalho no fim da rodovia, se depararam com a Silverado branca de John já estacionada em uma das vagas. Por entre as árvores, Ashley vislumbrou o brilho amarelado e fraco de lampiões dentro do esqueleto do antigo chalé. A sensação era de estar submetendo Logan a um julgamento, ou de estar submetendo a si mesma a um julgamento, tendo Logan como evidência inegável. De qualquer forma, estava prestes a encarar o júri.

"Certo, gente", começou Ashley. "Talvez pareça esquisito a princípio, mas é só porque..."

Logan abriu a porta do passageiro e desceu da caminhonete.

"Só porque a gente é da turma dos trouxas? Geralmente é só você e seus amigos maldosos, e vocês não curtem gente de fora. Valeu pelo aviso, mas a gente sabe se virar."

Elexis a acompanhou para fora do veículo, mas Nick continuou preso ao cinto no banco de trás. Olhou para Ashley e pigarreou: "*Eu* estava prestando atenção".

Ashley abriu um sorriso tenso, olhando pelo retrovisor. "Valeu, Nick."

Os quatro seguiram pela mata, acompanhando o retumbar da música country que vinha do chalé. Ashley passou pelo meio do grupinho e abriu a porta. Rezou para que a reunião fosse só mais uma confraternização tranquila e ninguém fizesse cara feia quando visse a socialite de Los Angeles e seus acompanhantes nerds.

Uma lufada de calor e cheiro de cerveja os recepcionou à porta. Por um instante, o chalé ficou em silêncio. John, Paul e Fran estavam apinhados no sofá no canto do cômodo. Bug estava perto deles, apoiada no velho piano com uma lata de cerveja na mão e os olhos arregalados. Os quatros fitaram Ashley com a mesma testa franzida, como se esperassem algum tipo de explicação. Ela mal tinha conseguido permissão para levar Logan — ter levado Elexis e Nick junto fora um erro.

Talvez aquilo tudo estivesse sendo um erro.

"Ah, é *literalmente* uma reunião de amigos", disse Logan, quebrando o silêncio. Passou na frente de Ashley com um sorriso largo no rosto e ergueu um fardo de cerveja acima da cabeça. "Saudações, caipiras. Eu venho em paz."

Ashley se preparou para o pior.

O silêncio no chalé se estendeu por mais um momento excruciante até Fran saltar do sofá com um sorriso no rosto. Pegou a cerveja das mãos de Logan e a puxou em um abraço meio constrangido.

"Você é uma graça. Espero que passar tempo com a gente não seja muito chato pra você."

Logan deu uma risada curta e aguda. "Qualquer coisa é melhor que mofar naquele hotel."

Fran também riu, ajeitando um cacho de cabelo atrás da orelha. Claramente não queria Logan ali, mas tinha botado uma expressão agradável no rosto e estava tentando fazer as coisas funcionarem. Ashley esperava que os demais fizessem o mesmo.

Voltaram até o sofá caindo aos pedaços levando a cerveja, com Elexis e Nick arrastando os pés atrás de Logan, como se estivessem perdidos. Ashley se sentou no braço do móvel enquanto Logan, Elexis e Nick se acomodavam no chão. O grupo costumava ser formado por seis pessoas, mas agora eram oito. Ashley não entendia como era possível o chalé parecer tão vazio e tão superlotado ao mesmo tempo.

"Eu deveria apresentar o pessoal, né?", questionou Ashley, assim que todos se acomodaram. "Logan, essa é a Bug, o Paul e o John, e você já conhece a Fran."

Logan assentiu com o olhar vazio de quem não tinha guardado o nome de ninguém. Apontou para Elexis e Nick. "Vocês já se conhecem?"

"Sim, mais ou menos", disse Elexis. "A gente estuda na mesma escola."

John conferiu a hora no celular.

A tensão era tão palpável que Ashley tinha a impressão de que poderia cortá-la com uma faca. Pegou uma cerveja do fardo colocado no meio do pequeno círculo e a abriu, ansiosa para empurrar para dentro parte do desconforto. Bug olhou para ela e balançou a cabeça, mas Ashley não precisava de lembrete algum. Tinha provocado aquilo ao convidar Logan. Ao não bater o pé para não levar Elexis e Nick. Uma Barton deveria ter encontrado uma forma de fazer a situação transcorrer com tranquilidade. Sua mãe teria dado um jeito. Música country retumbava da caixinha de som via Bluetooth de John, colocada sobre o piano, mas o volume não era alto o suficiente para disfarçar o silêncio constrangedor. Logan também puxou uma cerveja da embalagem e deu um gole longo.

"Meu deus, mas pra que esse climão?" Fran deu uma risada nervosa. "Vamos falar sobre alguma coisa interessante."

"Que tipo de cara você curte?", perguntou Bug para Logan.

Logan correu o indicador pela tampa da garrafa de cerveja, sem erguer o olhar. De alguma forma, Ashley antecipou a resposta antes que Logan dissesse uma palavra. Logan franziu o nariz e respondeu: "Ééé... nenhum?".

Fran e Bug olharam para Ashley com a rapidez do bote de uma serpente.

"Tipo...", começou Fran.

"Tipo, nenhum mesmo. Eu sou lésbica."

Todo mundo deu um gole na bebida ao mesmo tempo. Ashley sentiu o sangue subir para o rosto. Por um momento, achou que Logan estava brincando, mas parecia verdade. Parecia certo de uma forma que Ashley não conseguia entender direito. Provavelmente era algo normal em Los Angeles, mas as pessoas em Snakebite simplesmente... *não eram* gays. Ashley engoliu a surpresa e envergou um sorriso. "Uau, isso é..."

Não teve tempo de terminar. John cruzou os braços na frente do peito e perguntou: "Quer dizer então que você gosta de garotas?".

"Isso. É isso o que 'lésbica' significa." Logan deu um gole na cerveja sem quebrar o contato visual.

Como tinha ido tão rápido de um quase constrangimento para uma valentia implacável era um mistério para Ashley.

"Mas então... Digo, você acha que é isso é genético?", perguntou Fran. Franziu o nariz e olhou ao redor. "É de boa perguntar esse tipo de coisa?"

"Para começo de conversa, eu sou adotada", disse Ashley, com um tom zombeteiro. "E não, não é."

"Não é genético ou não é de boa perguntar esse tipo de coisa?", questionou Paul.

"Ambos."

O chalé caiu no silêncio de novo.

Bug olhava para Ashley como se estivesse prestes a vomitar. Ashley fechou os olhos e imaginou a mãe sentada ali. Tentou vislumbrar a solução perfeita de Tammy Barton.

"Ei, tenho um jogo de festa muito legal", exclamou, enfim. Colocou a mão no pulso de Bug para confortar a amiga. "Vamos só beber e se divertir, o que acham?"

De alguma forma, funcionou.

Paul aumentou a música na caixinha de som e todo mundo voltou a beber. Depois de uma hora, a festa parecia uma reunião como qualquer outra antes do desaparecimento de Tristan. No fim das contas, a melhor forma de abrir espaço para as pessoas se darem bem umas com as outras era deixar a mente delas meio anuviada com cerveja barata até não conseguirem mais lembrar que eram diferentes. Fran acabou no colo de John; Bug parecia estar *enfim* curtindo falar com Paul; e Logan, Nick e Elexis mergulharam na própria conversa sobre só deus sabia o quê. Tudo tinha voltado a ser natural de novo. A apreensão sobre Logan e os outros se transformou em risadas fáceis, e tudo ficou *tranquilo*.

Ashley quase era capaz de ver Tristan ali, rindo com os outros. Conseguia imaginar ele e Logan fazendo piadinhas juntos.

Tudo parecia igual a antes, mas Tristan não estava ali.

Em silêncio, Ashley foi até a velha cozinha do chalé, que também estava caindo aos pedaços. Parecia mais um túnel despedaçado de madeira cuja parede dos fundos tinha caído. O vento sussurrava por entre as tábuas podres, fazendo o cabelo de Ashley roçar no pescoço. Ela não tinha tomado mais do que duas cervejas, mas a sala parecia distante. O *mundo inteiro* parecia distante. Ela ficou pensando em quanto tempo demorariam para notar que ela havia sumido se saísse vagando pela floresta naquele instante. Deixariam Ashley para trás com tanta facilidade quanto estavam deixando Tristan. Ela poderia sumir noite adentro e ser um fantasma junto com ele. O pensamento fez seu coração bater em um ritmo vazio contra as costelas.

Sob os sons da festa, havia outro barulho. Um zumbido grave, rouco e baixo. Quando Ashley fechava os olhos, era tudo que conseguia ouvir. Dançava entre as árvores farfalhantes. Era quase como se estivesse chegando *mais perto*.

Sem aviso, a porta da cozinha foi escancarada.

"Olha você aí", declarou Logan. "Eu estava te procurando."

A garota cambaleou pela cozinha, abrindo outra latinha de cerveja. Tinha borrado o canto do batom, mas, fora isso, estava surpreendentemente ajeitada. Não soava mais afiada e sarcástica como soara quando haviam chegado. Agora parecia confortável — feliz, até. Ela se encaixava bem *demais* ali, como se fosse fluente na língua das festas.

"Pelo jeito, você está se divertindo", disse Ashley.

"Pelo jeito, você não tá." Logan se apoiou no balcão despedaçado diante de Ashley. "Achou alguma coisa interessante?"

Ashley arqueou uma sobrancelha. "A investigação. O motivo de a gente ter vindo até aqui. Viu algum fantasma?"

Ashley suspirou. "Ah, é. Não. Não vi nada."

"Você chegou a procurar?"

"Não. Para ser sincera, não."

Logan estreitou os olhos. A linha do baixo na música que tocava na sala ribombava entre elas. Depois de um instante, Logan olhou para a noite escura além da parede caída da cozinha.

"O que você estava fazendo aqui, então?"

Ashley deu de ombros. A coisa que sentira antes — a solidão que subia e descia em seu peito como se estivesse ao sabor das marés — havia sumido assim como surgira. Os zimbros do lado de fora da cozinha farfalhavam no vento frio. Ashley voltou à terra. Encarou Logan. "Não é como se você estivesse investigando também."

Logan bufou, indignada. Estendeu a mão fechada, segurando algo. "Eu estava, sim. Até achei isso aqui."

"E vai me mostrar?", perguntou Ashley.

"Acho que você não merece", disse Logan, com a voz meio arrastada. "Você nem olhou."

Ashley revirou os olhos. Apesar dos pesares, sentiu os lábios se curvarem em um sorriso relutante. Aquela Logan era diferente do que ela imaginava. Por um instante, parecia cálida e aberta. Sua risada era real, escura e macia como veludo.

"Por favor", pediu Ashley, "posso ver o que você achou?".

Logan abriu um sorriso. "Agora que você pediu com educação..."

A garota abriu os dedos e revelou algo pequeno e brilhante na palma da mão. Era uma aliança larga de ouro com uma inscrição em letras cursivas do lado de dentro: *Marcos 10:9.* Ashley pegou a joia da mão de Logan e a analisou.

"O que Deus uniu, o homem não separa."

"Não tá escrito nada disso", disse Logan.

"Mas o versículo é esse."

Logan fez um barulhinho com o nariz. "*Sabia* que você era uma crentona."

Ashley deu um empurrão de brincadeira em Logan. A aliança era simples — sem enfeites ou pedras engastadas do lado de fora, e tinha apenas a inscrição do lado de dentro.

"Não chega a ser uma pista."

"É, sim", retrucou Logan. "Olha, ela não tá suja."

"E...?"

"Quer dizer que está aqui há pouco tempo."

Ashley devolveu o anel. Alguém tinha ido até o chalé havia pouco tempo. Alguém tinha andado por aquele chão destroçado. Tinha invadido a construção e deixado um pedaço de si para trás.

"Acha que quem quer que tenha vindo aqui viu o que a gente viu?"

"Talvez", respondeu Logan.

Tombou a cabeça para trás, bebendo o resto da cerveja. Quando terminou, esmagou a lata e a jogou na pia rachada da cozinha.

"Algum dos seus pais perdeu a aliança?"

"Não. E a deles não teria essas merdas bíblicas, de qualquer forma." Logan arregalou os olhos ao se lembrar de algo de repente. "Ah, eu descobri outra coisa."

Ashley não disse nada, então Logan prosseguiu: "Adivinha? Você não é a única que consegue ver coisas. Fantasmas". Limpou a boca, fazendo o batom manchar o resto da bochecha. "Meu pai também vê."

Ashley sentiu um aperto no peito. "Como assim?"

"Pois é. Ele disse que sempre viu fantasmas." Logan abriu um sorriso malandro. "Você não é mais *tão* especial assim, né?"

Ashley dispensou o comentário com um aceno da mão. "Isso é... uma declaração importante. Tem certeza?"

Logan concordou com a cabeça. Antes que pudesse responder, porém, tropeçou em uma tábua solta no chão e trombou com uma bancada meio caída. Estava com os olhos vitrificados, escuros como a noite lá fora e anuviados. Ela estava bêbada demais para falar sobre o desaparecimento; Ashley tinha quase certeza de que estava bêbada demais para estar ali. Passou um braço por baixo do cotovelo da garota e a ajudou a se sentar. O vento noturno soprou o cabelo de Logan para dentro de sua boca e sobre os olhos.

Ashley tirou o cabelo de Logan do rosto.

Algo estranho a fez perder o fôlego.

"Eu sou uma detetive maravilhosa", disse Logan, os olhos semicerrados. "Fiz um belo trabalho. Muito melhor que você."

"Com certeza", sussurrou Ashley. "Você foi ótima."

Logan estendeu a mão e se apoiou no ombro de Ashley. O vento que passava pelas frestas entre as tábuas das paredes da cozinha foi ficando mais e mais gelado. Os olhos de Logan começaram a lacrimejar no ar frio.

"Por que você tá aqui sozinha?"

"Eu não tô sozinha. Tô com você."

Logan pestanejou, depois riu. "Antes disso. Você parecia *tão* triste..."

"Eu..." Ashley deixou as palavras morrerem. Olhou na direção da sala do chalé, onde a festa se desenrolava. Ninguém estava procurando pelas duas, ninguém estava ouvindo a conversa. Fechou os olhos. "Para ser sincera, tô passando por uma barra bem pesada. Só me sinto muito..."

"... solitária", terminou Logan.

Os olhos dela se fecharam quando disse aquilo. A palavra soou natural demais em seus lábios. Saiu rápido demais. Ashley reconheceu o olhar no rosto de Logan, um olhar que via no espelho havia meses. Estavam ambas perdidas na escuridão, procurando terra firme em desespero.

"Isso", respondeu Ashley.

No outro cômodo, alguém trombou com uma parede. Ashley reconheceu a voz de John berrando algo sobre *minha caminhonete* e *meu pai*. Em menos de trinta segundos, ele e Paul sairiam no soco. Fran choraria porque diria para John não se irritar tanto com as coisas. Bug desligaria a música. A festa chegaria ao fim.

Ashley deu um gole na cerveja choca.

A sensação era de que ela já tinha chegado ao fim.

Ashley passou o braço de Logan sobre o pescoço. "Ei, você precisa beber uma água."

"Sai fora, sua hétero careta", murmurou Logan.

Ashley balançou a cabeça, reprimindo uma risada. Jogou fora o resto da cerveja e levou Logan para fora do chalé, na direção do lago. Tinha cuidado de Fran e de Bug milhares de vezes em festas como aquela. Estava acostumada a lidar com amigas escandalosas e manhosas. Quanto mais se afastavam do chalé, mais sóbria se sentia.

A caminhada pareceu ter o efeito oposto em Logan. "Para onde você tá me levando?", perguntou ela, embolando as palavras.

"Para beber uma água. Tomar um ar fresco." Ashley ajeitou o braço de Logan sobre os ombros. "Depois tirar um cochilo."

A cabeça de Logan caiu sobre o ombro de Ashley, com os olhos fechados. A sombra cinza esfumada nas pálpebras estava manchada por causa do suor.

"A gente tá indo muito longe", murmurou, com tom de voz arrastado. "*Aiminhanossa*, você é uma assassina?"

"Não tem graça."

Elas chegaram à margem e Ashley apoiou Logan no tronco de uma árvore. Encheu a latinha de cerveja vazia com água do lago e a levou aos lábios de Logan. Logan bebeu devagar, depois franziu o nariz e cuspiu no chão aos pés de Ashley.

"Tem gosto de mijo e grama", disse. "Prefiro morrer de ressaca."

"Qual é", sussurrou Ashley. Levou a lata aos lábios de Logan de novo. "Você não vai querer que seus pais te vejam nesse estado."

Logan balançou a mão no ar. "Meus pais não ligam."

Algo na forma como disse isso fez Ashley pensar que ela queria que ligassem.

Um pouco além, Ashley viu Elexis e Nick na margem, seguindo na direção da água. Acenou para chamar a atenção deles.

"Ei, vou levar ela para a caminhonete. Podem encontrar a gente lá quando estiverem a fim de ir embora."

Nick ergueu o polegar fazendo um joinha.

Ashley ajudou Logan a se levantar. No escuro, caminharam até a clareira de cascalho onde as caminhonetes estavam estacionadas. Ashley tirou um saco de dormir da caixa de armazenagem e o estendeu na caçamba do Ford. Era uma tradição ficar acampada ali por algumas horas nas noites em que ela bebia a ponto de não poder voltar dirigindo para casa. Logan já estava meio inerte e murmurou algo sobre "pedir um Uber" quando Ashley a acomodou dentro do saco de dormir. Quando Ashley entrou em um segundo saco de dormir, Logan já estava para lá de Bagdá. O silêncio da mata se acomodou ao redor delas e o ritmo do coração de Ashley se acalmou.

Ela passara inúmeras noites naquela cama improvisada na caminhonete, naquela clareira, naquele saco de dormir, olhando as estrelas com Tristan. Passara mais tempo do que podia mensurar deitada com ele no silêncio, exatamente daquele jeito. Nunca havia se sentido tão distante dele quanto naquele momento. Nunca havia se sentido tão distante de todo mundo.

Ela o encontraria. Teriam mais noites sob as estrelas.

Ainda tinham muitos céus para ver.

Interlúdio

O hospedeiro está ficando mais forte.

Ficar de tocaia na floresta esta noite foi ideia *dele*.

A noite está ampla, quente e cheia de ruídos maravilhosos. Vozes ecoam por entre as árvores. O hospedeiro abre caminho em meio ao negror da noite, desviando de raízes e pedras com facilidade. Parte da rapidez se deve à memória muscular, uma vez que ele veio aqui uma centena de vezes nas últimas noites, mas o hospedeiro também é mais ágil do que seria de se esperar. Sua aparência é tão despretensiosa quanto a da maioria dos humanos, mas a maioria dos humanos não tem uma serpente encolhida dentro do peito, escondida sob a pele. A maioria dos humanos não tem a mesma fome deste hospedeiro.

A fome deste hospedeiro pertence a ele próprio.

Ele espreita nas sombras, observando o chalé em silêncio. Como uma cobra que nunca se arrepende de engolir a presa, o hospedeiro está aprendendo a deixar a culpa de lado. Antes de o Breu ir embora, o hospedeiro não terá medo dos recônditos mais sombrios do próprio coração.

Um garoto se afasta da festa. Bêbado, cambaleia para longe da luz do chalé na direção dos zimbros retorcidos e oscilantes ao longo da margem. O hospedeiro fareja o ar noturno: cheira a água fresca e terra. Cheira a perigo.

O hospedeiro está com medo.

Está empolgado.

"E se pegarem a gente dessa vez?", pergunta o hospedeiro. "Eu não deveria estar aqui."

Não tem como pegarem uma sombra, murmura o Breu. *Não tem como pegarem alguém que nunca esteve aqui.*

O hospedeiro concorda com a cabeça. Sabe como se esconder. Passou a vida se escondendo. Sempre ocultou a própria natureza. Está se escondendo há tanto tempo que se entregar a uma violência como esta parece uma mentira, mesmo sendo sua única verdade.

O garoto continua descendo o declive na direção da água. Não dá atenção para a mata ao redor porque acredita que não há nada a temer. É esse tipo de ignorância que torna as coisas fáceis para o hospedeiro. O garoto para à margem e olha para a água.

O hospedeiro espera atrás dele, fora de vista. O luar no lago reflete ondas brancas na face do menino, mas o rosto do hospedeiro está coberto pelas sombras das copas grossas dos zimbros.

O coração dele bate com medo e excitação em igual medida.

É sua chance, sussurra o Breu. *Aproveite.*

O hospedeiro hesita quando o garoto se vira e olha para as árvores. Está com os olhos castanhos arregalados, mas não temerosos.

Ainda não.

O coração do hospedeiro bate uma, duas vezes, e só então ele se move.

Quando o rapaz percebe que não está sozinho, o hospedeiro já o pegou. Quando entende que vai morrer, já é tarde demais para gritar. Mais ao longe, mata adentro, o chalé está ficando vazio. Os adolescentes riem enquanto, a apenas alguns metros de distância, o garoto encontra seu fim.

O hospedeiro nunca se sentiu tão forte. O Breu nunca se sentiu tão forte.

16

Sol Estalado

A primeira coisa que Logan sentiu de manhã foi o cheiro de bacon. Bacon, pelo de gato e o aroma doce de Red Bull. O teto tinha o quadriculado do quarto do hotel, mas a luz vinha do lado errado do cômodo.

Não deveria estar no próprio quarto. Tinha caído no sono na caçamba da caminhonete de Ashley. Ou, pelo menos, tinha quase certeza disso. Tudo depois do encontro na cozinha do chalé se resumia a um borrão.

Logan se sentou, e uma pilha de cobertas se embolou no chão ao redor dela. Ao que parecia, ela sequer tinha dormido em uma cama. O futon embaixo dela parecia ser feito só de molas, sem espuma. Elexis estava sentado a alguns metros, jogando videogame.

Como o seu, o quarto de Elexis era conectado ao vizinho. A porta estava escancarada, e, considerando a ausência de bacon ou gatos na metade de Elexis, Logan concluiu que os cheiros vinham do outro cômodo.

Ela se levantou, segurando uma coberta ao redor dos ombros para cobrir o vestido preto e amarrotado que usara na noite anterior. Havia um espelho pendurado na parede atrás do futon, o que a obrigou a encarar a monstruosa versão de si que tinha dormido de maquiagem. O delineador estava todo manchado, a faixa preta fazia com que parecesse mais um demônio do que uma garota.

"Bom dia", disse Elexis. Logan não conseguia ver o rosto dele, mas o tom presunçoso era claro. "Dormiu bem?"

"Acho que sim..." A voz de Logan foi morrendo. "Ei, como eu vim parar aqui?"

"Sua namorada deu uma carona para a gente de manhã cedo. Não queria ninguém dormindo na caçamba da caminhonete quando voltasse para o rancho porque a mãe dela é malvada."

"Minha nam...", começou Logan, e depois fez uma careta. "Que engraçado, nossa. Cadê o *seu* amiguinho?"

"Nick pegou uma carona com o John e os outros."

"Subindo na escada social. Achei que ele ia querer andar por aí com a Ashley, considerando que ele tá... Você sabe, apaixonadinho."

Elexis deu de ombros e continuou a jogar videogame.

Logan cambaleou até a porta aberta entre os quartos e perguntou: "Quem mora ali?".

Elexis cobriu a boca com a mão. "A vovó. Ela tá acordada."

Do cômodo ao lado, veio o som de uma cadeira rangendo. Logan acompanhou o som com o olhar. O quarto anexo ao de Elexis era um pouco diferente dos outros que Logan vira no Bates. Em vez de uma segunda cama, tinha uma bancada com tampo verde-clarinho, com direito a pia e fogão. A cama, de solteiro, ficava encostada na parede do fundo, cercada por fotos emolduradas de uma família de pessoas de cabelo preto. Logan reconheceu a criança em uma delas como uma versão muito mais nova e fofinha de Elexis. Em outra, havia um adolescente com shorts de cintura alta pedindo pizza no quiosque do estacionamento, provavelmente antes do fechamento do lugar. Demorou um instante mais do que deveria para que ela reconhecesse que o garoto era Alejo mais jovem. Diante da TV, uma manta de crochê jazia dobrada no encosto de uma poltrona reclinável laranja-ferrugem. Gracia estava sentada nela com os pés para cima e o olhar por trás dos óculos focado na TV.

A senhora se virou e sorriu. "Tá se sentindo melhor, meu bem?"

"Muito." Logan enxugou o suor da testa. "Eu... Valeu por me deixar dormir aqui. Adorei a decoração."

Gracia pegou a manta verde-escura que estava sendo feita. "Quer uma? Essa é para o teu pai."

"Eu..."

"Acho que a tua vai ser vermelha."

Logan sorriu. "A senhora não precisa fazer isso. Mas eu ia adorar."

"Me dá uma semana." Gracia deu uma risadinha. "Não sabia que eras amiga de Elexis. Tu deves ser uma milagreira mesmo. *Nunca* consegui tirar esse menino do quarto."

"Fico feliz por ter ajudado", disse Logan. Uma voz familiar vinha da TV. Foi quando Logan viu o rosto dos pais na tela, com as cores invertidas pela câmera infravermelha. Soltou um riso abafado. "A senhora é fã deles?"

"Eu assisto ao programa toda semana. Até as reprises. Quando teu pai foi embora, prometeu que ia ligar, mas nunca ligou. Nunca me disse como vocês andavam. Esse é o único jeito que achei de ver ele." Gracia gesticulou na direção de um prato de bacon frito em cima da bancada. "Vem tomar café da manhã. A gente tem muito o que conversar."

"Melhor eu voltar pra..."

"Queres ver só o Elexis, é isso? Eu não?", perguntou Gracia.

Logan negou com a cabeça. Era desleal da parte de Gracia usar aquelas táticas de velhinha simpática, mas ela merecia respeito por isso. A garota pegou uma fatia de bacon do prato e se sentou à mesa da janela no quarto de Gracia. Reconhecia vagamente aquele episódio de *Fantasmas & Mais*, embora não lembrasse muito dos detalhes. Talvez fosse aquele em que o operador da câmera era possuído por Satã. Depois de um tempo, os acontecimentos de cada um começavam a se misturar.

O programa entrou no intervalo comercial e Gracia se virou.

"Estavas passando tão mal quando chegou...", falou. "Precisa de alguma coisa? Suco? Água?"

"Passando mal", repetiu Logan. Parte dela esperava que Gracia achasse que tinha sido uma intoxicação alimentar, e não cerveja demais. "Devo ter pegado uma virose ou coisa do gênero."

A idosa sorriu.

Ela sabia.

"Espera até os pais dela descobrirem", disse Elexis do quarto dele.

Logan começou a comer o pedaço de bacon. "Eles não ligam."

"Eles não têm tanta moral assim para julgar", afirmou Gracia, com um risinho no rosto. "Depois das bagunças que presenciei na época deles, posso contar histórias que deixariam os dois corados."

De repente, Logan estava prestando atenção. Inclinou o corpo para a frente, indignada por não ter pensado antes em sondar Gracia em busca de informações. Passara aquele tempo todo hospedada ao lado de uma enciclopédia ambulante de Snakebite.

"Teu pai nunca te contou nada sobre quando tinha a tua idade?", perguntou Gracia. Logan negou com a cabeça. "Ah, ele sempre acabava no meu quarto depois de umas noitadas malucas. Os pais dele — minha irmã e o marido — eram muito mais severos que teus pais. Se ele fosse para casa bêbado, teriam colocado ele na rua. O que... Bom, deixa pra lá. Devo ter dado um jeito naquele garoto umas mil vezes antes de mandar ele ir para o próprio quarto."

"Uau", soltou Logan, abandonando a tentativa de entender exatamente qual era seu parentesco com Gracia. "E o Brandon, também?"

Gracia pressionou os lábios. Um mosquito zumbia ao redor da caneca de café dela, e, do quarto de Elexis, o som de tiros virtuais ecoava das paredes.

"Não", respondeu a idosa, depois de um tempo. "O Brandon não fazia muito isso. Era o Alejo que gostava de farra. Acho que eles nem se conheciam nessa época."

"Então meu pai era o baladeiro do casal?"

"Ele sempre foi um menino ótimo", esclareceu Gracia. "Foi aquela Tammy Barton que tentou deturpar ele. Sempre arrastando ele para cima e para baixo, fazendo ele ir para bares e festas cheias de bebida. Queria que ele fosse um rapaz encrenqueiro que nem ela. Acho que assim ela ia se sentir melhor a respeito de si mesma."

"Espera", interrompeu Logan. "Meu pai era amigo da mãe da Ashley?"

Gracia pestanejou. "Amigo? Eles namoravam. Estavam sempre por aí dizendo que estavam apaixonados. Mas a vida amorosa do teu pai sempre causou confusão. Primeiro os Barton ficaram possessos com ele e com a Tammy, depois *todo mundo* ficou possesso com ele e com o Brandon."

Logan engasgou com o café.

"Ninguém nunca te contou isso? Assim estás me fazendo ser *una chismosa*", disse Gracia. "Pede para os seus pais te contarem como era Snakebite naquela época."

"Como o Brandon era?", insistiu Logan. "Me conta mais dele."

Gracia a encarou por um longo instante. "Eu não deveria falar nada sobre isso. Não é da minha conta."

Logan tentou engolir o desespero por mais informações. Queria saber como Brandon tinha sido na juventude. De certa forma, mal sabia como ele era agora. Antes que ela pudesse repetir a pergunta, Gracia balançou a cabeça.

"Honestidade em troca de honestidade", disse a senhora. "Sempre tentei ensinar isso para o seu pai quando ele era criança. Que tal *tú* me contares algo?"

"Ah", soltou Logan. "É... claro."

Gracia colocou na boca uma pastilha para tosse sabor mel com limão e a chupou em silêncio. O cabelo grisalho cascateava cacheado sobre seus ombros. "Por que aqueles dois voltaram pra cá?"

"Não sei, de verdade", admitiu Logan. "Disseram que é por causa de coisa pequena. Mudanças no clima. Uns avistamentos esquisitos."

Gracia balançou a cabeça. "O clima só começou a mudar depois que teu pai chegou."

"Como assim?"

"Foi em janeiro. Nevou. Não neva aqui. Na primavera, foi o alagamento. E agora esse calorão. Não era assim antes do teu pai voltar pra cá."

Ela não disse voltar *para casa*.

"Eu...", começou Logan. "E por que tá mudando agora?"

"Boa pergunta." Gracia riu. "Sei lá. Quero é saber o que os teus pais acham. Talvez eu pudesse dividir minhas desconfianças, mas eles não me escutam. Nunca escutaram."

Logan encarou as próprias mãos. Tivera a impressão de que havia algo errado ali desde que colocara os pés na cidade — da multidão agindo esquisito no cemitério ao calor estranho no chalé. Mas, até o momento, era como se mais ninguém achasse aquilo anormal. Gracia acabara de dizer que Snakebite estava estranha, e Logan foi inundada por uma onda súbita de alívio.

"E já tinha acontecido isso antes?"

Gracia remoeu a pergunta. "Então, por um bom tempo, eu senti. Havia alguma coisa sob Snakebite, um zumbido profundo. Era como se deixasse as pessoas nervosas, mesmo quando não sabiam que a coisa estava ali. Era mais baixo do que hoje em dia. Mas aí, de repente, sumiu. Nenhum de nós chegou a falar muito a respeito, mas todos sentimos a mudança. Foi como conseguir respirar de novo. E o zumbido sumiu no dia em que teus pais foram embora de Snakebite."

A última frase aterrissou como uma pedra no estômago de Logan. "E não voltou até...", começou ela.

"Até o Brandon chegar."

"Então espera aí..."

Gracia estendeu a mão. "Aguarda só um momento. O programa voltou do comercial."

> **BRANDON (VOICEOVER):** Alejo e eu nunca visitamos um moinho assombrado antes. A investigação de hoje cedo não deu em nada, mas qualquer investigador paranormal que se preze sabe que a maioria dos fantasmas aparecem à noite.

> **BRANDON:** Vamos dar uma olhada nessa parte solta do assoalho?

> [Brandon vai até a lateral do moinho e, com a ponta do pé, cutuca os tijolos desmoronados.]

> **BRANDON:** Parece um esconderijo, não parece?

> [Alejo se agacha e olha por entre os tijolos.]

ALEJO: É pequeno demais para algo humano.

[Ele olha para a câmera.]

Sorrindo, Gracia esmigalhou uma fatia queimada de bacon. Logan queria rir — os pais sempre eram dramáticos demais no programa, algo que o Twitter amava pelo potencial de geração de memes —, mas as palavras de Gracia ainda pairavam pesadas acima dela.

[Brandon aponta para a bolsa de Alejo.]

BRANDON: Vamos usar o TermoGeist aqui. Tô com um bom pressentimento.

[Alejo vasculha a bolsa e pega o TermoGeist. Aponta o equipamento para a noite, esperando a calibração. Depois o balança na direção do buraco na parede do moinho. Quando o TermoGeist o atravessa, pisca em azul.]

"Calma", disse Logan. "Isso é uma gravação?"
"É", respondeu Gracia. "Amo teu pai, mas esse programa passa muito depois da minha hora de ir para a cama. Eu sempre gravo."
"Posso voltar um pouquinho?"
Garcia ergueu a sobrancelha, mas estendeu o controle remoto. Logan se sentou e voltou alguns segundos do episódio. O TermoGeist estava irresponsivo na mão de Alejo, sem emitir sinal algum diante de todo o esconderijo.
Exceto em um lugar.
Foi tão rápido que era quase impossível perceber. Mas quando o TermoGeist passou por Brandon, piscou. Não fraquinho, como se fosse um mal funcionamento. Nem com pouca intensidade, como se fosse uma simples diferença de temperatura. Não era uma falha.
Ao passar por Brandon, a luz do aparelho lampejou na cor dos mortos.

17
Pecados Antigos

Ashley fez o Ford sacolejar ao atravessar a estrada às margens do lago, jogando Logan contra a porta do passageiro. Elexis gemeu no banco de trás, sem parar de digitar no celular. No começo, parecia que aquela história toda de investigação não levaria a nada. Mas agora, com coisas se revelando diante dela por todos os lados, a sensação era a de algo real. Logan não sabia o que encontrariam ao fim daquela trilha, não sabia sequer o que estavam tentando resolver — mas estavam cada vez mais perto.

Ashley e ela não eram amigas. Estavam só investigando o desaparecimento de Tristan Granger juntas. Mas, depois da festa no chalé, a relação entre elas parecia leve. Talvez fosse apenas o conforto de saber que Ashley já a vira para lá de Bagdá, apagada de tão bêbada.

Logan não sabia muito bem o que era.

"Descobri outra coisa", comentou.

"O quê?", quis saber Ashley, prestando só um pouco de atenção.

"Nossos pais chegaram a namorar."

Ashley olhou para ela e depois voltou a se concentrar na estrada. "Espera, tipo minha mãe com um dos seus pais? De jeito nenhum, isso..."

"E chuta com qual deles."

Ashley franziu o nariz. "O Alejo? Tô chutando. Ouvi eles conversando no mercado outro dia e o papo foi *muito* estranho... Estavam dizendo que se odiavam, mas sei lá."

"Ainda tô em choque." Logan desdobrou as pernas, apoiando os pés no painel. "Eu meio que achava que meus pais estavam juntos desde sempre. São tão melosos..."

Ashley deu um tapa nas canelas de Logan. "Tira o pé do painel."

Logan revirou os olhos.

"Ele era, *você sabe*... na época?"

"Se ele era bi?" Logan deu uma risadinha. "Claro, sempre foi."

Ashley pestanejou. "Ah, ele gosta das duas coisas. Não sabia."

A caminhonete sacudiu de novo quando passaram por um buraco, depois por outro, e Logan segurou o riso.

"Você é *tão* hétero..."

Ashley abriu a boca, mas nada saiu. Depois empurrou Logan contra a porta da caminhonete.

"*Para!* Eu tô tentando. Saquei. É que tudo isso é novo demais para mim."

"Bom, não sei você, mas achei ótimo a gente não ser irmãs. Ia deixar as coisas esquisitas."

Ashley ficou quieta por um instante. "Ia deixar quais coisas esquisitas?"

Logan não respondeu. Nem ela sabia muito bem o que tinha pensado em dizer.

Chegaram ao desvio de cascalho que beirava a floresta e Logan desceu da caminhonete, espreguiçando-se. Ashley escorregou para fora do banco do motorista e Elexis continuou no banco de trás, deitado com o casaco sobre o rosto. Logan bateu na janela.

"Vem", disse. "A gente tem uns fantasmas para caçar."

Elexis gemeu.

"Mas eu tô confusa. Se aquela coisa piscou quando passou pelo seu pai, a gente não deveria falar com ele?", perguntou Ashley.

"O Brandon é só parte dessa história. Mas vou conversar com ele sobre o equipamento. Assisti a alguns outros episódios só para garantir, e eles *nunca* apontam o TermoGeist em direção ao Brandon. Apontam para o Alejo às vezes, e nada. Mas perto do Brandon o sinal foi tipo, *imediato*."

Logan tinha passado os últimos dias entocada no quarto do hotel com os olhos grudados na TV. Dizer que tinha assistido "alguns" episódios seria um eufemismo. Já sabia que era provável que estivesse lidando com algo sobrenatural, mas nunca tinha imaginado que o próprio Brandon seria a fonte. Pensou no Brandon de seus sonhos, envolto por uma escuridão esquisita, com a voz mais profunda que o oceano. Talvez nada daquilo estivesse conectado. Talvez *tudo* estivesse conectado.

Ela precisava fazer os fantasmas do chalé falarem alguma coisa.

Precisava da verdade.

Elexis se ergueu do banco traseiro.

"Beleza. Vamos fingir que tudo isso é real. O que quer dizer?"

"Quer dizer que o TermoGeist captou algo de paranormal nele. Talvez um espírito? Alguma coisa ruim." Logan pendurou a bolsa no ombro e fechou a porta do veículo. O desvio de cascalho parecia mais silencioso durante o dia. Logan tentou ignorar a sensação de estar onde não devia. "O que significa que o equipamento *funciona*. A gente pode usar ele com os fantasmas do chalé."

"E aí a gente vai falar com o Brandon?", perguntou Ashley.

"Talvez." Logan coçou a nuca. "Sei lá."

Ashley franziu a testa.

"Por que vocês me trouxeram junto?", perguntou Elexis. "Achei que isso era uma coisa entre vocês."

"Você é minha família", disse Logan. "Família se ajuda."

"Você não me ajuda com nada."

"Eu ajudaria se você *pedisse*."

Elexis deu de ombros e ajeitou o gorro. Contudo, não era só uma questão de ser da mesma família. Desde a festa, algo tinha mudado dentro do peito de Logan. Agora ela olhava para Ashley de um jeito *diferente*. Ainda havia a mesma irritação, o mesmo ceticismo, a mesma dúvida que sempre sentira. Mas era como se antes ela estivesse olhando para uma foto borrada e agora os detalhes tivessem entrado em foco. Ela olhava para Ashley e via os olhos cor de águas claras, os lábios que sugeriam um sorriso fantasma, a forma delicada como ela virava a cabeça quando olhava para Logan. Aquela coisa boba e insistente que sentia por garotas hétero não era nova, e nunca valia a pena. Mas Ashley não era só uma garota hétero. Era a filha de um inimigo jurado, tinha o poder de expulsar Logan da cidade com um piscar de olhos, e estava procurando o namorado desaparecido, por quem ainda parecia apaixonada.

Elexis não era só da família — era uma espécie de proteção.

Logan fitou Ashley. A outra garota estava encarando as árvores, mas com o olhar desfocado. Distraída, corria os dedos pela ponta do rabo de cavalo sem falar nada.

Logan chegou mais perto. "Você tá se sentindo bem?"

"O quê?" Ashley piscou, como se estivesse voltando à vida. "Ah, sim. Sei lá. Tô sentindo que tem alguma coisa estranha no ar hoje."

"Verdade", concordou Logan. Depois se virou para Elexis. "O Nick não quis vir junto? Achei que vocês eram grudados, tipo 'compre um e leve dois'."

Elexis franziu a testa. "Acho que ele ficou de castigo por ter ido na festa."

Logan chiou. "Vixe."

Pegou o TermoGeist da bolsa e deu alguns tapas nele até o equipamento ligar. Nunca tinha segurado o sensor antes, mas já vira ele sendo usado por Alejo na TV um milhão de vezes. Era um aparelho preto de plástico com duas hastes prateadas na ponta. De acordo com o programa, o TermoGeist supostamente detectava áreas da atmosfera com temperatura discrepante. Regiões geladas — que faziam o TermoGeist piscar em azul — indicavam a presença de espíritos. Ela sempre presumira que a precisão do TermoGeist, assim como todo o resto das coisas no *Fantasmas & Mais: Detetives Paranormais*, era exagerada. Mas algo na forma como Alejo tinha desviado as hastes de Brandon denunciava que ele *sabia* que quase revelara um segredo. Logan não conseguia esquecer a imagem. O frio penetrante do azul.

Então tinha roubado o sensor. Alejo e Brandon passariam o dia em Ontario, comprando comida e fazendo ligações para resolver coisas do programa. Ela havia juntado alguns outros apetrechos do arsenal deles só por garantia. O SonusX era um aparelho que lembrava um rádio comunicador, mas emitia chiados altos e era capaz de detectar vozes fantasmagóricas. O Ilustrumbral era um escâner que produzia animações de qualquer espírito humanoide nas proximidades. O Escripto8G era um chip que podia ser instalado na entrada de fone de ouvido do celular. Era o preferido dela dentre os apetrechos ridículos dos pais, pois, *aparentemente*, permitia que a pessoa recebesse mensagens de textos de fantasmas.

Tinha trazido tudo aquilo mais para tirar onda do que qualquer coisa.

O trio seguiu na direção do chalé, e Logan sentiu um frio na barriga. Naquele dia, não havia música de piano, vozes ecoando pela mata fragmentada ou respirações como as descritas por Ashley. Logan calibrou o TermoGeist e o apontou para a construção em ruínas, mas a tela continuou sem dar retorno.

"Parece diferente", comentou Elexis, e foi até a parte de trás do chalé com as mãos nos bolsos. "Tem um espaço pra acender fogueira para lá."

"Vocês sabem alguma coisa sobre a família que morava aqui?", perguntou Logan.

Elexis deu de ombros. Andou mais um pouco, parando atrás da construção para admirar as enormes janelas quebradas. "Eles tinham uma vista legal."

Logan desenterrou vários apetrechos da bolsa, sem saber muito ao certo por onde começar. Ela e Ashley foram até o alpendre e entraram no cômodo principal. O silêncio de Ashley parecia mais profundo que o normal. Era perturbador. Logan se virava para ela de tempos em tempos para garantir que não tinha ido embora. Não era a única coisa diferente ali; era como se o chalé estivesse determinado a parecer mudado desde a última visita de Logan. Naquela visita diurna, não passava uma sensação de morte, desespero ou magia nem nada do tipo. Parecia uma casa de madeira em uma clareira. Só isso.

O TermoGeist concordava. Devagar, Logan caminhou pelo chalé, mas a tela quadrada do aparelho continuou apagada. Não havia nada paranormal ali. Não para ela, pelo menos.

Logan sentiu o amargor da decepção na boca.

O ar lá fora vibrava com o canto dos pássaros e tinha um cheiro intenso de terra molhada. A luz do sol banhava o interior do chalé pelas frestas no telhado, oblíquas como mantas de ouro penduradas entre as vigas de madeira beijadas pelo sol. Ela pensou em como o lugar devia ser bonito antes. Em como seria estar ali enquanto ouvia alguém ao piano, sentindo a brisa veranil entrando pelas janelas abertas. Imaginou cortinas brancas na parede dos fundos, uma fruteira cheia no balcão da cozinha, uma luminária de madeira pendendo do teto. A visão era tão real que parecia uma lembrança. Se fechasse os olhos, Logan quase podia ver a cena.

"Minha sensação é... a de já ter estado aqui antes."

"E você esteve", argumentou Elexis. "Duas vezes, né?"

"Você entendeu o que eu quis dizer." Ela colocou a mão na cintura. "Antes, *antes*."

Mas não havia antes. Ela não era como Brandon e Alejo, não tinha memórias dali. A cidade não era seu lar. Snakebite só deveria corresponder ao *presente*.

"Bom, que seja", disse ela. "O que quer que estivesse aqui antes, não está mais."

Logan não sabia se acreditava na própria afirmação.

Ashley não falou nada.

"Ei." Logan acenou diante do rosto dela. "Tá aí ainda?"

"Foi mal", disse Ashley. Pela primeira vez, Logan notou as olheiras da garota, escuras como hematomas. Estava com os olhos vidrados e distantes e, mesmo olhando para o rosto de Logan, parecia incapaz de focar. "Foi mal, eu não sei o que..."

Elexis foi até o cômodo principal do chalé. "Será que a gente pode ir para casa? Minha alergia já tá dando o ar da graça."

"Não", disparou Logan.

"Tô meio enjoada", comentou Ashley. "Acho que alguma coisa ruim aconteceu aqui. Nunca senti isso antes. Não sei por que eu..."

Ela se largou no sofá esfarrapado no canto da sala e pousou a cabeça entre as mãos. O rabo de cavalo loiro cascateou nas costas. O medo se retorcia no peito de Logan como uma faca. O ar estava imóvel demais; o chalé, vazio demais. Ashley estava um caco.

Havia algo de errado ali.

"Você tá vendo alguma coisa?", perguntou Logan.

Ashley negou com a cabeça.

Logan assentiu. "Tá. Quero dar uma olhada rápida lá fora, aí a gente vai embora. Você... só espera aqui."

Elexis e Logan saíram do chalé e avançaram pelo meio da mata, seguindo na direção da margem. Tristan estava entre as árvores quando Ashley o vira pela primeira vez, não no chalé. Logan foi alternando os equipamentos, analisando as árvores, mas nenhum reagiu. Nada indicava que aquele era um trecho diferente de qualquer outro de uma área arborizada às margens de um lago nas proximidades de uma cidade comum. Nada indicava que as coisas que tinham visto antes ainda estavam ali.

Assim que chegaram perto da água, Elexis congelou no lugar.

Havia um pedaço de tecido preso no rebordo sujo da margem, enroscado sob uma pedra plana. A água do lago ia e vinha, chacoalhando a manga vermelha. Por um instante, Logan teve a impressão de que a coisa estava respirando.

"O que..."

Elexis puxou a peça de baixo da pedra e a estendeu. O símbolo enxarcado do Capitão América ocupava a frente toda do moletom de capuz.

Pertencia a Nick.

"Ele vai ficar feliz por você ter encontrado." Logan deu uma risada.

"Não. Ele nunca ia ter perdido isso." Elexis pendurou a roupa no ombro e começou a esquadrinhar o chão, em pânico. "É a blusa favorita dele. Ele nunca ia ter deixado isso aqui."

"Vocês estavam chapadíssimos."

"Não chapado *a esse ponto*."

"Eu..."

Elexis apontou para a bolsa de Logan. Uma débil luz azul vazava pela costura. Ela enfiou a mão no meio dos apetrechos, pescou o TermoGeist e o puxou para fora, apontando as hastes para o moletom. Assim como no episódio do moinho de *Fantasmas & Mais*, o equipamento acendeu em um azul intenso. Ela o virou para longe da peça e o mostrador se apagou.

"Você falou com o Nick?", perguntou Logan. Sua língua parecia pesar uma tonelada. "Depois da festa?"

Elexis negou com a cabeça.

Logan fechou os olhos. Teve a sensação de estar afundando.

"Leva o casaco. A gente vai até a polícia."

18
Sombras Longas

Logan se sentou no banco do passageiro do Ford e soltou um suspiro. Era apenas a segunda vez que ia até a delegacia do Condado de Owyhee, mas já estava farta da experiência. Elexis ainda estava lá dentro, falando com o xerife Paris e esperando Gracia ir buscá-lo. Assim que tinham saído da mata, a mente de Ashley parecia ter clareado. As olheiras tinham se amenizado e ela voltara a ser sua versão irritantemente sadia com olhos de corça.

Logan, por outro lado, parecia estar com a cabeça mais nublada. Tristan Granger era um desconhecido desaparecido; Nick Porter era um *amigo* desaparecido. O estômago dela se revirou a ponto de achar que ia vomitar.

"Acho que a gente precisa conversar", disse Ashley, acomodando-se atrás do volante. "Ainda não tô... Tô bem confusa, só isso."

Logan concordou com a cabeça. Ashley dirigiu para fora do estacionamento da delegacia e pegou a rodovia que ia na direção do rancho dos Barton, com um solo intrépido de guitarra tocando ao fundo no rádio.

Ashley mordeu o lábio inferior, com os olhos focados na pista. "Será que tô ficando doida? Tipo, isso não é normal. *Sei* que não é normal ver fantasmas e coisa assim. Não sei nem se isso é possível."

"Você não tá ficando doida."

"Então o que tá acontecendo comigo?"

Logan suspirou. "Não sei. Mas não é só você. Eu também tô meio estranha desde que cheguei aqui", disse, e Ashley estreitou os olhos. "Ando tendo uns sonhos bem esquisitos." Logan olhou para a janela, correndo o dedo pela vedação de borracha que contornava o vidro. "Começa como se fosse um sonho normal, aí do nada eu começo a cavar."

"Como se estivesse procurando alguma coisa?"

"Não. Tipo, cavando uma cova." Logan se ajeitou no assento. "Minha própria cova. Aí entro nela e uma pessoa joga terra em cima de mim. Eu não consigo mais respirar e aí eu só... acordo."

"E quem tenta te enterrar?"

Logan olhou para Ashley. Mesmo ali, na caminhonete, longe do sufocante mundo de seus pesadelos, tinha a impressão de não estar conseguindo respirar.

A boca de Ashley se retorceu em um esgar cauteloso. "Por acaso é o... Brandon?"

Logan desviou o olhar.

O sol já mergulhava atrás das colinas no horizonte, pintando o céu com um esquisito fulgor vermelho, quando chegaram ao rancho dos Barton. Até onde Logan podia ver, todas as luzes da casa estavam apagadas, exceto a da janela do lado direito da construção, que dava para os campos vazios. O brilho amarelado tremeluzia.

"É o seu quarto?", perguntou Logan.

"É", disse Ashley, "mas não sei porque a luz estaria fazendo aquilo".

"Hmm. Tem certeza de que não tem problema eu entrar?", indagou Logan. Algo na fachada imaculada da casa não a deixava muito à vontade. "Sua mãe não vai ligar?"

"Ela saiu." Ashley apontou para a entrada com um gesto preguiçoso. "Não tem nenhum carro."

"Justo", respondeu Logan.

Ela sentia a cabeça girar. Considerando a náusea estranha de Ashley na floresta, os pesadelos da própria Logan e o desaparecimento de Nick, algo havia acontecendo. E não era algo silencioso e lento como nas últimas semanas. Havia alguma coisa acontecendo *naquela noite*. Ela podia sentir nos ossos, no ar, no chão sob seus pés.

Talvez aquele medo fosse a coisa sombria em Snakebite que Gracia mencionara.

Elas entraram em silêncio na casa. A sala principal era exatamente como Logan imaginara, decorada com itens de atmosfera rural, com móveis bege e paredes caiadas. Era o tipo de casa que parecia *mesmo* um lar. Do tipo que saía em revistas de arquitetura. Fazia muito tempo que Logan não frequentava um lugar daqueles. Tentou reprimir a inveja que surgiu em seu peito.

Um barulho veio do corredor, um estrépito que lembrava metal batendo em madeira.

Ashley arregalou os olhos. "Parece que veio do meu quarto."

Logan aquiesceu, e seguiram juntas na direção do som.

O quarto de Ashley foi uma surpresa. Tinha uma cama de solteiro coberta com uma manta rosa de retalhos, uma mesa baixa, de criança, encostada na parede e uma prateleira cheia de livros didáticos antigos, cujo único propósito parecia acumular poeira. Era humilde e impessoal, como uma lembrança preservada. Logan teve a impressão de que o espaço mantivera a mesma aparência ao longo de toda a vida de Ashley. Era o espaço de uma garota que não se conhecia o suficiente para fazer o quarto ter a própria cara.

O ar no cômodo estava tão espesso que era sufocante. Logan achou a fonte do ruído. O quadro de avisos de Ashley estava caído no meio do espaço, com uma confusão de fotos de Polaroid espalhadas ao redor: retratos de Ashley com Bug e Fran, Ashley no rancho, Ashley e Tristan. A janela acima da cama estava escancarada. O vento zunia quarto adentro, agitando as cortinas como a respiração de um fantasma. Era bem razoável presumir que fora aquilo que derrubara o quadro de avisos.

Era bem razoável, mas Logan sabia que não era o que tinha acontecido.

Atrás delas, a porta do quarto bateu.

A luminária acesa sobre a mesa piscou, e depois apagou.

Ashley cambaleou para longe de Logan. Quase não dava para vê-la na escuridão repentina, mas era claro que ela estava com medo. Cautelosa, Logan seguiu adiante, pisando com cuidado para não estragar as fotos.

"O que tá acontecendo?", perguntou Logan.

"Acho que ele tá aqui", sussurrou Ashley. "E parece que não está sozinho."

"Ele quem? O Tristan?"

Ashley confirmou com a cabeça. Ela se sentou na cama e agarrou a manta de retalhos, fechando os punhos.

"Acho que ele tá bravo comigo."

"E por que ele estaria bravo com você?"

"Porque eu..."

Lágrimas surgiram no canto dos olhos de Ashley.

"Tá, não importa. A gente fala sobre isso depois." Logan pigarreou. Tentou colocar uma expressão calma no rosto, mas não havia nada calmo naquela situação. Sentia o coração bater rápido. Aquilo não era igual ao que acontecera na primeira visita das duas ao chalé. Ela conseguia sentir que algo estava acontecendo. "Você disse que ele não tá sozinho. Quem mais tá com ele?"

"Não consigo vê-los. É só, tipo... uma *sensação*." As mãos de Ashley tremiam. "Uma parte me lembra o Tristan. Outra... não sei explicar."

Logan engoliu em seco. "Tenta."

"Acho que é o... Nick?"

A expressão de Ashley era complexa. Sugeria um misto de dor e medo, tudo entremeado a camadas de pânico.

Logan imaginava que a própria expressão devia estar parecida. Sentia um temor esmagador e crescente de ser a responsável por aquilo. Havia convidado Nick para ir junto à festa. Não confirmara se ele estava bem no dia seguinte. Não havia sequer pensado nele até encontrarem o moletom.

"É minha culpa", sussurrou Ashley. "Nos dois casos."

Logan titubeou. Ela era boa em muitas coisas, mas consolar não era uma delas. A respiração de Ashley estava entrecortada, os olhos vermelhos e inchados de lágrimas. Era medo, raiva e pesar, tudo ao mesmo tempo. Logan estendeu a mão para tocar no ombro de Ashley, mas hesitou alguns centímetros antes. Pensou nas coisas que Brandon perguntava para as pessoas no programa. Pelo menos isso ela podia fazer.

"Me conta mais sobre o Tristan. Não como ele está agora. Antes, quando ele estava..."

"... vivo?"

"Quando ele estava *aqui*", esclareceu Logan.

"Por quê?"

"Porque ajuda. Acho."

Os lábios de Ashley tremiam. Ela enxugou os olhos e concordou com a cabeça.

"Tá bom. Ele era ótimo. Sempre muito gente boa. A gente passava muito tempo juntos." Ela pigarreou e suspirou. "Desculpa. Não sei muito o que falar."

"Me conta alguma coisa específica."

"Teve uma vez que ele queria ver um filme de terror comigo. Era sobre uma freira ou coisa assim." Ashley parou por um instante, depois riu. "Eu tinha bombado em matemática, então minha mãe me deixou de castigo sem poder sair de casa. Aí eu estava aqui sozinha e escutei um barulhão no telhado. Quando abri a janela, dei de cara com ele. Ele tinha baixado o filme pirata de um site e trazido o computador para a gente poder assistir no telhado. Disse que assim eu não quebraria a regra de não poder sair de casa."

Logan sorriu.

"Foi uma coisa tão boba...", continuou Ashley, enxugando os olhos. "A gente podia apenas ter assistido de dentro de casa. Mas ele era assim. Achou que assistir em cima do telhado ia ser romântico. Quando ele botava alguma coisa na cabeça, precisava colocar em prática de qualquer jeito."

Ashley estava com o olhar fixo no além — onde Logan achava que Tristan estava —, e outra lágrima escorreu pelo rosto. A expressão dela não era a de alguém que apenas sentia saudade de outra pessoa, ponderou Logan. Tinha outra coisa ali, mais profunda e dolorosa que o luto. Era culpa. Logan podia ver isso nos olhos dela.

Ela se preparou para o que viria a seguir.

"Por que você disse que é culpa sua?"

Ashley fechou os olhos.

"Eu contei para você que fui a última pessoa que viu o Tristan na noite em que ele sumiu."

"Contou."

"Ele estava aqui porque eu falei que queria conversar. Era para o Tristan ter feito a matrícula em alguma faculdade e se mudado daqui. Achei que era o que ele iria fazer." Ashley respirou fundo. "Mas ele decidiu não se inscrever. Quis ficar aqui. Em Snakebite. Comigo."

A voz de Ashley falhou.

Logan estendeu a mão e a pousou no ombro de Ashley. Sabia para onde a conversa estava indo. A casa estava silenciosa fora os soluços baixos que entrecortavam a respiração de Ashley.

"Eu não queria que ele ficasse. A gente terminou", continuou ela, cuspindo as palavras como se estivessem queimando sua língua. "Achei que a gente podia continuar sendo amigos, como éramos antes. Tudo ia ficar bem. Mas aí a mãe dele não viu mais ele. O John não viu mais ele. Ninguém mais viu ele depois daquilo, e eu só queria... se alguma coisa aconteceu com ele. Se ele fez alguma coisa contra si mesmo, eu..."

"Você contou isso pra alguém?"

Ashley negou com a cabeça.

Logan pegou o pulso dela com delicadeza.

"Ei, não foi culpa sua."

Ashley repousou os dedos de leve na mão de Logan, respirando devagar e baixo, como se precisasse do silêncio para absorver as palavras. A brisa que entrava pela janela era doentiamente quente, quente demais para a noite. Fazia farfalhar as cortinas como se sussurrassem.

"E se os dois estiverem me assombrando porque..."

Logan deu um leve apertão no pulso dela. "Você viu meu pai no chalé. Ele tá vivo."

"O Tristan e o Nick podem estar vivos também."

"Certo", concordou Logan. Ela queria acreditar.

De repente, um barulho veio no telhado. Não era um estalido, e sim um ranger lento. Era o som de um peso sobre a madeira, vagaroso e deliberado. O som de passos cautelosos, como se a criatura acima delas estivesse tendo dificuldades para se equilibrar. O barulho começou no centro do telhado do quarto de Ashley e foi vindo para mais perto da janela a cada passo.

Ashley fechou os olhos. Logan sentiu a pulsação acelerar nas veias.

Os passos chegaram até o ponto logo acima da janela e pararam. A noite lá fora estava espessa e escura como melaço. Em um lampejo, Logan sentiu uma atração por ela quando a bolsa cheia de equipamentos zumbiu. Porém, não foi o TermoGeist que acendeu, e sim o celular de Logan. Ela não reconheceu o toque. Uma notificação de mensagem de alguém identificado como ESCRIPTO8G surgiu na tela bloqueada.

Ashley se inclinou sobre o ombro de Logan para ler.

NÚMERO DESCONHECIDO: SIGAM

Um calafrio percorreu as costas de Logan. Ela olhou para Ashley, mas não conseguiu encontrar as palavras para explicar o que aquilo significava. De acordo com a parte do seu cérebro que acreditava em respostas racionais, em ciência que podia ser provada, aquilo não fazia sentido algum.

"É o Tristan que tá aí?", perguntou Logan para o quarto vazio.

Silêncio, depois o celular vibrou de novo.

NÚMERO DESCONHECIDO: TRISTAN

Ashley arquejou. Pegou o celular de Logan, encarando a tela como se achasse que o garoto fosse aparecer ali. Suas mãos tremiam, mas nenhuma mensagem surgiu na tela.

"Tristan", continuou Logan. "Para onde você quer que a gente vá?"

NÚMERO DESCONHECIDO: TÚMULO

"O cemitério", murmurou Ashley. "Tristan, você está dizendo para a gente te encontrar lá?"

NÚMERO DESCONHECIDO: VELHO

Os olhares das duas garotas se encontraram. Logan apurou os ouvidos, mas só conseguia captar o som das árvores farfalhando lá fora, os cavalos no estábulo e o ranger lento e pesado de árvores antigas. Ashley olhou para o chão, murmurando *velho* para si mesma como se de repente aquilo fosse fazer sentido.

De repente ergueu os olhos.

"Túmulo velho. Ele tá falando do Cemitério dos Pioneiros."

Ashley descobriu que era muito mais difícil dirigir durante um ataque de pânico.

Seguiam pela rua principal, orientadas pelo brilho embaçado dos postes esparsos de Snakebite. A maior parte das lojas e restaurantes do centro já estavam fechados, mas no fim da via havia uma centelha de vida. O Chokecherry ainda cintilava sua luz dourada contra a escuridão bruta da noite, e Ashley quase conseguia distinguir os graves do rock clássico pulsando na *jukebox* lá dentro.

Além do centro, as luzes foram rareando até o veículo imergir na escuridão. Vitrines de lojas foram dando lugar a grandes extensões de terras cultiváveis de um lado e, do outro, ao volume escuro e oscilante do lago. Neblina pairava sobre o asfalto na forma de uma fina manta cinza-ardósia. Ashley ligou os faróis de milha e continuou, incapaz de reprimir a sensação de que havia algo se escondendo nas brumas.

"Outra mensagem", falou Logan, no banco do passageiro. "Dizendo: PERTO."

"É", concordou Ashley, com o coração martelando na garganta. "O Cemitério dos Pioneiros fica logo ali na frente."

"Acho que a gente parou por aqui quando chegou na cidade."

"Pararam mesmo", confirmou Ashley, talvez rápido demais. Pigarreou. "Foi no dia da cerimônia do Tristan. A gente viu você e seu pai."

Logan olhou para ela, mas não disse nada.

As duas deram a volta em uma imensa colina escura, e os faróis do Ford enfim iluminaram a cerca baixa que delimitava o Cemitério dos Pioneiros. Os túmulos eram ainda mais lamentáveis à noite — não passavam de montes de terra banhados de leve pelo brilho amarelado da luz interna do veículo. Do lado de fora da caminhonete, o vento gemia. Estava mais forte do que quando haviam deixado o rancho, mais forte do que deveria estar.

"Tá sentindo isso?", perguntou Ashley.

Logan concordou com a cabeça. Desceram da caminhonete, e seus passos soavam ocos na terra batida. O arco de pedra se erguia resoluto na entrada do cemitério, inabalado pelo vento, e os nomes gravados estavam quase indistinguíveis da pedra em si. Além do portal, havia apenas a escuridão.

Ashley acendeu a lanterna do celular. Logan estendeu o TermoGeist para ela.

Nos fundos do cemitério, as sombras se moveram. Não como o vento, mas como um animal. Como algo grande e massivo. Ashley estreitou os olhos, tentando identificar a forma.

O TermoGeist acendeu.

"Ai meu deus, *olha*!", gritou Ashley acima do vento.

O TermoGeist piscava mais forte que o celular, pintando a lama do cemitério de azul. A luz a incitava a seguir na direção dos fundos do terreno, na direção da escuridão, com um magnetismo que ela não era capaz de explicar.

De repente Ashley percebeu que estava parada sozinha.

"Logan?"

Ela virou para trás. A iluminação branca do celular refletiu no cabelo da garota. Logan, que estava parada na entrada do cemitério com os olhos fixos no portal de pedra. Logan, que parecia um fantasma. Logan, que estava tão imóvel que fez Ashley questionar se ela estava respirando ou não. Na escuridão lodosa da noite, ela não passava de um vulto. Sua expressão não estava certa — a testa franzida, os olhos arregalados, o pescoço inclinado para a frente como se não estivesse conseguindo ler direito as palavras entalhadas na pedra. O TermoGeist continuava lampejando, implorando que Ashley o seguisse até os fundos do cemitério.

"Logan", chamou Ashley mais uma vez. "O que você tá olhando?"

"Eu..." Logan ergueu o olhar, arrancada do transe. O vento agitava seu cabelo criando um borrão preto acima dos ombros. "Tem um sobrenome aqui, mas é..."

Ashley guardou o TermoGeist e foi até o portal. Elas não tinham *tempo* para aquilo. Logan encarava fixamente os nomes entalhados ali, e Ashley seguiu o olhar dela até um em particular. Por um instante, não registrou o detalhe, mas sentiu o coração sofrer um solavanco quando notou o hífen.

ORTIZ-WOODLEY, 2003 – 2007

"Espera, tipo...", sussurrou Ashley.

Logan tirou o cabelo do rosto. "Não tô entendendo. O que isso significa?"

Foi quando todos os apetrechos na bolsa de Logan começaram a berrar.

Ashley levou as mãos aos ouvidos. O vento no cemitério começou a soprar mais forte, cortando a noite escura com uma intensidade capaz de arrancar sangue. A escuridão nos fundos do cemitério se transformou. Agora eram dois vultos, ambos inclinados para a frente e oscilando com o vento. Estavam bem na fronteira do cemitério onde a terra se encontrava com tufos de grama amarelada e circulavam um monte de terra logo além do terreno do Cemitério dos Pioneiros, escondidos do passeio principal.

O TermoGeist acendeu de novo — em vez de piscar em azul, porém, um cintilar vermelho perdurou sem ceder.

Era da cor de sangue.

"Logan", disse Ashley de novo, incerta.

A voz dela ecoou no vento. Ela virou a lanterna para a escuridão atrás de si e Logan protegeu os olhos, com o rosto banhado pelo vermelho do TermoGeist.

"Eu nunca vi *isso* acontecer."

Elas seguiram a luz até os fundos do cemitério. As mãos de Ashley tremiam, mas ela continuou agarrando o TermoGeist. Era como se Tristan estivesse bem atrás dela — podia escutar a respiração dele, sentir a mão pairando logo acima de seu ombro. A verdade estava diante de Ashley, ela só precisava ter coragem de olhar.

Ela cerrou a mandíbula. "O que você quer que eu faça?"

"Como assim?", perguntou Logan, antes de entender que a pergunta era para Tristan. Depois mostrou o Escripto8G para Ashley. "Tá falando: TERRA."

Ashley sentiu a respiração entalar no peito. Era quase capaz de ver o namorado, agachado diante dela, passando a mão pela terra solta. Quase podia ver os olhos dele, implorando que ela fizesse aquilo. Ela entendia, mas era pedir demais. Ajeitou uma mecha do cabelo atrás da orelha e negou com a cabeça.

"Eu não consigo..."

"O que você não consegue?", perguntou Logan.

Por favor, gemeu uma voz, carregada pelo vento.

Logan arregalou os olhos. "Puta merda. Eu ouvi."

A voz não era a de Tristan. Pela expressão de Logan, ela também tinha percebido. A voz era muito familiar, mas distorcida, como se o dono estivesse a quilômetros de distância. Ashley já ouvira aquela voz, baixa e pacata, vinda do banco traseiro da caminhonete.

Era a voz de Nick Porter.

"Certo, certo...", sussurrou Ashley. Depois se virou para Logan. "Você consegue me ajudar a cavar?"

Logan encarou a terra, e seu rosto empalideceu na hora. Negou com a cabeça, o punho fechado contra o peito. Mesmo no escuro, Ashley viu o medo nos olhos dela. Estava com as pupilas diminuídas e a respiração entrecortada escapava de seus lábios. "Não consigo", sussurrou.

"Então vai chamar o Paris."

Ashley caiu de joelhos e levou os dedos trêmulos à terra. O coração batia forte, mas ela cavou mesmo assim. Prendeu o celular sob o queixo para banhar o chão com a luz branca. A noite tinha cheiro de medo com um toque metálico de chuva prestes a cair. Escavou até os dedos baterem em algo sólido. Foi quando o coração de Ashley parou. Ela empurrou uma camada de terra e, logo abaixo, encontrou pele gelada como pedra. Ainda estava humana demais para ter sido enterrada havia muito tempo. A garota reprimiu um soluço e continuou a empurrar a terra para longe até revelar nós de dedos humanos. Ela cambaleou para trás e caiu.

Queria ter encontrado um dos garotos desaparecidos com vida.

Em vez disso, havia achado um corpo.

19
O Corpo, Mas Não a Alma

Depois do cemitério, tudo foi como um sonho estranho.

Um sonho com garras. Um borrão rápido. Um pesadelo se espalhando por Snakebite em ondas lentas e dolorosas. Janelas foram fechadas, venezianas baixadas, crianças e adolescentes trancados em casa mesmo em noites quentes quando, em outras circunstâncias, estariam brincando no lago. As notícias sobre o corpo não eram tratadas como a fofoca de sempre — não eram discutidas no Moontide entre canecas de café. Era o tipo de coisa que fazia as palavras se enroscarem na língua. Havia um assassino à solta. Snakebite estava coberta por um manto de silêncio, porque agora tudo era real.

Nick Porter estava morto.

Não desaparecido. *Morto*.

Ao longo das duas semanas anteriores, Ashley também ficara calada. A polícia do Condado de Owyhee desenterrara um cadáver no Cemitério dos Pioneiros. Ashley tinha esperado que encontrassem dois. Mais do que nunca, a cidade de Snakebite estava certa de que os Ortiz-Woodley tinham algo a ver com aquilo. Ashley, não. Tristan ainda estava desaparecido, o que era tão assustador quanto esperançoso. Não estava morto, mas tampouco estava em casa.

Ashley não sabia como se sentir. Na maior parte do tempo, sentia-se vazia.

Nick estava morto; Tristan, desaparecido. E ela ainda não sabia de *nada*.

Não falava com Logan havia duas semanas. Duas semanas ao longo das quais o mundo tinha virado do avesso. Não estava evitando Logan (não mais do que estava evitando outras pessoas), mas algo na ideia de ir atrás dela a assustava. Continuar procurando significaria que tudo que já haviam encontrado era real. Que Snakebite jamais voltaria a ser como era.

Porém, mais do que todo mundo, tivera vontade de mandar mensagem. De ligar. Queria sair de carro por aí, com Logan, e continuar procurando. Ashley não sabia muito bem o que fazer com isso.

Quando a ligação veio, ela estava deitada na cama, com a cabeça pendendo da borda e o cabelo loiro esparramado pelo chão. Encarou o nome de Logan por um instante longo demais, depois atendeu.

"Oi", disse ela.

"*Oi.*" A voz de Logan parecia rouca. Depois de um momento, ela pigarreou. "*Como você tá depois... Ah, como você tá?*"

"Sei lá."

Por um instante, a linha ficou muda.

"*Eu ia te mandar mensagem, mas as coisas andam meio esquisitas. Óbvio. Mas... acho que a gente deveria continuar. Se você ainda quiser.*"

"Você quer voltar ao chalé?", perguntou Ashley.

"*Quero. Sei lá. Sinto que...*"

"... que a gente ainda não descobriu tudo", terminou Ashley. Estava com um aperto no peito de vontade de saber mais. "Também sinto."

Logan estava certa — apesar do medo que Ashley sentia, apesar do que as esperava. Havia mais coisas a encontrar.

E, se Tristan ainda estivesse por aí, ela não podia desistir.

A ida seguinte ao chalé foi mais sombria. Os zimbros formavam um borrão conforme Ashley dirigia pela rodovia que margeava o lago, os arredores estavam mortos e amarronzados por causa do calor escaldante. Logan se encolhera no banco do passageiro, abraçando os joelhos contra o peito, provavelmente para não colocar os pés no painel.

"Vocês não foram no velório", disse Ashley.

Logan respirou fundo. "Eu sei. Eu queria ir, mas achei que seria falta de respeito. Sei lá."

"Não ia ter sido falta de respeito", afirmou Ashley. "Vocês eram amigos."

"Não nesse sentido. Tipo, acho que teria sido uma distração. Todo mundo pensa que meus pais têm alguma coisa a ver com isso. Se minha família gay aparecesse no velório, todo mundo só ia prestar atenção nisso. Não queria tirar o foco de...", Logan pressionou os lábios. "A cerimônia era para ser sobre o Nick. Só isso."

Ashley fez uma careta. Queria que Logan não estivesse certa. Algo pesou em seu peito. Piscou várias vezes, fitando a margem ensolarada, borrada por causa do vidro sujo.

"Como seus pais reagiram quando você contou pra eles?"

"Contei pra eles...?" A voz de Logan foi morrendo.

"Sobre, *você sabe...*"

"Tá, você precisa parar de se referir a isso desse jeito." Logan correu a mão pelos cabelos, desfazendo alguns nós. "Você quer saber como foi quando contei pra eles que eu sou gay?"

"É. Isso."

"Hmm, então acho que eles não tinham muita moral para ficar bravos, né? Mas ficaram bem surpresos." Ela começou a mexer nas saídas do ar-condicionado de forma meio aleatória, sem erguer o olhar. "Alejo ficou preocupado com a possibilidade de eu só achar que era gay por causa deles. Já o Brandou ficou surtado. Disse que as coisas iam ser bem mais complicadas para mim. O que sempre me pareceu esquisito, porque eu conhecia um monte de gente *queer* em Los Angeles. Quando eu morava lá, não era muito difícil. Era só, sei lá... só uma *coisa* sobre mim."

Ashley concordou com a cabeça. Aliviou o aperto ao redor do volante. Não lembrava de quando começara a forçar os dedos daquele jeito.

"Mas eu entendo agora", prosseguiu Logan. "Eles cresceram *aqui.*"

A mata ficava mais densa perto do desvio de cascalho. O sol daquele lado do lago parecia dourado, porém agora estava mais próximo do chão do que deveria. Fulminava, baixo demais no céu. Ashley encarou as árvores, ansiando pela sombra entre elas. Quanto mais tempo passava, mais tinha certeza de que havia algo de errado ali.

Logan abriu a porta do passageiro de supetão no mesmo instante em que estacionaram. Prendeu o cabelo em um curto rabo de cavalo preto.

"Tô sentindo que é hoje. Sinto que a gente vai descobrir alguma coisa."

Elas seguiram até o chalé. De imediato, Ashley percebeu que havia algo diferente, não havia a sensação nauseabunda que a assolara da primeira vez. Parou diante do alpendre na frente do chalé e estendeu o braço para impedir Logan de avançar. A construção estava viva, mas não com fantasmas. Havia algo farfalhando lá dentro, grunhindo pelo assoalho.

"Tá escutando?", sussurrou Ashley.

Para a surpresa dela, Logan confirmou com a cabeça.

Ashley engoliu em seco. Com cuidado, pisou no alpendre e empurrou a porta de entrada. Esperava encontrar um animal selvagem ou móveis caídos. Até a presença de fantasmas parecia mais provável do que a do xerife Paris, parado em um canto do cômodo e inspecionando as iniciais entalhadas nas paredes. Sua postura era cuidadosa e os dedos se moviam com cautela pela madeira apodrecida.

Paris se empertigou quando as ouviu entrar. Virou-se, e a expressão se suavizou em um leve sorriso. "Achei mesmo que tinha ouvido algo entrando."

"Eu...", começou Ashley, mas não sabia muito bem o que dizer. Pigarreou. "O que o senhor está fazendo aqui?"

"Eu que pergunto", brincou Paris. "Porque procurar o Tristan é meu trabalho, no caso."

Ashley olhou através da janela quebrada para a outra margem do lago. "Achei que..."

"... que a gente não estava conduzindo buscas desse lado do lago?", perguntou Paris. "Eu não queria que vocês, a molecada, viessem aqui. Não tem trilhas ou marcações para orientar uma caminhada. Se eu perdesse vocês, seria difícil achar de novo. Eu já tenho um garoto desaparecido e outro que foi encontrado morto."

"Ah", disse Ashley.

"Além disso, como xerife, não gosto da ideia de duas garotas sozinhas por aqui", continuou Paris. "Com tudo que anda acontecendo, não é seguro. Vou deixar por isso mesmo dessa vez, mas prefiro que, de agora em diante, vocês não venham até aqui sem a companhia de um rapaz."

A expressão de Paris se avivou conforme ele atravessava o cômodo a passos largos. Ele se virou para Logan e estendeu a mão. "Você deve ser a filha do Alejo. Prazer em te conhecer oficialmente."

Logan pestanejou. "O senhor conhece meu pai?"

"Opa se conheço. Seu pai e eu éramos melhores amigos na escola. Eu, ele e a dona Tammy Barton."

Ashley balançou a cabeça. "Não sabia que o senhor conhecia ela tão bem assim."

"Conheço. A Tammy é incrível. Mas é muito ocupada." Paris tirou o chapéu de caubói e correu os dedos pelo cabelo loiro-claro. "Hoje em dia, eu tento não pentelhar muito ela."

"Mas, gente, que balaio de gato", comentou Logan, em voz baixa. "O senhor conhece o Brandon também?"

Paris puxou o tecido que cobria o piano. As teclas estavam apodrecidas e amarronzadas nas bordas. Logan encarou o instrumento e sua expressão mudou, assumindo um tom suave, quase pesaroso. Ashley teve a impressão de que ela estava olhando para o piano como alguém olharia para um túmulo. A luz do sol banhava suas maçãs do rosto, mas os olhos estavam sombrios e distantes.

Ashley pensou em quantas vezes tinha se pegado encarando aqueles olhos, profundos e castanhos, escuros o bastante para engolir toda a luz solar. Sentiu o peito apertar. Depois desviou o olhar, voltando a focar no chalé.

"Brandon..." Paris suspirou. "Mais ou menos? Ele era muito na dele. Só tinha doze alunos na nossa turma de 1997. Eu conhecia ele, mas não *conhecia* mesmo. Minha impressão é que ninguém o conhecia, na verdade. Eu via o garoto todo dia, mas acho que só falei com ele uma vez."

"Sei bem a sensação", sussurrou Logan.

"Mas, sim, minha amizade com o Alejo é antiga. A gente costumava passar o verão aqui, no barco do meu pai. Nos afastamos quando ele foi para aquela faculdade chique. Mas eu ainda amo aquele cara. Ele era o queridinho de Snakebite. *Todo mundo* o amava."

Ashley foi se afastando devagar, até sair pela porta da frente do chalé. Logan parecia não ter interesse algum em usar os apetrechos dos pais no momento. Só queria interrogar Paris. Ashley tentou não se sentir irritada.

"Por que vocês pararam de ser amigos?", questionou Logan.

"A gente não parou." Paris caminhou mais um pouco pelo chalé antes de se sentar no sofá detonado. "Bom, não de verdade. Não sei. Vai soar mal, mas, de certa forma, quando seu pai voltou e contou que era... você sabe... eu meio que me senti agradecido. Tipo, fiquei possesso com quem tratou ele mal por isso, mas também foi uma espécie de alívio. Eu precisava sair da sombra dele." Paris balançou a cabeça. "Uau, falando assim, parece algo horrível."

"É", concordou Logan. "Parece."

Paris olhou para ela. "Mas não falei no mau sentido."

Ashley deu uma risada inquieta. Logan olhou para ela de soslaio.

"O que esse lugar é?", perguntou Ashley.

Teve o cuidado de não mencionar que John tinha descoberto o chalé nos mapas do pai. A relação dela com John já estava meio estremecida — não precisava dedurar o garoto também.

"Costumava ser um chalezinho lindo." Paris franziu a testa. "Obviamente, não tá mais em sua melhor forma."

"Sabe quem morava aqui?", perguntou Ashley.

Paris franziu a testa, confuso. Não se virou para Logan.

"Sei. Achei que vocês duas... Bom, não sinto que me cabe falar sobre isso."

Ashley e Logan o encararam, impacientes. Ele enfim prosseguiu:

"Acho que isso vai acabar chegando ao ouvido de vocês de um jeito ou de outro, porque tecnicamente tem a ver com ambas. Mas não podem dizer para os seus pais que contei isso." Paris devolveu o chapéu de caubói à cabeça. "Sei que esse terreno é da Tammy. Por qualquer razão, ela vendeu as terras para os seus pais. Talvez tenha dado de presente, não sei. Mas foram eles que construíram o chalé."

Ashley piscou várias vezes.

Parada ao lado do piano, Logan expirou com força.

"Eles *construíram* o chalé?"

"Isso", confirmou Paris, solene. "Eu já não era tão próximo deles na época. Acho que só queriam um lugar mais afastado da cidade."

Ashley analisou as paredes, o teto caindo aos pedaços, as janelas estilhaçadas. Brandon e Alejo tinham erguido o lugar com as próprias mãos, e aquelas ruínas eram tudo que havia restado. Era como se a própria mata ao redor exalasse decepção.

"O que aconteceu aqui?"

Paris deu de ombros. "Não faço ideia."

Os três permaneceram por um bom tempo em silêncio. Logan estava com os olhos arregalados, mas não disse nada. Ashley sentiu o ímpeto de ir até ela, colocar a mão em seu ombro e garantir que estava tudo bem.

Não sabia por quê.

"Se vocês não se importarem, vou dar uma olhada perto da água." Paris se levantou e foi até a porta da frente, deixando-a aberta atrás de si. "Fiquem por aqui até eu voltar."

Quando o xerife saiu, Logan largou a bolsa, que caiu no chão com um baque desconfortável. Em silêncio, ficou andando de um lado para o outro do cômodo de olhos fechados, como se estivesse tentando imaginar a aparência do espaço antes da destruição. Ashley também tentou. Houvera vida ali em algum momento. Um momento que parecia muito, muito distante.

Quando abriu os olhos, congelou no lugar.

Brandon estava sentado no sofá no canto da sala, olhando pela janela que dava para o lago. Sua expressão era neutra e vidrada, focada na margem ao longe.

Ashley demorou um instante para se tocar de que Logan não estava vendo o pai. Os fantasmas tinham voltado. As garotas não estavam sozinhas.

Ela se escorou na parede.

Logan se virou para ela. "O que foi?"

"Eu, ééé..." Ashley engoliu em seco e apontou para o sofá. "Ele tá aqui. O Brandon. A versão fantasma dele. Tem alguma coisa esquisita acontecendo."

A cena era lúgubre, gélida e *errada*. A impressão de algo inapropriado permeava o ar, mergulhando o chalé em sombras tão profundas que era difícil respirar. Ashley podia sentir a escuridão grudando na pele como uma película oleosa.

Logan pestanejou. Foi até o sofá e tirou vários aparelhos da bolsa, ligando um depois do outro de forma metódica.

O fantasma de Brandon estava em silêncio, exatamente como da última vez em que Ashley o vira. Corria a mão pelo espaço ao lado dele, com os olhos fixados no lago. Tinha uma expressão imutável como aço. Mal era uma expressão. O homem parecia uma casca, como se não houvesse nada de humano nele.

Uma voz sussurrou algo, mas ela não conseguiu distinguir o que dizia.

"Tá sentindo?", perguntou Ashley.

Logan arqueou uma das sobrancelhas. "Sentindo o quê?"

Ashley começou a bater o queixo de frio. Não fazia sentido — do lado de fora da janela, o sol brilhava quente e dourado sobre a terra. Ela estivera lá fora, tinha *sentido* o calor pouco antes. Mas, dentro do chalé, o ar estava gelado como se fosse inverno. Vozes sussurravam lá fora, tão baixo quanto água corrente. Vozes demais, como se houvesse uma multidão reunida além da porta. Ashley sentiu o estômago embrulhar, com a sensação nítida de que havia algo fechando o cerco ao redor delas, testando as paredes, procurando uma forma de entrar.

"Ele só tá sentado ali", disse Ashley. "O que tem de errado com ele?"

"Descreve o que você tá vendo", disse Logan.

"Acho que ele tá..." *Sofrendo de luto*, quis dizer Ashley. Mas as vozes lá fora ainda sibilavam, cercando a construção desmazelada de madeira como abutres voando em círculos sobre uma presa. "Fecha a porta."

Logan correu até a porta e a fechou. Ergueu o celular como se um sinal melhor fosse ajudar a receber uma mensagem via Escripto8G. "Ele tá falando alguma coisa?"

Ashley baixou o olhar. A presença de Brandon Woodley não tinha nem a mais vaga semelhança com o cheiro de Tristan ou a voz etérea de Nick. Assim como da última vez, ele estava perturbadoramente presente.

"*Um dia*", sussurrou uma voz, "*vamos ser felizes de novo.*"

Brandon se empertigou.

E depois olhou para Ashley.

Ela cambaleou para trás, trombando com uma mesa quebrada. Dobrou os joelhos quando eles colidiram na madeira, e Logan apoiou as mãos nas costas dela para a manter de pé. As tábuas rangeram, mas os sons pareciam abafados, como se ela estivesse embaixo d'água. Ashley levou as mãos ao peito, mas não desviou os olhos.

Depois de um instante, Brandon piscou. Balançou a cabeça devagar e o cômodo mudou. O ar ficou mais leve, afastando a mortalha gelada como se estivesse jogando uma manta para o lado. Ashley sentiu as mãos de Logan nas costas, sentiu *de verdade*, e de repente estava de volta ao chalé. O sol cintilava pelas janelas estilhaçadas, mas a pele dos seus braços ainda pinicava, arrepiada. As vozes lá fora tinham sumido. Em vez delas, tudo que ouvia eram os galhos dos zimbros farfalhando muito acima do telhado destroçado do chalé.

"O que acabou de acontecer?", perguntou Logan, tentando esconder o tremor na voz.

"Ele *viu* a gente", sibilou Ashley. "Não sei como, mas..."

Brandou levou os dedos ao rosto, por baixo dos óculos, e esfregou os olhos. "*Acho que eu vi alguma coisa.*"

"O que...", começou Logan, mas Ashley fez sinal para que ela se calasse.

Brandou ficou imóvel, como se estivesse tentando ouvir algo, depois balançou a cabeça. "*Não consigo conviver com eles.*"

Ashley soltou o braço de Logan e parou diante de Brandon. De perto, o rosto dele estava repleto de *nada*. Olhava pela janela, na direção do vazio indefinido. Ela não sabia qual era a aparência de um assassino, mas se tivesse que descrever a expressão de um, descreveria algo similar ao que via ali.

Brandon ficou calado de novo, ouvindo, depois aquiesceu. Fitou o espaço ao seu lado — onde Ashley estivera alguns segundos antes — e estreitou os olhos. Depois de um momento tenso de silêncio, abanou a mão no ar e fechou os olhos.

"*Não é real*", sussurrou.

Sem fazer barulho algum, ele foi até a porta da frente e sumiu de vista.

Ashley soltou um suspiro reprimido e limpou o suor da testa.

"Eu tô... muito confusa."

"*Você* tá confusa?", disparou Logan.

"Vem comigo."

Elas saíram do chalé e seguiram até o lago, andando na direção oposta à da área que Paris explorava a passos lentos. Assim que Logan se sentou em uma pedra, Ashley começou a contar o que vira, da melhor forma possível. Mas não conseguia descrever em palavras a *estranheza* de tudo aquilo. Era uma sensação que parecia pesar no fundo do estômago dela como um monte de pedras. Mesmo à beira do lago, com o sol a banhando e a brisa quente soprando por entre as árvores, sentia o frio nos ossos. Sentia o olhar de Brandon, inclemente, vazio e morto.

"É como se ele não estivesse sozinho", disse Ashley. "Tinha mais alguma coisa lá. Eu conseguia ouvir a coisa lá fora, sussurrando."

Logan coçou a cabeça. "Mas quem poderia ser?"

"Não acho que era uma pessoa", afirmou Ashley, e Logan arqueou uma sobrancelha. "Não acho que era *humano*."

"Não tô entendendo nada", disse Logan. Chutou um seixo ovalado para dentro do lado. "O Brandon estava sozinho?"

"Até onde consegui ver, sim. Mas ouvi alguma coisa falando com ele." Ashley fechou os olhos, invocando a voz na memória. "Disse que eles iriam ser 'felizes de novo um dia'. Não sei o porquê. Meio que... parecia que alguém tinha morrido."

"Isso é você preenchendo as lacunas?", perguntou Logan.

"O quê?", indagou Ashley. "Eu não tô inventando nada. Só estou falando o que vi. E o que vi me fez pensar que pareciam estar lamentando a morte de alguém."

Logan apertou a testa com a mão. "Mas quem?"

"Talvez algum parente?"

Logan só deu uma risada zombeteira.

"Quando ouvi nossos pais conversando, minha mãe disse para o seu pai que sentia muito pela perda dele", continuou Ashley. "Seus pais... alguma vez falaram sobre a morte de alguém? Talvez antes de você ser adotada? Sei que você não queria falar sobre isso, mas...", começou ela, e Logan se empertigou. "... aquele túmulo no Cemitério dos Pioneiros..."

"Não."

"Se eles perderam alguém, essa pessoa pode estar enterrada lá."

Logan negou com a cabeça.

"*Não*. É impossível. Eles teriam me contado. O Alejo teria..."

Ela não terminou o pensamento. Ficaram sentadas em silêncio por um instante. O lago se afastava e batia na margem, carregando terra para dentro da água a cada pulsação. Logan queria acreditar que Brandon não tinha relação alguma com as mortes, mas havia rastros do envolvimento dele para todos os lados que olhavam. Ele era a única coisa que tinha mudado em Snakebite.

"Achei que a gente deveria estar procurando o Tristan", disse Logan. "Era pra estarmos arrumando as coisas, não piorando."

"Não acho que é simplesmente alguém matando pessoas", disse Ashley. "As vozes que ouvi lá fora eram... E se estiverem conectadas a tudo isso?"

"Você acha que tem algo sobrenatural por trás", Logan afirmou. Não era uma pergunta.

"Não ia ser mais esquisito do que todas as coisas que já aconteceram."

Logan apertou a ponte do nariz. "Sei que parece que o Brandon tem a ver com isso, mas... Deixa eu falar com os meus pais e ver o que descubro. Não quero trocar os pés pelas mãos e sair concluindo coisas. Por favor."

O franzir da testa de Ashley foi involuntário. Havia desespero no rosto de Logan, mas ela não sabia se era pela inocência de Brandon ou porque achava que o pai não era de fato inocente. Seu cabelo preto e liso tremulava ao vento. Ela cobriu a boca com uma das mãos.

"Certo", disse Ashley. "Posso perguntar mais coisas para a minha mãe também. Mas a gente não sabe quanto tempo vai se passar até mais alguém desaparecer. Não tem muitos adolescentes aqui. Pode ser um dos nossos amigos. Pode ser uma de *nós*."

"Promete que não vai fazer nada até eu ter falado com eles?", pediu Logan. "Só confia em mim."

Logan estreitou os olhos, vidrados como se fosse chorar. Ashley olhou além dela, na direção do chalé. O frio nos ossos já tinha quase passado, mas o estômago ainda parecia pesado. Ela foi assolada por uma sensação de estar afundando. Fechou os olhos.

"Prometo."

20
Um Sussurro Baixo e Persistente

Mesmo depois que tudo acabasse, Snakebite nunca mais seria a mesma. Parte de Ashley já sabia disso, mesmo que fingisse o contrário.

O céu estava aberto e azul-brilhante pela manhã. Vistos do topo da enorme colina na extremidade leste da propriedade dos Barton, os montes não passavam de ondas se estendendo até o horizonte, com o lago oscilando entre elas como uma nervura. O vento trazia o cheiro adocicado dos zimbros. Aquela era a Snakebite gravada no coração de Ashley. Era o que ela via quando fechava os olhos. Era a Snakebite *dela*, fora de alcance do breu que tomava o vale como uma tempestade iminente.

Era só mais uma coisa que estava perdendo.

Desde a época do Ensino Fundamental, Ashley subira até o topo gramado daquele aclive para fazer piqueniques. Fazia meses que não se juntavam ali, mas mesmo com tudo mudando, Ashley se lembrava do lugar exatamente daquele jeito.

Estava nervosa com a ideia de ir até lá. Com a ideia de ver Bug e Fran. Tinha falado com elas poucas vezes depois do velório de Nick, mas aquela situação era diferente. Nada entre as três amigas a fizera ficar nervosa antes. Era um silêncio que havia se instalado entre elas, mantendo-as a um braço de distância uma da outra, semeando, em silêncio, a dúvida no peito de Ashley. Com tudo que estava acontecendo, passar um tempo com amigas parecia uma mentira.

O cavalo de Ashley alcançou o topo do monte. Bug e Fran vinham trotando atrás dela em cavalos emprestados do rancho dos Barton. Devagar, as três avançaram até um zimbro retorcido que se erguia solitário no topo calvo da colina. Bug estendeu uma toalha sobre a grama morta e Fran soltou o cesto de piquenique da cela do cavalo que estava usando. Montaram sanduíches de peito de peru e serviram jarros de limonada como faziam todos os verões, deitando na toalha sob a sombra da árvore. O ar estava limpo e claro, e Ashley quis afundar no chão, se aquilo significasse que poderia ficar ali para sempre.

"Que saudade de vocês...", disse entre mordidas no sanduíche. "Tipo, muita saudade *mesmo*."

"E de quem é a culpa?" Fran riu. "É você é que só anda com a Logan agora."

"O que ela quer dizer é que também tá com saudades", interveio Bug.

"Sei, sei."

A atitude de Fran era justificada, mas Ashley tinha a esperança de que tudo voltasse ao normal. Já Bug era mais difícil de ler: era a mais boazinha das três, o que significava que havia menos chance de que dissesse como realmente se sentia. Tanto ela quanto Fran olhavam para o céu, não para Ashley. Ela se perguntou quantas conversas preocupadas a seu respeito as duas haviam tido nas últimas semanas.

"Desculpa por estar meio estranha", disse Ashley. "É que tem um monte de coisa acontecendo."

"Sim. Mas você pode falar com a gente", disse Fran.

"Eu sei."

"Ótimo."

Ashley fez uma careta, o rosto voltado para os galhos retorcidos lá em cima. Não tinha a ver com não confiar em Bug e Fran. A questão era que, para ela, as amigas eram o último resquício de normalidade de Snakebite. Eram a única coisa não tocada pelas sombras que se aproximavam.

Ashley fechou os olhos. "Certo. Vocês sabem que ando meio avoada desde o sumiço do Tristan. E contei pra vocês que meio que tô... *sentindo* ele, como se ele estivesse por perto."

"Sim", disse Fran.

"Bom, acho que eu meio que... não sei. Acho que consigo ver fantasmas?"

Bug e Fran ficaram em silêncio.

"Não literalmente, né?", disse Fran.

"Literalmente."

Ela conseguia sentir a careta estranha de Fran, deitada ao seu lado. A garota se apoiou no cotovelo e olhou para o perfil do rosto de Ashley. "Conta mais."

O sol queimou manhã azul adentro enquanto Ashley explicava tudo: da primeira visão no chalé até o corpo no Cemitério dos Pioneiros. Descreveu como tinha sentido o cheiro de Tristan nas matas, como ele dissera onde encontrariam o corpo de Nick, a forma como parecia pairar junto dela, mesmo ali. Falou tudo enquanto Bug e Fran prestavam atenção, bebendo limonada. Não era capaz de olhar para nenhuma das duas. O coração acelerou na garganta e ela sentiu um gosto ferroso na boca.

"No começo, achei que eu só tava meio pirada. Mas aí pedi ajuda pra Logan. Por que, sei lá, ela sabe sobre essas coisas."

"Jesus", bufou Fran. "Por que você não falou nada *pra gente*?"

"Não sei."

Fran se sentou. "Você contou essas coisas para uma estranha."

Ashley cobriu o rosto.

Bug estava calada — mais calada que o normal. Depois de um momento, perguntou: "Acha que é ele mesmo?".

"Óbvio que não", interveio Fran. Jogou os cachos que tinham um tom de castanho meio mel por cima do ombro. "Essas coisas de espírito são a praia da Logan. Ela tá tentando fazer você parecer maluca, vendo fantasma e coisa e tal. Que nojento."

Ashley semicerrou os olhos. "Eu sei o que eu vi."

"Estar triste por causa do Tristan não faz dele um fantasma."

"Eu *vi* o Tristan."

"Sim, e se você tivesse dito isso *para mim*, eu teria falado pra você procurar ajuda profissional", disse Fran. "É isso que uma boa amiga faria."

"Se eu não tivesse ido investigar com a Logan, nunca teria encontrado todas as outras coisas." Ashley se sentou e colocou o sanduíche sobre a manta. De repente, tinha perdido o apetite. "Se a Logan não tivesse acreditado em mim, a gente nunca teria achado o Nick."

"Achar um cadáver não é uma coisa *boa*", afirmou Fran. "Nada disso é bom. Você tem noção de como isso tudo é zoado? Você encontrou um *corpo*. De uma pessoa que *a gente conhecia*. Isso é, tipo, um baita problema."

"Sim. Encontrei provas de que tem alguém matando adolescentes", chiou Ashley. "Eu conhecia as duas pessoas desaparecidas. Poderia muito bem ser a próxima. Não posso só... ficar de braços cruzados e não fazer nada."

"A polícia serve para pegar assassinos", disse Fran.

"O Paris desistiu do Tristan. Todo mundo desistiu."

"É sério isso?", disparou Fran. "A gente passava *horas* na mata todo dia de manhã procurando por ele. O Paris também. Ninguém *desistiu* dele."

"Sim, mas vocês não achavam que a gente ia encontrar ele." Ashley engoliu o choro que já ameaçava subir pela garganta. Pensou na pichação no Bates. Por meses, todos tinham considerado que Tristan estava morto. "O que eu podia fazer?"

Fran arregalou os olhos. Ashley nunca a vira tão nervosa. A amiga cerrou os punhos ao lado do corpo, com o maxilar travado de raiva.

"Ash, o Tristan *se foi*."

"Não, não se foi nada."

"Gente...", tentou Bug.

"Quer saber, perdi a fome." Fran se levantou e correu até o cavalo. "Se divirtam aí. Vou levar o cavalo de volta. Só... Ah, que se dane."

Ela galopou colina abaixo com o animal, na direção do rancho dos Barton, deixando Bug e Ashley imersas em silêncio. A brisa quente soprava entre as duas, dolorosamente silenciosa. Ashley voltou a se deitar e esperou Bug se levantar e ir embora também. Esperou ficar sozinha de novo.

Mas Bug permaneceu. Estendeu a mão por cima da manta e pegou a de Ashley com cuidado. "Isso foi... intenso."

"Pois é", soltou Ashley, com a voz entrecortada. "Eu não deveria ter dito nada."

"Mas achei bom você falar." Bug se deitou na manta ao lado de Ashley e entrelaçou os dedos nos dela. "Eu estava meio assustada por você. A Fran só ficou brava porque ela te ama muito. Nós duas amamos. Você acha mesmo que é o Tristan?"

"Acho. Não sei explicar. Mas *é ele*."

"Eu acredito em você."

As quatro palavras a impactaram com mais força que o esperado. Ashley fechou os olhos para não chorar. Ficaram deitadas ali em silêncio, e aos poucos Ashley foi se lembrando de como era respirar direito.

"Valeu."

"Também posso ajudar vocês a investigar", acrescentou Bug. "Já procuraram alguma coisa no Bates?"

Ashley se virou para ela. "Por quê?"

"Não quero ser maldosa nem nada assim", começou Bug, "mas está claro que os pais da Logan têm relação com isso. De algum jeito. Não sei, eles são...".

"... suspeitos", terminou Ashley. "Eu sei. Mas prometi para a Logan que ia deixar ela falar com eles antes."

"Ela não acha que eles mentiriam?", questionou Bug.

"Não sei mesmo."

"Acho que a Logan parece super gente boa, mas talvez não esteja conseguindo enxergar o óbvio", sugeriu Bug. "Só tô dizendo que talvez valha a pena dar uma olhada."

"Vamos ver", respondeu Ashley.

Talvez Bug estivesse certa. De uma forma ou de outra, se quisesse sua antiga vida de volta, Ashley precisaria botar um fim naquilo. Precisaria encontrar Tristan, o assassino e a antiga Ashley que não passava o dia com medo da escuridão. Ela queria a velha Snakebite de volta, de um jeito ou de outro.

Sem mais fantasmas. Queria que tudo aquilo acabasse.

21
A Jukebox Sabe seu Nome

ALEJO: Aconteceu alguma coisa?

[Alejo mexe no celular, abrindo a tela do Escripto8G. Observa Brandon com cautela. Está claro que algo está errado.]

BRANDON: Não tô gostando desse lugar, só isso. Parece que tem algo esquisito aqui.

ALEJO: Sim, é assombrado.

[Brandon não ri. Alejo segue na direção da escada, mas para quando a tela do celular se ilumina. Abre a mensagem, movendo o ombro para bloquear a visão de Brandon. A câmera dá zoom e mostra o texto no Escripto8g que diz: JÁ AQUI]

ALEJO: *Já aqui?*

[O operador da câmera responde algo com uma voz abafada.]

BRANDON: Deixa eu ver isso.

[Alejo hesita. Está com as mãos trêmulas.]

ALEJO: Tá escrito *já aqui*. Alguma ideia?

[O celular acende de novo. Dessa vez, a tela exibe: AQUI DESDE SEMPRE.]

BRANDON: Vamos sobreviver. A gente já passou por coisas piores.

Alguém bateu na porta que dividia o quarto 8 do dela.

Logan colocou a TV no mudo e saiu da cama, espanando as migalhas de batatas chips da camiseta. Na semana anterior, Alejo e Brandon tinham ficado na deles, saindo e voltando para o hotel quase em silêncio. Ela mal vira os pais ao longo dos últimos dias. Em certo momento, ficara preocupada com a possibilidade de Brandon e Alejo a ouvirem maratonando os episódios de *Fantasmas & Mais: Detetives Paranormais*, mas eles estavam agindo de forma quase *excessivamente normal*, como se não tivessem nada a esconder. Como se a população inteira de Snakebite não achasse que eram assassinos. Como se não houvesse adolescentes sumindo ao redor deles.

Ela abriu a porta. Alejo não estava sozinho. Brandon estava ao lado, limpando os óculos com a barra da camisa de botão, que ela supunha ser uma estratégia para evitar contato visual.

"Estão precisando de alguma coisa?", perguntou Logan.

Alejo espiou para dentro do quarto. "Achei que tinha ouvido minha voz."

"Ah, sim." Logan pegou o controle remoto e desligou a TV. "É o episódio em que o Brandon é possuído e vocês têm que fazer o exorcismo dele no porão. Audiovisual da melhor qualidade."

"Um episódio horrível", zombou Brandon.

"Não acho... *Eu* me diverti. Para variar, não fui eu que precisei rolar pelo chão." Alejo analisou o quarto. "Ia convidar você pra um jantar em família, mas não quero estragar essa festança de arromba."

Logan soltou uma risadinha irônica. O conceito de jantar de família no meio de tudo que estava acontecendo era tão alienígena que ela achou que Alejo tinha esquecido por um momento de como se falava a língua deles. Mesmo antes dos assassinatos, e antes de Snakebite, os Ortiz-Woodley não faziam "jantares de família". Jantavam em turnos, o que costumava significar que Alejo preparava uma montanha de algum tipo de picadinho e comia sozinho, Logan levava um prato para o quarto em determinada altura da noite, e Brandon chegava depois que os dois já estavam dormindo e jantava os restos requentados no micro-ondas.

Mas ela prometera a Ashley que falaria com os pais sobre o chalé, os fantasmas e tudo mais. Era agora ou nunca.

"Parece uma boa ideia", disse Logan. "Talvez a gente possa pedir uma comida mais chique e juntar as mesas. Dá até pra esquentar pizza congelada."

"Muito engraçado", comentou Alejo, depois se virou para Brandon. "Que tal sair para comer fora?"

"Não acham que a multidão vai cair matando em cima da gente?", questionou Logan.

"Não liga para as outras pessoas. Você tem a nós dois. A gente sabe como lidar com isso." Alejo deu um cutucão em Brandon com o cotovelo, que concordou com a cabeça sem abrir a boca. "Desde que eu e seu pai estejamos junto, ninguém vai ter tempo de pentelhar você."

"Isso é verdade", concordou Brandon, esfregando a nuca.

"Não tem nada que essa cidade goste mais do que de jogar uns gays na fogueira", disse Alejo. Quando viu que Brandon e Logan não reagiriam, deu risada. "Foi mal, isso foi meio intenso. Mas e aí? Querem comer uns hambúrgueres antes que o povo chegue com os forcados?"

Logan só deu de ombros.

"Certo, vou contar a verdadeira razão para o convite", continuou Alejo, com o rosto tomado por uma expressão sombria. "Encontrei meu chapéu antigo e quero usar ele em público antes de ser expulso daqui."

Ele pegou na cama um chapéu de caubói preto de abas curtas e o acomodou na cabeça. A peça exalava um cheiro de couro meio almiscarado, e Logan não conseguiu reprimir o sorriso. Alejo fez uma saudação caipira com o queixo e disse, forçando o sotaque: "Ara, a gente faz questão de ter sua presença hoje à noite, senhorita".

"Ai, meu deus." Logan caiu na gargalhada. "Sério mesmo que você vai usar isso?"

"Quem me dera ele não estivesse falando sério", comentou Brandon, quase baixo demais para se ouvir.

"Por que não usar? Meu pai usava o dele para cima e para baixo." Alejo tirou o chapéu e correu o polegar pela borda do couro. "Vamos chamar isso de assimilação. Tô tentando me misturar. Absorvendo a cultura de Snakebite."

"Meu pai tinha um desses também." Foi como Brandon tentou se incluir na conversa, como se tivesse medo de sumir caso não contribuísse com o papo a tempo. Sorriu, perdido em lembranças por um instante. "Só fui descobrir que ele era careca no cocuruto quando tinha uns 16 anos."

Logan olhou de um para o outro e sentiu algo afundar no peito. Eles — tanto Brandon quanto Alejo — estavam tentando, e ela os estava rechaçando. Havia uma parte sua que queria aquilo mais do que respostas. Queria algo fácil: jantares casuais em família, noites na cidade, matinês no cinema aos fins de semana. Queria conversas que não a fizessem ter vontade de arreganhar os dentes.

Ela colocou a mão na cintura. "E cadê o *meu* chapéu? Assim vocês estão me privando da minha herança cultural."

Alejo tirou o chapéu da cabeça e o enfiou na de Logan, bagunçando o cabelo dela. Ela levou os dedos à aba e a puxou para baixo como via os personagens fazendo nos filmes de Velho Oeste.

"Iiirrraá! Vamos nessa."

Quando Logan e os pais chegaram no Moontide, o restaurante estava completamente vazio. Os três se sentaram em uma mesa de vinil com bancos estofados perto do fundo do salão sem dizer palavra alguma, olhando para as mesas ao redor para garantir que estavam a sós. Não havia montes de quinquilharias decorativas como o Chokecherry, mas passava uma sensação de atemporalidade. Era, ao mesmo tempo, um restaurante que poderia existir em qualquer lugar ou ser exclusivo dali. Logan se acomodou, afundando no assento desgastado.

Uma garçonete surgiu da cozinha com um sorriso animado no rosto e vários cardápios nos braços.

"Oi, Alejo." Ela sorriu.

"Oi, Ronda", respondeu Alejo. Ele se levantou e puxou a mulher para um abraço apertado. Era pelo menos um palmo mais alto que ela, mas ela ergueu os braços e o apertou como se ele fosse uma criança muito alta, e não um homem de quarenta e tantos anos. Sem soltar a mulher, Alejo disse: "Você não envelheceu *nem um dia*".

"Acho que você diz isso para todas as garotas. Ou..." Ronda olhou para Brandon e a expressão dela se fechou um pouco, "...talvez não".

"Bom ver você", cumprimentou Brandon, meio desconfortável.

"Vou te falar, não esperava ver vocês aqui." Ronda colocou os cardápios na mesa e puxou três conjuntos de talheres do bolso do avental. Sua expressão era difícil de ler, pairando entre a curiosidade e a decepção. "Ainda não entendo por que vocês três estão aqui, mas fico feliz de saber que estão bem. Enfim, vamos botar um pouco de comida nessa mesa." Ela se virou para Alejo. "Já faz tempo, mas acho que me lembro. Um hamburguer à moda Moontide sem picles, sem cebola e com cheddar extra?"

Alejo sorriu. "Na mosca."

"Ainda bem que você não virou um daqueles tipinhos veganos da Califórnia." Ronda anotou o pedido de Brandon e o de Logan e enfiou o bloco de novo no avental. "Aguardem um instante. Já volto com a comida."

Brandon olhou ao redor com um sorriso distante no rosto. Parecia combinar com o restaurante. Logan nunca o vira ficar realmente à vontade em lugar algum. Não importava onde estavam, ele sempre parecia ter sido recortado e colado ali, como se existisse sempre em um outro espaço. Mas no Moontide ele parecia confortável. Acomodou-se contra o assento de vinil como se tivesse passado anos ali. Talvez tivesse. Logan não sabia quase nada da vida de Brandon em Snakebite, antes do programa. Tinha juntado uma coisa aqui e outra ali sobre Alejo, mas Brandon era uma grande incógnita.

Algo parecia não se encaixar.

"Vocês costumavam vir muito aqui?", perguntou ela.

Alejo olhou para Brandon, que o fitou com o clássico conjunto de testa franzida e lábios comprimidos. "Ah, sim. Diria que sim. Não juntos, mas acho que nós dois costumávamos vir muito aqui."

Logan fez uma careta. "Resposta esquisita, essa."

"A gente não se conhecia na época", explicou Alejo. "Mesmo que seu pai e eu tivéssemos sentado na mesma mesa, nenhum dos dois iria abrir a boca."

"Mentira", disse Brandon. "Eu sabia quem *você* era."

"Beleza, mas, né... Isso é porque *eu* era boa praça."

"E eu não", comentou Brandon. "Chocando um total de zero pessoas."

A *jukebox*, que Logan ainda não tinha notado, começou a tocar John Denver, e o rosto de Alejo se iluminou.

"Seu pai sabia tocar essa no piano", disse, pousando a mão no antebraço de Brandon. "A gente deveria comprar um para a casa de Los Angeles. Aposto que ela nem sabia que você tocava."

"Duvido que eu ainda me lembre de alguma coisa." Brandon fez uma careta para *jukebox*, depois aliviou a expressão e olhou para Logan. "Você não ia querer me ouvir tocar agora. Seria constrangedor."

Logan sentiu um aperto no peito. Pensou no piano no chalé. Não podia ser apenas uma coincidência o espírito de Brandon ter se materializado lá, ela ter ouvido notas de piano na mata e ele saber tocar. Mas não era sobre isso que queria saber mais — não precisava de mais razões para justificar o fato de que Brandon estava no centro daquilo tudo. Engoliu a pontada de dor no peito. "Como vocês se conheceram? Acho que nunca perguntei."

"A gente, é..." Brandon fitou Alejo. "Você é um contador de histórias melhor que eu."

"Não sei...", refletiu Alejo. "Pelo jeito, você me conheceu antes de eu te conhecer."

Eles se encararam por mais um instante em uma rixa silenciosa. Enfim, Brandon pigarreou. "A gente se conheceu aqui, na verdade. Aqui no restaurante. Eu estava jantando com os meus pais e ele estava aqui com..."

"Não, a gente se conheceu na madeireira, lembra?"

Brandon fez uma careta. "Não, foi aqui."

Alejo franziu o cenho, tentando puxar algo pela memória.

"Você estava em um encontro, não lembra?", tentou Brandon. "Enfim, não vem ao caso. Não foi uma conversa muito longa. Nem sei por que lembro disso."

"Tem certeza de que você *me* conheceu nesse dia?", perguntou Alejo. "Eu só fui falar com você depois de voltar de Seattle. E eu não costumava ter encontros. Eu estava..."

Logan soltou um gemido. "Você estava com a Tammy, né?"

Alejo corou. "Gracia... Aquela *chismosa*. Que fofoqueira... Eu era outra pessoa na época."

"Não acho que era tão diferente assim", disse Brandon. Quando Logan e a Alejo o encararam, com o mesmo olhar questionador no rosto, ele baixou os olhos. "Quando você voltou, cheguei a ficar grato por você ainda ser como eu me lembrava."

"Ah, porque você me conhecia *muito bem* depois da nossa única conversa, é isso?" A risada de Alejo tinha uma pontada de desafio.

Ronda voltou da cozinha e colocou os hambúrgueres na mesa, poupando Brandon de ter que elaborar melhor. Antes que pudesse se virar para ir embora, Alejo ergueu a mão.

"Ronda, você tem uma memória de elefante. Tem alguma lembrança do Brandon e eu nos conhecendo aqui? Pela primeira vez?"

Ronda os encarou sem dizer nada.

"Eu estava na mesa perto da porta", disse Brandon.

"Foi mal. Não lembro." Ronda se aprumou e gesticulou na direção da comida. "Vocês têm guardanapos suficientes?"

Alejo olhou para Brandon e franziu a testa. "A gente... Acho que tá bom sim. Obrigado."

Logan fitou o próprio colo. Esperou Ronda desaparecer na cozinha mais uma vez antes de suspirar. "Posso perguntar uma coisa para vocês?"

"Desde quando você precisa pedir permissão?", zombou Alejo.

Brandou só a observou com atenção.

"Sei que vocês disseram que estão investigando o clima, os avistamentos e coisa e tal, mas... Eu falei com a Gracia há umas semanas. Ela disse que essas coisas estranhas só começaram depois da sua chegada. E vocês não estão anotando coisas ou tirando fotos. Ninguém da equipe veio. Eu peguei os equipamentos do programa há tipo, umas três semanas, e..."

"Você pegou o quê?", perguntou Brandon.

Logan não respondeu.

"Como assim, pegou os equipamentos do programa?", indagou Alejo.

"Eu..." Logan estreitou os olhos. "Não, olha, o caso é que vocês nem perceberam que eles não estavam no lugar. Em teoria, a gente tá aqui para investigar, mas vocês nem notaram que os equipamentos sumiram?"

"*O ponto* é que nosso equipamento é caro", repreendeu Alejo. "E você não tem permissão para mexer neles."

Brandou se inclinou para a frente. "Você usou eles pra quê?"

Logan alternou o olhar de um para o outro. Alejo estava tenso, mas Brandon parecia temeroso. Suas mãos estavam espalmadas na mesa, os olhos arregalados atrás dos óculos. A questão ali não eram os equipamentos, e sim o que ela havia achado. O coração de Logan acelerou. Ela sentiu o rubor queimando as bochechas.

"Logan", repetiu Brandon, com a voz severa e fria. "Para que você usou os equipamentos?"

"É sobre isso que quero perguntar. O chalé às margens do lago...", começou ela, e Brandon expirou. "Sei que era nosso. E tem um túmulo que eu vi. Com o nosso sobrenome escrito nele." Logan olhou para as mãos. "Pensei que... vocês poderiam começar do começo. Me contar o que tá acontecendo aqui, o que acham?"

Brandon afundou no assento e balançou a cabeça. Alejo olhou para ele, depois para Logan, e foi a primeira vez que ela o viu sem palavras, incapaz de mediar a situação. Canções country preenchiam suavemente o silêncio entre eles, quase zombeteiras.

Depois de um instante, Brandon se ajeitou no assento. Era impossível ler a expressão no rosto dele. Olhava para todos os lugares, menos para Logan.

"Preciso sair para dar uma caminhada. Volto depois."

E ele saiu para o ar pesado do verão. A *jukebox* cuspia acordes de violão, e Logan teve a sensação de que ia vomitar. Era Tulsa se repetindo — o ódio impregnado na voz de Brandon, enjoativo e quente. Logan olhou para Alejo, esperando uma explicação, mas ele só fitava a porta do restaurante à procura de Brandon, com os lábios comprimidos em uma linha fina.

Depois se recompôs. "Você devolveu o equipamento para o lugar?"

"Tá no meu quarto." Logan soltou um suspiro.

"Certo." Ele pousou as mãos na mesa e respirou devagar. "Vai ficar tudo bem. Eu te falei, se quiser saber qualquer coisa, é só perguntar. Você não precisa..."

"Ele tem alguma coisa a ver com o que tá acontecendo?", questionou Logan. "Tem adolescentes morrendo. Quero saber o porquê."

"Seu pai não fez nada de errado. Nenhum de nós fez. Eu... não posso elaborar mais agora, mas juro que seu pai não é responsável por isso. Vai ser mais fácil explicar quando a gente tiver ido embora daqui", disse Alejo. "Até lá, quero fazer um combinado com você. Chega de chalé, chega de caça aos fantasmas, chega de pegar coisas no nosso quarto. E quando tudo isso acabar, seu pai e eu vamos te explicar tudo."

"Então eu *não posso* perguntar."

"Mas vai poder em breve", falou Alejo. "Prometo."

"Quando?"

"Quando tudo isso acabar", repetiu ele.

Logan apoiou as costas de novo no banco estofado. Então as coisas seriam assim, ela não merecia a verdade. Poderia, no máximo, ter um gostinho dela, mas nunca as respostas reais. Pigarreou. "Combinado, então."

22
Como Respirar Embaixo D'água

Ashley estacionou o Ford de qualquer jeito, ocupando três das vagas estreitas do Hotel Bates, e saiu da caminhonete. Na maior parte das noites de verão, ouvia o ruído distante dos carros passando pela rodovia, mas, naquela noite, os sons se resumiam ao zumbido do letreiro fluorescente do Bates e aos estalos do Ford esfriando. Mesmo à noite, o calor era escaldante e úmido. O estacionamento cheirava a gasolina e mofo.

Ela foi até o quarto 7. Na janela, as luzinhas de Logan brilhavam cálidas e douradas atrás da persiana. Ashley bateu duas vezes, e a porta chacoalhou quando Logan se apoiou nela para espiar pelo olho-mágico.

"Sou eu", disse Ashley, acenando.

A porta se abriu. O cabelo de Logan estava embolado em um coque bagunçado. Ela vestia um combo de suéter e saia pretos com meias também pretas na altura do tornozelo. Pela primeira vez desde que Ashley a conhecera, Logan não estava usando maquiagem. A garota quase cintilava sob a luz baixa.

"Como você aguenta ficar de suéter nesse calor?", perguntou Ashley.

"A beleza dói." Logan se apoiou no batente. "O que você tá fazendo aqui? Ficou com saudades?"

"Falei para a minha mãe que ia dormir na casa da Bug", contou Ashley, ignorando o comentário de Logan. Envolveu o próprio corpo com os braços. "Ela ia ficar puta se descobrisse que tô aqui. Sem ofensa."

"Um encontrinho *secreto*."

Olhando por cima dos ombros de Logan, Ashley vislumbrou o quarto do hotel. Era mais interessante do que ela imaginava. Logan estava usando as luzinhas de parede em vez de acender a lâmpada fluorescente do teto, e tinha disposto com cuidado uma série de pequenos quadros com pinturas e fotos de cidades pelo quarto, como se fossem janelas para mundos melhores. Ashley gesticulou na direção da porta. "Posso entrar?"

Logan hesitou. "Não sei. Já passou muito da hora do expediente. É meio falta de profissionalismo, na real."

Ashley revirou os olhos. "Rá."

"A menos que..." A voz de Logan morreu. "Esse encontro é trabalho ou diversão?"

Ashley arregalou os olhos. Deu um leve empurrão no ombro de Logan, murmurando: "Idiota...".

"São seus olhos." Logan sorriu e permaneceu um instante longo demais na porta antes de apontar para o interior do quarto. Havia algo estranho nela. Seu humor parecia afiado demais, ela estava muito na defensiva. "Pode entrar. Mas não repara a bagunça."

Ashley entrou. O quarto era maior do que parecia de fora, mas sem dúvida era um quarto de hotel de beira de estrada. O papel de parede tinha um tom enjoativo de verde, coberto por uma padronagem caótica de rosas marrons. Ashley não conhecia muito o Bates, mas era possível saber que Logan readequara o mobiliário: a mesinha de refeições tinha virado uma escrivaninha improvisada, o frigobar funcionava como uma mesa auxiliar e havia um vaso de plantas pendurado de forma precária sobre a TV presa à parede, com os ramos folhosos pendendo tristes sobre a tela.

"Seu quarto é muito legal", comentou Ashley.

"*Dá para o gasto*", corrigiu Logan. Fechou a porta atrás das duas e se apoiou nela, com os braços cruzados na frente do peito. "Mas a culpa não é minha. Tá um milhão de vezes melhor do que quando eu cheguei."

"Ficar hospedado aqui esse tempão deve custar caro."

"Acho que a Gracia tá cobrando tipo um aluguel mensal dos meus pais, sabe? Não sou exatamente a tesoureira da família." Logan deu de ombros. "Mas fala aí, o que foi?"

Ashley engoliu em seco. Não tinha pensado exatamente no *porquê* de estar ali. Depois da discussão com Fran, a sensação era de que o céu a estava espremendo. Ela parecia um pneu atolado na lama, girando em falso enquanto tentava se libertar. Snakebite nunca tivera aquela atmosfera. Agora era como se ela tivesse se esquecido de como respirar. Não planejara ir até o hotel — o bom senso dizia que Logan apenas pioraria tudo —, mas era como se ela estivesse no piloto automático. Ela não teria chegado em algum outro lugar.

"As coisas estão esquisitas", disse Ashley. "Só precisava de um ar fresco, acho."

"E aí você veio pra um... quarto de hotel de beira de estrada?"

"Você entendeu."

"A casa da Bug não servia?"

"Foi mal. Acho melhor eu ir embora."

Logan suspirou. "Não, desculpa, pode ficar. É um reflexo. Passar um tempo juntas é o tipo de coisa que *amigas* fariam."

Ashley sorriu. Depois de toda a investigação, de todos os dias no chalé, de todos os segredos, talvez *fossem* amigas. Ela se virou para a TV presa na parede. O reality da juíza Judy estava passando, no mudo, e Ashley se perguntou se aquele era o único canal disponível no Bates ou se assistir àquilo tinha sido uma escolha. De uma forma ou de outra, o quarto passava uma atmosfera de solidão. Pensou em quantas noites Logan teria passado daquele jeito, ali em Snakebite e em outras cidades.

"Parece que tá rolando uma festona aqui", ironizou Ashley. "Certeza que não vou atrapalhar?"

"Nada, agora você vai ter que ficar. Já gastei minha energia mental deixando você entrar." Logan apontou para a cama. "Pode passar à noite aqui, se quiser. Sinto muito por só ter uma cama, mas como a gente parece estar naqueles livros sombrios de assassinato, vamos abraçar os clichês."

Ashley riu e se jogou na cama. O colchão era duro como pedra, mas fora coberto com mantas de crochê e um edredom preto para tornar suportável a experiência de dormir ali. Logan deu a volta na cama e se juntou a ela sem dizer nada. Havia algo esquisito em Logan naquela noite, algo esquisito naquele silêncio.

Algo esquisito, mas não errado.

"Novidades?", perguntou Logan.

Ashley franziu o cenho. "Se você não se importar, não queria falar sobre as coisas da investigação e tal. Só quero... sei lá, *bater papo*."

"Ah. Tá bom."

O som de metal batendo no asfalto ecoou de lá de fora. Ashley espiou pela persiana, apertando os olhos para a noite. Uma sombra se movia do lado oposto do estacionamento, perto da enorme caçamba de lixo. Por um instante, Ashley sentiu o peito apertar.

"Quem..."

"É meu pai", interrompeu Logan. "Tirando o lixo. Pode falar 'oi'."

Ashley abanou a mão, hesitante.

Alejo se virou para a janela e pestanejou. Depois de um momento, retribuiu o aceno, com uma expressão dividida entre a confusão e o desgosto.

Ashley pigarreou. "Tudo bem para ele eu estar aqui?"

"Meus pais não estão nem aí para quem eu levo pra casa desde que eu tinha tipo, uns 13 anos."

"Você já levou muita gente pra casa?"

Ashley não soube muito bem por que tinha feito essa pergunta. Talvez fosse a estranheza no ar. Pensou que provavelmente era a estranheza no próprio peito.

"Você precisava me ver lá em Los Angeles." Logan deu um sorriso de canto de boca. "Eu era uma verdadeira *pegadora*."

"Acho que conhecer essa versão de você teria sido pior."

Logan franziu o nariz em protesto. "*Pior* quer dizer que sou ruim agora. O que... na verdade, faz sentido."

"Você não é tão ruim quanto acha que é", comentou Ashley.

"Acho que eu sou boa demais para ser verdade." Logan arregalou os olhos. "Ai, meu deus, se uma equipe de televisão surgir do nada no final dessa história toda e eu descobrir que era uma pegadinha de câmera escondida para me fazer parecer mais legal do que eu sou, vou ficar *puta da vida*."

"Eu não faria isso", disse Ashley. "E se fosse isso, ninguém teria morrido."

Logan comprimiu os lábios, guardando para si o que quer que fosse falar em seguida. De repente, Ashley percebeu que tinha acabado com o clima leve. Não fora sua intenção trazer os desaparecimentos à baila, afinal, essa era para ser uma noite livre de assassinatos, mas o assunto estava sempre pairando ao redor.

"Ei, combinamos de não falar sobre gente morta", disse Logan.

"Tá certo." Ashley fechou os olhos. Não queria conversar sobre investigações. Só queria uma amiga. "Quando tudo isso acabar, você vai querer voltar para casa?"

Logan abraçou um travesseiro com força.

"Sei lá. Para ser sincera, não acho que Los Angeles seja meu lar. Quando eu era criança, meu pai dizia que lar não é só o lugar onde a gente mora. É qualquer lugar em que a gente tá junto. Nós três."

A voz dela estava mais baixa que o normal, os olhos percorrendo o padrão xadrez do teto sem falar nada. Era em momentos silenciosos como aquele que a tristeza surgia. Porque aquela era a questão com Logan: sob os delineados perfeitos e os olhares incrédulos, havia nela uma tristeza tão profunda que Ashley achava que podia acabar caindo dentro dela sem nunca alcançar o fundo. Era uma tristeza que Logan tinha atada ao peito. E ela a transformara em um pedaço da própria personalidade.

"Você não acredita mais nisso?"

Logan balançou a cabeça. "Não sei. Depois que a gente se mudou pra Los Angeles, comecei a ficar sozinha o tempo todo. Achei que o programa ia acabar em algum momento e ia ser só nós três de novo. Mas era como se eu estivesse em uma espera infinita. Mesmo que a gente fosse embora agora e voltasse para lá, eu só... Sei lá."

Ashley prendeu a respiração por um instante. "Qual é o problema?"

Logan olhou para ela. Pela primeira vez, pareceu estar enxergando-a *para valer*. Franziu os lábios por um momento, como se estivesse considerando se valia a pena ou não contar a verdade. Então suspirou.

"Eu falei com os meus pais. Sobre tudo. Ou melhor, eu *tentei*. Mas o Brandon se fechou. Ele literalmente levantou e foi embora."

"Eita." Ashley pigarreou. "Por que ele faria isso?"

"Não sei. Mas não é como se fosse a primeira vez. Ele apenas... se fecha." Logan esfregou o nariz. "Eles me deixaram participar do programa uma vez. O Alejo não estava, era só eu e o Brandon em Tulsa. Estava tudo bem, até que a gente entrou nos túneis, eu fiquei fazendo várias perguntas para ele e ele simplesmente *surtou*. Não quis nem olhar para mim. Me falou para voltar pra casa e deixar ele em paz. E foi isso. Eles nunca mais me deixaram participar do programa. E ele nunca... Desde Tulsa, ele anda assim."

Logan estava virada para Ashley, mas seu olhar parecia focado na parede. Por um instante, Ashley achou que a garota iria chorar.

"Isso é triste", comentou Ashley, e as palavras pareceram imaturas e erradas. "Foi mal."

"Tá tudo bem", disse Logan, com a voz baixa como um sussurro. "Não sei se ele me odeia ou coisa assim. Até então, eu realmente estava tentando fazer as coisas funcionarem. Mas tenho outros planos agora. Quando completar 18 anos, vou fazer as malas e cair na estrada. Encontrar um lugar que pareça meu lar."

Logan olhou para ela. O cabelo escuro caía ao redor do pescoço, brilhando com o tom quente das luzinhas. Ashley conseguia escutar o bater frenético do próprio coração. Agarrou o edredom com força e inspirou o cheiro de ar-condicionado e mofo. Parecia uma Ashley diferente naquela noite.

Qual era o *problema* dela?

"Você podia ficar em Snakebite", sugeriu Ashley.

Logan franziu a testa. "Não tem como."

"As pessoas vão melhorar depois que a gente resolver tudo isso. Você vai ser uma de nós." A parede atrás de Logan era um borrão verde e marrom. Ashley encarava o padrão floral em vez de olhar Logan nos olhos. "Você não precisa continuar pulando de galho em galho. Pode ficar aqui."

Logan abriu um sorriso, mas era amargo e frio.

"Essa é uma ideia fofa, mas quero ir para algum lugar onde as pessoas não me odeiem sem nem me conhecer. Na verdade, eu adoraria viver em algum lugar onde elas *gostassem* de mim."

"Onde?"

"Ainda não sei." Logan deu de ombros. "O mundo é muito grande. Vou encontrar algum lugar."

Ashley baixou o olhar. Por mais que quisesse acreditar que havia um lugar assim, onde as pessoas não se sentiam tão sozinhas o tempo todo, estava começando a achar que a questão não era a cidade em si. Antes do desaparecimento de Tristan, Ashley amava tudo em Snakebite. Era seu lar. Ela nunca se sentira sozinha ali.

"Vou jogar uma ideia no ar", disse Logan. Ela parecia estar evitando contato visual de propósito. "Você poderia ir comigo."

Ashley sentiu a garganta apertar. "Ir embora de Snakebite, você diz?"

"Foi mal, foi um pensamento idiota." Logan pigarreou e virou a cabeça para fitar o teto. "Obviamente você quer ficar. Você tem a fazenda e tal."

Ashley apertou o edredom com mais força ainda. Havia algo estranho na sugestão de Logan, como se ela tivesse aberto as cortinas e revelado um horizonte que Ashley nunca vislumbrara. Durante todos aqueles anos em Snakebite, ninguém tinha perguntado se ela queria ir embora. Nunca lhe ocorrera que podia apenas... *ir*. Mas Logan dissera aquilo com tanta facilidade. O pensamento quase fez Ashley rir.

"Não é idiota", afirmou Ashley. "Só não acho que eu poderia..."

"Deixa para lá. Esquece o que eu disse." Logan correu a mão pelo cabelo. "Eu sempre falo coisas sem noção quando tô cansada. É isso. Quando eu for embora de Snakebite, quero ir sozinha."

"Ah."

"Digo, a gente encontra milhares de gatos de rua por aí, mas não leva todos com a gente pra casa, né?"

"E eu sou uma gatinha de rua?"

"Sem dúvida."

"Tenho a impressão de que a gatinha de rua aqui é *você*", disse Ashley. "Você tá, tipo, a dois passos de ser a tia dos gatos agora mesmo."

"O que você tá tentando dizer sobre mim?", zombou Logan.

Ashley arqueou uma sobrancelha, e ambas riram. O som ecoou nas paredes do hotel, e o sentimento pesado que se instalara em seu peito, aquele temor, mirrou até que Ashley conseguisse voltar a respirar.

O sorriso de Logan era fácil. Ela estava a centímetros de Ashley, o rosto apoiado no colchão, os olhos semicerrados de preguiça. Era a primeira vez que Ashley via o riso chegar aos olhos da outra garota. Eles dançavam à meia-luz, escuros e infinitos como a noite lá fora. Ashley não conseguia se lembrar de quando Logan se aproximara tanto. Talvez fosse Ashley quem tinha se movido. Havia uma inquietude em Logan, magnética, sombria e impossível de ignorar. Ela havia se deitado ao lado de Tristan daquele jeito centenas de vezes, mas nunca sentira aquela *atração*.

Ashley prendeu a respiração.

"Tudo bem aí?", perguntou Logan.

"Sim, só tô..."

Ashley não sabia o que estava.

A expressão de Logan ficou mais profunda, o sorriso foi morrendo como uma lâmpada que se apagava. Depois se apoiou em um dos cotovelos, pairando logo acima do rosto de Ashley. O cabelo preto caiu como uma cortina entre elas, roçando de leve na bochecha de Ashley. Ela saboreou o bater do próprio coração, picante e elétrico na língua. Soltou uma respiração entrecortada, depois outra. Seria muito fácil estender a mão e puxar Logan para perto. Ficou imaginando se beijá-la a faria esquecer de tudo.

Era uma péssima ideia.

Antes que Logan pudesse estreitar o espaço entre elas, Ashley se sentou. Sua mente acelerou, com um misto de pânico e vergonha.

"Eu...", Logan se largou de novo no colchão e cobriu o rosto com as mãos. "Ai, meu deus, porque eu fui..."

"Tá tudo bem", disse Ashley, rápido demais.

Mesmo na penumbra, as bochechas de Logan brilhavam de tão vermelhas. Ela enterrou o rosto no travesseiro e soltou um grunhido baixo.

Ashley ajeitou o cabelo atrás das orelhas. Não sabia o que fazer com as mãos. De repente, o quarto do hotel parecia pequeno demais. Era sufocante. As paredes com padronagem de rosas estavam perto demais, o ar estava quente demais, o teto estava baixo demais.

"Achei que você era...", começou Logan.

Ashley fixou o olhar em uma sombra no canto do quarto. Logan focou no rosto dela.

"Garotas não são muito minha praia", disse Ashley, e Logan não respondeu. "Eu não estou interessada em você desse jeito."

"De boas", respondeu Logan, com um tom neutro. "De boas *mesmo*. Eu entendi da primeira vez."

Elas ficaram ali, sentadas, por um tempo que pareceu um ano. O coração de Ashley estava quase saindo pela boca, ameaçando engasgar com o pânico. Porque, por um segundo, ela quisera aquilo. Quisera mais do que já quisera qualquer outra coisa. Não tinha beijado ninguém desde Tristan. Mesmo depois da cena, algo a fazia sentir um frio na barriga, e ela queria estender os braços e beijar Logan como quase tinha acontecido.

"Eu tô tão sem graça...", comentou Ashley, enfim.

"Por que *você* tá sem graça?" Logan pigarreou. "Não foi você que levou um... Você tá de boas. A gente tá de boas. Vamos só esquecer isso."

"Acho melhor ir nessa", disse Ashley.

Logan negou com a cabeça. "De jeito nenhum. Não com tudo que tá rolando. Dorme aqui e vai embora de manhã. Sem problemas."

"Tem certeza?"

Logan suspirou e se enterrou embaixo do edredom.

O celular de Ashley vibrou na mesa de cabeceira. Ela estendeu a mão por cima de Logan para silenciar o celular, e até aquilo pareceu contato demais. Parecia algo perigoso. O silêncio lembrava algo líquido. O quarto do hotel zumbia com uma ansiedade silenciosa. Queimava nas bochechas de Ashley.

"Boa noite", disse ela.

Logan resmungou algo que parecia *noite* de onde estava, embaixo do edredom. Encolheu-se formando uma bola com o próprio corpo, fazendo questão de se deitar de costas para Ashley, como se isso fosse minimizar o contato físico. Ashley estendeu a mão, desligou as luzinhas, e elas mergulharam em um silêncio quente e sufocante.

23
A Hora das Bruxas

Beatrice Ursula Gunderson não acreditava em fantasmas.

Dito isso, acreditava, *sim*, na melhor amiga. E se Ashley Barton estava dizendo que o fantasma do namorado desaparecido a estava assombrando, valia pelo menos dar uma olhada.

Bug tinha tentado falar com Ashley pelo celular pelo menos uma dúzia de vezes ao longo da última meia hora, mas não tivera retorno. Talvez isso fosse algo bom, uma vez que Ashley estava se negando a procurar suspeitos *reais*. O clã dos Ortiz-Woodley tinha algo a ver com tudo aquilo. Os pais de Logan eram esquisitos no nível "frequentadores de alguma seita", sempre se esgueirando por Snakebite, ficando à espreita na biblioteca, no mercado, no parque. Sempre sussurrando um com o outro, como se tudo que dissessem fosse um segredo.

Uma vez, quando estava passeando de barco no lago, Bug tinha tido a certeza de ver aquele que usava óculos perambulando perto do chalé em plena luz do dia.

O letreiro HOTEL BATES emanava um brilho amarelo e intenso à noite. As luzes de quase todos os quartos estavam apagadas, mas a janela de um deles, no canto da construção, emanava um halo suave. Provavelmente era o quarto de Logan. Bug se perguntou se Ashley já entrara ali. Não conseguia fingir que entendia o que Ashley ganhava com aquela amizade.

Bug tentou de novo o celular de Ashley. Tocou várias vezes antes de cair na caixa postal.

"Ei, sou eu de novo. Te mandei mensagem. Você já deve estar dormindo. Vim aqui no Bates para dar uma espionada e achei que você talvez quisesse ajudar." Bug olhou para o celular e franziu a testa. "Enfim, eu... te vejo amanhã."

E depois ela viu.

Estacionada a três vagas da extremidade do estacionamento do hotel. Uma enorme caminhonete vermelha brilhava sob a luz cálida, imersa nas sombras como se elas pudessem servir de esconderijo. Bug semicerrou os olhos porque *conhecia* aquele carro, e ele não devia estar ali. Não àquela hora da noite. E não se Ashley não estava atendendo o celular. Bug revirou os olhos fazendo uma careta e abriu o aplicativo de mensagens.

BUG: vc tá AQUI???

BUG: to vendo seu carro no estacionamento

Ela se preparou para ligar de novo para Ashley, mas algo fez as moitas do outro lado do terreno do hotel farfalharem. Bug guardou o celular e, com cautela, se aproximou do barulho. Uma miríade de animais perambulava por Snakebite à noite, mas Bug não achava que fosse o caso. O ruído era esporádico, soando mais como uma pessoa ajustando o corpo do que um animal perdido. Ela se virou para o quarto que supunha ser o de Logan.

Talvez Ashley estivesse ali naquele momento.

Talvez soubesse o que estava à espreita ali na área externa do hotel.

Talvez fosse *por isso* que ela estava ali.

Bug ergueu a lanterna do celular e correu o facho de luz pelas moitas. Sob a leve luz âmbar, enfim viu a fonte do farfalhar. Havia uma criatura agachada perto da janela acesa, meio envolta pelo breu. Bug semicerrou os olhos e notou que não era uma criatura, era um homem. Estava parado ao lado da parede do hotel com os dedos no batente da janela.

Bug quase teve um ataque do coração.

Deu um passo para trás, tentando ao máximo não respirar.

Seu carro estava a apenas alguns metros. Já tivera pesadelos parecidos antes — estar perambulando pela escuridão e de repente descobrir que não estava sozinha. Mas não estava dormindo. O asfalto escorregadio de óleo sob seus tênis era real. O ar noturno era abafado e doce, trazendo os gemidos sussurrados do vento que soprava pelo vale. Aquilo era real, assim como o homem estranho à espreita no hotel.

Ele era real, e estava se movendo de novo.

Se o tremor no coração dela significasse algo, se o retorcer instintivo do estômago fosse de verdade, aquele era o assassino.

Bug se escondeu atrás do quiosque abandonado de pizza e se sentou no asfalto. A *noite* não estava mais normal. Ela sentia algo no breu. As sombras eram espessas e se espalhavam pelo asfalto como melaço. Bug cobriu a boca com a mão para se manter em silêncio.

As moitas pararam de farfalhar.

Não havia mais som algum.

Bug pegou o celular do bolso de trás e digitou mais uma mensagem para Ashley.

BUG: tem um cara aqui fora por favor vem até aqui

Encarou a mensagem por um momento, os olhos fixos no cursor no fim da linha. Apagou a mensagem e tentou de novo.

BUG: tem um cara aqui fora. não vem até aqui.

Apertou enviar e fechou os olhos. Se fosse rápida, conseguiria chegar até o carro antes que o homem a visse. Mas ele não estava sozinho. A noite parecia pesada, e as sombras estavam do lado dele.

Bug pensou que talvez fosse o fim.

Sem pensar mais nada, saiu correndo.

Ou melhor, começou a correr. Porém, antes mesmo que pudesse se levantar direito, alguém a pegou pelas costas da camiseta e a jogou no chão. Sua cabeça bateu com força no asfalto e ela arquejou com o choque da dor, piscando para a luz amarelada. Uma silhueta pairava acima dela, homem e sombra ao mesmo tempo. Bug lutou para se sentar, mas o homem envolveu seu pescoço com as mãos, os polegares pressionando a garganta. O grito da garota saiu mais como um gemido.

"Não", sussurrou o homem. Não para Bug, para outro alguém. Alguém que ela não conseguia ver. Fechou os olhos e repetiu, ríspido: "*Não*".

Bug Gunderson nunca tinha parado para pensar direito em como iria morrer. Mas nunca lhe passara pela cabeça que seria daquele jeito: sozinha, contorcendo-se no asfalto do estacionamento do Hotel Bates, vendo as estrelas lá em cima ficarem borradas antes de mergulharem na escuridão. Bug arfou uma vez, duas vezes, e depois acabou.

Teve um último pensamento antes de apagar.

Conhecia o rosto do assassino.

24
Em uma Manhã Fria e Lúgubre

Logan percebeu duas coisas quando acordou. A primeira foram os braços e pernas de Ashley, quentes, macios e embolados com os dela sob o edredom. A segunda foram as luzes azuis e vermelhas piscando atrás das persianas meio fechadas. Em seu estado sonolento e atordoado, não soube precisar qual das duas era mais alarmante. Afundou o rosto no travesseiro e se enterrou sob as cobertas. O quarto do hotel estava frio e úmido por causa da manhã, com sombras cinzentas projetando linhas definidas na parede. Vermelho, azul e depois vermelho de novo.

Logan se sentou de supetão.

O giroflex da polícia *definitivamente* era a coisa mais alarmante ali.

Jogou as mantas de lado e analisou depressa a própria situação. Ainda estava vestida com as roupas do dia anterior, mas agora o suéter estava todo amassado, e a saia, girada na cintura.

Ashley se sentou e, devagar, piscou até acordar.

"O quê...?" Sua voz foi morrendo.

Logan não sabia muito bem se a confusão da outra garota vinha do giroflex da polícia ou de ter percebido em que quarto havia acordado.

"Aparentemente, a gente tem visita." Logan gesticulou em direção à janela.

"Eu não..." Cansada, Ashley afastou as cobertas e olhou para as próprias pernas. Os lábios se contorceram, fazendo uma careta. "Eu dormi de *jeans*."

"Acontece nas melhores famílias", falou Logan, abrindo a veneziana.

A viatura da polícia não estava sozinha no estacionamento. Havia uma van quadrada espremida entre a caminhonete de Ashley e o quiosque abandonado de pizza. A porta de trás do veículo estava aberta e policiais embarcavam um carrinho de metal na traseira. Era difícil dizer com certeza, mas a coisa sobre ele, coberta por um pano, tinha uma perturbadora similaridade com um corpo.

Logan pigarreou. "Pelo jeito foi algo sério."

Gracia estava do lado de fora, falando com o xerife. Enxugava os olhos com a manga da blusa, balançando a cabeça com descrença.

"Preciso ir", disse Ashley. Havia um toque de medo na voz dela. "Como eu saio daqui?"

"Pela porta da frente?"

Ashley encarou Logan por um segundo, como se achasse que a outra estava de brincadeira. Devagar, Logan entendeu o que ela queria dizer, e o constrangimento fez seu estômago revirar. Ashley não podia ser *vista* saindo do quarto do hotel. Ninguém poderia saber que passara a noite ali — mais especificamente, que estivera ali com Logan. Mesmo que não tivessem feito nada além de conversar, a mera sugestão de algo mais poderia acabar com sua reputação. Logan precisava ser um segredo.

Não era uma sensação muito boa.

Ela pigarreou. "Certo. Você não quer que ninguém te veja."

"Foi mal", disse Ashley. Pegou o celular na mesa de cabeceira e o desbloqueou. Suas mãos tremiam. Havia algo além de constrangimento ali. "Eu tive um pesadelo mega estranho essa noite."

De alguma forma, o fato de Ashley não entender o quanto aquele comportamento era grosseiro fez Logan ficar ainda mais irritada. Pegou o resto das coisas de Ashley — uma bolsa, um lacinho de cabelo e o chaveiro do carro — da mesa de refeições e enfiou tudo nas mãos da garota.

"Tem uma janela no banheiro, caso você queira sair de fininho. Talvez se..."

Ashley lia as notificações no celular. "Espera."

"Não, de verdade, tá tudo bem. Não acho falta de educação você agir como se estivesse constrangida por estar aqui."

"*Espera.*"

Os olhos de Ashley estavam fixos na tela, arregalados de pânico. Antes que Logan pudesse perguntar qual era o problema, Ashley jogou o celular na mesa de cabeceira de novo e escancarou a porta do quarto. Logan hesitou atrás dela. Pegou o celular de Ashley e leu as mensagens.

BUG: to indo dar uma olhada no hotel quer ir tb?

BUG: acabei de chegar

BUG: já dormiu?

BUG: acabei de te ligar

BUG: vc tá AQUI???

BUG: to vendo seu carro no estacionamento

BUG: tem um cara aqui fora. não vem até aqui.

"*Merda*", murmurou Logan. Enfiou um par de sandálias no pé e saiu correndo do quarto.

O estacionamento do Bates estava caótico e, ao mesmo tempo, mergulhado em um silêncio sepulcral. Havia duas viaturas de polícia estacionadas ali. Agora que Logan estava lá fora, dava para ver que a van cinza que vira antes tinha um INSTITUTO MÉDICO LEGAL DO CONDADO DE OWYHEE escrito na lateral. Logan viu Ashley sentada em um banco perto do quiosque de pizza, com os olhos fixos em um ponto distante, como se tivesse sido desligada da tomada. O xerife Paris estava ao lado dela, com uma das mãos em seu ombro. Balançava a cabeça sem dizer nada.

Ashley não se mexeu.

O vento que vinha do lago fazia os ouvidos de Logan zumbir. Ela estivera dentro da construção, logo ali do lado; deveria ter *ouvido* alguma coisa. Deveria saber se alguém tivesse acabado de morrer do lado de fora do quarto dela. A porta atrás de Logan se abriu e ela sentiu alguém agarrá-la pelo braço. Empurrou o estranho para longe antes de ver que era Alejo.

"Logan", disse ele. Apertou o pulso dela com carinho, puxando-a de volta para a realidade. "Entra. Você não precisa ficar aí fora."

"O que aconteceu?", murmurou Logan.

Um policial do Condado de Owyhee cercava toda a área do estacionamento com uma fita de isolamento. Um homem que ela não conhecia andava pela área, tirando fotos.

"Vai ficar tudo bem", começou Alejo, "mas a gente precisa ficar aqui dentro".

Logan puxou o braço para se desvencilhar do pai. "*O que* aconteceu?"

"Tudo certo aí?"

Outro policial se aproximou, cauteloso. Era pelo menos dez anos mais novo que o xerife Paris. A plaqueta de identificação no uniforme dizia GOLDEN, o mesmo sobrenome da recepcionista da delegacia.

"Tudo em cima, Tommy", disse Alejo. "A gente só quer ficar fora do caminho de vocês."

"Na verdade, vou precisar falar com a sua filha." Tommy Golden colocou a mão na cintura. "Sei que é muita coisa para processar agora. A gente pode conversar aqui ou na delegacia. Vocês que sabem."

"Posso falar com a Ashley?", perguntou Logan. A voz saiu abafada pelo vento. Ela sentia que estava se afogando.

"Pode, mas daqui a pouco. Ashley também precisa responder algumas perguntas."

"Eu quero falar com ela agora."

"Logan...", alertou Alejo.

"Você não está em apuros, srta. Ortiz." Golden abriu um sorriso cansado e meio amarelo. Estava com o pesar estampado no rosto. "Só preciso saber se você ouviu alguma coisa esta noite. Ou se talvez viu alguém lá fora."

"Entendemos", disse Alejo. Pegou a mão de Logan mais uma vez. "Você pode interrogar nós três juntos. Talvez economize um tempo."

"Não posso." Golden se virou para Logan. "Preciso falar com um por vez. Vai ser rapidinho."

"Ela é menor de idade", disse Alejo.

O policial Golden hesitou. Depois de um instante, disse: "Sinto muito. São ordens do xerife".

Logan engoliu em seco. "Foi a Bug?"

O policial Golden ficou em silêncio, o que significava que tinha sido.

Sombras dançaram na visão periférica de Logan. Ela estava prestes a desmaiar. Do outro lado do estacionamento, o xerife Paris ajudou Ashley a se levantar do banco e depois a levou até a viatura. Foram embora do Bates em silêncio, desaparecendo na estrada que ia até a delegacia. O ar estava pesado e coberto por um manto de nuvens cinzentas; parecia pesar sobre Logan, como punhos apertando seus ombros.

"O que... vocês precisam saber?", soltou ela, com a voz entrecortada.

O policial Golden apontou para o quarto de Logan. Entraram, e ela sentiu o ímpeto de esconder as evidências de que Ashley estivera ali. De que haviam estado juntas no momento em que Bug morrera. De que, por um segundo, as coisas tinham ficado bem. Logan queria fazer a cama, voltar para o início da noite, limpar as memórias da parede.

O policial Golden fechou a porta atrás deles.

"Vamos começar do começo."

25
As Pesquisas Dirão

"Será que ligo pra polícia estadual?"

"Já tentei. Vão mandar alguém essa semana."

"É uma emergência."

"Acho que não."

"A gente notificou a família?"

"Meu deus, ainda não. O que eu falo? O Frank sempre cuidou dessa parte de notificar as pessoas."

"Frank, o delegado do condado tá na outra linha. Posso passar a ligação dele pra você?"

"Manda para a minha caixa postal. Vou notificar a família, só preciso falar com..."

Silêncio. Ashley sentiu o olhar do delegado Paris recair sobre ela. O olhar de todo mundo na delegacia recaiu sobre ela. Ela continuou encarando a parede de tijolos à frente, acompanhando com um detalhismo doloroso as linhas de cimento do chão ao teto. Precisava focar. Precisava bloquear todo o resto. Precisava manter os olhos abertos porque, se os fechasse, veria a cena de novo.

Fora só um vislumbre. No começo tinha achado que era um pesadelo, mas agora sabia. Na escuridão do quarto do hotel, em algum momento entre a hora em que caíra no sono e a chegada da polícia, ela a vira.

Bug.

Do outro lado do quarto, apoiada na mesa improvisada, vestida com a camisa verde de flanela e com uma trança ruiva pendendo preguiçosa sobre o ombro. O quarto estava impregnado dela, sentira inclusive o cheiro do perfume que ela comprara naquele shopping em Ontario. Seus lábios tinham formado uma palavra que Ashley não compreendera muito bem. Várias vezes, sua boca tinha se aberto em uma vogal, depois estreitado como em um sorriso. Ela achava que era um nome. Mas talvez Bug ainda estivesse viva quando vira aquilo, bem ao lado de fora do quarto, lutando para respirar. Talvez estivesse tentando dizer: *Me ajuda*.

Ashley teve vontade de vomitar.

"Ashley?", chamou Becky. Deu a volta na mesa e se sentou na cadeira ao lado da garota, bem na pontinha do assento, como se não soubesse muito bem se podia fazer aquilo. "Sua mãe chegou. Ela quer entrar com você no interrogatório. Tudo bem por você?"

Ashley fechou os olhos. Tammy Barton a esfolaria viva por ter descoberto onde passara a noite, mas, naquele momento, era melhor do que ficar sozinha.

Ela concordou com a cabeça.

Becky se levantou e fez um gesto na direção da porta da frente da delegacia. Uma lufada de ar quente tomou a recepção, acompanhada pelo estalar característico dos saltos altos de Tammy. Esbaforida, a mulher envolveu Ashley em um abraço tão apertado que a menina quase ficou sem ar.

Não era a reação correta. Deveria ser raiva. Deveria ser gritaria. Em vez disso, Tammy só a balançou para a frente e para trás, sussurrando *Tá tudo bem* no ouvido da filha.

"Eu..." A voz de Ashley foi morrendo aos poucos. O peso da situação toda abriu caminho pelo peito aos socos, como um estouro de manada. As lágrimas queimavam atrás dos olhos. Sua cabeça parecia prestes a explodir. Enrolou a mão nas costas da camisa de Tammy e sussurrou: "Sinto muito".

"Ei, olha para mim", disse Tammy. Ashley assentiu e ergueu o olhar. A mãe pegou o rosto da filha entre as mãos e a encarou. "Você não fez *nada* de errado." Ajeitou uma mecha de cabelo atrás da orelha de Ashley. A garota nunca a vira ser tão carinhosa assim. Teve dificuldade de conciliar aquela Tammy com a que imaginara a caminho da delegacia: o cenho franzido de fúria, irritada por Ashley ter mentido, por estar *no Bates*, dentre todos os lugares. Em vez disso, Tammy abriu um sorriso tímido e silencioso. "E o Paris vai descobrir quem fez isso. Respira."

"Eu estava lá", resmungou Ashley.

"Eu sei." A mãe dela a puxou para outro abraço. "Podia ter sido você."

Ashley soltou o ar, reprimindo as primeiras palavras que lhe vieram à mente: *Deveria ter sido eu.* Bug estivera ali porque Ashley tinha contado a ela sobre a investigação. Bug morrera por causa dela, como os outros. Ela envolveu a mãe com os braços e a apertou com força, como se aquela fosse a única forma de não afundar.

"Ashley, Tammy, porque vocês não vêm aqui nos fundos?", chamou o xerife.

Elas seguiram Paris até a parte de trás da delegacia. Não era muito grande: além da recepção havia duas celas de detenção isoladas uma da outra, duas mesas e um escritório com uma escrivaninha de madeira e uma parede cheia de estantes com livros. Ashley seguiu Paris até o escritório e se sentou na cadeira do lado da mesa reservada aos visitantes. O lugar evocava uma calma surpreendente e uma luz clara entrava pelas persianas na janela dos fundos, pintando com listras os painéis de mogno das paredes.

Paris fechou a porta e deu a volta no móvel. "Achei que seria melhor a gente conversar em um lugar mais isolado."

"A gente agradece o gesto", disse Tammy. "E aí? Já sabem quem foi?"

Paris franziu o cenho. "Ainda não. Mas espero que a Ashley possa me ajudar."

"Eu não vi nada", soltou Ashley.

"Talvez não, mas mesmo assim pode me ajudar." Paris se inclinou para a frente e apoiou os cotovelos na mesa. "Primeiro, preciso saber o que você estava fazendo no Bates."

Ashley aquiesceu. Sentiu Tammy focar o olhar nela. "Só estava visitando a Logan."

"E vocês passaram a noite inteira no quarto? Não saíram em nenhum momento?"

"Não."

"Quando liguei para a sua mãe para contar o que tinha acontecido, ela disse que você tinha passado a noite na casa da Bug. Ainda não falei com a mãe dela. Você chegou a ir até a casa da sua amiga em algum momento da noite passada?"

A mãe da Bug. Ela ia ter que contar para a família de Bug que a filha mais velha deles tinha partido. Eles odiariam Ashley quando soubessem que ela estivera a metros de distância da cena do crime e não fizera nada. Eles confiavam nela, e ela os tinha decepcionado. Snakebite confiava nos Barton, mas ela já deixara três adolescentes desaparecerem. Agarrou a parte da frente da camiseta e tentou engolir as lágrimas antes que elas voltassem à superfície.

"Talvez se você não agisse como se estivesse acusando ela de assassinato, Frank...", disparou Tammy, pousando a mão no ombro de Ashley.

"Eu só estou..." Paris arrumou a postura e começou de novo. "Por que não me conta o que fez depois que saiu de casa?"

Ashley assentiu. "Eu fui de carro até o hotel. Eu e a Logan só ficamos de bobeira. Eu caí no sono. Não olhei o celular. Não vi..."

"E os pais da Logan? Viu eles também?"

Tammy franziu a testa.

"Não, não vi nenhum dos dois."

Paris aquiesceu. "Ouviu algum barulho estranho vindo do quarto deles?"

"Não."

"Viu o carro deles no estacionamento?"

"Eu..." Ashley fez uma pausa. "Não prestei atenção."

"Entendi." Paris ajeitou uma pilha de papéis e os colocou em um arquivo no canto da mesa. "Acha que é possível Brandon Woodley ou Alejo Ortiz terem deixado o quarto deles enquanto você estava por lá?"

Ashley ficou em silêncio. Agora entendia, talvez tarde demais, o que Paris estava querendo insinuar. E mesmo que seu instinto estivesse prestes a dizer que não, que não era possível os Ortiz-Woodley terem feito aquilo, ela sentia que estaria mentindo. Pessoas estavam morrendo e Tristan continuava desaparecido. Ela prometera para Logan que não tiraria conclusões precipitadas. A conversa parecia ter acontecido anos antes.

E *tinha* visto alguém do lado de fora do hotel.

"Eu... Sim. É possível."

"Frank, você acha que *eles*...?", começou Tammy.

A expressão dela era complicada. Ashley achava que a mãe ficaria mais empolgada ao saber que os Ortiz-Woodley estavam enfim sendo cogitados como culpados. Mas Tammy parecia apenas decepcionada.

"A gente suspeita há um tempo, mas sem uma testemunha confiável, não podíamos prender ninguém." O xerife Paris fixou o olhar em Ashley. "Sei como é difícil. Você ainda está em choque. A Logan é sua amiga. Eu também sou amigo da família. Mas você estava lá quando aconteceu. É nossa única chance de acertar as coisas."

"Conta a *verdade* para ele, Ashley", alertou Tammy.

Ashley fechou os olhos. Havia dois caminhos na frente dela, e ambos a atraíam e a repeliam ao mesmo tempo. Quando olhava adiante, não via nada além de escuridão. Já tinha perdido muito — Tristan, Nick, Bug, e, além deles, outra coisa. Perdera a Snakebite como conhecia. Perdera a sensação de *lar*. Pensou em quanta dor ainda podia suportar.

Pensou em Logan.

Queria ter tido uma oportunidade de se despedir, porque estava prestes a perder Logan também.

"Ashley", disse o xerife Paris, com o punho cerrado sobre a mesa. "Você sabe quem pode ter estado presente naquele estacionamento?"

Ashley respirou fundo e abriu os olhos.

"Sei."

26
Uma Maçã Direto do Pé

"*Oi, é a Ashley. Eu não posso atender. Deixe seu recado!*"

Era a quinta vez que ela ouvia a mensagem idiota da secretária eletrônica. Horas tinham se passado e não era possível ela ainda estar na delegacia.

"Ei, você pode pelo menos me mandar um alô para eu saber que você tá bem? Preciso que você esteja bem."

Seu quarto estava vazio. Sombras se espalhavam pelas paredes como cortinas drapejadas. Aquele quarto estava sempre vazio, mas sem Ashley ele *parecia* vazio. O policial Golden tinha terminado o interrogatório dela em alguns minutos e passado para o dos pais.

Ela ouviu o barulho de pneus cantando no asfalto lá fora. Espiou pela persiana a tempo de ver o xerife Paris descendo da viatura. Ele ficou um tempo parado no estacionamento, cauteloso, olhando para a porta do quarto de Brandon e Alejo com uma expressão neutra no rosto. Depois se preparou e marchou até a porta, entrando sem alarde.

Logan saiu aos tropeços na direção do estacionamento.

"Tô quase terminando com as perguntas aqui", ouviu o policial Golden dizer do outro quarto. "Eu..."

"Pois é, mas é que a gente descobriu uma coisa", disse Paris. "Vamos terminar na delegacia."

"Ei, *para com isso*."

Era a voz de Brandon, vinda de dentro do quarto do hotel. Logan ouviu uma série de baques na parede, seguidos do estalido de metal contra metal. Apertou a testa com as mãos. Finalmente estava acontecendo. Depois de meses de especulação, eles enfim tinham juntado provas suficientes para prender Brandon. Achavam que ele era responsável pelas mortes. Depois das pichações preconceituosas, dos sussurros e dos olhares feios, Paris enfim faria o que ela temia. Levaria Brandon preso.

Só que não foi Brandon quem saiu escoltado do quarto.

Alejo surgiu com o xerife Paris bem atrás dele. Estava com as mãos algemadas atrás das costas, os punhos cerrados, como se todo o medo estivesse concentrado entre os dedos. Brandon os seguiu para fora do cômodo e se interpôs entre Alejo e a viatura. O peito dele subia e descia com rapidez, e os olhos pareciam enlouquecidos por um pânico silencioso. Atrás deles, o policial Golden jazia parado ao lado da porta do quarto do hotel, com o cenho franzido em uma careta confusa e sem palavras.

"Woodley..." Paris suspirou. "Você precisa sair do caminho."

"Você sabe que ele não fez nada", disse Brandon. "Você *sabe* que não foi ele."

"E como eu saberia?", perguntou Paris.

"Ele não estava aqui quando o primeiro garoto sumiu."

"A gente ainda não encontrou o corpo de Tristan Granger. Ele pode estar vivo", disse Paris. "Essa é a razão dos interrogatórios. A menos que você tenha alguma informação que eu não tenho."

"Ele não estava aqui."

"Tem alguma coisa que você queira me contar?"

Brandon fez uma careta.

Estava tudo errado. Não deveria ser *Alejo*. Não fazia sentido. Brandon estava certo. Alejo não estava em Snakebite quando Tristan desaparecera. Alejo não mataria ninguém. Aquele era o homem que ficava emotivo quando alguém chorava no seu programa de culinária preferido. O pai que precisava desligar o noticiário quando havia muita violência.

Alejo olhou para Brandon com uma expressão silenciosa que ela não conseguia decifrar.

"Tá tudo bem", assegurou ele. "Vai ficar tudo bem."

"Se ele não é o culpado, não tem porque se preocupar", disse Paris. Deu um tapinha bem no meio das costas de Alejo. "Você sabe que nós somos amigos."

Sem falar nada, o policial Golden se juntou ao xerife.

"A gente pode levar ele preso assim? Tipo... desse jeito?"

Paris cerrou a mandíbula. "Eu também não queria ter que fazer isso. Mas temos uma testemunha."

Logan pestanejou. Alejo estreitou os olhos. O rosto de Brandon ficou pálido.

"Como assim, vocês têm uma testemunha?", perguntou Brandon.

"Woodley, *sai do caminho*."

Brandon deu um passo para o lado.

"Não", murmurou Logan. "Não, ele não fez nada."

Paris hesitou. Olhou para Logan por cima do ombro, e a expressão no seu rosto era complicada. O homem parecia dividido entre preocupação e confusão. Fez um gesto para Brandon.

"Por que não leva Logan para dentro? Ela não deveria estar aqui vendo isso."

O coração de Logan esmurrava o peito. Aquilo estava errado. As coisas não deveriam ser daquele jeito.

Brandon se aproximou dela, incerto, com as mãos erguidas diante do corpo como se a filha fosse algum tipo de animal selvagem que precisava ser acalmado. O medo no rosto dele a fez sentir uma onda de náuseas. Deveria estar lutando por Alejo, não pacificando a garota. Mesmo que não ligasse para ela, devia brigar por Alejo.

Ele franziu a testa bem de leve. "Vamos entrar."

"Você vai mesmo deixar isso acontecer?", perguntou Logan.

"O que mais ele poderia fazer?", disse Alejo enquanto o xerife Paris o enfiava no assento traseiro da viatura. Sua expressão ficou mais suave. "Entra com o seu pai. Eu vou ficar bem."

Logan cerrou os punhos.

Paris encarou cada um deles com um olhar cético antes de andar até a porta do motorista. Entrou no carro e deixou o estacionamento do Bates, a viatura do policial Golden vindo logo atrás. Logan fitava Alejo no banco de trás, os olhos dele estavam fixos à frente e o maxilar estava tensionado, como se estivesse engolindo o pânico.

A manhã parecia espessa, o céu repleto de nuvens baixas e pintado de um tom neutro de branco, brilhante demais para se olhar. Logan estreitou os olhos para o horizonte vazio.

Aquele era o fim deles.

Brandon se virou na direção do quarto 8, em silêncio. Logan o seguiu para dentro e bateu a porta. Antes que pudesse falar qualquer coisa, Brandon arrancou os óculos e os jogou na mesa de cabeceira. Apertou os olhos com as palmas das mãos e se virou de novo para Logan, respirando fundo uma vez e depois outra.

"Certo", começou a garota, "qual é o plano?"

Brandon tirou as mãos do rosto e olhou para ela. Sua expressão estava vazia como o céu lá fora. Fitou a filha como se tivesse acabado de perceber que ela estava ali. Os olhos dele estavam escancarados e vidrados, com um medo maior do que a prisão de Alejo. Era medo de alguma outra coisa, algo muito além de acusações falsas. Parecia um animal preso em uma armadilha.

"Eu sei que você não deixou levarem o papai sem ter um plano para trazer ele de volta."

"Não sei."

"A gente tem o dinheiro do programa."

"Tem sim."

Logan se inclinou para a frente, demonstrando expectativa.

"Então... A gente deveria usar essa grana para tirar o papai da cadeia. O que precisamos fazer?"

"Não sei", repetiu Brandon. Tinha o olhar fixo no chão, massageando a nuca.

"Eu vou dar uma pesquisada e..."

"Não." Brandon se sentou na cama e apertou a borda do colchão, os nós dos dedos estavam brancos de tensão. "A gente deveria... A gente deveria esperar. O culpado ainda tá à solta. Vão saber que não foi ele."

Logan negou com a cabeça. "Na cadeia? Você acha que a gente deveria deixar ele na *cadeia*."

"Até a gente descobrir o que está acontecendo", disse Brandon. "Ele vai estar mais seguro lá."

"Ah, que beleza, então você tá esperando que outros adolescentes morram." Logan cerrou a mandíbula. "Tem tipo, um *total* de quarenta adolescentes na cidade. Depois que a gente chegou aqui, já rolaram três assassinatos. Eu conhecia duas das vítimas. A próxima pode ser a Ashley. Ou eu."

"Não vai ser você."

"Como você sabe?"

Brandon não disse nada. Apenas apertou o colchão com mais força.

"Não vai ter mais vítimas. A gente vai pegar o culpado."

"Você sabe quem é?"

Ele apenas encarou a filha.

O quarto do hotel estava silencioso, porém avivado por uma energia que fez o coração de Logan acelerar. Porque, por um breve segundo, ela acreditara que tudo ficaria bem. Ela e Ashley eram amigas, Brandon e Alejo haviam prometido contar tudo para ela quando aquilo acabasse, e mesmo que o sofrimento ainda existisse, as pistas estavam se juntando aos poucos. Havia uma luz no fim daquele túnel, a promessa de que sairia inteira da experiência de morar naquela cidade. Mas agora estava tudo errado. Bug morrera, Ashley fora embora, Alejo estava a caminho da cadeia por um crime que não cometera.

E Brandon era tudo que tinha.

Brandon, que encarava a parede como se o marido não tivesse sido arrastado algemado dali. Brandon, que não era capaz de falar mais que um punhado de palavras sem desaparecer em si mesmo, que não a olhava nos olhos, cujo melhor plano era apenas *esperar*. Algo ferveu no peito dela, elétrico, ofuscante e novo. Era uma raiva que ela nunca se permitira sentir porque era grande demais, quente demais... Era *demais*. Um fogo que foi faiscando, abrindo caminho até a superfície. Sua respiração falhou.

"Achei que eles iam levar você, não o papai."

"Eu também", sussurrou Brandon.

Logan engoliu em seco e fechou os olhos. Lembrou do Brandon de seus sonhos, o que a enterrava, que falava com uma voz mais profunda que um oceano, cujos olhos brilhavam escuros e cintilantes como uma camada de óleo. Ela se lembrou do Brandon que fora incapaz de olhar para ela em Tulsa. Tão cheio de raiva que a sufocava.

"Foi você?"

Brandon ergueu o rosto das mãos. Os olhos estavam cobertos por lágrimas. As mãos tremiam, pairando diante dele em uma pergunta silenciosa. A luz cinzenta da manhã entrava pelas persianas abertas, pintando seu rosto com um tom doentio e pálido. "Logan..."

"Eu e o papai não estávamos aqui quando o Tristan desapareceu. Não foi ele que fez isso. Mas você já estava."

"Eu jamais..."

"Todo mundo acha que foi você."

Brandon franziu a testa. "Você acha que eu *matei* aqueles adolescentes?"

"Matou?"

"Você me conhece. Nós somos família."

Logan arquejou. "Eu não te conheço."

Brandon se levantou, mas não como se fosse avançar na direção dela. Olhou pela janela do hotel e balançou a cabeça.

"Eu não *posso* te explicar as coisas. Por favor, confia em mim."

Ela não era capaz. Não sabia sequer se algum dia tinha confiado.

"Eu preciso... preciso ver se a Ashley tá bem", disse Logan. Pegou as chaves da minivan na mesa de cabeceira de Brandon.

"Logan", disse Brandon, com a voz baixa como uma brisa. "Prometo que vou te explicar quando tudo isso acabar. Juro. A gente vai voltar a ficar bem."

Ela duvidava que já tivessem ficado bem algum dia, para começo de conversa. Brandon se levantou e foi atrás dela com os lábios entreabertos, como se tivesse mais milhares de palavras escondidas sob a língua. Como se quisesse deixar tudo vazar para preencher o silêncio entre eles.

Mas não disse nada.

Logan saiu manhã afora e fechou a porta atrás de si.

Pela milésima vez desde que chegara a Snakebite, Logan se sentia sufocada. Reprimiu o ataque de pânico emergente e atravessou a cidade de carro. A manhã cheirava a chuva e mofo, e a tempestade lutava para irromper das nuvens cinzentas. Snakebite parecia perturbadoramente silenciosa, como se já estivesse de luto. A minivan entrou com tudo na estradinha do rancho dos Barton, deixando uma nuvem de poeira atrás de si.

O Ford estava estacionado na entrada de carros, sujo de lama e terra. Logan passou direto por ele e foi até os fundos da casa. As janelas estavam trancadas, com as cortinas fechadas, e por um instante Logan teve a esperança de que não houvesse ninguém em casa.

Inspirou fundo e bateu na janela de Ashley.

Nada.

Bateu de novo. Seu coração retumbava no peito, porque Ashley era tudo que lhe sobrara. O vento que vinha do lago era cortante e intenso como o céu cor de ardósia.

Logan voltou a bater com o punho cerrado na janela.

Ela se abriu de supetão. Ashley empurrou as cortinas para o lado e elas se viram cara a cara. Os olhos de Ashley estavam marejados. A expressão em seu rosto não era luto, era raiva. Ela se inclinou para fora, com os dedos apertando o batente.

"Você tá bem?", perguntou Logan.

"O que você tá fazendo aqui?", disparou Ashley. "Vai para casa."

Logan pestanejou. "Sinto muito sobre a Bug. Só queria..."

Ashley estreitou os olhos. Dava para ver pela janela que o chão do quarto estava repleto de roupas e mantas. O quadro de avisos estava vazio, e havia fotos de Bug, Fran e Tristan espalhadas pelo cômodo. O vento frio fez a cortina de Ashley se agitar contra os braços dela.

"O que aconteceu?", perguntou Logan.

Ashley expirou. "Me perguntaram um milhão de vezes porque eu estava lá. No Bates. Por que eu não... *ouvi* nada."

"Eu sinto muito."

"Você já disse isso."

"Eu...", começou Logan, mas não sabia mais o que falar. Não esperava que Ashley estivesse brava daquele jeito. Não esperava sequer ver Ashley.

"O que você disse para eles?"

"Não sei."

"Não sabe?" Logan cruzou os braços. "Você estava no hotel, simples assim. Podia só ter dito que nós somos amigas. Isso não é esquisito", disse ela. Ashley ficou em silêncio. "Posso entrar?"

Ashley espiou o quarto por cima do ombro e depois assentiu, relutante. Logan trepou pela janela e analisou o estrago. Não eram só as roupas e fotos no chão. A cadeira de Ashley estava caída de lado, o conteúdo da mesa espalhados para todos os cantos, o armário vazio. Estava pior do que Logan imaginava.

"O que você quer?", perguntou Ashley.

"Eu..." Logan apertou a testa com a palma de uma das mãos. "Queria só ver se você estava bem. Você não respondeu minhas mensagens e nem atendeu minhas ligações. E..."

Ela hesitou. Não conseguia tirar da cabeça o som das algemas se fechando ao redor dos pulsos de Alejo. Não conseguia limpar da memória o giroflex da polícia pela persiana, o som dos óculos de Brandon atingindo a mesa de cabeceira, o olhar no rosto de Alejo quando ele entendeu o que estava acontecendo.

"Paris prendeu meu pai."

Ashley fitou com atenção as tralhas no chão do cômodo. Devagar, pegou cada uma das fotos e as empilhou na escrivaninha. Parecia perturbadoramente calma a respeito da prisão. Estava com o maxilar tensionado, os movimentos frios e rígidos. Uma lufada de ar soprou para dentro do quarto, lambendo as costas de Logan, e de repente ela entendeu tudo.

"Ele disse que tinha uma testemunha", acrescentou Logan, e Ashley ficou imóvel. "Eu repassei a lista de pessoas que estavam no Bates, mas ela é bem pequena. Gracia e Elexis são da família. Não iam jogar meu pai para os leões."

Ashley dobrou a colcha e a jogou sobre a cama.

"O Bates é praticamente um prédio de apartamentos. Tem um monte de gente que mora lá."

"Ashley."

Ela se virou, os olhos estavam vidrados pelas lágrimas iminentes.

"Não quero falar sobre isso. Quero ficar sozinha."

O coração de Logan sacolejou, e ela se perguntou se aquilo significava que ele estava se partindo. Sua pulsação estava pesada, lenta e profunda. Lutava contra o peso do luto, mas não estava irritada como ficara com Brandon. Era como se alguém tivesse chegado por trás dela e arrancado o mundo de suas mãos. A ausência deixava um rastro gélido para trás. A expressão de Ashley dizia tudo: era raiva e tristeza, mas acima de tudo, era *culpa*. Aquele era o mesmo olhar que tinha no rosto quando admitira ter terminado com Tristan.

"Você não viu nada. Por que..."

"Eu vi."

Logan hesitou.

"Ah, meu deus, você tá falando de quando ele tirou o lixo?", perguntou, e Ashley desviou o olhar. "Você sabe que não foi ele", afirmou Logan, com a voz entrecortada. "Por que falaria uma coisa dessas?"

"Ele pode ter..."

"Ele *não fez nada disso*." Logan se sentou na beira da cama de Ashley e cobriu o nariz e a boca com as mãos. "Meu pai e eu nem estávamos *em* Snakebite quando o Tristan desapareceu."

Ashley bufou. "Talvez eles tenham trabalhados juntos. Em equipe."

"Ah, meu deus." A voz de Logan parecia alta demais dentro do quarto. Ela fechou os olhos e expirou. "Eu falei que não era ele. Você *prometeu* que não falaria nada a menos que a gente tivesse certeza. Você não confia nem um pouco em mim?"

"Eu confio em você", disse Ashley. Uma lágrima escorreu pela curva da sua bochecha. "Eu não confio é neles."

"Ah, não me vem chorar agora."

"Como não...?" Ashley se sentou à escrivaninha e esfregou os olhos inchados com a palma das mãos. "Antes disso tudo, ninguém morria em Snakebite. Era perfeito."

"Olha lá o que você vai falar...", alertou Logan.

"Foi vocês aparecerem e tudo começou a desmoronar."

"Então você *acha mesmo* que foram eles", zombou Logan.

"E você pode me culpar?"

"Posso."

A expressão de Ashley se enrugou graças à frustração.

"O que você quer de mim? Ignorei o óbvio porque eu confiava em você, mas... não posso deixar que isso continue acontecendo. Eu tô perdendo *todo mundo*."

"Você não me perdeu."

"Eu perdi meu lar."

Algo clicou dentro de Logan. Ela se levantou, sem fôlego e com o rosto vermelho.

"Ah, então Snakebite era uma maravilha." A raiva subiu pela garganta dela, ameaçando sufocá-la. "Ouvi várias histórias. Era um lugar horrível antes e é horrível agora. Você achava que era uma cidade perfeita porque esse tipo de coisa não importa para você, mas *sempre* foi horrível para gente como eu."

"Isso é mentira."

"Existe um motivo para gente como os meus pais precisar ir embora. Alejo disse que você se voltaria contra mim assim como sua mãe se voltou contra ele", exclamou Logan. "E isso é uma merda."

O assoalho rangeu do lado de fora do quarto de Ashley. Tammy Barton enfiou a cabeça pela fresta da porta e analisou o quarto. O olhar dela recaiu sobre Logan, e sua expressão azedou.

"O que tá acontecendo aqui?"

"Eu já estava de saída, sra. Barton", disse Logan. Foi até a janela e a abriu. Queria cuspir nas duas. Queria que elas soubessem que tinham destruído seu mundo. Em vez disso, riu. "Caso você não saiba ainda, meu pai tá na cadeia. Talvez você possa ir contar tudo para os seus amigos. Podem dar uma festa para comemorar."

Tammy arregalou os olhos, mas não disse nada. Sob as camadas severas de sua persona de matriarca da cidade, parecia mais confusa do que aliviada. "Eu não..."

"*Logan*", bronqueou Ashley.

Ela não precisava esperar para ouvir mais desculpas. Ashley deveria ser sua aliada, mas era igual a Brandon. Medrosa demais para fazer a coisa certa, para admitir que tinha errado. Logan saiu pela janela e correu até a minivan. Afastou-se do rancho dos Barton em meio a um borrão, porque era isso. Era o fim. Alejo estava preso; Brandon, em silêncio; e Ashley era uma traidora. No fim, ela estava sozinha.

Sempre esteve sozinha.

27

Um Pé de Cereja e Outras Plantas Ameaçadoras

Logan não estava bem.

Talvez nunca tivesse estado. Duas semanas haviam se passado desde a briga com Ashley. Duas semanas desde a prisão de Alejo. Duas semanas de visitas na cela de detenção da delegacia do Condado de Owyhee, conversando sobre nada e esperando algo vir à tona. Duas semanas desde que o sonho de estar sendo enterrada viva passara a aparecer todas as noites. E, durante as duas últimas semanas, Brandon não passara de um fantasma na vida dela. Não, dado tudo que tinha acontecido, "fantasma" não era a melhor palavra.

Ela era um nada absoluto.

Logan estava sentada sozinha à mesa dos fundos do Chokecherry. O lugar parecia o de sempre: uma ocupação mediana, música country tocando alto demais e luzes brilhando menos do que deveriam. Não a incomodava tanto quanto da primeira vez em que a Ashley a fizera entrar por aquelas portas. De certa forma, era quase reconfortante. Era familiar.

"Traz outra cerveja?", pediu Logan quando Gus se aproximou da mesa.

Ele bateu um copo de plástico cheio de água no tampo e a fitou com uma das sobrancelhas erguidas.

"Você vai beber água agora."

"Ai, que saco."

"De qualquer forma, acho que você nem gosta muito de cerveja", disse Gus. "Seu pai pedia e sempre fazia essa mesma cara feia que você."

"Sei."

Logan decididamente não estava no clima de falar sobre o pai.

"O Brandon sempre fazia esse tipo de coisa", continuou Gus. "Tentava pedir coisas que o fizessem parecer normal."

Logan pestanejou. Aquela era talvez a primeira vez em que ouvia alguém contar uma história a respeito dos pais que não era sobre Alejo. Ela desistira da investigação no dia em que Bug morrera, mas ainda queria entender. Pigarreou. "O Brandon vinha muito aqui?"

Gus jogou o pano de prato sobre o ombro. "Deixa eu ligar a máquina de lavar louça, aí volto e te conto mais."

O homem voltou para trás do balcão.

A sineta na porta de entrada tocou, e alguém a escancarou. A luz do fim da tarde escorreu para dentro do Chokecherry, pintando o chão de concreto rachado com um tom doentio de amarelo. O primeiro a entrar no bar foi John Paris, de braços dados com Fran, os cachos castanho-claros batendo nos ombros dela. A sombra glorificada de John, Paul, vinha logo atrás. Ele olhava os cantos escuros do bar com desprezo.

Logan se encolheu nas sombras e segurou o copo d'água junto ao peito. Nunca fora do tipo que se escondia, mas já estava além do fundo do poço. Não tinha mais energia mental para brigar com ninguém.

"A mesa do fundo tá vazia", disse Fran.

"Não tá", respondeu Paul. "Tem alguém..."

Passos pesados ecoaram no chão de concreto, cada vez mais altos. Logan se preparou.

"Faz tempo que não te vejo", zombou John Paris.

Ele se sentou no banco diante de Logan. Fran e Paul ficaram para trás, assistindo ao desenrolar da cena tomados por uma mistura estranha de medo e admiração. Logan correu os olhos pelo resto do bar, mas ninguém fez nada. Ninguém falou nada. Eles só ficaram olhando.

Ela estava sozinha.

218

"É, não ando saindo muito", respondeu Logan. Tomou um gole de água, evitando contato visual. "Não é por nada, mas tô querendo ficar um pouco sozinha hoje."

John riu. "A Ashley estava ocupada e não conseguiu vir?"

Logan só fez uma careta.

"Ah, poxa, as coisas entre vocês não andam mais às mil maravilhas?", perguntou Paul.

"Provavelmente ela não gostou de saber que seu pai matou a melhor amiga dela."

"John...", alertou Fran. Pelo jeito, eles já tinham discutido sobre aquilo antes. Fran cruzou os braços e tamborilou o pé no chão. "Vamos sentar em outra mesa."

John ergueu a mão para calar a namorada.

"Por que ele fez aquilo? Qual foi a razão? Tô tentando entender isso há semanas."

"*John!*", bronqueou Fran.

As mãos de Logan se fecharam em punhos sob a mesa. "Eu adoraria ficar aqui sentada com você discutindo as teorias, mas que tal você ir se foder?"

John estendeu a mão por cima da mesa e agarrou com violência o ombro de Logan. "O Tristan era meu amigo. A Bug era minha amiga. A Ashley é minha amiga também. Se sua gentinha fizer mais qualquer coisa para os meus amigos, eu te mato."

Logan engoliu em seco. O bar ficou silencioso. As poucas outras pessoas presentes assistiam à cena com os olhos arregalados e os lábios entreabertos de surpresa. Mas não estavam indignados pelo que o garoto estava fazendo *com ela*. Era como se a cena na loja de decoração estivesse se repetindo. Logan queria dar um soco na própria cara por causa da sensação de decepção que se acomodava devagar dentro do peito. Ela ainda era a inimiga. Em Snakebite, sempre seria.

Alguém atrás do balcão assoviou.

Gus saiu da cozinha com a espingarda decorada do Chokecherry na mão. "No meu bar, não", avisou ele. "Vazem daqui."

"Você não ia atirar nem se quisesse", zombou John.

"la sim", respondeu Gus. Gesticulou na direção da porta. "Fora daqui."

John revirou os olhos. Relutante, saiu do banco e foi até a porta. Fran e Paul o seguiram. Fran olhou por cima do ombro com uma expressão dividida entre simpatia e raiva.

Depois que os três foram embora, Logan soltou o ar.

"Se importa se eu sentar?", perguntou Gus.

Logan apontou para o banco diante de si. Acordes de banjo saiam dos alto-falantes presos às paredes, mas, fora isso, o bar estava silencioso. Inquietação pairava no ar. Os demais clientes pareciam estar amedrontados demais para falar. Logan não gostava da ideia de precisar de alguém para protegê-la, mas não se opôs. Gus devolveu a espingarda para o suporte atrás do balcão e depois se sentou diante dela, empurrando a mesa para a frente para abrir espaço. Ficou olhando a calçada lá fora até John e os outros sumirem na esquina, depois se inclinou na direção dela.

"Você tá bem?"

"Sim, tanto quanto possível." Logan deu um sorriso incerto. "Ah, foi mal por causar problemas no seu bar. E valeu por me defender."

"Não foi minha intenção constranger você."

Logan acenou com a mão, desprezando o comentário.

"Prefiro ser constrangida a levar uma surra."

"Responder às provocações dele não ajuda", disse Gus. "Seu pai era igualzinho. Eu também tinha que separar as brigas dele."

"Qual deles?"

"O Alejo", respondeu Gus. "Não sei o que as pessoas falam sobre seus pais, mas te garanto que eles se equilibram. O Alejo nunca sabia quando ficar quieto. Sempre falava o que dava na telha, mesmo que tivesse que lidar com as consequências depois. Já o Brandon estava sempre calado. No dia que os dois se conheceram, foi a primeira vez que o vi falar mais de duas palavras."

"Espera... Você estava aqui no dia em que eles se conheceram?", perguntou Logan.

"Estava sim", disse Gus. "Bom, não sei se foi a primeira vez que eles se viram. Eu e o Brandon costumávamos trabalhar juntos na Madeireira Barton. Ele nunca falava com ninguém. Aparecia na hora do trabalho, fazia o que tinha que fazer e voltava para casa."

"Parece típico dele", refletiu Logan.

"Mas ele só trabalhou por lá alguns anos. A Tammy contratou um novo encarregado, e a primeira atitude do cara foi despedir seu pai."

"Como assim?"

"Pois é, foi pura idiotice. Mas um monte de gente concordou com ele. Queriam seu pai longe dali." Gus se acomodou no assento. "Eu já tinha aberto o bar naquela época, então não estava mais na madeireira. Eu teria falado alguma coisa."

Logan chacoalhou a cabeça. "Foi por isso que você me defendeu?"

Gus respirou fundo. "Eu nunca engoli o jeito como expulsaram seus pais da cidade. Não sei como me sinto com essa coisa de casamento gay e tal, mas eles não fazem mal para ninguém. Nem o chalé deles perto do lago era longe o bastante para algumas pessoas."

Logan balançou a cabeça de novo. "Só porque eles estavam juntos?"

"Basicamente, sim. A gente não gosta de mudanças por aqui. E eles exigiam das pessoas muitas mudanças."

Logan revirou os olhos. "Não me parece que estavam exigindo dos outros nada além de serem deixados em paz."

"Talvez não", disse Gus, dando de ombros.

"Valeu por me contar", agradeceu Logan. "Só queria saber por que eles foram embora."

"Também não sei muito bem", afirmou Gus. "Provavelmente... Ah, você sabe. Eles tentaram ficar na deles, mas perder uma filha não é fácil. E eles tiveram que lidar com aquilo sozinhos. Tenho certeza que ir embora pareceu mais fácil do que continuar aqui. Um recomeço."

Logan segurou o copo d'água a meio caminho da boca.

"Espera, *o quê?*"

"Eu e minha esposa perdemos nosso menino pouco antes de ele fazer 6 anos. Foi a coisa mais difícil que já aconteceu com a gente. Depois disso, eu só conseguia pensar nos seus pais." Gus enxugou a boca. "Não tinham família ou amigos para apoiá-los durante o luto. Não tinham nem um jazigo no cemitério lá de cima. Tiveram que enterrar a menina no Cemitério dos Pioneiros. Ainda penso nisso. O tempo todo."

"Gus." Logan espalmou a mão na mesa. A cabeça dela girava. Havia outra criança, uma sobre a qual os pais nunca tinham falado. O que quer que tivesse acontecido, o que quer que ela não entendesse sobre os pais, tinha a ver com aquela peça perdida do quebra-cabeças. "O que aconteceu?"

"Não sei exatamente", respondeu Gus. "Sei que foi há algum tempo. Em 2006? Talvez 2007?"

"Treze anos atrás", soltou Logan.

"Isso aí", respondeu Gus. "Eles devem ter adotado você logo depois de saírem daqui. Sei que uma filha não compensa a perda de outra, mas fico feliz de saber que aqueles dois formaram uma família no fim das contas."

Era como se Logan pudesse sentir o gosto das batidas do coração.

"Olha, valeu por tudo. Eu preciso ir nessa."

"Espera", disse Gus. "Você não queria que eu respondesse umas coisas sobre seus pais?"

"Acho que você já respondeu tudo." Logan saiu da mesa e pendurou a bolsa no ombro.

"Você vai voltar para o Bates?"

"Direto para casa", mentiu Logan.

"Eu posso te dar uma carona."

"Não. Eu tô bem." Ela colocou uma nota de vinte na mesa. "Valeu por me defender. A gente se vê por aí."

Logan saiu às pressas do Chokecherry e virou à direita. Para o lado oposto de onde ficava o Bates. Para o lado oposto de onde ficava Snakebite. Andou pela calçada até ela terminar, depois cambaleou pelo desvio de cascalho. O lago batia contra a margem à esquerda dela, cinzento e infinito vale adentro. Entre duas colinas imensas, viu a grade de ferro, os montes de terra e a estrada que levava até a Funerária de Snakebite. O estômago dela se revirou. Enfim chegara a hora da verdade.

Ela já tinha esperado tempo demais.

28
Antes, Havia Uma

BRANDON (VOICEOVER): Hoje, em *Fantasmas & Mais: Detetives Paranormais*, a única alternativa é descer. A equipe segue para Tulsa, Oklahoma, onde vamos rastrear o infame Diabo de Tulsa. Segundo as lendas locais, esse não é um diabo qualquer. Todos na cidade foram tocados por ele de uma forma ou de outra. Alejo está doente esta semana, mas não vou investigar sozinho. De carona, trouxe nossa superfã e detetive em treinamento, Logan.

[Há uma menininha ao lado de Brandon. Ela está carregando uma bolsa cheia de equipamentos, e sua camiseta diz: QUEM TEM MEDO DO ESCURO? O nome dela aparece na tela: LOGAN ORTIZ-WOODLEY, INVESTIGADORA/FILHA.]

BRANDON: Não sei o que a gente vai encontrar lá embaixo. Mas aposto que você vai ficar menos assustada que seu pai.

LOGAN: Qualquer um fica menos assustado que o papai.

Ashley não sabia por que estava assistindo àquilo. A sensação era a de garras se fincando em sua pele, que a lembravam do que ela fizera. De como tirara Alejo da família. De como provavelmente fizera com que a versão feliz e saltitante de Logan Ortiz-Woodley nunca mais existisse. Sua mãe costumava dizer que os Ortiz-Woodley eram como veneno.

Contudo, Ashley se perguntava se o veneno não era Snakebite. Se o veneno não era *ela mesma*.

[Logan bate o SonusX contra a palma da mão. Estão no porão de um hotel em Tulsa, esperando a caixinha de detecção de voz ligar.]

LOGAN: Não tá funcionando.

[Brandon se agacha ao lado dela.]

BRANDON: Aquilo ali do lado é um botão. Emperra o tempo todo.

[Logan passa o dedo pela lateral do apetrecho e o barulho começa. Ela se sobressalta e Brandon ri.]

LOGAN: Às vezes, eu ainda me assusto também.

Para Ashley, tinham sido duas semanas de silêncio total. Havia ido ao velório de Bug com a mãe, mas não falara com ninguém. Tinham sido duas semanas sem Logan, sem Fran, sem ninguém além de Tammy levando comida até o quarto, de vez em quando, para garantir que ela ainda estivesse se alimentando. Não sabia o que a fizera assistir àquele episódio de *Fantasmas & Mais* além da dolorosa sensação de solidão. Não sabia o que significava aquele vazio no coração com o formato de Logan. Aquele episódio era o que corroía Logan, e Logan era o que a corroía.

Ashley sentia falta de seu antigo mundo. Sentia falta de Logan.

Ela não sabia muito bem como conciliar as duas coisas.

Naquela noite, Tammy estava em um jantar comunitário fora da cidade cujo objetivo era arrecadar dinheiro para os pequenos criadores de gado, o que significava que Ashley estava com o rancho só para si. Em geral, isso significaria ficar encolhida entre Fran e Bug assistindo a alguma coisa boba na TV até caírem no sono. Em um passado ainda mais antigo, ela e Tristan ficariam plantados nas cadeiras à beira do lago, assando salsicha no fogo da lareira. Ela não deveria estar sozinha daquele jeito. *Nunca* ficava sozinha daquele jeito.

Não suportava mais ficar sozinha daquele jeito.

Rolou a lista de contatos até encontrar o nome de Logan, e seu dedo pairou sobre o número por um instante longo demais. Havia considerado ligar para ela dezenas de vezes desde a briga, mas não conseguia juntar coragem. Se a vida de Logan tinha sido arruinada, era culpa dela. Mas perder Logan parecia outra morte. Outra pessoa com a qual nunca mais falaria. Assim como Tristan, Logan seria mais uma pessoa perdida, e Ashley tinha desperdiçado os últimos momentos junto dela falando as coisas erradas.

Ashley continuou rolando a agenda e clicou no nome de Fran. A amiga atendeu quase de imediato. "*Ashley?*"

"Achei que você não ia atender", sussurrou Ashley.

"*Nem eu.*" Fran ficou tão quieta que, por um instante, Ashley achou que ela havia desligado. Mas Fran pigarreou. "*Já tá tarde.*"

Ashley olhou para o relógio na mesa de cabeceira. Eram só 18h32.

"Foi mal."

Depois de mais uma pausa, Fran suspirou e disse: "*Preciso ir, tá?*".

"Espera." Ashley apertou o edredom com força. "Só quero falar com você. A gente não conversa desde..."

"*É, desde a Bug.*" Fran respirou fundo. "*Não posso falar sobre isso agora.*"

De repente, as lágrimas reprimidas que ardiam nos olhos de Ashley ficaram insuportáveis. Ela mordeu o lábio para não chorar. Assim como todas as outras pessoas, Fran escaparia dela como água entre os dedos.

"Você acha que a culpa foi minha?"

"*Meu deus, sei lá.*" Fran inspirou fundo e Ashley percebeu que ela também estava à beira das lágrimas. "*O que você estava fazendo lá?*"

"Eu..."

"*Visitando a Logan, não era?*"

"Sim..." Ashley suspirou. "Eu estava com a Logan. E a Bug ligou várias vezes. Mandou mensagem. Só fui ver depois... Eu estava bem ali. Não sei o que aconteceu."

Fran não falou nada por um tempo.

"*Por que ela não ligou pra mim?*", perguntou, em seguida. "*Eu teria ido junto. Ou falado com ela sobre isso, ou... É porque eu disse que não acreditava em nada. Ela achou que não podia me pedir ajuda. Achou que eu não ia me importar.*"

"Ela só foi até lá por causa do que eu falei", afirmou Ashley, e Fran ficou em silêncio. "Fran, eu..."

"*Foi mal*", interrompeu Fran, afiada como uma faca. "*Não posso falar com você sobre isso.*"

"Fran, eu..."

"*Boa noite, Ashley.*"

Depois de um bipe, a ligação foi encerrada.

Ashley afundou no colchão, fitando a janela. Não conseguia se lembrar de como era respirar sem aquele nó de ansiedade entre os pulmões. A cidade estava errada. O *mundo* estava errado.

O ar no cômodo mudou. Fez a quietude se aproximar da garganta de Ashley, sobrepondo-se ao som do vento. Ela se virou para encarar a porta. Não conseguia vê-lo propriamente, mas Tristan estava ali. Depois da morte de Bug, o espírito dele estava sempre por ali, observando, esperando algo que ela não sabia como lhe dar. Talvez quisesse levar Ashley para algum lugar de novo. Talvez houvesse outro corpo. Se esse fosse o caso, ela não queria saber. Tinha encontrado corpos o suficiente naquela cidade, então outra pessoa podia cuidar disso dessa vez.

"O que você *quer*?", perguntou Ashley. Não estava mais com o Escripto8G, então não havia como Tristan responder. Mas ela perguntou mesmo assim.

O ar se alterou de novo. Estalou, avivado pela estática por um instante, e depois suavizou. Pela primeira vez desde o começo das visitas, era como se o fantasma lhe tivesse dado ouvidos. Estava indo embora.

"Espera." Ashley se virou para sair da cama. "Não vai."

O ar voltou a ficar vivo. O cheiro pungente de combustível preencheu as narinas dela, oscilando como uma chama moribunda. Por um instante, Ashley quase o viu. Viu a silhueta. Uma brisa fria soprou pela janela, jogando o cabelo de Ashley por sobre o ombro, mas Tristan permaneceu imóvel.

"Você é o único que me sobrou", disse ela.

O ar perdeu pressão como um avião passando por uma turbulência. Havia apenas o silêncio. Ashley se deitou na cama de novo. As cobertas cheiravam sabão em pó barato e poeira, e ela desejou poder atravessar o colchão, o assoalho, a terra. Desejou poder se cobrir de terra e se esconder até tudo aquilo acabar. Desejou poder voltar a janeiro e fazer tudo diferente.

Quando falou, sua voz não passava de um sussurro. "Acho que talvez você esteja morto."

A reação de Tristan foi estranha. Como fumaça se erguendo de um campo em chamas, Tristan emergiu da escuridão. As mãos estavam cerradas em punhos, o maxilar destacado de tensão, como se ele estivesse lutando para reprimir algo. Caminhou na direção dela, de um jeito empolado e esquisito, como se fosse difícil andar. A visão fez o medo subir à garganta de Ashley, mas ela permaneceu calma.

"Eu queria poder reviver nossa última noite juntos", falou Ashley, forçando sua voz trêmula a sair enquanto seus olhos lacrimejavam. "Eu explicaria tudo de uma forma diferente, para você entender. Queria ter como contar para você naquela época."

O fantasma de Tristan ficou em silêncio, como sempre. Ele parou no pé da cama e tombou a cabeça de lado em um gesto curioso, tão típico de Tristan que foi até doloroso de ver.

"Eu teria feito questão de fazer você entender o quanto eu te amava", continuou ela. "Eu disse que não, mas não era isso que eu queria dizer. Só não te amava como deveria amar. Você era meu melhor amigo. Só porque não era como..."

Ashley pestanejou. A casa estava silenciosa com a noite, e ela se sentia zonza e sem fôlego. Não sabia com o que comparar aquele amor. Ou melhor: sabia, mas não queria pensar naquilo. Era rápido demais, fácil demais falar o nome dela.

"Não é justo", disse Ashley. "A gente deveria ter dado certo..."

Tristan olhou para ela, e ela o imaginou como ele era antes. Ele sentaria na beirada da cama dela com as mãos nos joelhos. Riria da forma indireta com a qual ela explicara tudo. *Você tá sendo muito vaga*, diria ele. *Só desembucha e fala o que quer dizer.*

Mas ela não sabia o que queria dizer. Tentar ter sentimentos por Tristan fora um processo lento, como as marolas no lago durante o verão. Era algo alegre e calmo, e ela sabia que podia passar a vida construindo algo assim. Eles ficariam bem. Durariam tempo o bastante para aquilo se tornar real.

Mas aquela outra coisa era rápida demais. Ela a havia agarrado e não queria soltar. Soterrava Ashley sob seu peso e não lhe dava tempo nem de prender a respiração. Empurrava-a para o fundo do lago, sem se importar se ela conseguiria prender a respiração. Era como se Ashley estivesse sempre ficando sem tempo.

"Lembra que eu disse que queria terminar porque eu não sentia o mesmo que você?" Ashley engoliu em seco. "Agora eu tô me sentindo assim. Não sabia que era assustador desse jeito. Eu lamento tanto."

Tristan cerrou os punhos com mais força. Ashley desejou poder ver o rosto dele. O Tristan que ela conhecia despejava todo o coração nas expressões que fazia, mas aquele Tristan não passava de uma sombra. O semblante era apenas um truque de ótica, impossível de ver com clareza. Ele se encolheu, de forma abrupta e súbita, batendo com força contra a porta do quarto. A lâmpada do teto tremeluziu e as cortinas se agitaram contra a janela. Ashley recuou na cama até bater com as costas na cabeceira. Depois de um instante, Tristan se acalmou. Estava lutando para ficar sólido, para ficar com ela, para ficar *ali*.

Ashley arquejou. "Você quer voltar?", perguntou ela.

Tristan tremulou. Talvez fosse uma resposta, mas mesmo que fosse, Ashley não conseguiu entender. A forma como ele preenchia o quarto às vezes era quase atordoante. Não era mais só sensorial: cada memória dele vinha à tona, como uma camada de limo no assoalho de madeira. Coisas que ela nem sabia que lembrava, coisas que empurrara para o fundo da mente, coisas que tentara esquecer.

"Fico feliz de poder te ver de novo."

Tristan vacilou. Estendeu a mão na direção dela, com os movimentos truncados e esquisitos.

O som da TV quebrou o silêncio. Em um piscar dos olhos de Ashley, Tristan tinha sumido. A mão dela pairava no ar. As vozes de Brandon e Logan continuaram ecoando, e o quarto estava vazio.

Ashley se virou para a TV.

Brandon e Logan já tinham chegado aos túneis. Brandon estava vários metros à frente da filha, analisando as paredes repletas de pichações com um apetrecho que Ashley não reconhecia.

Logan chamou Brandon, mexendo desajeitada em outro aparelho.

Quando a câmera voltou a focar em Brandon, tudo estava errado.

Ashley semicerrou os olhos para a tela. Foi apenas um toque de estática nos cantos da TV. O espaço infravermelho parecia distorcido, estava afetado a ponto de ser nítido. Ashley deu um tapinha na TV, mas a estática permaneceu. Aos pés de Brandon, havia uma poça de algo preto como petróleo. O homem permaneceu imóvel, com os olhos arregalados, e Ashley reconheceu a expressão.

Era a mesma que ele tinha no rosto quando ela o vira no chalé.

Estava com medo.

"Pai?", chamou Logan. Ela tentou disfarçar, mas o medo marcava sua voz. O pequeno punho envolvia com força o TermoGeist.

Ashley tinha dúvidas se Logan era capaz de ver as sombras aos pés de Brandon. Se conseguia ver como o túnel estava se contraindo como uma garganta, engolindo pai e filha em uma bocada só. Logan já tinha lhe contado sobre a situação em Tulsa, mas não mencionara nada daquilo.

"Fica aí atrás", falou Brandon de repente.

Ele não estava sozinho. Alguma outra coisa falou também. A segunda voz era mais profunda que a do homem, vazia e fria. Retumbava como trovões. Era indecifrável e errada. Não disse as mesmas palavras que Brandon. Ashley não conseguia entender sequer se o que estava dizendo eram *palavras* em si. Algo naquilo a fez sentir calafrios.

A escuridão aos pés de Brandon se espalhou até tomar todo o espaço. Até sobrarem na tela apenas Logan e Brandon, distorcidos, meio derretidos e errados. A imagem continuou a se deturpar, e Ashley não conseguia mais desviar os olhos.

"Papai?", repetiu Logan.

A voz dela parecia impossivelmente baixa.

"*Sai daqui*, Logan", disparou Brandon.

A segunda voz grunhiu sob a dele. Ashley tocou a tela da TV: estava quente.

Brandon fechou os olhos. Quando se virou para Logan, não estava olhando para ela. A substância escura colidiu com ele como uma onda, e, por um momento, a tela ficou preta. O único som era a respiração entrecortada de Brandon.

E, em um estalar de dedos, a tela voltou à vida. Um comercial de pneu. Ashley soltou a respiração, seus pulmões doíam. Não sabia por quanto tempo tinha prendido o fôlego. O celular vibrou na mesa ao lado da cama.

"Alô?", disse ela.

"*Oi, Ashley.*" Era a voz de um homem. "*É o Gus. Do Chokecherry.*"

Ashley pestanejou. Não sabia quem estava esperando que fosse, mas com certeza Gus nem lhe passara pela cabeça. "Ah. Oi, Gus. Aconteceu alguma coisa?"

"*Não quero incomodar, mas acabei de ver sua amiga Logan aqui. Ela disse que estava indo para casa, mas não sei. Ela parecia meio mal. Acho que está indo até o cemitério antigo.*"

"Por quê?", perguntou Ashley.

"*Ela ficou bem interessada em um dos túmulos. Não quero entrar muito em detalhes. Não sei se vocês duas estão se dando bem, mas ela parecia meio para baixo. Eu até iria atrás dela pra garantir que ela tá bem, mas preciso fechar o bar.*"

"Espera", soltou Ashley. "Você tá falando do túmulo dos Ortiz--Woodley, né?"

"*Esse mesmo.*" Gus pigarreou. "*Ela... Alguns dos seus amigos deram um aperto nela aqui. Acho que ela ficou bem abalada. Depois a gente conversou sobre os pais dela e o túmulo. A culpa é minha.*"

"Já tô a caminho", disse Ashley.

Só havia um assunto no qual elas duas tinham feito questão de nunca tocar. Um que assombrava Logan desde a noite em que haviam encontrado Nick. E se Logan tinha ido visitar o túmulo, significava que não estava mais esperando que fantasmas fossem atrás *dela*. Ashley apertou o tecido da camiseta entre os dedos.

O logo de *Fantasmas & Mais: Detetives Paranormais* voltou a ocupar a tela da TV.

Ashley encarou o Brandon das imagens. Aquele Brandon era diferente do que ela vira em Snakebite. Estava com o rosto magro, os olhos arregalados e as mãos trêmulas. A coisa escura que ela vira se retorcendo ao redor dele tinha ido embora e ele estava sozinho. Não havia nada em seus olhos.

Ele estava vazio.

Talvez o que quer que houvesse de errado com Brandon estivesse conectado com tudo que estava acontecendo. Conectado ao túmulo. Conectado a *Logan* — Ashley tinha certeza. E, se ela não fosse rápida, tinha certeza de que aquela coisa mataria de novo. Ashley desligou a TV e pegou a bolsa.

Se Logan fosse descobrir a verdade, não faria isso sozinha.

29
Mãos Feitas para Ferir

Ashley estacionou o Ford no desvio da estrada. De um dos lados, o lago batia contra a margem. As nuvens no céu eram de um cinza profundo, manchadas de um tom de roxo que lembravam hematomas e inchadas por conta da tempestade que se aproximava. Ashley conseguia sentir na ponta da língua o gosto almiscarado da chuva iminente.

Do outro lado da estrada, Ashley viu Logan. Ela estava sentada na terra ao lado de um dos túmulos, com o rosto aninhado entre as mãos.

"Ei", chamou Ashley.

Logan ergueu o rosto e sua expressão mudou, o cenho franzido de raiva. "Ah, cara, sério isso? Me deixa em paz."

Ashley tensionou o maxilar. Com cuidado, deu a volta na cerca de ferro que acompanhava o perímetro do cemitério e foi até Logan enquanto a terra a seus pés era pintalgada pelas gotas de chuva. Ela não olhou a lápide para ver se aquele monte de terra era o marcado com uma placa que dizia ORTIZ-WOODLEY, mas não precisava. Parte da terra tinha sido arrastada para o lado por mãos hábeis, mas ela sequer chegara perto da superfície do jazigo. O solo estava repleto de dezenas de pétalas secas de lírio. Ashley reconheceu as flores que Alejo havia deixado ali quando chegara à cidade.

Logan estava com as costas apoiadas na cerca de ferro e os joelhos dobrados junto ao peito.

"Você tá bem?", perguntou Ashley.

"Não", cortou Logan. "E não quero sua ajuda."

"O Gus me ligou e disse que você não estava bem."

"O Gus fala muita merda."

Ashley franziu as sobrancelhas e apontou para o túmulo. "Tá tentando desenterrar isso? Você não pode só chegar e..."

Logan enfiou a cabeça entre as pernas e dobrou os braços sobre os joelhos. Por um instante, Ashley achou que ela estava chorando, mas Logan ficou em silêncio. Tinha terra nas unhas e nos antebraços. A chuva pintou o chão seco entre elas, caindo também no cabelo preto e liso de Logan.

"Você provavelmente me odeia...", começou Ashley.

"Odeio mesmo."

A loira aprumou a postura. "... mas eu quero ajudar."

"Então tira meu pai da cadeia", respondeu Logan. Depois olhou para cima. "É isso que você pode fazer para ajudar."

"O que você achava que ia encontrar?", perguntou Ashley. "É um túmulo."

"O Gus disse que eles tinham uma filha que morreu. Nunca me falaram sobre isso." Logan esfregou as bochechas, sujando-as de terra.

Ashley engoliu em seco e se agachou ao lado de Logan.

"Aí você decidiu desenterrar o corpo dela? O que isso provaria?"

A expressão de Logan suavizou. Ela estava com medo. Gotas de chuva pintavam suas bochechas e seu couro cabeludo. Em algum lugar atrás delas, um trovão retumbou.

"E se for exatamente o que parece?", perguntou Ashley. "E se for só você desenterrando os ossos de uma criança que morreu? Há formas melhores de descobrir o que aconteceu. Você pode perguntar para o Brandon."

Logan negou com a cabeça. "Não tem como."

"Então você pode visitar o Alejo e perguntar para ele", disse Ashley, engolindo a culpa que se avolumava no peito.

"Não toque no nome dele."

Ashley assentiu. "Eu sinto muito."

"Se você quiser ajudar, vai precisar me ajudar *com isso*", sussurrou Logan. Limpou o nariz com a barra da manga. "Eu... sinto que tô surtando. Não sei o que é real. Não sei se tô lembrando certo das coisas. Não sei se eu devo confiar nos meus pais ou se eles mentem para mim desde sempre."

Ashley tocou sua mão.

"E se essa outra filha não existir?", perguntou Logan.

"Como assim?"

"E se..." Logan agarrou a parte da frente do casaco. "Eu já te contei sobre meus sonhos. Quando tô sendo enterrada, parece muito real. É como o chalé. Tem umas coisas sobre Snakebite das quais eu me *lembro*, mas não deveria. Eu nunca estive aqui antes."

"Então você acha que tá conectada a quem quer que esteja enterrada aqui?", questionou Ashley.

"Sei lá." Ashley encarou o monte de terra. "Nos meus sonhos, é o Brandon que me enterra."

Ashley fez uma careta. Logan estava certa: não fazia sentido os Ortiz-Woodley terem uma filha que nunca haviam mencionado. Não fazia sentido que o túmulo dela estivesse ali, junto com os ancestrais anônimos de Snakebite, e não no topo da colina com o resto das pessoas falecidas da cidade. Quanto mais desvendavam Snakebite, menos sentido fazia. O medo cresceu no peito de Ashley, avisando que se ela continuasse nesse processo de descoberta, não sobraria muito mais coisa.

Enfim, suspirou. "Certo."

Voltou até o Ford e abriu o baú na caçamba. Pegou duas pás desgastadas e retornou até o túmulo. Logan pegou uma das ferramentas e enfiou a ponta no monte de terra.

"Tem certeza disso?", perguntou Ashley.

"Não." Logan mordeu o lábio. "Mas também não sei mais o que fazer."

Elas começaram a trabalhar. Havia um zumbido estranho no vento, baixo e silencioso como o do chalé, mas estava em todos os lugares. A terra no Cemitério dos Pioneiros, mais seca do que no topo da colina, estava empedrada e endurecida. Os trovões ecoavam na encosta, assim como o som do metal contra a pedra, e elas foram progredindo aos poucos. Depois de um tempo, uma camada de terra foi removida, revelando uma pequena caixa de madeira dentro da cova. Ashley demorou um instante para registrar o objeto — estava esperando encontrar ossos ou nada. A caixa não era grande e nem estava enterrada fundo o bastante para ser um caixão.

Logan não hesitou. A chuva aumentou de gotas para borbotões de água morna caindo sobre a tumba, fazendo a terra virar uma meleca. Logan tirou a caixa de dentro do túmulo e abriu a tampa. Dentro, havia um pedaço de papel dobrado.

Logan olhou para Ashley. Ashley devolveu o olhar. Um caminhão passou sacolejando pela estrada atrás delas, e Ashley de repente se lembrou de que havia um mundo além daquele momento. Colocou as mãos acima do pedaço de papel de Logan para protegê-lo da chuva.

"Tem alguma coisa escrita nele", disse.

"Você consegue ler?"

As mãos de Logan tremiam, mas ela confirmou com a cabeça. Limpou o papel da terra, fazendo os cantos amassarem com o aperto.

"É endereçado a... mim."

Ela analisou o conteúdo do papel várias vezes, e as lágrimas aumentavam a cada leitura. Expirou e levou o punho cerrado aos olhos. O vento úmido que soprava pelo cemitério estava mais frio do que qualquer coisa tinha direito de ser. O que quer que estivesse escrito ali, era algo que mexia com o que havia dentro de Logan.

"Não tô entendendo...", sussurrou ela.

Devagar, ela entregou a carta para Ashley. Havia poucas palavras escritas, rabiscadas como se tivessem sido anotadas na pressa. Dizia:

Logan,
Eu tentei de tudo. Tentei viver em silêncio, mas ele era alto demais. Tentei criar uma família do jeito certo, mas perdi tudo. Tentei viver sem você, mas não consegui. Tentei salvar você, mas perdi a mim mesmo. Talvez tudo isso tenha sido um erro e as coisas jamais sejam iguais.
Fiquei feliz por poder ver você de novo.

Com amor,
B.

Ashley balançou a cabeça. Leu o texto várias vezes, mas as palavras pareciam não fazer sentido. Virou a folha, mas o outro lado estava em branco, sujo com pontinhos de terra e chuva. Não havia mais nada na caixa, mais nada no túmulo, mais nada.

"O que isso quer dizer?", perguntou Ashley.

Logan pegou a carta da mão dela e a leu de novo.

"Tá assinada pelo Brandon." Respirou fundo e fechou os olhos. "Acho que esse era meu túmulo."

30

Game Over

Elexis Carrilo nunca se sentira tão solitário.

Um mês havia se passado desde o velório de Nick. Um mês desde que Logan desenterrara o rosto dele. Um mês desde que a avó de Elexis começara a agir como se sair lá fora fosse cometer suicídio. Um mês desde que o mundo virara de cabeça para baixo e fora chacoalhado até tudo que havia de bom cair de seus bolsos.

"Tá fedido aqui, vó", disse ele. Desligou o ps4 e se inclinou no batente da porta que dava para o quarto de Gracia. "Vou levar o lixo para fora."

Gracia desinclinou a poltrona para longe da tv e olhou para ele com um *daqueles* olhares. Estreitou os olhos, e os sulcos nos cantos se juntaram como milhares de pequenas rugas. O quarto dela cheirava a fumaça de cigarro e pastilhas para a tosse sabor limão com mel.

"A gente tirou o lixo ontem. Não tá tão fedido assim."

"Aqui no meu quarto tá sim", reclamou Elexis. "E quero tomar um ar fresco."

"Precisas de alguém para ir com você. Tá muito escuro pra ir sozinho." Reclinou de novo a poltrona e apontou para o outro lado do estacionamento. As luzes do quarto de Logan estavam acesas e o Neon não estava na vaga, mas Gracia não parecia ter notado nenhuma das duas coisas. "Chama sua prima."

Elexis fez uma careta. "Ela não tá lá. E não é como se ela fosse sair do quarto."

"Se você pedir com carinho, ela sai sim."

O garoto revirou os olhos. Colocou o moletom e suspirou. "Tá bom, tá bom. Eu chamo ela."

Ele não tinha intenção de chamar Logan para nada. Pegou o saco de lixo do quarto de Gracia e recolheu as embalagens de batatas chips e de comida congelada do chão do próprio aposento. A caçamba do Hotel Bates ficava a apenas alguns metros da porta dele. A caminhada até o quarto de Logan seria mais longa do que andar até o local de despejo do lixo. Era ridículo pensar que ele não daria conta de percorrer sozinho nem aquela distância.

O garoto saiu para a noite e fechou a porta atrás de si. Sem o murmúrio da tv ou o zumbido do ar-condicionado, o ar estava totalmente calado. O silêncio era como um bálsamo fresco para o cérebro acelerado de Elexis, acalmando os nervos agitados por ter que ficar enfurnado no quarto do hotel. Sem Nick, tinha passado a maior parte do mês jogando videogame até sentir que os olhos iam afundar nas órbitas.

A verdade era que, desde o que acontecera a Nick, ele tinha a impressão de estar se movendo rápido demais. Elexis aguentava firme antes, mas Nick era a única pessoa em Snakebite para quem ele podia ligar sem se preocupar em estar incomodando. Nick era a única pessoa que o fazia se sentir menos solitário.

Nick fazia Snakebite parecer um lar.

Ele morrera sozinho, e agora Elexis vivia sozinho. Não era justo ficar bravo, mas às vezes Elexis não sabia o que fazer com a dor dentro do peito. Em noites como aquela, tirava um momento para encostar a cabeça na porta do hotel e apenas respirar.

Já tinha percorrido todo o caminho até a caçamba quando ouviu.

O som de passos intensos e rápidos ecoando no asfalto.

Elexis se virou, mas o estranho o agarrou antes que ele pudesse gritar e tapou sua boca com a mão. Empurrou-o com força contra a caçamba, fazendo o rosto dele bater com tudo no metal sujo. Era maior que Elexis, mas não muito. Quando enfim falou, sua voz parecia rouca.

"Fica calmo", murmurou o homem. "Você não vai morrer."

Elexis se contorcia contra o corpo do estranho. Queria gritar, mas o som morria na garganta. O coração batia tão rápido que ele achou que morreria de ataque cardíaco antes que o estranho tivesse a oportunidade de fazer algo com ele.

Fora assim que Nick tinha morrido.

Era assim que Elexis morreria.

"Fica parado", disse o homem.

Elexis sentiu algo se espalhando pelas costas, frio e escorregadio como óleo. Ele chutou a caçamba, correndo os olhos pelo estacionamento de forma desesperada em busca de alguém que pudesse ajudá-lo, mas ninguém veio. Ninguém conseguia ouvi-lo. A substância em seu pescoço escorreu pelas clavículas e depois, devagar, penetrou sua pele.

Ele estremeceu, mas o ímpeto de gritar ficou em suspenso.

Tudo ficou em suspenso.

Não tenha medo, sussurrou uma voz. Tinha o timbre e a profundidade de um imenso oceano. Atraía Elexis para suas águas e, antes que ele pudesse entender o que estava acontecendo, tinha submergido. A coisa continuou: *Só quero ajudar você. Não quer que algo conserte seu coração partido?*

Ele queria. Era tudo que queria.

Não sabia muito bem por quê.

Você quer um lugar para a sua dor. Sabe de quem é a culpa por estar sozinho, sussurrou a voz, como se estivesse vindo do próprio breu. *Você quer que esta cidade sinta o que você sentiu. Quer que eles se sintam sozinhos. Que sintam que são as últimas pessoas vivas no mundo.*

"Eu... quero", murmurou Elexis.

Ótimo. O Breu envolveu o peito de Elexis e depois mergulhou em seu coração. Era mais grosso que sangue e fluiu por ele como alcatrão. Era tudo que o garoto conseguia sentir. Lá em cima, o céu tempestuoso estava rajado de cinza e repleto de traços de relâmpagos, mas Elexis só via o negrume. *Você vai me ajudar, Elexis Carrillo. Mas, por ora, vai dormir.*

A última coisa que Elexis viu antes de mergulhar na escuridão foi a avó assistindo TV pela janela e o borrão violento que era o céu enquanto ele despencava e despencava.

31
O Grande Palco dos Tolos

Do cemitério até a margem do lago era uma caminhada curta. Logan atravessou o desvio da rodovia aos tropeços, parando diante de uma pequena área de chão de concreto. Havia uma mesa de piquenique aparafusada, enferrujada e desbotada, como se nunca tivesse sido usada. Ashley parou um pouco atrás; ela a sentia ali, cautelosa e temerosa, como se falar fosse perigoso. O vento fazia o cabelo de Logan fustigar seu rosto, os fios grudavam nas bochechas molhadas pela chuva.

Logan expirou. "A gente pode sentar um pouquinho?"

Ashley fez que sim com a cabeça. Subiram da mesa de piquenique às margens do lago e o silêncio se derramou sobre elas. Estava tudo errado. O mundo vacilava sob os pés de Logan, como se pedras demais tivessem sido removidas das fundações sob seus pés. O túmulo deveria conter respostas, mas ela o escavara e encontrara apenas mais perguntas.

Levou as mãos ao rosto. "Não parece real."

"A carta?", perguntou Ashley. "Ou...?"

"Meu deus, *tudo*." Logan pegou do bolso o papel manchado de chuva. A caligrafia era de Brandon, mas ela não conseguia entender o conteúdo. Era um pedido de perdão, mas não explicava *pelo que* Brandon estava se desculpando. Logan correu o dedo pelas letras — eram irregulares e tortas, como se ele tivesse escrito tudo em um ataque de pânico. A forma das palavras sugeria dor.

"Acho que você estava certa. O Brandon tem alguma conexão com o que quer que esteja causando tudo isso. E eu também tenho."

Ashley baixou o olhar. "Eu não deveria ter dito aquilo."

Logan abanou a mão, dispensando o comentário.

O crepúsculo se acomodava no vale conforme as nuvens de tempestade se desfaziam. O horizonte era uma coroa de cumes escuros coberta por uma manta de sombras; além dela, o céu reluzia avermelhado e brilhante como fogo. Ciscos de luz estelar branca surgiam sobre o pôr-do-sol, prometendo que a noite estava a apenas alguns minutos de distância. Água escura batia na margem de cascalho de forma rítmica e calma, como um coração pulsando. Além dos grilos, da água e do som suave e cauteloso da respiração de Ashley, havia apenas o silêncio. A noite cheirava a zimbro e a uma suave antecipação.

Logan fechou os olhos.

"Aposto que as pessoas achavam que esse lugar era um paraíso."

"Sim". Ashley encarava as colinas do outro lado da água, com os olhos tomados pelo pôr do sol. "Eu achava. Talvez ainda ache. Não sei. Quando paro para olhar, não tem nenhum outro lugar onde eu queira estar."

"Eu, não", disse Logan.

"Queria que você tivesse conhecido a cidade antes disso tudo", disse Ashley. "Não era assim. Para ser sincera, eu *gostava* de como parecia que éramos as únicas pessoas no mundo. Horas e horas sem ninguém por perto. Dava para fazer o que a gente quisesse e ninguém estava nem aí."

A risada de Logan saiu como uma facada amarga. A reação foi inesperada até para ela mesma. O som soou oco no peito.

"Isso é aterrorizante. Explica como três adolescentes morreram e ninguém de fora de Snakebite deu a mínima."

A expressão de Ashley ficou mais sombria, e Logan percebeu o que tinha dito um segundo tarde demais.

"Você acha que ele morreu?"

Logan abriu a boca para responder, mas as palavras certas não lhe vieram à mente.

Ashley olhou para a água. À meia-luz, os olhos dela tinham cor de água fresca. A brisa soprou seu cabelo por sobre os ombros.

"Não quero desistir, mas não acho que ele vai voltar."

"Ei", disse Logan. Pigarreou, moldando-se para ser alguém com uma suavidade que nunca tivera. "Não foi isso que eu quis dizer. Ele ainda pode estar por aí."

"Mas você acha que não."

Logan fez uma careta. Não, não achava que Tristan estivesse vivo. Mas coisas estranhas tinham acontecido naquela cidade. Ela mal sabia quem era, mal sabia o que *estar viva* significava. Quem era ela para dizer que Tristan partira para sempre?

"Não sei de mais nada, só isso", declarou Logan, por fim. "Quando cheguei, achei que as pessoas ou estavam vivas, ou estavam mortas. Achei que ou a gente se lembrava das coisas, ou não se lembrava." Ela correu os dedos pelas veias do pulso. "Não sei se algum dia vou descobrir o que tá rolando. Toda vez que penso que estou chegando lá, as coisas ficam ainda mais confusas."

"Eu só piorei tudo", disse Ashley. "Não sei como achei que aquilo consertaria alguma coisa. Eu sinto muito."

Logan fez uma careta, mas não disse nada. Por muito tempo, Alejo fora a cola que mantinha a família unida. Sem ele, Logan entendeu o quanto estava só. Quantos dias era capaz de passar sem falar, sem sair do quarto, sem *fazer nada*.

"Eles logo vão perceber que ele não é o culpado, e aí vão ter que deixar ele ir embora. Mas queria decifrar isso. Só queria entender."

Ashley correu o polegar pela mesa de piquenique, pensando. "E se você não decifrasse nada?"

"Aí, sei lá", respondeu Logan. "Vou continuar tentando, mas..."

"Não, quero dizer, e se você não *tentasse* decifrar essa história?" Ashley se virou e fitou Logan, seus os olhos estavam arregalados de medo ou empolgação. "E se a gente apenas desistisse?"

Logan estreitou os olhos. A brisa que soprava do lago agora estava quente. A sugestão parecia não fazer sentido, mas Ashley parecia botar fé no que estava falando. Algo pequeno e esperançoso faiscou no peito de Logan.

"Como assim?"

"A gente pode ir até o Paris e falar que não foi o Alejo", disse Ashley. "É o mínimo que posso fazer. Sei que a gente pensa o tempo todo que precisa consertar Snakebite, mas e se a gente só... não tentasse mais? E se a gente só fosse embora?"

"Eu..." Logan enxugou a água da chuva da bochecha. "Você tá falando sério?"

Ashley assentiu.

Logan a olhou *fundo* nos olhos e tentou não chorar. Porque, pela primeira vez desde que pisara naquele verdadeiro inferno, havia uma escapatória. Ela queria entender tudo que estava acontecendo ali, mas, acima de tudo, queria dar o fora. Queria respirar de novo. Não queria estar sozinha.

"Sim..." Logan sussurrou. Riu e enxugou as lágrimas quentes que se acumulavam nos olhos. "Acho que gosto da ideia."

O olhar de Ashley recaiu sobre os lábios de Logan. Com uma força surpreendente, inclinou-se sobre a mesa e puxou a garota para perto de si. O beijo foi mais uma tentativa do que qualquer coisa; um toque gentil buscando algo na escuridão, imaginando o que poderia encontrar do outro lado. Foi cuidadoso, silencioso e despretensioso. Logan ficou imóvel, porque aquilo era diferente do que conhecia. Ela era o buraco negro, era aquela que estava sempre buscando algo, sempre faminta. Não era desejada, pelo menos, não de verdade. Não era beijada de uma forma que a fazia se sentir daquele jeito.

Ela se afastou, com os olhos ainda fechados. Os lábios formigavam no vento gelado.

"Isso foi...?" Ashley ficou sem palavras. Logan não precisava ver o rosto dela para saber que estava contorcido e em pânico. "Foi mal. Eu não deveria..."

Logan envolveu o pescoço de Ashley com as duas mãos e a puxou para outro beijo. Diferente do primeiro, o segundo foi com intenção. Mãos trêmulas e respiração entrecortada. Os dedos de Ashley puxavam as costas do suéter de Logan. Os lábios de Ashley tinham gosto de água fresca e chá de hibisco. Logan tirou uma madeixa solta do cabelo loiro de Ashley do rosto dela só para roçar os nós dos dedos na sua pele. Deixou uma marca de terra na bochecha, mas isso não importava. Os lábios de Ashley se entreabriram e Logan mergulhou nela, beijando-a como se aquilo fosse mais importante do que respirar.

Ashley pousou as mãos nos ombros de Logan e se ajeitou para lhe envolver a cintura com as pernas. Os lábios se moviam contra os de Logan em um frenesi, desesperados, como se ela só soubesse fazer aquilo. Beijava como se nunca tivesse se esforçado muito antes. Logan abraçou Ashley e a puxou para mais perto. Subiu a mão por baixo de sua camiseta, roçando as unhas na pele quente das costas da garota, e seu coração começou a bater rápido demais. O mundo parecia rápido demais.

Atrás delas, os pneus de uma caminhonete esmagaram o cascalho solto no desvio. A batida constante de uma música country soava abafada de dentro do veículo.

Ashley ficou imóvel.

Logan se afastou e olhou por cima do ombro. A cabeça girava por causa do beijo, mas a caminhonete branca estacionada atrás delas a puxou de volta para a terra. Ela já tinha visto o veículo no desvio de cascalho que levava ao chalé, do lado de fora do Chokecherry, na delegacia. John Paris saltou do banco do motorista e bateu a porta com força atrás de si. Paul desceu pela porta do passageiro.

Ela agarrou a lateral da mesa de piquenique e se forçou a respirar.

"John", disse Ashley, hesitante. Desceu da mesa de piquenique — do colo de Logan — e se aproximou dos garotos. Ergueu as mãos como uma espécie de rendição, como se fosse uma caçadora assustada tentando dissuadir um urso de atacar. "O que você tá fazendo aqui?"

"Salvando você." John caminhou até elas com uma confiança que fez o estômago de Logan se revirar. Ele empurrou Ashley para fora do caminho e se inclinou sobre a mesa de piquenique. Logan achava que ele estaria irritado, mas o garoto ostentava um sorriso estranho e quase sonhador no rosto. Parecia estar ansioso por aquilo. Olhou para Logan e disse: "Eu te avisei".

"Até onde eu sei, ninguém é obrigado a te obedecer", cuspiu Logan.

Ela bem que queria estar se sentindo tão corajosa quanto soava. Talvez Gus estivesse certo. Talvez ela precisasse aprender a ficar com a boca fechada.

"Avisou o quê?", perguntou Ashley.

John não interrompeu o contato visual com Logan. "Avisei para ela ficar longe dos meus amigos. Ela deveria te deixar em paz."

"Acho que ela nem consegue", zombou Paul.

"Ela não fez nada", disse Ashley. "Fui eu que comecei. E, de qualquer forma, não é da sua conta. Posso tomar minhas próprias decisões."

John se virou para Ashley com tanta ferocidade que Logan achou que ele iria para cima dela.

"Espero que o Tristan não esteja vendo isso, de onde quer que ele esteja. Ele te amava tanto, Ash... E agora você tá aqui com a vadia que ajudou a matar seu namorado."

"Eu..." A afirmação atordoou Ashley por um momento. "Isso não tem nada a ver com o Tristan."

"Pois deveria." John voltou a se virar para Logan. Seus olhos estavam mais escuros do que a noite que se esgueirava pelo horizonte. "Ele era meu melhor amigo. Aí você e seu pessoal apareceram, mataram ele e ninguém ligou. Todo mundo só esqueceu dele. Mas eu não, e não vou deixar vocês matarem mais ninguém."

"John, o que você...", começou Ashley.

Em um piscar de olhos, John deu o bote por cima da mesa e agarrou Logan, puxando-a para o chão pela gola do suéter. Logan se debateu, mas era inútil. O suéter se prendeu ao redor do pescoço dela como uma forca, impedindo sua respiração. Os calcanhares escorregavam contra as rochas, esfolando a pele até sangrar. Logan ouvia, em algum ponto atrás de si, o bater das marolas do lago contra a margem, mas tudo que via era a luz das estrelas. A luz das estrelas e o rosto de John, contorcido em uma mistura de ódio, raiva, luto e sofrimento.

Ela ia morrer.

Achara que enfim se safaria de tudo aquilo, mas era daquele jeito que ia morrer.

"*Larga* ela!", gritou Ashley, e sua voz parecia vir de muito longe.

John jogou Logan no cascalho. Porém, antes que ela pudesse se levantar aos tropeções, ele estendeu a mão e agarrou um punhado do cabelo dela. Depois a puxou para dentro da água gelada do lago Owyhee.

Algo estrondoso invadiu seus ouvidos, bateu contra seu rosto, e depois houve apenas o silêncio. Nada de Ashley gritando, nada da respiração rouca de John, nada de grilos cricrilando na noite. Só o lento som de sucção da água se fechando acima dela.

Logan tentou arranhar o punho de John, que a segurava pelo cabelo, mas não adiantou de nada. Não conseguia respirar. De repente, algo abaixo da superfície da memória voltou à tona.

Ela já passara por aquilo antes.

Com tanta força quanto empregara para enfiar a cabeça dela na água, John a puxou de volta. O vento noturno bateu quente e seco nas bochechas de Logan. Ela gritou por ajuda. Gritou até ficar com a garganta dolorida.

"Que escândalo", disse Paul, em algum lugar muito distante.

John riu, rouco e convencido, e Logan soube que ele não pararia até matá-la. Tinha ultrapassado aquela linha, deturpado pela raiva e pela dor. Logan só conseguia ver a água. John a sustentou um centímetro acima da superfície do lago. Ela só via ondas negras e o nada.

"Vou chamar a polícia!", gritava Ashley. "Se você não largar ela, eu vou..."

"Chama", trovejou John.

Ele disse mais alguma coisa, mas as palavras se perderam na noite. John enfiou a cabeça de Logan sob a água mais uma vez, com tanta força que fez a bochecha dela raspar nas pedras do leito. Ela entreabriu os lábios, arquejando, e a boca se encheu de água. Sentiu o fundo da garganta inundar. Ela ia *morrer*. As águas escuras turvavam sua visão, puxando-a cada vez mais para dentro das ondas.

E, de repente, Logan estava em outro lugar.

Olhou para cima, para a superfície do lago. Ela ondulava como uma camada de vidro lá no alto, distorcendo a lua em algo que não passava de luz branca. Os sons dos arredores desapareceram e a luz das estrelas cobria seus olhos. Não havia mais água, ela não precisava respirar.

A voz que falou com ela era fria e doce.

Você não pode morrer aqui. Ainda preciso de você.

Logan foi arrancada para fora da água de novo. Atrás dela, Paul e John gargalhavam em coro. John a virou para si e o sorriso morreu em seu rosto.

"Mas que merda é ess...?", sussurrou ele.

Logan tocou a bochecha. As pontas dos dedos voltaram sujos de sangue quente, mas fora o pequeno corte, estava bem. Não sabia quanto tempo tinha passado debaixo d'água, mas, a julgar pelo choque de John, não fora tempo o bastante. Ela chutou as pernas de John em outra tentativa vã de se libertar. Vinda de trás dele, ouvia a voz abafada de Ashley berrando ao celular.

John empurrou Logan de novo para dentro d'água.

Voltem ao lugar onde tudo isso começou, a voz de antes sussurrou pelo lago. Logan se sentiu suspensa. Ela era algo sem peso e sem amarras. Flutuou sob a superfície da água por um instante, mas sentia o tempo correr ao redor dela, levado pela correnteza escura. A voz entoou: *Eu já te salvei uma vez. Me deixe salvar de novo.*

Logan foi tirada da água mais uma vez, respirando e viva.

"Puta merda", murmurou John.

Ele soltou Logan e deu um passo para trás. A menina rolou de lado e cuspiu água no cascalho. O céu estava um breu; vermelho e azul lampejavam na escuridão, e Logan entendeu que a polícia tinha chegado. Estremeceu, o cabelo molhado estava grudado ao pescoço. O céu, as colinas escuras e o lago rodopiavam ao redor dela.

Ouviu passos soando no cascalho e sentiu alguém limpar o sangue de sua bochecha.

"Ei", murmurou Ashley. "Ei, fica comigo, vai ficar tudo bem."

Logan piscou, olhando para ela, mas sua visão estava tingida por cores insanas. Ela se largou de novo no cascalho e pegou a mão de Ashley.

"Vai ficar tudo bem com a gente", continuou sussurrando. "Vai ficar tudo bem com a gente, vai ficar tudo bem..."

Os olhos de Logan se fecharam e ela escorregou escuridão adentro.

32
No Fundo do Poço

"Tem certeza de que é isso mesmo?", perguntou o policial Golden. "Do jeito que você tá falando, parece que eles fizeram a garota ficar submersa por mais de quinze minutos."

"E *fizeram*", disparou Ashley.

"E você não tá esquecendo de contar nada?"

Ashley puxou a manta ao redor dos ombros. Odiava tudo aquilo: o policial Golden, Snakebite, o vento quente, o medo se revirando no estômago. Estava sentada na mesma mesa de piquenique na qual estivera com Logan só meia hora antes, mas agora era tudo diferente. O banco estava suado; o vento, abafado; as pontas dos dedos, amortecidas. Por causa das lágrimas secas, os cantos dos olhos pareciam repuxados. A garganta estava esfolada de tanto berrar, enchendo a boca com o gosto penetrante de ferro. O céu era pura noite, já despojado das amplas áreas pintadas pelo crepúsculo que era possível ver antes de John enfiar a cabeça de Logan na água.

E ela não tinha feito *nada*.

"Não, foi só isso mesmo", respondeu Ashley.

Não mencionou os planos de fuga. Não mencionou o túmulo. Não mencionou o beijo. Não precisava. Estavam em Snakebite: se John Paris vira a cena, todo mundo já sabia de tudo.

Ela não mencionou a voz que tinha ouvido, mais suave que o vento. Enquanto Logan lutava por ar, uma voz sussurrara acima da água: *Voltem ao lugar onde tudo isso começou.* Era um grunhido baixo, como o que ela ouvira na TV. Como o que ouvira no chalé.

A viatura do xerife Paris estava estacionada do outro lado da rodovia. Com cuidado, ele colocou Logan no banco de trás, enrolada em uma manta de lã, e deu a Ashley um aceno rápido e desconfortável. Mesmo da margem do lago, Ashley podia ver o sangue seco na bochecha de Logan, o cabelo preto grudado ao pescoço, o delineador borrado. Ela dissera para Ashley um milhão de vezes que havia algo de muito deturpado em Snakebite. Agora a cidade quase a tinha matado.

Paris prometeu que John e Paul pagariam pelo que haviam feito, mas considerando que tinham recebido permissão de voltar dirigindo para casa, Ashley duvidava muito de que isso fosse acontecer.

Logan estivera certa o tempo todo.

Havia algo *errado* naquele lugar.

"Posso ir para casa?", perguntou Ashley. Apertou os olhos com a palma das mãos até fazer surgir pontinhos de cor no fundo dos globos oculares. "Eu só quero ir para casa."

"Ah, então... Você parece bem abalada." O policial Golden conferiu o relógio. "O Paris acha que você não tá bem para dirigir. E só pra completar a parte burocrática da coisa, ele quer garantir que nada ruim tenha acontecido."

Os olhos de Ashley se estreitaram. Ela rezou para que ele não estivesse dizendo o que ela achava que estava.

"Eu já tenho 18 anos. Sou adulta perante a lei."

O policial Golden fez uma careta e olhou por cima do ombro. Logo depois de Paris se afastar do lago para pegar a rodovia, uma Land Rover branca estacionou no mesmo lugar. Não era um veículo gigantesco qualquer; o carro de Tammy Barton era completo, com direito a adesivo de MELHOR MÃE DO MUNDO no porta-malas e uma borda decorada ao redor da placa que dizia SINDICATO DOS FAZENDEIROS DE OWYHEE. Ela colocou o carro titânico em ponto morto, desceu e correu pelo desvio de cascalho até a mesa de piquenique.

Ashley se preparou para o estrago.

"Ela está bem?", quis saber Tammy.

"Sim, ninguém encostou nela", disse o policial Golden. "O Paris tá levando a outra para delegacia, mas a Ashley tá liberada."

"Ela não vai ser presa?"

Ashley agarrou a manta. "Eu não fiz nada de errado."

Tammy se virou para ela com os olhos acesos por um fogo que ela nunca vira antes. Não havia semelhança alguma com o que acontecera depois da morte de Bug. A mãe não estava simplesmente feliz pelo fato de que ela estava viva. Tammy se virou para o policial Golden e amenizou o tom.

"Bom, obrigada por ligar. A gente tá indo para casa. Me avisa se precisarem de mais alguma coisa."

"Aviso sim."

Tammy apontou o carro para a filha e Ashley a seguiu.

Elas voltaram para o rancho dos Barton tão silenciosas quanto a noite lá fora. Ashley afundou no banco do passageiro e ficou olhando as colinas passarem voando pela janela. Geralmente, ouviam música gospel no rádio com o ar-condicionado ligado no máximo; naquela noite, porém, o carro estava quieto. Mesmo o som da respiração de Tammy parecia sobrepujado. Aquela Tammy Barton era a que Ashley temia. Não era delicada e compreensiva. Ela fervilhava com uma raiva fulminante, que aos poucos estava abrindo caminho até a superfície. Ashley podia senti-la como uma marca de ferro na pele.

Pararam na entrada para carros e Tammy abriu a porta. Entrou na casa a passos largos, com Ashley logo atrás.

"Eu nunca senti tanta vergonha na vida", disparou Tammy assim que ambas entraram. Passou pelo corredor como um furacão, jogando a bolsa no aparador. O prato para deixar as chaves caiu no chão fazendo um estardalhaço, mas Tammy sequer olhou duas vezes para ele. Ela se virou para Ashley. "Na *vida*."

Ashley ficou parada no batente da porta aberta, com os olhos fixos no rosto da mãe. Uma brisa quente e doentia soprou corredor adentro, mas Ashley já tinha esquecido de como se respirava muito antes disso. A Tammy Barton que Ashley conhecia era um monumento: esculpida em mármore, inabalável mesmo em meio a uma tempestade. Ali, porém, banhada pela penumbra, a mulher se apoiou na bancada da cozinha e arrancou os sapatos de salto pretos, jogando-os do outro lado do cômodo como se *eles* tivessem sido pegos beijando a pária da cidade. Como se *eles* tivessem desgraçado o legado dos Barton pelo qual ela trabalhara tão duro para cultivar. A voz de Tammy estava condensada como estrelas se condensavam logo antes de explodir.

Mas não era justo.

O medo e a culpa que se acumulava no estômago de Ashley desde o acontecido no lago começaram a se transformar em outra coisa. Subiram pela garganta, forçando-a a reprimir lágrimas de raiva. Ela cerrou os punhos ao lado do corpo. "Você tá com vergonha de mim?"

Tammy refletiu por um instante.

"Quer saber? Estou. Digo, sou a *última* pessoa da cidade a saber disso? Devem estar comentando pelas minhas costas há semanas."

"Pelas *suas* costas?"

"Sim, pelas *minhas* costas. Nós somos a espinha dorsal dessa cidade. E você acabou de transformar a gente em uma piada."

Ashley enxugou as lágrimas. "A Logan e eu não somos uma piada."

"Se fosse sério, você teria me contado."

Ashley negou com a cabeça. Contar para a mãe sobre Logan não era como contar sobre Tristan. Não era como contar sobre uma nota baixa ou uma festa da qual ela se arrependera de ir às escondidas. Havia uma regra não dita em Snakebite que a fazia sentir que aquela verdade era diferente e perigosa. Significava o autoexílio. Não era o tipo de coisa que Snakebite sabia como perdoar.

"Não tinha como contar para você."

"Sério?", perguntou Tammy, incrédula. "Por que não?"

"Eu vi como você tratou os pais da Logan."

"Ah, você *viu* como eu tratei os dois? Então acho que era uma bebê muito observadora." Tammy expirou, e sua raiva se transformou em uma frieza amarga. Os cachos loiros e bem-cuidados chacoalharam sobre os ombros. "Se você soubesse qualquer coisa a respeito dessa história, saberia que eu *salvei* aqueles dois."

"Você expulsou eles da cidade."

"E que bom para eles", respondeu a mãe, fazendo Ashley arquear uma sobrancelha. "Acha que eles teriam tido uma vida boa aqui? Acha que teriam sido felizes?"

"Aqui é o lar deles."

"Eu amo Snakebite, mas sei como a cidade é, e ela nunca seria o lar deles." Tammy se apoiou na ilha central da cozinha, com os dedos fechados com firmeza ao redor da borda da bancada. "Eles foram tão *burros*... Achavam que como eram daqui, Snakebite não os machucaria e eles poderiam fazer o que quisessem. As pessoas estavam dispostas a literalmente *matar* aqueles dois se eles não fossem embora. O Brandon e o Alejo não têm ideia de quantas noites passei convencendo as pessoas a deixarem os forcados de lado."

Ashley pigarreou. Com cuidado, aproximou-se da bancada e se largou em uma banqueta diante da mãe. A tempestade ainda não tinha passado, os olhos de Tammy estavam vítreos por causa das lágrimas que ela se negava a deixar escorrer, mas o aperto da sua mão ao redor do mármore vacilou. Logo, ela pegaria uma garrafa de *pinot grigio* na geladeira e a pior parte teria passado. Mas, para Ashley, ainda não tinha acabado. Uma nova tempestade ainda rugia no peito dela, cheio de dor, raiva e mais dúvidas ainda.

"E agora você tá cometendo o mesmo erro", continuou Tammy. Enxugou os olhos, sujando a bochecha de delineador. "Snakebite... não muda. O povo daqui te ama, mas não vai mudar a mentalidade por sua causa."

"Você me odeia?", perguntou Ashley, com a voz estremecida.

Tammy arregalou os olhos. Estendeu a mão por cima da ilha para pegar a de Ashley, correndo o polegar pelos nós dos dedos da filha de forma carinhosa. "Eu *nunca* odiaria você, isso é impossível. Eu te amo de forma incondicional." Pigarreou. "Mas isso não é do seu feitio. Você não é assim. Só tá passando por muita coisa nos últimos meses, e..."

Ashley fez uma careta magoada. "Mas eu *sou* assim."

Tammy fechou os olhos. "Não, é aquela família. Eles arruínam tudo em que encostam. Chegam e..."

"Mãe...", alertou Ashley.

"Ou talvez seja eu. Talvez eu seja amaldiçoada."

"*Mãe.*" Ashley se levantou.

Tammy a fitou por um instante, e Ashley entendeu com uma clareza avassaladora que tudo seria diferente dali em diante. Às vezes, a mãe olhava para ela como se a filha fosse um quebra-cabeças que precisava ser montado para fazer algum sentido. Como se tivesse um mistério entranhado aos ossos que Tammy estava tentando decifrar.

Atrás de Ashley, o assoalho rangeu.

Ela se virou. Tristan estava logo atrás da garota, com os punhos fechados ao lado do corpo, os olhos impossíveis de ver debaixo da sombra que obscurecia seu rosto.

"O que foi?", perguntou Tammy.

O coração de Ashley parou. Aquela visita era diferente de todas as outras. Todas as aparições passavam uma sensação de urgência, mas aquela parecia final. Tristan não estava esperando por ela, estava implorando que ela o ouvisse. Tremulava entre Ashley e a porta da frente, e ela soube que precisava ir atrás dele.

"Ashley, o que você...", começou Tammy.

"Eu preciso ir."

Tammy soltou uma risada incrédula. "Você não vai a lugar nenhum. Está de castigo."

"O quê?"

"Não dá pra ficar perambulando por aí, causando problemas por semanas, e passar incólume." Tammy correu a mão pelo cabelo. "Até no mínimo mês que vem, você tá de castigo sem sair de casa."

Tristan continuava a sumir e reaparecer no espaço ao lado da porta. A garota sentiu o temor se revirar no peito. Ele estava tentando avisá-la de que Logan estava em apuros. De alguma forma, ela entendeu.

"Beleza", disse Ashley. "Beleza, sem problema."

"Descansa um pouco", disse Tammy. Abriu a geladeira e fuçou nas prateleiras até encontrar uma garrafa de vinho. "A gente tem muito o que conversar amanhã."

Hesitante, Ashley seguiu até a porta de entrada e fechou os olhos. Era hora de ser corajosa. Pela primeira vez na vida, precisava ser mais corajosa do que a Ashley que fora até então. Tristan a observava, tremulando na luz fraca. Aos pés dele, o prato das chaves ainda estava caído no ponto em que Tammy o derrubara, e os vários chaveiros continuavam espalhados pelo chão de madeira de lei.

O Ford dela ainda estava estacionado no cemitério, mas o Land Rover fora estacionado na entrada para carros.

Ashley parou perto da porta da frente e pegou o prato de chaves. Devagar e metodicamente, colocou cada molho de chaves nele como se estivesse organizando tudo. Estendeu a mão para dentro da bolsa de Tammy e, com cuidado, pescou o chaveiro da mãe.

Quando Tammy se virou para servir uma taça de vinho para si, Ashley saiu correndo.

Disparou até a entrada para carros e abriu a porta do motorista do Land Rover. Atrás dela, Tammy tropeçou pelo alpendre. Ficou encarando, com os olhos arregalados, enquanto a filha saía com tudo noite adentro. No meio da estrada, Tristan tremeluzia sob os faróis do veículo, guiando Ashley até a cidade.

Para onde quer que ela estivesse indo, não havia como voltar atrás.

33
O Diabo, o Diabo

Quando Logan acordou, teve quase certeza de que estava morta.

Devagar, partes do mundo ao redor foram se juntando como um mosaico no fundo da sua mente. A superfície na qual estava deitada era estreita demais para ser uma cama, e as paredes estavam próximas demais. Ela sacolejava de um lado para o outro, e cada salto provocava uma pontada de dor nos músculos. Lá fora, as árvores se misturavam em um grande borrão verde e preto.

Ela estava em um carro.

Estava no banco de trás do carro de Paris.

Logan se apoiou em um dos cotovelos e esfregou os olhos. O assento sob sua cabeça estava encharcado de água do lago. Estava sendo encaminhada para a delegacia ou para o hospital, e fosse qual fosse o caso, quem a levava era o pai do garoto que tinha acabado de atentar contra a vida dela. Era possível que John e Paul tivessem sido presos também, mas algo lhe dizia que provavelmente haviam sido liberados depois de um puxão de orelha. Até mesmo uma tentativa de homicídio era perdoável naquela cidade infernal.

"Oi, Logan", disse Paris do assento do motorista. "Como você tá?"

Logan tentou se estabilizar, atordoada pelo esforço de ter levantado a cabeça. O cabelo molhado grudava na nuca. Ela correu a ponta dos dedos pelas bochechas e o rosto pulsou ao toque, inchado e coberto de sangue seco.

"Eu, é..." A voz dela foi morrendo. "Onde a gente tá?"

"A caminho do hospital. Você deu uma bela ralada nessa cara." Paris nem olhou para ela. "O caminho até a cidade é um pouco longe. Pensei em te fazer umas perguntas antes de a gente chegar."

Logan pestanejou, olhando para o espelho retrovisor. A estrada parecia mais estreita do que a rodovia da qual se lembrava. As árvores se fechavam como um túnel, os faróis do veículo cortando a escuridão quase palpável. Ela fizera o caminho até a cidade de carro com Brandon uma vez, e o percurso não parecia o mesmo.

"Claro, acho... Eu fiquei apagada por quanto tempo?"

"Uns quinze minutos, só. Você tá se sentindo bem?"

"Ah, sim. Tô bem", mentiu ela. Não estava nada bem, mas, até aí, não estava bem fazia um bom tempo. "O senhor prendeu os garotos que fizeram isso comigo?"

Paris deu um sorriso estreito pelo retrovisor.

"O John tá em casa. A gente vai conversar quando eu voltar."

Logan engoliu em seco.

"Tipo, uma conversa de pai para filho ou de policial para criminoso?"

"Você é uma comédia...", brincou Paris.

Logan não era especialista na lei, mas tinha quase certeza de que fora vítima de um crime. O tipo de crime pelo qual as pessoas nos filmes iam presas. Em vez de deter todos os envolvidos, Paris havia mandado todo mundo para casa. Todo mundo, exceto ela. Ele não tinha chamado uma ambulância. Ela se sentou no banco traseiro e agarrou o cinto de segurança.

"Que tal me contar o que aconteceu?", perguntou Paris. "Desde o começo."

"Beleza." Logan pigarreou. "Eu estava com a Ashley no lago, só batendo papo. Aí o John e o Paul apareceram e..."

Paris negou com a cabeça. "Antes disso. O John falou que viu vocês duas no cemitério. O que estavam fazendo por lá?", questionou ele, e Logan estreitou os olhos. "Tinha umas pás apoiadas na cerca. Encontrei um dos túmulos meio escavado. Vocês acharam alguma coisa?"

Logan deu uma espiada no banco da frente. Os nós dos dedos de Paris estavam marcados por hematomas de um tom amarelado, e sulcos vermelhos que lembravam arranhões cobriam seus antebraços. No dedo anular, havia uma depressão arroxeada onde a aliança dele deveria estar. O homem estava com a atenção fixa na estrada, mas o olhar parecia a quilômetros dali. Ela reprimiu a sensação crescente de medo aninhada no peito e focou em respirar.

"A gente não estava no cemitério."

"Hmm." Paris fez a viatura acompanhar a curva da via. Saiu um pouco para fora do asfalto, as rodas pegando no cascalho. "Você sabe o que provocou o ataque?"

"Não."

"Não tem nem ideia?"

Logan pigarreou. "Eu estava no Chokecherry hoje mais cedo e o John me ameaçou..."

"É isso."

Logan engoliu em seco. Entre os arranhões no braço de Paris, havia duas meias-luas vermelhas que lembravam marcas de mordidas. O olhar distante agora estava concentrado nela, e ela entendeu. A verdade era uma coisa lenta, mas o atordoamento parecia ceder milímetro a milímetro. Logan encarou Paris nos olhos, e não havia nada neles. O xerife estava sorrindo, mas não havia nada, nada, *nada* em sua expressão.

Ela vira um rosto como aquele nos próprios sonhos. Atrás dos óculos de Brandon, perfurante, frio e vazio. Logan era capaz de sentir no paladar as batidas do coração.

"Tem certeza de que esse é o caminho para o hospital?", perguntou ela. "Parece escuro demais para ser a rodovia."

"Sim. A gente já tá quase chegando."

Aquele não era o caminho até o hospital. Logan já passara por aquela estrada antes. Vira aquelas árvores à noite. Vira as colinas escuras do outro lado do lago, os lampejos de luz indicando as fogueiras, os pedaços da estrada na margem oposta. Aquela era a estrada que dava a volta no lago.

Paris a estava levando até o chalé.

Era ele.

Ele era o assassino.

Paris se ajeitou de novo no assento. "Você tem passado por muita coisa desde que chegou a Snakebite. Deve ter sido complicado vir para cá, onde as coisas são tão diferentes de como eram na cidade grande. A gente tem o coração bom, mas faz as coisas do jeito tradicional. Talvez seja algo ruim, sei lá, mas imagino como foi dureza para você."

Logan só conseguia encarar as mãos do homem. Pareciam fortes o bastante para arrancar a vida dela na base da esganadura, como haviam feito com todos os outros. Talvez fosse por isso que ele a estivesse levando até o chalé: para acabar com a vida dela. Logan juntou os braços no corpo para esconder o tremor. Parecia prestes a vomitar.

"Você provavelmente acha que sou cabeça fechada ou que odeio gays. Mas não sou assim, Logan. Nunca tive problema algum com os seus pais. Ver esse ódio me machuca tanto quanto a eles. Eu e o Alejo sempre fomos ótimos amigos, e nunca tive questão nenhuma com o Brandon. Eles sempre foram reservados. Ver o povo acusando os dois de crimes que nós dois sabemos que não cometeram... é uma pena. Eu realmente queria manter sua família fora disso." Paris suspirou. "Mas acho que, a essa altura do campeonato, você já descobriu que vocês três vão estar sempre ligados a isso tudo."

"Como assim?", perguntou Logan, com a voz trêmula.

Paris arqueou uma sobrancelha. "Ainda tá com frio? Você tá batendo os dentes."

"Um pouco."

Paris estendeu a mão na direção do assento do passageiro e entregou uma toalha a ela. Logan prendeu o cabelo e cobriu o rosto com o tecido atoalhado. Contou as respirações para não entrar em pânico. Precisava haver uma forma de sair daquele carro, daquela estrada, um jeito de voltar à segurança. Ela apalpou o bolso de trás da calça, procurando o celular, mas ele não estava ali.

Paris soltou um *hmm* baixo e olhou para ela pelo retrovisor. De repente, sua expressão mudou e ele chacoalhou a cabeça. "Tá procurando o celular? Ele tá aqui comigo."

"Posso pegar de volta?"

"Não, sinto muito." Ele soltou um suspiro decepcionado. "Mas não ia mudar muita coisa. O sinal não pega aqui."

Logan piscou várias vezes. Sentiu o coração pulsar na garganta. Esperava que em algum lugar, a quilômetros dali, Ashley estivesse procurando por ela. Esperava que *alguém* estivesse procurando por ela. Precisava haver um jeito de dizer a alguém onde estava. Com quem estava. O que ele tinha feito.

"Para onde a gente tá indo de verdade?", perguntou Logan.

"Você sabe para onde a gente tá indo", disse Paris. "Você já veio até aqui com o resto da molecada várias vezes."

"É para o chalé, né?"

"Eu sinto muito, muito *mesmo*", disse ele. "Eu teria mantido você fora disso se tivesse como."

Logan fechou os olhos. "Você vai me matar?"

"Não."

Paris deu seta para indicar que sairia da estrada principal e pegou o desvio de cascalho. A luz dos faróis pintou as árvores. No meio da floresta, Logan podia ver de leve a silhueta do chalé. Dentro dele, um único lampião brilhava alaranjado em contraste com a noite.

Os fantasmas, as mortes, os pais dela: tudo começara ali.

Logan soltou uma respiração entrecortada. Parte dela achava que a voz que ouvira na água fora uma alucinação. Algo que a própria mente tinha criado para impedir que morresse. Mas essa voz tinha dito que Logan precisava ir até o lugar onde tudo tinha começado. E, fosse qual fosse a razão disso, o lugar era ali. Algo lhe dizia que era no chalé onde tudo acabaria também.

"Por que a gente tá aqui?", perguntou Logan.

"Porque ele disse que eu preciso fazer só mais uma coisa e depois tô liberado." Paris se virou no assento para encarar a garota. Seus olhos brilhavam como obsidianas vidradas na noite escura. "Escuta, não sei qual é a dele com você ou com o moleque lá do Bates, o Carrillo", continuou o xerife, e Logan arregalou os olhos ao pensar em Elexis. "Enfim, ele me mandou falar que se você quiser mesmo respostas, precisa ir até o chalé. O menino dos Carrillo tá lá dentro. Acha que consegue fazer isso?"

Logan engoliu em seco. Era provável que aquilo fosse uma armadilha. Que fosse perigoso. Mas ela deixara Nick naquele chalé e o garoto havia morrido. Não deixaria Elexis também. Precisavam encontrar um jeito de mandar uma mensagem para alguém na cidade. Tinha de haver uma forma de sair daquela situação.

"É só ir até ele?", perguntou Logan. "Você não vai machucar a gente?"

"Não." Paris destrancou as portas e abriu a de Logan com um empurrão. "Agora entra lá."

Logan engoliu o medo e assentiu. Saiu para a noite e esperou a tontura passar. Sem uma lanterna, tinha apenas os faróis de Paris e a luz que vinha do chalé para se orientar. Foi tropeçando em raízes e tocos, raspando os braços na casca espessa dos zimbros, mas não parou. Atrás dela, os faróis da viatura pintavam de amarelo o chão terroso da floresta.

Até que pararam de pintar.

Ela se virou a tempo de ver o carro de Paris sair do desvio de cascalho, de ré, voltando para estrada.

Ele tinha ido embora. O xerife a tinha *abandonado* ali.

Algo não fazia sentido. Se ele queria matar Logan, por que a deixaria ali?

Ela seguiu até o alpendre do chalé e encostou o ouvido na porta da frente. Ouviu o som abafado da respiração de Elexis vindo lá de dentro e suspirou aliviada. "Elexis. Ei. Sou eu."

"Não entra...", começou Elexis, mas engasgou no meio da frase como se as palavras fossem grandes demais para ele. "Não consigo..."

"Tá tudo bem", disse Logan. Abriu a porta e entrou no chalé. O vento a seguiu, assoviando ao soprar contra a madeira velha. "Não vou te abandonar. A gente vai dar o fora daqui."

Elexis estava sentado, encostado na parede dos fundos da construção e amarrado ao piano. Fora a corda, ele parecia ileso. Logan correu os olhos pelo cômodo procurando alguma fonte de perigo, mas o lugar parecia estar exatamente igual a como ela o vira da última vez. Outra lufada de vento adentrou o chalé e apagou a chama do lampião.

"Olá?", chamou Logan.

"Logan, você..."

Algo fez um calafrio se espalhar por ela, que congelou no lugar. A sensação foi a mesma que tivera quando estava debaixo d'água. A mesma escuridão penetrante, a mesma sensação de um piche denso e enjoativo subindo pela garganta. Logan viu Elexis do outro lado do cômodo, balançando com a cabeça. As longas sombras da sala se esgueiravam pelo corpo dela como dedos gelados, apertando a pele exposta do pescoço. Ela ordenou às pernas que se movessem, mas elas pareciam incapazes de obedecer.

Que bom que você se juntou a nós, sussurrou uma voz. Sentiu a respiração nauseabunda da coisa contra o pescoço. *Há quanto tempo...*

"O quê...?", começou ela.

Mas parou, incapaz de lembrar o que pretendia perguntar.

Você quer saber por que sonha com a morte. Quer saber por que seus ossos anseiam pela terra. Anda passando as noites ansiando pela verdade.

O estômago de Logan se revirou e ela assentiu. As palavras da voz eram verdadeiras, mas de uma forma que ela nunca sentira antes. Eram verdadeiras de um jeito que fazia com que não houvesse alternativa. Logan foi varrida para longe, substituída por algo estranho. A verdade era a única coisa que queria. Era como se não conseguisse se lembrar de querer qualquer outra coisa na vida.

"A verdade..."

O Breu parecia estar repousando sobre a sua pele como uma mortalha de tecido. Doce, sussurrou: *Quer que eu lhe mostre a verdade?*

Logan não respondeu. Não *precisava* responder. O Breu a engoliu de uma vez e ela deixou de existir, lançada para fora do tempo.

34
Se a Verdade For uma Mentira

Ashley seguiu Tristan até a delegacia com o coração saindo pela boca de tão nervosa.

Assim que desligou o Land Rover, a silhueta de Tristan desapareceu, e ela se viu sozinha sob o brilho amarelado das luzes da delegacia. Seguira Tristan porque supostamente havia uma resposta no fim da estrada, mas o lugar estava vazio. Não tinha nenhuma viatura parada diante da construção. O único carro no estacionamento era a minivan surrada com o logo do *Fantasmas & Mais*.

Ashley desembarcou e correu até o prédio. As luzes estavam acesas, mesmo sem ninguém na recepção. Ela ouviu barulhos de coisas batendo e arranhando vindos de trás do balcão, como se alguém estivesse vasculhando as gavetas. As lâmpadas do teto piscaram, e Ashley teve a súbita sensação de que o local estava brilhante demais, *vivo* demais para estar vazio.

"Tem alguém aí?", perguntou ela.

A barulheira parou. Um homem se levantou atrás do balcão. Ela reconheceu de imediato o cabelo escuro curto e os óculos de armação grossa. Ele morava na cidade havia meses, mas era a primeira vez que Ashley o via cara a cara. A primeira vez que o via vivo.

Brandon Woodley revirou os olhos. "Sério? Não tenho tempo para isso."

"Sr. Woodley?", perguntou Ashley. "O senhor veio até aqui atrás da Logan?"

Ele a encarou. "Vim. Ela sumiu. E o celular dela tá desligado."

"Mas ela..." As palavras de Ashley foram morrendo.

"Sua *mãe* ligou e disse que ela estaria aqui." Brandon voltou a atenção para as gavetas como se não houvesse mais ninguém ali. Seu cabelo estava desgrenhado, os dedos vasculhando notas adesivas e marcadores de texto, como se seu tempo estivesse acabando. "Nem disse por que ela foi presa. Juro por deus, essa cidade nunca se cansa de..."

"Encontrou?", perguntou outra voz, ao longe.

Era Alejo, em algum lugar nos fundos da delegacia. A culpa fez o estômago de Ashley se revirar. Enquanto ela se permitia viver o luto ao longo das últimas duas semanas, Alejo estivera preso.

"Ainda não." Brandon abriu outra gaveta e conferiu o conteúdo. "Era para a Becky ter as chaves, não era?"

"Sei lá." Alejo riu. "Eles não mostram para os prisioneiros onde as chaves ficam."

Brandon soltou uma risada curta e abafada.

Ashley pigarreou. Ela vira as chaves uma vez, mas não na mesa de Becky. Seguiu para os fundos da delegacia, passou pelas mesas de madeira e entrou no escritório do xerife Paris. A porta da cela de detenção ficava na parede atrás ela. Sentiu Alejo observando-a por entre as grades, tentando entender para onde ela estava indo. Vários molhos de chaves pediam em um suporte preso à parede. Ashley pegou do gancho o que tinha a etiqueta CELA DE DETENÇÃO e voltou para a recepção.

"Que tal essas?"

Brandon ficou encarando a menina, depois pegou as chaves da mão dela sem falar nada. Com gestos frenéticos, destrancou a cela de Alejo e deu um passo para o lado. Alejo cambaleou para a luz e esfregou os olhos. Movendo-se como um borrão, ele se jogou adiante e envolveu o pescoço de Brandon com os braços.

Brandon o abraçou de volta, soltando uma respiração entrecortada no ombro de Alejo.

A culpa no estômago de Ashley aumentou.

"Mal posso esperar pra deixar uma avaliação de uma estrela para esse lugar." Alejo deu uma risadinha, mas o sorriso não chegou aos olhos. Sombras escuras pareciam impregnadas em seu rosto. Ele largou Brandon e espreguiçou, esticando os braços. "A cama era *muito* desconfortável. Nem um travesseiro extra."

"Você tá ótimo para um cara que passou duas semanas na cadeia", comentou Brandon.

"São seus olhos." Alejo se empertigou. "A Becky me trouxe comida e produtos de higiene pessoal de casa. Parece que eu tô esperando uma transferência para cadeia do condado semana que vem."

"Bom...", começou Brandon, mas não terminou o pensamento.

Alejo varreu a delegacia com o olhar. "Ninguém veio até aqui recentemente. Se a Logan não tá aqui, cadê ela?"

"Não sei, mas precisamos de um plano." Brandon ajustou os óculos. "A gente precisa dar o fora daqui. Acabamos de ajudar você a sair da detenção, o que é um crime *de verdade*. Não acho que o Paris vai deixar por isso mesmo, ainda que vocês sejam amigos."

Alejo deu de ombros. "A gente já se virou antes."

Ashley olhou para os dois homens, fascinada. Eram o Brandon e o Alejo que ela vira na TV, mas estavam ali em carne e osso. Não pareciam repletos de trevas, segredo e sofrimento, como ela imaginava. Falavam um com o outro como duas pessoas normais. Brandon esfregou a nuca. Alejo colocou a mão no ombro de Brandon para confortá-lo, e Ashley se sentiu um monstro.

"Vamos nessa", disse Brandon. "Vamos encontrar a Logan e arrumar as malas para ir embora daqui ainda essa noite."

"Espera", disse Ashley.

O casal se virou para olhar para ela como se tivesse acabado de se lembrar que ela estava ali. Não podia julgar Brandon pelo desdém nítido que tinha no rosto, mas era mais difícil de lidar com a expressão de Alejo. Ele parecia calmo, como se não estivesse com raiva. Como se não a culpasse pelas últimas duas semanas. Talvez ele nem soubesse que ela fora a culpada pela prisão.

"Quero ajudar", falou Ashley. "Quero encontrar a Logan. Eu estava com ela quando ela..."

Brandon semicerrou os olhos. "Quando ela o quê?"

"O Paris pode ter levado ela para o hospital em Ontario."

"Hospital?", perguntou Alejo. "O que aconteceu?"

"A gente meio que foi atacada", revelou Ashley. "Quer dizer, *ela* foi."

"Por quem?", perguntou Brandon, com raiva lampejando no fundo dos olhos. "Ela tá machucada?"

"Um pouco. Não sei." Ashley engoliu em seco. "A gente não conseguiu conversar depois que o xerife Paris levou ela. Foi o John Paris junto com o Paul Miller. Eles tentaram... afogar a Logan."

Brandon e Alejo se encararam. Ashley viu o coração de ambos se partir. Ela abriu e fechou os punhos várias vezes.

"Eu e a Logan estávamos tentando descobrir quem tá por trás disso tudo", continuou. "Quem tá machucando as pessoas."

"E aí você concluiu que foi o Alejo?", perguntou Brandon.

"Eu sinto muito." Ashley balançou a cabeça. "Eu sei que não foi você. A Logan e eu achamos que... A gente não sabe o que é. Acho que nem é um humano."

Brandon e Alejo não falaram nada. Comunicaram-se em uma linguagem silenciosa que Ashley não compreendeu, depois assentiram devagar.

"Vem com a gente", disse Alejo.

Juntos, saíram da delegacia e entraram na minivan, Brandon e Alejo na frente, Ashley no banco de trás. O céu acima do estacionamento estava salpicado pela luz fraca das estrelas. O silêncio preencheu o espaço minúsculo, lancinante e espesso.

"Por que você acha que essa coisa não é humana?", perguntou Brandon.

"Eu... A gente foi várias vezes até o chalé. O que fica do outro lado do lago. E vimos várias coisas por lá." Ashley engoliu em seco. Era tarde demais para desviar da verdade. "Vi pessoas que morreram. O Tristan, o Nick, a Bug... Eles estavam tentando me dizer alguma coisa. A Logan me disse que você também vê fantasmas."

Alejo abriu um sorriso fraco. "Nada divertido, né?"

"O que isso significa?", perguntou Ashley. "Se a gente conseguir encontrar a coisa que tá matando as pessoas, podemos botar um ponto final nisso. Só não sei..."

"A gente andou procurando a mesma coisa esse tempo todo", disse Brandon. "Seguindo as mesmas mortes. O mesmo assassino."

Alejo encarou seu reflexo no retrovisor lateral para ajeitar o cabelo. "Talvez a gente devesse ter dividido as informações."

"O que vocês encontraram?", perguntou Brandon.

"Tem alguma coisa a ver com o chalé. Acho que a coisa vem de lá. Quando a Logan... Quando ela estava debaixo d'água, eu ouvi uma voz dizendo que a gente precisava ir até onde tudo começou. Talvez, descobrindo como começou, a gente possa acabar com isso."

Alejo olhou para Brandon, mas Brandon continuou a olhar para além do para-brisas com um esgar no rosto. Os olhos estavam arregalados e os dedos apertavam o volante com força demais.

"Enfim", disse ele, "algo que eu posso explicar".

"Brandon", alertou Alejo.

Brandon olhou para Ashley, e as sombras no rosto dele pareciam afiadas como uma faca.

"A coisa que vocês estão procurando se chama Breu, e ele foi criado por mim."

35
O Breu e Quem Morreu

1997
Brandon Woodley era um fantasma em sua própria vida.

O restaurante Moontide estava lotado de um jeito incomum para uma manhã de domingo. Brandon estava sentado à mesa vermelha de vinil, de frente para os pais, enquanto os três dividiam um Café da Manhã Moontide. Como sempre, sorriam um para o outro, comendo envoltos em um silêncio pesado e satisfeito. Brandon comia um único waffle, pensando que só queria que os pais o tivessem deixado ficar em casa. O rádio do restaurante tocava uma música animada e pegajosa. O lugar cheirava a gordura quente e carne queimada.

"Filhote, você não precisa ficar sentado aí com essa cara de tédio", disse a mãe e depois abocanhou outra colherada de ovos mexidos. "Por que não vai falar com os seus amigos ali? A gente tá só conversando sobre as coisas da mudança mesmo."

Brandou deu de ombros. Ele não *tinha* amigos. Para se ter amigos, era preciso ser uma pessoa, e ele tinha quase certeza de que não se enquadrava nessa classe. Era uma sombra projetada na parede, um pensamento que nunca chegava à superfície da mente, um fantasma do que um garoto deveria ser. Era como um estranho parado do lado de fora do cômodo em que o resto do mundo vivia, e por mais que espalmasse as mãos na janela, não conseguia entrar.

Ele não era um pária. Sequer existia.

Mesmo assim, Brandon olhou para o outro lado do salão. Em uma mesa idêntica à sua, Tammy Barton e Alejo Ortiz dividiam o próprio Café da Manhã Moontide. Pareciam repugnantemente felizes juntos, um estudo de contrastes. O cabelo de Tammy era loiro platinado e cascateava pelas costas em cachos soltos. O de Alejo estava cortado bem curto nas laterais e, como sempre, ele parecia o tipo de pessoa cujos sorrisos eram sinceros. Frank Paris estava sentado de frente para o casal, com os ombros largos como uma parede de tijolos. Disse algo para Tammy e Alejo, e os três irromperam em gargalhadas.

Esse era o problema, eles eram perfeitos demais para serem odiados.

A mãe de Brandon franziu o cenho. Deu uma olhada para o trio de ouro do outro lado do restaurante e sua expressão endureceu.

"Bom, acho que *eu* vou falar um oi." Antes que Brandon tivesse a chance de detê-la, acenou para a outra mesa. "Tammy Barton, é você?"

Os três adolescentes pararam de comer e se viraram. No mesmo instante, o rosto de Tammy se iluminou e ela se levantou. "Sra. Woodley! Como a senhora está?"

"Tô ótima. E você?"

"Que bom, sra. Woodley. Eu amo que vocês tomam café em família... É tão fofinho. Meu deus, faz um tempão que a gente não se fala."

Brandon ficou olhando para o prato.

A mãe se levantou e puxou Tammy para um abraço de lado amigável. "Acho que a gente não se fala desde que eu era sua babá. Você tá uma moçona... Como vai o rancho?"

"Ah, a senhora sabe.... Cheio de vacas e tal." Estava claro que Tammy não fazia ideia de como o próprio rancho funcionava. E não precisava. Sua mãe ainda cuidava da propriedade e Tammy tinha a vida inteira para aprender. Ela se virou e fez um gesto para que Alejo e Frank se juntassem a ela. "A senhora conhece eles, né?"

Alejo se aproximou, abrindo um daqueles sorrisos que irradiavam até os olhos, e o coração de Brandon afundou no peito. Alejo se virou para o pai de Brandon. "A gente não se conhece, sr. Woodley, mas o senhor deu aula de álgebra para o meu irmão. Eu amo a loja náutica."

"E ela ama fazer negócios com você", refletiu o pai de Brandon. Ele se aprumou no banco, estendendo o braço para trocar um aperto de mão firme com Alejo. A Woodley Pesca e Náutica não tinha mais muita clientela. Era uma das várias coisas que os pais de Brandon pretendiam vender antes de deixar a cidade para trás. "Vocês são colegas de escola do Brandon?"

Tammy, Alejo e Frank se viraram para Brandon, que teve vontade de cavar um buraco e se enfiar no chão. Ele suspirou fundo, ajeitou os óculos e estendeu a mão para cumprimentar Tammy. O que era estúpido, porque já a conhecia e eles não estavam sendo apresentados um ao outro.

Ela se virou para os pais do rapaz, com o nariz de botão franzido em um riso silencioso. "Sim, a gente conhece o Brandon. Ele é uma comédia."

"Fala aí, cara", cumprimentou Frank Paris.

"Acho que a gente nunca conversou direito", disse Alejo, apertando a mão de Brandon com um sorriso fácil, como se socializar não fosse a coisa mais impossível do mundo. Como se ele não fosse tudo que Brandon desejava ser. "Mas te vejo bastante por aí. Difícil não se conhecer em uma turma com doze alunos."

A mãe de Brandon se inclinou na mesa, quase derrubando o café no colo de Brandon. "Gente, para ser sincera, o Brandon é tão tímido que até dói. Pensei em chamar vocês para se apresentarem, ver se vocês conseguem arrancar ele de casa. Sei que se ele se abrisse um pouco mais, poderia fazer uns amigos. E vocês três são uma graça."

Brandou achou que ia ter um ataque do coração. "Mãe..."

Tammy e Frank pestanejaram para ele, e a expressão de ambos era tão cheia de pena que ele se sentiu ferido. Mas Alejo riu, suave e brilhante como água corrente.

"Sua mãe manda muito bem nisso de puxar assunto. Você deveria levar ela para cima e para baixo."

A mãe de Brandon sorriu, aceitando graciosamente o elogio.

"Bom, Brandon, fica à vontade para sair com a gente quando quiser", disse Tammy, mas sua voz estava sem nenhuma emoção. Ela parecia ansiosa para voltar até a mesa e falar sobre como aquela situação tinha sido bizarra. Como *Brandon* era bizarro. A garota olhou por cima do ombro para o café da manhã meio devorado. "Melhor a gente ir antes que a comida esfrie. Foi um prazer conversar com vocês."

Ela e Frank cruzaram o salão de volta para o lugar.

Já Alejo ficou por mais um instante. Deu um tapinha nas costas de Brandon e depois virou metade do corpo na direção da própria mesa. "Sério, me avisa se quiser sair com a gente."

"Aviso sim", mentiu Brandon.

Mas não avisou.

E não fez diferença. Um ano depois do encontro, Alejo Ortiz saiu de Snakebite para fazer faculdade em Seattle. Tammy Barton assumiu o rancho dos Barton. Frank Paris arrumou um emprego na polícia do Condado de Owyhee. Os pais de Brandon se mudaram para Portland para se afastar das "políticas de cidade pequena".

E Brandon ficou em Snakebite, porque não sabia fazer nada além de *permanecer*. Ele apenas permanecia, como uma pedra atolada no fundo de um lago. As correntes passavam por ele, jogando-o de um lado para o outro no lodo, mas nunca o empurravam até a margem. Nunca até o sol. Era mais fácil assim. Ele imaginava como seria fácil apenas andar para dentro da floresta e desaparecer. Causaria uma breve ruptura incômoda, mas depois sumiria.

A solidão dele era uma escuridão. Espalhava-se pelo rapaz como sombras ao crepúsculo. Ele a sentia sob a terra, sob a pele, envolvendo os ossos com delicadeza. Snakebite o prendia no lugar.

Porque independentemente do que o passar do tempo provocasse em Snakebite, a cidade nunca mudaria.

Até que Alejo Ortiz voltou para casa.

2001
Pela primeira vez em anos, chovia em Snakebite.

Brandon alinhou o quadril e empurrou outro tronco na direção da serra industrial, fazendo uma mistura de suor e chuva melecar sua testa. Quase todos os outros homens no pátio estavam dentro do barracão, conversando entre si e separando madeira, mas Brandon continuava usando a serra. Preferia trabalhar, mesmo na chuva.

Preferia trabalhar *sozinho*.

Um bom tempo antes, os pais tinham cumprido a promessa de sair da cidade. Haviam vendido a loja para outro morador local, Gus Harrison, que abrira um pub no lugar. Brandon passava a maior parte das noites enfiado em uma mesa nos fundos do Chokecherry. Lembrava dos velhos caiaques que o pai tinha pendurado nas paredes, agora substituídos por camisas de futebol americano e peixes empalhados. A construção mudara por fora, mas era a mesma coisa.

Snakebite era igual: podiam até cobri-la com outras tintas, mas nunca mudava.

Os pais tinham sugerido, de forma superficial, levar o filho junto na mudança, mas Brandon decidira ficar. Só conseguia se imaginar ali. O sentimento sombrio que se espalhava sob a pele como manchas de tinta no papel lhe dizia que era ali que deveria ficar.

Se ia viver pedido, que vivesse perdido em Snakebite.

A Madeireira Barton mergulhou no silêncio, puxando Brandon de volta para a realidade.

Em meio à poeira de serragem e à chuva, Brandon mal podia distinguir a pessoa cuja chegada fizera os outros se calarem. O homem estava parado do lado de fora do barracão, usando um suéter grande demais, jeans de barra reta e uma parca verde profundo. O cabelo estava mais comprido do que Brandon se lembrava, preso em um rabo de cavalo baixo que terminava entre as omoplatas. O recém-chegado enxugou a chuva do rosto e, com cuidado, tirou um maço de papéis de dentro do suéter.

O encarregado do turno se aproximou de Alejo com cautela e pegou os papéis das mãos dele. Atrás, alguns homens reprimiram a risada. O funcionário deu uma olhada rápida nos documentos, levando por menos tempo do que necessário para ler a primeira página, e os empurrou de volta no peito de Alejo.

Brandon nem precisou ouvir para entender o que tinha acabado de acontecer.

Por um instante, Alejo encarou o grupo de homens, todos o fitando como se esperassem que ele fosse retaliar. Como se esperassem que fosse fazer um escândalo. Mas ele não fez nada. Só murchou os ombros. Guardou os papéis de novo e atravessou o pátio, para longe dos homens, para a chuva.

O coração de Brandon se avivou com um medo estranho. Por uma razão que não conseguia identificar, era como se *conhecesse* Alejo. Não que aquela breve conversa no restaurante os tivesse feito virar amigos, mas, em meio a um borrão de memórias, Alejo se destacava. Brandon era diferente do resto de Snakebite, um fato do qual estava dolorosamente ciente. Era diferente de uma forma que ia além de ser esquisito, de ser pobre, de ser caladão. Era diferente de uma forma que Snakebite jamais aceitaria. Mas algo lhe dizia que Alejo talvez entendesse a situação.

Então Brandon deixou a serra para trás e desceu a rampa em meio ao lodo, cada vez mais para dentro da chuva. Do lado de fora da autoritária cerca de madeira da Madeireira Barton, Alejo jazia parado no estacionamento, olhando para o céu, deixando as gotas grossas de chuva escorrerem pelo rosto.

"Ei", chamou Brandon. "Ei, sinto muito por isso. Eles não deveriam... Bom, não sei o que falaram para você. Mas sinto muito."

Alejo se virou e colocou a mão sobre a fronte, piscando para tirar a água dos olhos. Era exatamente como Brandon se lembrava. Pigarreou e disse: "Valeu".

Brandon estendeu a mão, que estava um pouco molhada. "Brandon Woodley."

"Da loja náutica." Alejo apertou a mão dele. Sorriu como as pessoas sorriam quando estavam esperando por maiores explicações. "Sempre quis comprar um barco lá. Parece que agora tem um monte de coisa diferente por aqui."

"Não sei, não." Brandon se virou de costas para o pátio, olhando na direção da cidade. "Para mim, parece tudo idêntico."

"Ah." Alejo suspirou. "Talvez eu é que tenha mudado."

"O que rolou?", perguntou Brandon, gesticulando para o pátio.

"Você não ouviu?", indagou Alejo. "Snakebite nunca viu uma pessoa *queer* na vida. Provavelmente vai ter uma turba furiosa me esperando no Bates quando eu voltar."

Brandon arregalou os olhos. Antes de ir para a faculdade, Alejo Ortiz era o queridinho de Snakebite. Tinha tudo: notas perfeitas, uma namorada perfeita, uma vida perfeita. Uma risada capaz de iluminar qualquer cômodo. Quando as pessoas falavam, ele prestava atenção de verdade. Alejo era a promessa de tudo que Snakebite deveria ser. Era o tipo de pessoa que Brandon queria ter por perto. O tipo de pessoa que Brandon queria ser.

Mas Alejo parecia diferente. Sua expressão estava mais sombria, como se estivesse sempre a um passo de franzir o cenho. Mas os olhos eram idênticos. A risada fazia Brandon sentir um frio na barriga.

"Bom", disse Brandon, "acho você bem corajoso. Só isso".

"Saquei." Alejo fechou a expressão. "Você correu até aqui só para me falar isso?"

"Eu..."

A chuva continuava a cair ao redor deles, envolvendo o estacionamento em um lustro escuro. Ele não sabia muito bem *por que* tinha ido até ali. Podia ter deixado Alejo ir embora. Não precisava estar plantado naquele lugar, encharcado, com o coração quase saindo pela boca. Sempre soubera que era diferente, sempre soubera que era gay. Contudo, pela primeira vez não estava sozinho. Havia mais alguém como ele. Alguém que tinha saído para o mundo e retornado com vida.

"Por que você voltou para cá?", perguntou Brandon.

Alejo o encarou, cauteloso.

"Não sei se você tá só sendo abelhudo ou se tá tentando me dizer que... Bom, que a gente tem algo em comum."

Brandon respirou fundo. Ia ser corajoso. Pela primeira vez na vida, não ia se deixar levar pela maré. Tentaria nadar até a margem. "Só quero conversar com você. Quero há um tempão, acho."

"A gente tá conversando agora."

"Você não precisava ter voltado para cá. Podia ter ficado em Seattle. Por que voltou?"

"Pelo jeito você sabe um monte de coisa sobre a minha vida, cara." Alejo balançou a cabeça, mas a expressão aos poucos virou um sorriso divertido. "Costumava ser bem mais fácil aqui. Não sei por que achei que as pessoas não iam ligar para isso. Acho que porque sou eu."

"A Tammy sabe?"

Alejo riu. "Acho que agora sabe. A gente terminou há dois anos. Provavelmente ela acha que o motivo foi esse."

"E o Frank?"

Alejo fez um gesto com a mão, dispensando o comentário. "O Frank é o Frank. Ele não tá nem aí. Talvez seja o único amigo que ainda tenho por aqui."

"Você vai embora?"

Alejo cruzou os braços. "Deveria ir? Ao que parece, você ficou."

Brandon remoeu a questão. Em geral, as pessoas não perguntavam sobre a vida dele.

"Eu não posso ir embora. Eu... Este é meu lar. Não sei como explicar. Tem alguma coisa aqui da qual não consigo..."

"... escapar?", perguntou Alejo. Ele se apoiou no carro, e seus olhos pretos refletiram o brilho das nuvens de tempestade. "Há coisas que sinto em Snakebite que não sinto em nenhum outro lugar. Eu poderia ter ficado em Seattle, mas sempre tive a sensação de estar fugindo de alguma coisa. É como se houvesse coisas que ainda preciso fazer."

"Isso." Brandon suspirou. "*Isso*."

"Então você não quer ir embora", disse Alejo. "Eu também não."

"O que significa que a gente tá preso."

"Que beleza", disse Alejo. Ele riu, mas foi um riso mais baixo e calmo do que Brandon se lembrava. "Acho que você tá me contando isso por um motivo, né?"

"Eu..." Brandon esfregou a nuca. Falar era difícil, e colocar em palavras os anos de tumulto não identificado que sentia dentro dele era ainda mais complicado. *O que* ele queria? Havia uma razão para ter seguido Alejo até ali, mas agora que estava parado na chuva, não conseguia se lembrar qual era. A solidão obscura que sempre impregnava o chão abaixo dele não existia ao redor de Alejo. "Lembro de você antes de tudo isso. Você era... Sei lá. Todo mundo ficava feliz perto de você. Você prestava atenção. Sempre tive a impressão de que você realmente se importava com as pessoas."

Alejo riu. "Sofrer preconceito em um segundo e levar uma cantada no outro. Snakebite é mesmo uma caixinha de surpresas."

Brandon sentiu o rosto corar. "Ah, não, eu não estava te dando uma..."

"Eu gostaria, se você estivesse", interrompeu Alejo. Seus olhos ficaram mais cálidos, mas só um pouco. "Se eu não for assassinado ao chegar no meu quarto no Bates, vamos sair para beber alguma coisa uma hora dessas."

"Eu ia..." Brandon criou coragem. "Eu ia adorar."

E, dali em diante, foi tão fácil como respirar.

Antes disso, as coisas nunca tinham parecido fáceis para Brandon. Na verdade, apaixonar-se parecia a coisa mais impossível do mundo. Ele construíra uma fortaleza ao redor do conceito de ser solitário; a solidão era seu sangue, seus ossos, seu coração. Sem ela, ele nem sabia quem Brandon Woodley era.

Mas Alejo não se importava. No primeiro encontro, contou para Brandon que sonhava em ter uma família, uma casa com um alpendre e um jardim onde poderia cultivar "uma belezura de pé de tomate". No segundo, pegou a mão de Brandon e perguntou se ele achava que podiam encontrar um lugar para eles em Snakebite. Brandon não sabia a resposta. Na terceira vez em que saíram, Alejo o levou até a porta de casa, colocou a mão dentro do bolso de trás de Brandon e o beijou na boca. Beijou com toda a vontade do mundo. Como se realmente o desejasse.

Talvez aquilo não passasse de um sonho. O que quer que fosse, não pertencia a nada que sequer chegasse perto do mundo de Brandon. Nada daquilo estava certo. Brandon era Brandon: uma pedra jogada de um lado para o outro no fundo do lago. Não esperava que Alejo fosse estender a mão e arrancá-lo de lá como se não fosse nada demais. Não esperava poder sentir o sol. Alejo o puxou para a liberdade e, para Brandon, a facilidade com que ele fizer isso era aterrorizante.

Lá fora, havia uma turba que os odiava. Sob os pés de Brandon, havia uma escuridão que se impregnava em seus ossos. Mas, por um instante, ele não estava sozinho. As sombras se calaram.

Agora que ele conhecia a sensação de ser amado, não poderia mais voltar atrás.

2002

Era estranho como tanta coisa tinha mudado em apenas um ano.

Brandon estava sozinho e depois não estava mais. Alejo tinha uma família e depois não tinha mais. Eles estavam juntos, mas completamente sós.

Rumores sobre Brandon e Alejo se propagavam por Snakebite como ervas daninhas, sufocando todo o resto. Para alguém que fora um fantasma pela vida toda, era estranho ver seu nome na boca do povo. Depois de cerca de um mês, um novo encarregado foi contratado para cuidar da Madeireira Barton, e a primeira providência foi colocar Brandon no olho da rua para salvar a reputação da empresa. Sem dinheiro, sem aliados e sem família, Brandon estava perdido.

Mas heróis vinham de lugares surpreendentes.

E a heroína deles veio da recém-empossada líder do rancho dos Barton. Ela era Tammy Barton, casada e divorciada, com uma menininha loira sempre na barra da saia. Foi Tammy quem consultou a contabilidade da família e descobriu um pedaço de terra do outro lado do lago que o pai comprara algumas décadas antes. Foi ela que disse, com sua apática voz marcada pelo sotaque: *Se vocês quiserem o terreno, podem ficar com ele. Construam alguma coisa lá, não tô nem aí. Para ser sincera, tô cansada de ver vocês por aqui.*

E, pela primeira vez desde que tinham se encontrado, Brandon e Alejo estavam livres.

Eles viviam do outro lado do lago havia seis meses quando as coisas mudaram. O verão se transformou em outono, os galhos arrepiados dos zimbros na margem do lago ficaram pelados e um vento frio se instalou no vale de Owyhee. O chalé não era perfeito, mas ficar a certa distância de Snakebite era como poder respirar pela primeira vez. Era um gostinho de como a vida poderia ser. Era como as coisas boas, como as tardes deitados diante do lago, como as noites ao redor da fogueira com um livro, como as caminhadas matinais ao som do canto dos pássaros e do farfalhar das folhas. E era o resto, os bilhetes sobre louça acumulada, as cobertas puxadas para um lado da cama, os dias em que a companhia do outro era, ao mesmo tempo, *demais* e *não o suficiente.*

Quando foi até a cidade para buscar ovos e lenha, Brandon ouviu os primeiros sussurros: *Abandonada na igreja... Só uma bebezinha, e deixaram ela no primeiro degrau... Tinha alguém grávida...? O pastor Briggs disse que foi alguém que estava aqui só de passagem... Mandar para um orfanato, provavelmente. O que mais podem fazer?*

Mas, como tudo em Snakebite, o interesse pela história morreu tão rápido quanto surgiu. Depois de uma semana de falatório sobre a misteriosa bebê abandonada na escadaria da Primeira Igreja Batista de Snakebite, a fofoca se voltou para o grupo de adolescentes flagrados fumando maconha no estacionamento do mercado. E, embora Brandon também estivesse disposto a superar a história tão rápido quanto os demais, algo sobre ela empertigou Alejo, como se estivesse se enroscando em um pedaço afiado de madeira.

"A gente precisa ver a bebê", disse Alejo. "É um sinal."

"Sinal de quê?" Em geral, Brandon era bom em não deixar o ceticismo transparecer na voz, mas daquela vez não conseguiu. Estava sentado na cozinha meio terminada do chalé, espremido entre a geladeira e o futuro armário.

Alejo entrou, vindo do alpendre, mas seu olhar continuou focado na silhueta de Snakebite do outro lado do rio.

"A gente sempre fala sobre querer ter uma família um dia, e de repente uma bebezinha é abandonada na igreja. Você não acha que é coisa do destino?"

"Acho que é uma coisa triste."

Se Alejo não tivesse sido criado como católico, Brandon talvez percebesse que o deus que *ele* conhecia não costumava agir como uma cegonha para pais gays párias de uma cidade pequena. Mas ele precisava admitir que uma parte sua, pequena e temerosa, ousava querer aquilo: *uma família.* Um ano antes, aquilo era impossível de imaginar. Um ano antes, ele se resignara a uma vida de solidão. Mas agora podia quase imaginar a ideia quando fechava os olhos.

"A gente pode ser os pais dela", sugeriu Alejo. "Não é isso que nossa família é? Uma junção de coisas que outras pessoas jogam fora?"

"Pegar um bebê não é a mesma coisa de pegar um entulho largado na rua." Brandon esfregou a nuca. "Tem um monte de coisa para fazer. Documentos. Dinheiro. Não sei se a gente tem condições."

"Não tô pedindo para você decidir agora", disse Alejo. "Tô só pedindo para gente ir ver a menina."

E eles foram.

A Primeira Igreja Batista de Snakebite estava pintada com cores frias pelo sol do fim do outono, mas assim que entraram no quarto da sacristia, o frio foi embora. Brandon não era religioso e nunca gostara muito da ideia de atribuir coisas ao destino ou a propósitos divinos, mas quando chegou perto do berço e viu a bebê pela primeira vez, com seus olhos grandes e escuros como fumaça de fogueira, dedos pequenos demais para serem de verdade e um único tufo de cabelo preto na cabeça, todo o resto desapareceu.

A respiração de Alejo vacilou. "Eu nunca te forçaria a fazer nada importante assim, é claro. E sei que não é nada simples, mas..."

Brandon se inclinou sobre o berço e colocou o dedão na mão impossivelmente pequena da nenê. Os dedinhos dela se fecharam ao redor do dele, e ela se virou para Brandon com um olhar que o fez derreter, que o desfiou de dentro para fora. Ele balançou a cabeça, mas não puxou a mão para si. "Ela precisa da gente."

E foi assim que sua família passou de duas para três pessoas.

Brandon estava certo. Não era nada simples. Foram meses de papelada, entrevistas e um trabalho incessante no chalé para provar que a garotinha teria um lar digno no qual viver. A busca pelos pais dela não deu resultado, deixando-a sem nome e sozinha. Ela era um mistério, outra pedra no fundo do lago. Mas, daquela vez, Brandon estava na margem. Daquela vez, *ele* seria o salvador.

Em fevereiro, eles assinaram os papéis da adoção na sala do chalé. Deram o nome de Logan à filha.

E tudo era perfeito.

Antes, Brandon pensava em si mesmo como um homem dividido em dois. Alguém que estava sozinho, mas não estava. O Brandon de antes de Alejo e o Brandon de depois. O Brandon que sentia as sombras sob os pés e o Brandon que sentia o sol. Mas, com Logan, tudo era diferente. A vida dele não era mais dividida em duas, ou mesmo em três, ela era uma canção, que desde o princípio progredia na direção daquele ápice. Ele se sentava diante do piano quase todas as tardes e vi a luz do sol se derramar pelo assoalho. Ficava olhando Alejo no sofá, na cadeira de balanço, no alpendre, enquanto carregava Logan nos braços. Via Logan ficar cada vez maior. Via a menina sorrir e saltitar entre os zimbros baixos ao longo da margem. Brandon sentia o sol no rosto e as teclas frias do piano sob os dedos, e respirar era *fácil*.

Mas havia um pequeno tremor em seu peito: uma promessa de que tudo aquilo estava prestes a chegar ao fim.

2007

Quando levaram Logan para o hospital, já não havia nada a ser feito. Os médicos disseram que, às vezes, aquele tipo de coisa acontecia. Crianças adoeciam. Podia acontecer com qualquer um. As pessoas perdiam os filhos o tempo todo, e, às vezes, não havia motivo.

Brandon não chorou.

Não havia lágrimas nele, não havia nada. Ele era oco sem ela. Tinham chegado muito perto de ter uma vida, e ele cometera o erro de achar que aquilo duraria. Tinham lutado para superar o ódio e o isolamento só para terminar *ali*. Sem a filha e sozinhos de novo. Tudo foi extraído dele, arrancado de seus ossos, deixando-o vazio e atordoado. Antes houvera um calor nele que soava como notas de piano, a risada de Logan e a água batendo na margem do lago, mas agora estava tudo escuro e distorcido.

Logan tinha 5 anos.

Nunca completaria 6.

"Vamos ser felizes de novo", sussurrou Alejo contra o peito de Brandon. Estavam sozinhos no chalé. O lugar nunca parecera solitário antes de Logan, mas agora ele sentia a falta da filha em cada centímetro do espaço que tinham construído. "Um dia, vamos ser felizes de novo."

Mas Brandon não seria feliz. Ele *nunca* seria feliz sem ela. Os artigos que Alejo lia diziam que a dor diminuiria em algum momento, mas Brandon Woodley fora dor ao longo de toda a vida. Ele nunca amara ninguém como amara a garota, e perdê-la era um pesar que nunca diminuiria. Aquilo o consumia por dentro sem cessar, aquele *ódio*. Ele odiava o chalé, odiava Snakebite, odiava Tammy Barton e a filha loira e perfeita dela que estava tão, *tão* viva. Tammy veria a filha crescer, mas Brandon, não. Odiava cada pessoa que estava viva enquanto a filha não estava mais. O ódio o preenchia como uma mácula. Mudou tudo que havia nele até ser a única coisa que restava.

Brandon Woodley soube que nunca mais sentiria o sol.

E assim continuaram: Alejo aprendendo a se curar aos poucos e Brandon *não*. A Primeira Igreja Batista de Snakebite se recusou veementemente a vender um jazigo para eles na Funerária de Snakebite, dizendo que o lugar era apenas para membros da congregação, o que fez o ódio no peito de Brandon aumentar. Eles enterraram a filha no Cemitério dos Pioneiros, entre os fundadores da cidade, mortos havia décadas. Ela não teve lápide, velório e ninguém para lamentar sua partida além dos próprios pais.

Pais e mães não deveriam ter de enterrar suas crianças. Não deviam sentir a escuridão sob a terra se fechando ao redor do cadáver dos filhos. Alejo disse que eles seriam felizes de novo, e talvez *ele* fosse. Dos dois, Alejo sempre fora melhor em ser uma pessoa.

Mas Brandon não era mais uma pessoa, e a escuridão que se espalhava sob Snakebite o puxava a cada passo. Ele podia sentir.

Na fatídica noite, ele havia parado no meio do chalé, olhando pela janela que dava para o lago. Não conseguia se lembrar porque estava ali, só que era a coisa certa a se fazer. Sentia aquilo havia semanas. Rostos surgiam em sua visão periférica e ele ouvia vozes baixas demais para distinguir as palavras, sentia dedos tocando a pele. Naquela noite, porém, era diferente.

No cômodo ao lado, Alejo dormia na cama deles. A noite estava escura e cheia de algo que lembrava magia, mas mais sombrio. A coisa não estava mais debaixo da terra. Ela forçava os vidros, implorando para entrar no chalé. Era algo obscuro e faminto. Brandon sentia aquilo dentro do peito, pulsando com morte, raiva e ódio. O chalé fedia a fumaça e podridão.

Pela janela, ele não via a água. Não via as árvores. Não via as fogueiras brilhantes na margem oposta. Via só a escuridão.

"Eu não vou aguentar", sussurrou ele para o cômodo vazio. "Não tem mais como aguentar isso."

Eu sei, sussurrou o Breu entre as tábuas do assoalho. *Isso está matando você.*

Brandon soltou a respiração com um engasgo rouco. Tinha contado de seu luto para a noite ao longo de meses, mas ela nunca respondera. O ar do chalé estava mais frio do que lá fora, e o lugar estava mais escuro que a própria escuridão. Perguntou-se se Alejo podia ouvi-lo falando. Perguntou-se se Alejo estava *ali*, afinal de contas. A sensação de Brandon era a de ter escorregado, de estar suspenso entre uma vida e outra, entre o que era e o que *poderia ser*.

As coisas deveriam ser diferentes, gemeu o Breu.

Algo se abriu como um fosso no estômago de Brandon.

"Eu queria uma família. Queria ser feliz."

O que faria você ser feliz?

"Minha filha", disse Brandon, com a voz vacilante. "Minha filha se foi."

As paredes de madeira rangiam com o vento. O assoalho sob os pés de Brandon se agitava. Algo dentro dele se agitou também, e ele sentiu que iria vomitar. A coisa irreconhecível rastejou para dentro dele, enrolando-se em sua barriga e ao redor do coração como um cabo oleoso. Ele não achava que ficaria com medo, mas agora temor e dor era tudo que sentia.

Sua filha está enterrada nos meus braços, sussurrou o Breu. *Você quer ela de volta?*

Brandon arquejou, trêmulo. Pela primeira vez desde que perdera a menina, sentiu lágrimas quentes fazendo os olhos arderem. Ele sabia que aquilo era errado, que não podia ser tão simples assim, mas apenas a ideia de tê-la de volta era suficiente.

"Como?"

Posso devolver a garota para você, igualzinha ao que era antes, ofereceu o Breu. *Em troca de um favor simples, seu mundo poderia voltar aos eixos.*

"Que tipo de favor?"

Me carregue com você, sussurrou o Breu, tão baixo quanto uma brisa. *Vivi sob esta cidade por anos. Quero ver a luz do dia. Quero vagar por aí. Dê um pouco de você para mim, me deixe sair para tomar um ar... E posso trazer sua filha de volta.*

Brandon enxugou as lágrimas que desciam pelo rosto. Não era verdade, ou era bom demais para ser verdade, mas ele não estava nem aí. Não sabia o que o Breu era, mas se permitiria ser consumido por ele até não restar nada, se aquilo significasse ter Logan de volta. Brandon sentiu a mãozinha enrolada ao redor do polegar como um membro fantasma.

"E *o que* você é?", perguntou Brandon.

Eu sou o breu criado a partir de tudo. Sou as memórias deste lugar trazidas à vida: a raiva, a dor, o ódio. Você conhece esses sentimentos muito bem. Me sentiu por aqui durante a vida toda. De certa forma, eu sou Snakebite. Quando o Breu parava de falar, o mundo mergulhava em silêncio. *Mas quero ser mais do que um monte de sombras. Quero ajudar você. Posso?*

Antes que Brandon pudesse responder, o Breu se esgueirou para dentro dos pulmões dele e correu pelo seu sangue. Espalhou seus tentáculos para dentro do crânio de Brandon como uma hera. O Breu não era mais Snakebite. Era *ele*. Os pensamentos e os movimentos do Breu agora eram dele. A coisa se acomodou dentro de Brandon, silenciosa e escura como a noite, e ele estremeceu.

"Sim", disse Brandon. Fechou os olhos. "Por favor, traz ela de volta."

E o mundo explodiu.

O estouro foi tão grande que estilhaçou a janela que dava para o lago. O teto e as paredes do chalé se racharam, batendo umas contra as outras com o impacto. As lâmpadas piscaram, se soltaram dos soquetes e caíram no chão. O mundo era uma tempestade espiralando ao redor de Brandon, mas ele era o olho do furacão. A *calmaria*. As árvores chacoalharam e a onda se espalhou por quilômetros na superfície do lago. As sombras ao seu redor estavam espessas de tanta magia, suspendendo estilhaços de madeira e terra no ar.

A porta para o cômodo ao lado foi escancarada, e então caiu das dobradiças. Alejo estava parado no meio do escuro, meio vestido, com os olhos arregalados de terror. Ele varreu o cômodo com o olhar como se achasse que estava sonhando.

"Brandon?", perguntou.

Brandon se virou devagar e olhou para o marido. Enrolada em seus braços e protegida dos destroços, uma garotinha com cabelo preto e olhos incomumente escuros pestanejava, acordando. Ela olhou para o rosto do pai — para o rosto de Brandon — e sorriu. E, embora estivesse cheio pela escuridão, Brandon também sorriu. Ele tinha *conseguido*. Nada mais importava.

Ele era o Breu e estava completo de novo.

Alejo olhou para Logan, e seus olhos se encheram de lágrimas. A expressão era de reconhecimento, medo e amor, tudo ao mesmo tempo. Devagar, com muito cuidado, ele entrou na sala e estendeu os braços na direção de Logan. Logan se esticou e abraçou o pescoço dele. A risada de Alejo saiu entrecortada por um soluço. Ele balançou a cabeça.

Seus olhos escuros se encontraram com os de Brandon.

"Brandon...", sussurrou ele. "O que você fez?"

36
O Adeus dos Sempre Gentis

"Espera aí", disse Ashley. "Quer dizer então que... *você* é o Breu?"

Brandon esfregou a nuca. "Até alguns meses atrás, eu era. Ou algo assim. Eu era mais como um hospedeiro para ele. Carreguei o Breu por anos, mas nunca *matei* ninguém. Isso é novidade."

"Então por que ele tá matando as pessoas agora?", perguntou Ashley.

"Não sei muito bem."

"Como assim, não sabe muito bem?"

Alejo bufou. "Pelo jeito, ela tá passando muito tempo com a Logan."

Ashley corou.

Brandon tirou os óculos e limpou as lentes com a barra da camisa.

"Não sei tanto sobre ele quanto poderia se imaginar. Ele não fala sobre si mesmo. Depois que a Logan... Depois do incidente, a gente fez as malas e foi embora. O povo ia fazer muitas perguntas sobre o chalé se a gente ficasse aqui. Perguntariam como a garota tinha voltado. Não teríamos como explicar nada disso, e sabíamos que ninguém *aqui* acreditaria na gente."

"Além disso, a gente precisava se livrar do Breu", disse Alejo.

"Então..." As palavras de Brandon morreram. Ele desviou os olhos de Alejo e pigarreou. "No começo, ele me ajudava. Dizia que ia manter a gente em movimento. Queria nos ajudar a encontrar uma casa nova."

"A Logan disse que vocês viviam na estrada", afirmou Ashley.

"Não era de propósito. A gente acabou em várias cidades pequenas muito parecidas com Snakebite. O que significava que nos deparávamos com os mesmos problemas. As pessoas não gostam de forasteiros, e um casal de homens chegando na cidade com uma menina de 5 anos no banco de trás deixava todo mundo nervoso. Acabávamos precisando ir embora de todos os lugares para onde a gente ia. Quanto mais tempo a gente passava sem se acomodar em algum lugar, mais pressão o Breu fazia. Era como se ele estivesse ficando mais fraco. Mais desesperado. E quanto mais irritado ficava, mais de *mim* ele tomava. Passei meses como um borrão, só dirigindo, sem saber exatamente para onde estava indo. Ele queria mais para se alimentar. Por anos, teve Snakebite inteira para ele. Agora só tinha a mim."

"Por que ele faria isso?"

Brandon deu de ombros. "Tenho minhas suspeitas. Talvez quisesse me usar para fazer algo que exigia um corpo físico. Mas o que acho mais provável é que estava à procura de uma cidade nova para infectar. Precisava de um jeito de se deslocar. Queria que eu fincasse raízes em uma cidade nova. Por isso, sempre que a gente voltava a se mover, ele começava tudo de novo."

"Mas ele cometeu um erro", disse Alejo.

Brandon assentiu. "A gente estava dirigindo havia duas semanas sem parar, usando o resto do dinheiro de um empréstimo que eu tinha pegado com a minha mãe. Lembro de estar abastecendo o carro enquanto o Alejo comprava água na loja de conveniência. E lembro de ouvir o Breu sussurrando no fundo da minha cabeça. Ele disse para eu tirar a cadeirinha do banco de trás e deixar na calçada. Para só... pegar o carro e ir embora."

Alejo balançou a cabeça. "Ele queria que o Brandon deixasse a gente para trás."

"Acho que queria encontrar um novo lar. É claro que não fiz nada disso, mas lembro de *querer fazer*. E lembro de saber que aquele anseio não era meu. Foi a primeira vez que senti o Breu tentando... *me controlar*. Ele não queria me ajudar, só me usar. Ele precisava encontrar um lar novo, que fosse tão cheio de ódio quanto Snakebite, para começar tudo do zero."

Ashley sentiu o estômago se revirar. A tensão crescente, aquelas sombras inquietas, o medo escuro e espesso como piche que se instalara nela desde janeiro; aquilo tudo era o Breu. Eram todos os anos de ódio que Snakebite acumulara, grudento, obscuro e enjoativo. Ela amara aquela cidade a vida toda, mas era *aquilo* que o lugar tinha criado.

"Daquele ponto em diante, a gente começou a procurar formas de se livrar dele", falou Alejo. "Não podíamos ficar muito tempo no mesmo lugar, ou o Breu daria um jeito de sair. Eu vejo espíritos desde que era criança. O Brandon e eu percebemos que a gente podia usar essa... *seja lá o que for* para encontrar pessoas que talvez tivessem respostas. Ajudamos gente a falar com parentes mortos, livramos casas de espíritos perdidos, exorcizamos objetos amaldiçoados, mas a gente estava sempre à procura de informações sobre o Breu."

"Mais cedo ou mais tarde, a gente começou a criar uma certa reputação", disse Brandon. "Uma produtora entrou em contato falando que queria produzir um programa de televisão sobre o que a gente fazia. Era a situação perfeita: poderíamos vagar pelo país sem nos preocupar com dinheiro, e alcançaríamos uma audiência maior. Alguém ia saber sobre o Breu e sobre como se livrar dele. Encontramos várias pessoas que viam fantasmas..."

"Que, a propósito, *não* eram fãs do programa", interrompeu Alejo.

"... mas ninguém conhecia o Breu."

Ashley olhou pela janela, com a cabeça a mil. Ela e Logan tinham passado semanas tentando entender o que perturbava Snakebite, e ali estava, tudo disposto diante dela. Logan estivera a metros de distância do Breu a vida toda e nunca soubera de nada. Ashley pensou em Tulsa. Naquele momento específico que havia assombrado Logan por anos.

"O que aconteceu em Tulsa?", perguntou Ashley. Ela inclinou o corpo para a frente, encostando na parte de trás do assento de Alejo. "O Breu ameaçou a Logan?"

"Não ameaçou, exatamente. Foi mais como..." Brandon suspirou.

"Ele colocou caraminholas na cabeça do Brandon, perguntando o que aconteceria com a Logan se a gente se livrasse dele", disse Alejo. "Plantou a dúvida. A gente não sabia se dar um fim no Breu também significaria perder a Logan."

"Mas é claro que eu não correria esse risco", disse Brandon. "Eu precisava afastar a Logan do Breu. O que significava me afastar da Logan. Ele sabia que a gente faria qualquer coisa para manter nossa filha em segurança."

Ashley fez que sim com a cabeça.

Alejo se virou no banco para olhar para ela. Ele estava com a expressão estranhamente calma. "Você tá lidando com isso tudo muito bem, aliás."

"Eu tive um ano bem bizarro", refletiu Ashley.

"Sei", disse Alejo. "A gente conhece bem a sensação."

Ashley correu o indicador pelo encosto do assento da frente. Algo naquela história não batia. Ela fechou os olhos. "Por que vocês voltaram pra Snakebite?"

"Foi uma péssima ideia, mas eu não sabia o que mais fazer", disse Brandon. "Não podia matar o Breu sem o risco de perder a Logan. E eu não *sabia* como acabar com ele. Então pensei em voltar para Snakebite e passar uma semana e pouco aqui. Deixar o Breu se acomodar de volta no lugar de onde tinha vindo. Depois disso, eu iria embora."

Ashley arquejou. Brandon levara o Breu até ali de propósito. "Você deixou ele..."

"... sair de mim?", perguntou Brandon. "Deixei. Foi fácil até demais. Na primeira manhã que acordei em Snakebite, as coisas estavam muito calmas. Passei uns bons dias perambulando pela cidade e achei que me livraria dele. Talvez fosse fácil assim. Até comprei uma passagem de volta para Los Angeles." Ele cobriu o rosto com as mãos. "Foi quando seu amigo desapareceu", contou, e Ashley sentiu o estômago se contrair. "Eu *soube na hora* que era coisa do Breu. Não sentia que ele tinha ido embora de verdade."

"Você acha que ele escolheu outra pessoa?", perguntou Ashley. Soltou a cabeça contra o encosto do banco de trás. Não sabia se sua mente tinha espaço para toda aquela informação. Brandon não era um assassino, mas tinha levado de volta para a cidade o monstro que o era. Fizera aquilo para salvar Logan, e talvez fosse aquela a razão pela qual Tristan havia partido.

Logan estava morta.

Os dois homens ficaram parados em silêncio nos bancos da frente do carro, a mão de Alejo sobre a de Brandon. Ashley se perguntou se ele já admitira aquela verdade para alguém. Depois de todo o tempo que Logan passara procurando por respostas, a sensação era a de que as estava roubando da amiga. Aqueles segredos não lhe pertenciam.

"Achei que se eu pudesse encontrar o novo hospedeiro, talvez conseguisse convencer o Breu a voltar para mim." Brandon pigarreou. "Achei que se pudesse ficar com ele de novo, as mortes iriam parar."

"Você aceitaria ele de volta?', perguntou Ashley. "Mesmo sem saber como acabar com ele?"

"É melhor do que deixar adolescentes inocentes morrerem."

"Por que vocês não contaram nada disso para a Logan?"

"Que diferença ia fazer?"

"A gente não sabia por onde começar." Alejo balançou a cabeça. "A gente não entendia nem como ela havia voltado. Isso ia traumatizar a menina. Queríamos que ela tivesse uma vida normal."

Ashley olhou para Brandon. "Mas aí ela ia entender por que você não é muito próximo dela."

"Isso não teria mudado nada." Brandou olhou para a palma das mãos. "Agradeço sua preocupação. Mas saber o *porquê* de eu ter me afastado não ia alterar o fato de que me afastei. Ela teria... Eu teria que ficar longe dela de qualquer jeito."

Brandon soltou o corpo no banco e, pela primeira vez, Ashley percebeu como ele estava *exausto.* Parecia não fazer a barba havia dias, e seus olhos estavam marcados por meias-luas escuras como hematomas. Ela pensou nas noites que ele passara sozinho no chalé, vagando pela floresta, procurando o Breu. Em como ele estava disposto a abrigar a coisa de volta se isso significasse deter a matança em Snakebite. Brandon toparia se atirar de novo na tristeza e na solidão se isso significasse salvar a cidade que o expulsara. Ela sempre imaginara Snakebite como uma família grande e unida, mas não conseguia pensar em uma única pessoa disposta a perder o que Brandon perdera para manter a cidade em segurança.

"Acho que você deveria ter contado tudo para a Logan", afirmou Ashley. "Assim ela não ia achar que você odeia ela."

"Ela..." Brandon se virou no banco para encará-la. "Ela o quê?"

"Não", disse Alejo, como se estivesse tentando convencer a si mesmo mais do que a qualquer outra pessoa. "Não, ela não acha que você..."

Ashley desejou não ter dito nada.

A expressão de Brandon mudou. De todas as coisas que descobrira naquela noite, essa era a que parecia tê-lo machucado mais. Ele levou as mãos ao coração e fechou os olhos. Ashley pensou na tristeza que Logan carregava sob os sorrisos sarcásticos. A forma como sentia falta da família, mesmo negando.

"E agora isso tudo foi em vão", comentou Brandon. "Porque não tem como aniquilar o Breu."

"O lugar onde tudo começou", disse Alejo. "A gente pode ir até o chalé. Impedir o que quer que vá acontecer por lá."

"A gente pode", concordou Brandon. "Se o assassino estiver lá, podemos pelo menos *tentar* argumentar com ele. Ou com o Breu."

"Ele costuma dar ouvidos?", perguntou Ashley.

Brandon e Alejo bufaram ao mesmo tempo.

Uma sensação estranha e formigante subiu pelo pescoço de Ashley. Ela olhou pela janela e, do lado de fora da delegacia, viu um vulto sombrio cintilando sob a luz amarelada. Estreitou os olhos, esperando ele assumir uma forma. O cheiro leve de combustível pairou dentro do veículo, entrando pelo ar-condicionado.

"O Tristan", sussurrou Ashley.

Alejo se virou para olhar pela janela também. Arregalou os olhos e depois se virou para Ashley. "Então esse é o Tristan. Já vi o fantasma desse garoto algumas vezes."

"Achei que ele estava me trazendo até vocês", falou Ashley. "Mas agora acho que é para a gente ir atrás dele."

Ela desceu do carro, saindo para a noite vazia. Atrás dela, a porta do passageiro se abriu, e Alejo desembarcou também. Pegou um casaco de dentro da minivan e o vestiu por cima da camiseta.

"Ele já fez você ir atrás dele alguma vez?"

"Ele nunca *me fez* fazer nada", disse Ashley. "Mas ele me levou até o corpo do Nick. E me trouxe até aqui."

"Interessante."

Brandon se inclinou por cima do console do câmbio. "A gente precisa ir até o chalé."

Ashley negou com a cabeça. "Vão vocês. Eu preciso seguir o Tristan."

"Ela não pode ir sozinha. É uma adolescente", disse Alejo, em voz baixa, como se achasse que Ashley não fosse ouvir. Ficou parado com a mão nos quadris e a testa franzida de frustração. O olhar dele se voltou para o contorno de Tristan, os lábios estremecendo. "Eu vou com ela. Você vai até chalé. Encontre a Logan."

Brandon balançou a cabeça. "Não, eu não consigo..."

"Ela precisa de você."

"Ela não precisa *de mim*."

Os olhos de Brandon estavam arregalados, aumentados por causa dos óculos. Os nós dos dedos, apertados no volante, estavam brancos.

Ashley olhou de um para o outro. Não ligava para quem iria com ela e quem iria até o chalé, contanto que fossem *logo*. Aquela noite era a noite em que tudo acabaria. Tristan já pairava para longe do estacionamento, sumindo rápido noite adentro. Ele se virou para olhar por sobre o ombro, mas Ashley não conseguia ver seus olhos. O tempo estava acabando.

"Eu vou nessa", disse Ashley.

"Espera", exclamou Alejo. Fechou os olhos e escorregou a mão para dentro do punho fechado de Brandon. "Você é o único que conhece o Breu. É capaz de deter essa coisa. Você consegue."

Brandon o fitou. "Ele tá mais forte do que quando estava comigo. Não sei o que é capaz de fazer." Pigarreou. Nuvens escuras corriam por sobre a lua acima deles, pintando a estrada de prateado. No escuro, Ashley ouviu Brandon respirar fundo, de forma lenta, metódica e cansada. "Se ele estiver forte demais... Não sei qual de nós vai sair dessa."

"*Você* vai." Alejo deu uma risada trêmula. Manteve a expressão leve por Brandon, mas Ashley viu como sua mão apertou com mais força a porta do passageiro. "Por que eu não vou fazer a declaração de imposto de renda com aquela coisa de novo."

"Um destino pior que a morte."

Não era uma despedida normal. De repente, Ashley entendeu que eles já esperavam por aquele dia. Sabiam que aquele momento chegaria, cedo ou tarde. Sabiam que Brandon precisaria encarar o Breu sozinho. Que, depois de tudo aquilo, era inevitável passar por um adeus daqueles. O tipo de adeus que poderia ser para sempre.

"Eu te amo", disse Alejo.

Brandon assentiu. "A gente vai ficar bem, tá bom?"

"Um dia." Alejo suspirou.

Brandon sorriu. "Te vejo quando tudo isso acabar."

Alejo estendeu as mãos para dentro da minivan e envolveu o rosto de Brandon entre as palmas. Beijou o marido, um beijo suave, demorado e cheio de pesar. Quando se afastaram, continuou segurando Brandon e o olhou no fundo dos olhos.

Com isso, Brandon fechou a porta, deu partida na minivan e pegou a rodovia na direção da floresta. Do outro lado da pista, Tristan flutuava. Estava esperando, pairando logo acima do asfalto, ali e fora dali ao mesmo tempo. Na noite, parecia mais fumaça do que humano, mas ela conhecia a forma dele, por mais diáfana que fosse. O vento soprava pelo vale, assoviando acima da água como um grito. Havia morte no ar. A noite estava entumecida dela.

Alejo ficou parado por um instante, com os olhos fixos nas luzes do carro de Brandon até elas desaparecerem na curva da estrada.

"Bom, hora de seguir seu fantasma, então."

Eles subiram na Land Rover e seguiram na direção de Snakebite. Era difícil enxergar o fantasma de Tristan na escuridão, mas Logan e Alejo trabalharam juntos e seguiram a silhueta de rua em rua. O garoto parou diante de uma casa baixa e verde logo atrás do Chokecherry, girando como tinha feito no Cemitério dos Pioneiros.

Ashley conhecia aquela casa.

Alejo balançou a cabeça.

"É o Frank Paris que mora aqui, não é? Por que ele iria trazer a gente até esse lugar?"

"Não faço ideia."

Ashley desafivelou o cinto e desceu. Ela e Alejo seguiram Tristan até a porta da frente, hesitando no alpendre. Vindo do lado de dentro, Ashley podia ouvir o som abafado da TV e o murmúrio de vozes por cima. Ashley encarou Alejo e bateu na porta sem muita segurança.

Alguém abriu a porta, e Ashley se viu cara a cara com John Paris. O mesmo John Paris que tinha tentado afogar Logan. Raiva borbulhou em seu peito, mas ela a reprimiu. Tristan tremulava atrás de John, seguindo casa adentro.

"Ashley", disse John. "E...?"

Alejo emoldurou um sorriso surpreendentemente fácil e cumprimentou John com um aceno rápido. "Alejo Ortiz. A gente ainda não se conhece. Você é o filho do Frank?"

John estreitou os olhos. "O que vocês estão fazendo aqui?"

"Posso entrar?", perguntou Ashley.

John olhou por cima do ombro, abriu a porta e fez um gesto para que ela entrasse. A garota assentiu para Alejo, como se prometesse que ficaria bem sozinha, e depois entrou na sala de estar dos Paris. Um filme de ação passava na TV. Fran estava encolhida no sofá, sob uma manta, mexendo distraída no celular. Assim que ergueu os olhos e viu Ashley, sua expressão azedou.

"Ash?", perguntou a garota. "O que você...?"

"Eu só preciso de um segundo", disse Ashley. Tristan flutuava diante da porta que dava passagem da sala de estar para o cômodo seguinte. "Eu... Viu, o que fica por ali?"

"O que tá rolando aqui?", perguntou John.

Pânico brotou no peito de Ashley. Tristan continuava a girar perto da porta.

"Eu só preciso entrar ali. Prometo ir embora depois."

"Não."

"John, *por favor*", pediu Ashley.

"Não. Você não deveria estar com a sua namoradinha?", perguntou o rapaz. Abriu um sorriso sarcástico e cheio de confiança. "Vou precisar tirar você da minha casa à força."

Ashley se virou para Fran, porque não era para John Paris que estava apelando. Fran não tirou os olhos do celular, mas estava escutando.

"Eu estaria com a Logan se você não tivesse tentado *matar* ela."

Ao ouvir a palavra *matar*, Fran se virou para John.

"Do que ela tá falando?"

"Ela tá bem." John bufou. "A Ash tá exagerando."

"Eu não tô exagerando nada", cortou Ashley. "Você segurou a cabeça dela dentro da água por quinze minutos. Sorte sua que ela sobreviveu."

"Isso é verdade?", questionou Fran.

Ela estava com os olhos arregalados e tinha uma expressão semelhante à de um animal acuado. John olhou para Fran mas não disse nada, e ela soube. A boca dela tremeu, mas não falou nada. Olhou para Ashley, e as palavras não ditas ficaram claras.

Sinto muito.

John desligou a TV. "Dá o fora da minha casa, Ash."

Tristan olhou para Ashley, depois para John e então para a porta. Havia algo do outro lado, e ele precisava que ela visse o que estava lá, fosse o que fosse. Era o que queria desde o princípio. Ela estava a passos de entender por que Tristan a assombrara por meses, e não ia deixar John Paris impedir.

"Não posso ir embora", disse ela. "É o Tristan, ele..."

"É sério isso?", explodiu John. "Achei que a Fran estava exagerando sobre você e essa história de fantasma. Ainda bem que o Tristan não tá aqui para ver essa merda. Você tá completamente pirada."

Tristan se afastou da porta. Ficou tremulando ao lado de John, e Ashley lembrou dos dois juntos, de como costumava ser. O ódio de John ia além da simples raiva. Era dor. Ele não fora o único que não tivera a oportunidade de dizer adeus. Ela olhou para Tristan, mas ele não tinha respostas. Seu semblante parecia relaxado. Pesaroso. Estava triste por John, triste pelo que o amigo tinha se tornado.

"Não tenho como explicar, mas o Tristan está tentando me mostrar alguma coisa." Ashley respirou fundo. "Se você me deixar ir atrás dele, prometo que vou te deixar em paz. Se eu estiver errada, não vai fazer mal para ninguém."

"Não quero que você deixe a gente em paz, Ash", explicou John. "Quero que você volte ao normal."

Tristan retornou até a porta e sumiu através dela. Ashley não podia mais esperar pela cooperação de John. Precisava agir. Correu na direção da porta, mas John foi mais rápido. Deu o bote na direção dela, com os punhos cerrados mirando o rosto da amiga. Ashley se encolheu, preparando-se para o impacto, mas nada aconteceu. Ouviu um baque seco à sua frente. Abriu os olhos no mesmo instante em que Alejo escancarava a porta de entrada. Entre os dois, John Paris jazia encolhido no chão, inconsciente.

Ashley pestanejou.

Fran estava parada atrás dele, e seus os dedos trêmulos apertavam um pesado aparador de livros. Ela largou o objeto de madeira e levou as mãos à boca. "Ai, meu deus. *Ai, meu deus.*"

"Fran...", começou Ashley. "Eu..."

"Só vai", disse Fran. Sua voz estava trêmula. "Eu fico aqui."

Ashley assentiu. Ela e Alejo abriram a porta, que dava para uma escadaria acarpetada. Desceram até o porão e Alejo pegou o TermoGeist do bolso, segurando o aparelho diante do corpo. A luz começou a piscar em vermelho, como fizera no cemitério, e os lábios dele se retorceram, fazendo uma careta.

Tristan flutuava na metade da escada e se virou para encarar a parede oposta. De repente, tinha ficado *mais tênue* — apenas um sussurro se comparado ao Tristan que estivera com eles no andar de cima. Ashley apertou os olhos para vê-lo direito. Achou que ele parecia estar com medo.

"Foi aqui", sussurrou ela. "Foi aqui que você..."

"... morreu", completou Alejo com um sussurro. Levou a mão ao peito. "Não sou um paranormal perfeito, mas isso... eu consigo sentir."

"Eu também", disse Ashley, embora não soubesse muito bem o que estava captando.

Era algo profundo, sombrio e gelado. A sensação se instalou em seu peito como mofo, dificultando a respiração. Ela tentou ver o rosto de Tristan, mas ele era mais sombra do que humano. Não sabia se o medo que sentia era dela mesma ou se era dele. Sentiu o gosto do temor na boca. Tristan tremulou, fraco demais para conter o próprio pânico. Vazava dele para Ashley. Naquele porão, tudo que havia era morte.

"Tristan", chamou Alejo. Esfregou o maxilar, como se estivesse esperando as palavras certas lhe ocorrerem. "Eu... agradeço por você ter vindo até aqui. Sei que você tá com medo. Mas você também foi muito corajoso."

Tristan se virou para olhar para eles. Era difícil dizer se a intenção era impedir que avançassem porão adentro ou se queria que fossem sem ele. Alternou o olhar entre os dois, e ela desejou que o pai de Logan e o namorado tivessem se conhecido quando Tristan estava vivo. Queria que Brandon e Alejo o tivessem salvado. Queria que não estivessem agindo sempre em retroativo, tentando entender o que já estava feito.

Enfim, Tristan desceu flutuando o resto da escadaria e parou. Ashley foi atrás, e o porão se abriu ao redor dela. Era um cômodo normal. Havia uma tv presa à parede, diante de um sofá pequeno estampado de xadrez e uma mesa simples. Uma lavadora e uma secadora tinham sido instaladas junto da escada. Na outra parede, a família Paris tinha um balcão de ferramentas e uma tábua de passar. Parecia tudo normal, exceto pelo medo paralisante que abria caminho pela garganta de Ashley.

Alejo estava certo. A morte permeava o ar daquele lugar, espessa o bastante para sentir.

"Sinto muito", Alejo falou para ela. "Você não deveria ter que..."

"O que raios tá acontecendo aqui?"

Ashley se virou nos calcanhares e olhou para a escada. O xerife Paris estava parado no topo. Ele desceu os degraus, e Ashley entendeu de uma vez por todas o porquê de Tristan a ter levado até ali.

Porque estavam encarando o homem que o matara.

O fantasma de Tristan se virou para a escada. Em um piscar de olhos, tinha se reduzido a nada além de um contorno. Ele se encolheu e caiu no chão. Em todas as aparições, Ashley nunca ouvira Tristan emitir som algum.

Mas quando Paris chegou no último degrau, Tristan berrou.

37
Você Vai Encontrar seu Caminho

"Não." Alejo recuou para longe da escada, na direção da bancada. "Não pode ser você. É impossível... Isso não faz sentido nenhum."

Ashley mal podia ouvir coisa alguma devido aos gritos de Tristan. Olhou para o rosto de Paris. Aquele era o homem que tinha ajudado nas buscas, que chorara na cerimônia de Tristan, que havia tratado o garoto como um segundo filho. A expressão dele estava vazia, distante e inabalada pelo choque de Alejo. Com o cabelo loiro cortado curto e a pele bronzeada pelo sol, era a personificação de Snakebite. Ele *não podia* ser o assassino.

O xerife arqueou uma sobrancelha. "Tenho quase certeza de que *você* deveria estar em uma cela."

"A gente era vizinho no Bates", disse Alejo, com a voz vacilante. Na luz hostil do porão, o rosto dele estava quase cinzento. "A gente andava junto todo dia. Você foi a primeira pessoa para quem eu contei que eu era... Eu sei que você não fez isso. Sei que não machucou esses adolescentes."

O xerife Paris não disse nada.

Ashley sentia que ia vomitar.

"A gente conversa desde...", continuou Alejo. "Eu saberia."

Os gritos de Tristan pararam. O TermoGeist se apagou. Por um instante, Tristan não estava mais ali, tinha deixado Ashley e Alejo sozinhos para encarar o diabo. Talvez quisesse que eles encontrassem aquilo, a verdade. Mas agora que tinham se deparado com ela, Ashley não tinha muita certeza do que fazer. Não havia ninguém para quem contar o que tinham descoberto. Não era como se Paris fosse permitir que saíssem daquele porão ciente de que eles sabiam de tudo.

O semblante do xerife relaxou. "Você não sabia? Eu tinha certeza de que sabia. Por quanto tempo viveu com aquela coisa? Treze anos? Talvez não a conheça tão bem quanto achou que conhecia."

Alejo cobriu a boca com as mãos. "Eles eram adolescentes, Frank. Os amigos do seu filho."

"Falando no John", disse Paris, "qual de vocês apagou ele?".

Os olhos de Ashley e Alejo se encontraram. Então Fran tinha escapado. Estavam realmente sozinhos ali. A única esperança de Ashley era que a amiga tivesse ido buscar ajuda.

"Isso não importa." Paris olhou para a bancada de ferramentas. "Vocês sabem que não posso deixar nenhum dos dois ir embora."

"Ainda não é tarde demais", argumentou Alejo. "O Breu é forte, mas você consegue calar a voz dele. O Brandon conseguiu."

"Não é tarde demais para quê? Eu matei pessoas, Alejo." Paris pigarreou. "Além disso, a coisa foi embora. Sou só eu agora. Esse é quem eu deveria ser."

Alejo balançou a cabeça, com os olhos arregalados. "Se ele não tá com você, tá onde?"

"Deve estar com a sua filha, na verdade. Falou alguma coisa sobre fechar o ciclo. Não entendi o que ele quis dizer. Por alguma razão, era muito apegado à sua família. Tentei não me meter nisso."

A expiração de Alejo saiu entrecortada. Ele cerrou os punhos, mas sua expressão não era de raiva. Era de tristeza, beirando o pesar. Perdera a filha uma vez, agora talvez a perdesse de novo, e não havia nada que pudesse fazer. Aquilo também afetou Ashley. Se ela e Logan tivessem ido embora de Snakebite, nada daquilo teria acontecido. Logan estaria em segurança.

"Você ajudou a gente a procurar o Tristan", disse Ashley. "Por quê?"

Paris franziu a testa, e o gesto acertou Ashley como uma punhalada na barriga.

"É meu trabalho."

Devagar, Alejo levou a mão ao bolso de trás para pegar o celular.

"Você vai matar a gente? Não vai sobrar ninguém em Snakebite quando terminar. Acha que as pessoas não vão achar isso suspeito?"

"Acho que, depois de vocês dois, vou meter o pé na estrada." Paris pousou a mão na arma presa ao coldre do cinto. "O John ainda não sabe, mas ele vai entender."

John Paris era um tipo de monstro, mas Ashley duvidava que fosse o tipo de mostro que entenderia *aquilo*. Tristan e Bug eram amigos de John. Até pouco tempo atrás, ele era amigo de Ashley também. Quando soubesse que o pai fora o responsável por matar todas as vítimas, quando soubesse que o pai fora razão por ter ficado sem amigos, ficaria destruído. Aquele homem estava a quilômetros de distância do Paris que ela conhecia: vivia em um mundo paralelo.

Ele sacou a arma.

Alejo arquejou de dor.

O TermoGeist caiu e trepidou no chão do porão, o estalido ecoava nas paredes como palmas abafadas. A luz vermelha na parte de cima do aparelho soltou um brilho azul intenso por um instante, e depois voltou para o vermelho conforme anéis de fumaça escura envolviam a carcaça de plástico. Alejo levou a mão à outra palma, apertando com o polegar uma marca comprida de pele queimada entre os dedos.

"O quê...?", começou Ashley.

De repente, o ar ficou pesado como se uma camada de som tivesse sido cancelada, deixando um abismo infinito de silêncio atrás de si. Os ouvidos dela zumbiram com a calmaria. Alejo também sentiu: cambaleou para trás, agarrando o corrimão da escada do porão para se equilibrar. O TermoGeist no chão continuava a soltar fumaça, tremendo e espocando ao liberar faíscas. Ela sentiu o cheiro de Tristan, como sempre sentia. Combustível, grama recém-cortada e o cheiro suave e indistinto de luz do sol. Havia mais uma coisa que ele precisava fazer antes de partir. Estava esperando.

O xerife Paris massageou o lugar onde o maxilar encontrava a garganta. O cenho se franziu em uma fúria silenciosa.

"Que *raios* é isso?"

Ashley sentiu o gosto da eletricidade na língua. O cômodo se encheu de gritos de pesar. A raiva de Tristan a preencheu até ela ser incapaz de respirar, até não poder mais ver pelos próprios olhos, até não lembrar mais do próprio nome. Ela sentiu mãos ao redor do pescoço, mãos de palmas largas e calejadas como couro. Viu os olhos de Paris, cinzentos como ardósia, encarando os seus, sentiu um toque de gelo na coluna e ficou atordoada quando entendeu que seria morta.

Na noite em que morrera, Tristan estava tão sozinho...

Aquilo fora a última coisa que ele havia sentido.

Dedos se fecharam com gentileza ao redor do pulso de Ashley. Alejo se inclinou até os dois ficarem com os olhos no mesmo nível, o sorriso dele era amargo e cálido ao mesmo tempo. "Volta. Essas são as memórias dele", disse. "Não vai atrás dele."

Mesmo que Paris não estivesse vendo o que ela via, estava sentindo o que ela sentia. Seus olhos vasculhavam os cantos do porão em um frenesi, como se estivesse procurando Tristan nas sombras, como se vê-lo fosse fazê-lo parar. Ashley se perguntou se o xerife sequer entendia que era Tristan. O homem recuou até a parede do porão, espalmando as mãos no concreto, mas era tarde demais.

Tristan surgiu no espaço entre Ashley e Alejo e, por um único instante, era ele mesmo. Entre os dois, com os ombros largos o bastante para preencher toda a distância, era muito mais que uma memória. Era como se tivesse sido extraído daquele último momento no quarto de Ashley, vivo e bem. Era como se, com Ashley e Alejo ali, vendo-o, ele fosse forte o bastante para enfim se materializar. Ele estava com o cabelo cor de mel, olhos azuis brilhantes e covinhas nos cantos da boca.

Ashley sentiu o coração doer, porque foi como se nada daquilo tivesse acontecido. Por um instante, Tristan estava ao lado dela e a fez voltar no tempo.

A expressão dele ficou séria. Ele atravessou o cômodo com um único passo, e de repente não havia mais Tristan. Era um borrão branco, disparando pelo espaço vazio como um pequeno furacão. Rodou ao redor de Paris e, além do borrão, Ashley pôde ver os olhos do xerife.

Medo.

Ele sabia que era assim que iria morrer.

A estática no ar disparou, e Ashley caiu de joelhos com as mãos cobrindo os ouvidos. Em algum lugar em meio ao chiado havia um grito baixo, gutural e mortal.

Um corpo caiu no chão.

A eletricidade no ar morreu.

Havia apenas o silêncio.

"Jesus", sussurrou Alejo.

Ashley abriu os olhos e viu. O corpo do xerife Paris estava largado no chão do porão, com o pescoço torto e os braços abertos ao lado do torso. Encarava o nada, e os olhos estavam arregalados de medo. Não era necessário checar os batimentos cardíacos para saber que Paris estava morto. Nas últimas semanas, ela vira mais que sua cota de cadáveres.

Tristan voltou a aparecer. Seus ombros cederam conforme ele se materializava no ar gélido do porão. Parou bem no meio do cômodo como uma corrente de ar frio, parecendo *cansado*.

O bolso de trás de Alejo vibrou, quebrando o silêncio. Trêmulo, ele pegou o celular, e Ashley reconheceu o suporte do chip do Escripto8G preso atrás da capinha. Ele tocou na tela e arregalou os olhos. Hesitante, virou o celular na direção de Ashley.

"É para você."

Ela piscou várias vezes. Havia duas palavras escritas em letras pretas e negritadas contra o fundo branco e brilhante: AINDA AQUI.

Tristan se ajoelhou diante de Ashley. Pegou as mãos dela entre as suas, e seus olhos ainda eram os de sempre. Contra o rosto cinzento e disforme, eles estavam brilhantes e cheios de lágrimas. A pele parecia uma brisa fresca contra os dedos dela, mas era o suficiente. Ele ainda estava ali, ainda estava com ela, ainda estava junto dela por mais um tempo. Os lábios de Ashley tremeram e sua respiração saiu entrecortada. Ainda tinha medo.

Ashley fechou os olhos. "Você precisa ir agora?"

Tristan correu o olhar pelo porão, com a expressão se contorcendo de pesar. Soltou as mãos de Ashley e flutuou até a parede oposta, pairando ao lado de um nicho fechado com tábuas.

"O que foi?"

Alejo pousou a mão no ombro dela. "Tem alguma coisa prendendo ele aqui."

O cheiro de mofo queimava nas narinas dela. Tristan continuou a flutuar ao lado do nicho. Quando estreitou os olhos, Ashley notou que ele tremia. Pelas tábuas desiguais, viu a escuridão profunda e sentiu o estômago se revirar. Fechou os olhos.

"O... nicho na parede." Ashley apontou para as tábuas. Estava atordoada, com a cabeça a mil. A escuridão começou a se esgueirar pelos cantos de seu campo de visão. "Ele quer que a gente tire as tábuas?"

Alejo confirmou com a cabeça. Esfregou o rosto.

"Não precisa ser você. Eu... eu faço isso. Eu..."

Ele pressionou a testa com a mão e suspirou fundo. Além do cheiro de poeira e coisa guardada, havia um odor pungente e adocicado permeando o ar. Alejo foi até o nicho, com Tristan bem ao lado. Ele olhava para Ashley para ter certeza de que ela estava olhando também. Alejo pegou um pé de cabra na bancada de ferramentas. Estava respirando rápido, abrindo e fechando a mão ao lado do corpo.

"Você quer que a gente abra?", Alejo perguntou para Tristan.

O celular de Alejo vibrou entre as mãos de Ashley. O Escripto8G dizia apenas: SIM. Ashley olhou para Alejo e confirmou com a cabeça.

"Certo." Alejo fez uma careta. "Você pode, por gentileza, ligar pra polícia estadual?"

Ashley discou para as autoridades do estado do Oregon enquanto Alejo arrancava a primeira tábua que fechava o nicho. A escuridão se abriu além da madeira, estendendo-se vários metros para dentro da passagem. Alejo apoiou o pé na parede e arrancou uma segunda tábua. Ela caiu, e o conteúdo do nicho ficou visível. Era uma pequena área sem pavimento, com grãos de poeira flutuando no ar e sujeira girando na escuridão. Ela teve a impressão de ver algo irrompendo da superfície seca da terra, algo redondo e feito de borracha, como a ponta de um tênis.

Alejo cobriu o nariz e a boca com a gola da camiseta e conteve um acesso de tosse.

"Ai, meu deus. Ashley, não olha."

Ela não precisaria olhar para saber o que estava ali. Tristan encarou o corpo, aparecendo e desaparecendo sob a luz. Continuou encarando a cena, e tudo nele se dobrou para dentro, encolhendo como papel no fogo. Havia uma parte de Ashley, minúscula e silenciosa, que ainda tinha a esperança de que ele estivesse vivo. Que ainda esperava que Tristan fosse uma exceção.

Mas não havia exceção. Ele tinha sido a primeira vítima.

Ashley mal podia ver Tristan através das lágrimas ardentes, mas sentiu-o se aproximando. Sentiu-o chegando perto. Não como era antes — mal estava ali, na verdade —, mas já era algo. Quando ela fechou os olhos, quase conseguiu sentir as batidas trêmulas do coração do namorado. Ashley envolveu Tristan em um abraço e apoiou a testa no ombro dele.

"Obrigada", sussurrou. "Eu sinto tanto, mas tanto..."

O abraço de Tristan ficou mais apertado. Ela teve certeza. Por um momento, tudo ficou cálido. O ar cheirava a combustível, grama cortada e dezoito anos de memórias. O mundo que Tristan criara para eles a dominou, e de repente estavam deitados na caçamba da caminhonete: rindo, sussurrando e olhando as estrelas. O céu inteiro estava aberto acima dos dois, e eles estavam em casa. Ashley inspirou uma última vez, e depois tudo desapareceu.

Mesmo sem abrir os olhos, soube que ele havia partido.

Tristan Granger estava morto, e ele havia partido.

Interlúdio

No início, o Breu é apenas um pensamento.

É impossível dizer quando ele começa. É apenas uma mancha, apenas um ponto de tinta no solo, apenas uma ideia. O Breu não é criado por apenas uma coisa. Se as colinas douradas e os céus brilhantes de Snakebite são a esperança, o Breu é o oposto. É a esperança virada do avesso. É raiva coagulada, ódio espesso como piche, o resíduo que cobre a água do lago como uma película. Quando um homem mata o irmão ali, o Breu fica mais forte. Quando uma enxurrada varre os túmulos no Cemitério dos Pioneiros, o Breu se acomoda entre eles e os transforma em seu lar. Quando, por um instante, todo o ódio da cidade se concentra em um único ponto, em um homem lamentando a perda da filha, o Breu encontra uma forma de escapar. Ele existe em Snakebite desde sempre, mas vê novos horizontes no homem.

Está nas sombras, nas moitas chacoalhantes, nas profundezas do lago. Existe ali desde que o ódio começou a nublar os corações de Snakebite como um nevoeiro preto.

É impossível dizer quando o Breu começa.

Mas é aqui que ele termina.

Agora a garota é quase toda Breu. É fácil de ser modificada. Sob camadas de cinismo, ela anseia por um lar. Por felicidade. Por alguém que a ame. O Breu abafa a luz nela: um pai com olhos escuros cheios de risadas, uma garota com cabelos cor de sol e lábios macios, memórias de água cristalina, céus brilhantes e a estrada sem fim. Ela se lembra da melodia agridoce de um piano que agora jaz apodrecido.

O Breu está mais forte do que nunca, e é por isso que ele vem esperando. A garota é a faca afiada destinada a matar. De certa forma, ela sempre seria o final.

É a coisa que desfaz as outras.

Pegue a arma, sussurra o Breu para ela.

Ela obedece, porque é a única coisa que pode fazer. Agora quer apenas o que o Breu quer. Ele não precisa mais convencer ninguém. Não precisa mais se arrastar, implorar para que homens idiotas o escutem. Os olhos da garota estão fechados, o coração dela bate em um ritmo irregular contra as costelas. Por dentro, ela luta contra o Breu, mas não consegue se livrar dele. Estremece sob o peso das coisas que ele mostrou. Os anos que esqueceu. Suas memórias flutuam na sombra como grãos de poeira e cinzas. Ela se lembra de como foi morrer, ser enterrada, e entende o mundo de seus pesadelos.

"Logan?"

É o garoto no chão. A voz dele está fraca, e o Breu está a um fio de cabelo de fazer Logan matá-lo. O Breu se enrola ao redor do pescoço dela. *Bata nele com força. Ele vai dormir até acabarmos com isso. Vai ser melhor para ele.*

O maxilar de Logan se contrai, mas ela faz o que lhe foi ordenado. Avança e dá uma coronhada forte no rosto do amigo. Ele despenca contra a parede e tomba de lado, os óculos caindo com estardalhaço no assoalho. Ela se arrepende, sente uma emoção que tem gosto de podridão e pesar, mas não o ajuda. Não é capaz.

Ele vai chegar logo, lembra o Breu. *Já posso ouvi-lo entre as árvores.*

Os batimentos cardíacos do homem que se aproxima estão acelerados. Erráticos de medo. É um animal que teme um predador, mas que, ainda assim, corre na direção do Breu.

Como se tivesse planejado, o homem irrompe pela porta do chalé, e o Breu estremece. Imaginou esse momento ao longo de todos esses meses. O homem é o hospedeiro original. Aquele que tirou o Breu do éter e que lhe deu uma forma. É o único que pode desfazer o Breu, mas o Breu *não* será desfeito.

Diga olá para o seu pai.

"Logan", balbucia o homem, quase desmaiando de alívio. Dá um passo na direção dela, mas sente que há algo de errado com a filha. Hesita, e seus olhos recaem sobre a arma na mão dela. Seu rosto fica pálido.

A garota arqueja. "Olá."

O homem congela no lugar. Olha para ela e reconhece o Breu. Não o reconheceu no xerife, mas o reconhece na menina. Vê nos olhos dela as sombras que lhe são tão familiares. Viu as mesmas sombras no espelho milhares de vezes. O Breu fica satisfeito ao ver que o homem lembra dele tão bem. Por mais que tenha tentado rechaçar o Breu, sua presença persiste nele.

"Logan, o que aconteceu?", pergunta o homem. "Por acaso ele..."

Conte a ele o que acontecerá agora, sibila o Breu no ouvido da garota. *Conte pelo que ele vai pagar.*

Ela se prepara. Aperta a arma com mais força na mão escorregadia de suor. "Você vai terminar o que começou", diz ela entre engasgos. "Você sabia que isso não ia durar para sempre. Que um de nós não ia sobreviver."

A afirmação quebra o homem, quase rápido demais. É muito mais fácil do que o Breu achou que seria. Atrás das lentes grossas, os olhos dele se fecham para evitar as lágrimas. A garota é o nascer e o pôr do sol do pai. O Breu se lembra: quando a garota envolveu o polegar do pai com os dedinhos, foi a primeira vez que o homem se sentiu vivo de verdade. É mais do que certo que ela dê um fim nele. É mais do que certo que a garota que o Breu trouxe de volta à vida seja aquela a tirar a vida do homem.

Uma vida por uma vida, sussurra o Breu para ela.

"Logan", diz o homem, "sei que ele é muito forte. E que parece que você não pode lutar contra ele. Mas só... pensa em quem *você*.

A testa da garota se enruga em um pequeno ato de resistência. O Breu se revira entre os ossos dela. Raspa contra as paredes do crânio, preenchendo sua cabeça até não haver espaço para mais nada. Encontra a pequena parte tremelicante de que precisa, encontra a parte que *odeia* o homem parado diante dela. Encontra memórias de aniversários esquecidos, de noites passadas vendo o rosto dele na TV, de jantares solitários. O Breu encontra o túnel em Tulsa, o olhar cheio de ódio que o pai dirigiu à garota, o medo que a preencheu. Encontra as batidas solitárias e estremecidas do coração dela e assume o controle.

Ele não ama você, lembra o Breu. *Não foi ele quem salvou você. Fui eu.*

A menina ergue a arma. A mão dela treme.

"Calma, calma", diz o homem com as mãos erguidas, um gesto defensivo. "Logan, me escuta. O Breu parece mais alto do que todo o resto. Mas você pode ignorar ele. Se você..."

Atire nele.

Ela atira.

E vacila no último instante, virando as mãos para a esquerda para não acertar o homem no peito. A bala pega no ombro e ele cai de joelhos. Geme de dor, e o som parece música aos ouvidos do Breu. É muito melhor do que os acordes do piano. O sangue brota por entre os dedos do homem e ele morde os lábios para não gritar.

"Como você veio parar *aqui?*", pergunta para o Breu. Sua gentileza se dissipa, e agora ele é pura agonia frenética, com a voz rouca de dor. "Por que você não morreu? Faz *anos*."

O homem ainda não entende. Não entende como o Breu surgiu para começo de conversa. Não entende por que foi escolhido para ser seu primeiro hospedeiro. Não entende o que o sustenta agora.

A garota entende, porque sente o ponto no qual o Breu se apega a ela. Ele intensifica o aperto em uma parte retorcida e deturpada do coração dela, que deveria conter o pai ausente. Ela sempre soube que essa parte de si era corroída e podre. Entende o que alimenta o Breu de uma forma que o homem nunca entendeu.

Conte a ele o porquê, sussurra o Breu.

"Ele escolheu você porque você odiava Snakebite. Quando deixou de odiar a cidade, ele precisou encontrar outra coisa... Continuou vivo porque..."

O homem se lembra. Lembra dos quartos silenciosos de hotel e das longas extensões de estrada. Lembra da voz do marido ao celular, abafada pela estática. Lembra de fechar os olhos e tentar recordar os detalhes do rosto da filha. Lembra da exaustão corroendo seus ossos e ele se forçando a continuar, a manter a cabeça acima da superfície para sobreviver. Ele entende o Breu como uma pedra entende uma barragem aberta sobre ela.

O homem olha para as próprias mãos.

"... porque eu me odiava."

De novo, ordena o Breu. *Mate-o.*

A garota aperta a coronha da arma com mais força. Em vez das lembranças solitárias com que o Breu a alimenta, ela recorda de um momento passado com o homem: uma viagem silenciosa de carro até a cidade, uma festa de aniversário em que os pais se fantasiaram de Caça-Fantasmas, uma ida a um parque de diversão cheia de sorrisos e risadas. As memórias são ancestrais, enterradas sob muita dor e saudade, mas a garota se apega a elas como se fossem ossos ressecados pelo sol do que a vida poderia ser. Ela vive nas memórias, resistindo ao Breu. O vento assovia por entre as tábuas soltas do chalé e faz a pele da garota se arrepiar. Ela está tremendo. Gotas de suor se acumulam em sua testa, mas ela não cede.

O homem olha para ela e sorri. "Eu fiz tudo errado. Eu sei."

"Não, não fez", diz a garota, entredentes.

"Provavelmente é tarde demais, mas posso te contar algumas coisas sobre a gente?", pergunta o homem. "Não de quando estávamos em Los Angeles ou na estrada. Antes disso, de quando a gente morava aqui. Lembra? Cinco anos em que éramos só você, eu e seu pai."

A cabeça da garota volta no tempo. Mesmo com tudo que o Breu lhe mostrou, ela não lembra daquele lugar. Mas o Breu lembra. Lembra de tirar os ossos da terra e de montá-la de novo, do tutano aos músculos, pedaço de pele por pedaço de pele, o sangue correndo pelas veias. Ele se lembra de colocar a garota nos braços do homem no mesmo ponto onde agora ela está sozinha.

Dói nela pensar que não se lembra disso. Quer cavar a mente até reivindicar as memórias de volta.

"A gente era muito feliz quando morava aqui. Eu queria que fosse daquele jeito para sempre, só nós três. Eu e seu pai éramos apaixonados um pelo outro, mas no dia em que vi *você*, tudo fez sentido." O homem ainda está sorrindo, com lágrimas nos olhos, e a visão confunde a menina. Ela nunca o ouviu falar sobre amor e alegria. Nunca o viu chorar. Não entende o que aquelas coisas significam.

Ele continua.

"Você ficou doente. Foi embora rápido demais. A gente não conseguia... *Eu* não conseguia viver sem você." O homem tenta se levantar, mas o braço não dá conta de suportar o peso. Ele range os dentes, tomado pela dor, e tenta não desabar no chão. "Sou eu que dou poder para essa coisa. Deixei isso se alimentar de mim por anos. E fui muito idiota, porque não sabia o que ele faria. Não sabia se começaria a envenenar outra cidade. Não sabia se me faria machucar as pessoas. Não sabia se me faria machucar *você*. Achei que você ficaria mais segura sem mim."

Chega disso, sibila o Breu. *Mate-o e acabe com essa história. O que ele está falando agora não compensa sua solidão. Ele não tem como desfazer a dor.*

A garota fecha os olhos e aperta a testa com a mão. É um gesto que o homem reconhece como dela, não do Breu. Ele sorri, um sorriso frágil mas cheio de esperança, porque acha que pode recuperar a filha. Acha que pode separar a garota do Breu. Ele esquece que o Breu não captura a pessoa, mas a faz se transformar nele.

O Breu se aproxima da orelha da garota, quente, tranquilo e calmo. *Ele não pode apagar sua dor, mas eu posso. Só quero livrar você do sofrimento. Fico mais forte quando você está mais forte. Seja forte agora.*

"Logan", repete o pai. Ele estremece, e os dedos estão manchados pelo próprio sangue. "Fui eu que soltei essa coisa, mas não me arrependo. Faria tudo de novo. Deixaria o Breu me matar para manter você viva."

O Breu pega a menina pelo pescoço. Ela mal pode respirar. O coração estremece com o aperto. Lágrimas quentes embaçam seus olhos quando ela fita o rosto do homem. Ela o odeia, mas também o ama. As duas emoções assolam o peito da menina como fogo vivo, e elas vêm do mesmo lugar. Para ela, parecem a mesma coisa.

"Não, isso não... não faz sentido algum." Com lágrimas engasgadas na garganta, ela pergunta: "Se foi tudo por mim, por que você me deixou sozinha?".

A expressão do homem se estilhaça. Ele estende a mão para pegar a da filha, e ela volta a erguer a arma. É assim que ele vai morrer. Depois de anos vagando por aí, evitando a família, odiando a si mesmo pelos próprios erros, é assim que tudo vai acabar. Ela vai se lembrar para sempre do barulho de quando ele morreu: carne batendo contra a madeira e, depois, mais nada.

"Eu sinto muito", diz o homem. Fecha os olhos e se prepara. "Se você tiver mesmo que fazer isso, eu..."

Ele não consegue terminar a frase.

É o fim.

"Eu nunca quis que você fosse embora", diz a garota, com a voz entrecortada. Ela nunca disse a verdade, nunca falou aquelas palavras em voz alta. Fecha os olhos e as lágrimas quentes escorrem pelo rosto. "Eu queria que você *me amasse*."

"E eu te amo." O homem pega a mão da menina. A palma dele está molhada de suor e sangue. Ele treme de medo, mas a abraça e sussurra: "Eu te amo mais do que tudo no mundo. Amo você e sinto muito".

Ele não te ama, diz o Breu, rangando dentro dela. *Foi isso que você sempre quis. Você o odiava desde o princípio...*

"Não."

Ela treme.

Mate ele.

A garota derruba a arma, fazendo algo dentro dela entrar em erupção. O chalé explode em uma onda de choque feito do mais puro nada. Vidro quebrado voa contra a madeira podre e o teto range, como se acordasse. O homem voa para trás, batendo com tudo contra a porta do chalé.

O Breu tenta se agarrar à mente da menina. Em um piscar de olhos, o lugar obscuro e apodrecido onde ele se acomodava desaparece. Ela é inundada por uma luz que queima o Breu. Não há onde se esconder, não há onde se apegar, não há uma parte dela para a qual sussurrar. Não há ódio dentro dela, e o Breu fica se debatendo em meio à luz inclemente. O chalé é, ao mesmo tempo, uma ruína, um lar e uma lembrança. O homem é, ao mesmo tempo, jovem e velho. O Breu se desfaz, flutuando ao redor deles como cinza.

E depois não é mais nada.

Ele se solta da mente dela, evaporando devagar no ar à deriva. Ela fecha os olhos e despenca de joelhos. A visão da menina escurece e ela cai e cai.

38
Nadando na Fumaça

Logan nunca chega ao chão.

Os braços de Brandon — os braços do pai — estão ali para segurá-la. O chalé gira sem parar e, por um instante, ela vê tudo. Não o passado truncado e etéreo que o Breu lhe mostrou; vê tudo *mesmo*. Todas as memórias que tinha, concentradas em um único momento. A luz dourada do sol entrando pela janela voltada para o lago, o teto sustentado por imensas vigas de madeira, o ar que cheirava a fumaça de fogueira e cidra de maçã. O piano tocando uma canção de ninar bem baixo. Tudo que ela perdera voltou como uma camada de poeira se assentando.

Brandon estava diferente. Sorria para ela, mas era mais novo que o Brandon que ela conhecia. Os olhos dele estavam vivos com uma alegria que ela nunca vira, uma alegria brilhante e dançante como luz do sol sobre a água. Ele riu, e seus olhos marejaram.

Ambos estavam vivos.

"Eu sinto muito", sussurrou Brandon.

E voltou a ser o Brandon de novo. O Brandon *de verdade*. O que estava vivo e morto ao mesmo tempo, ali e longe dali ao mesmo tempo. O chalé retornou ao seu estado normal em um piscar de olhos. O resíduo do Breu foi levado para longe, e eles ficaram ali no chão, cercados por madeira apodrecida e silêncio. Em algum lugar ao longe, a água do lago batia na margem. Em algum lugar ainda mais ao longe, o pouco que restava do Breu afundava na escuridão até não sobrar nada.

Tinha acabado.

Os olhos de Brandon estavam meio obscurecidos pela rachadura profunda em uma das lentes dos óculos. Havia manchas de sangue em seu maxilar, mas ele estava sorrindo. Envolveu Logan com o braço bom e a puxou contra o peito. Logan ficou com os próprios braços soltos ao lado do corpo, sem acreditar. Aquilo tinha que ser um sonho. O peso de tudo recaiu sobre ela com uma força súbita e implacável. Não estava morta, não estava sonhando, estava viva e não havia mais Breu nela, não havia Breu em lugar algum.

Antes que pudesse evitar, ela caiu no choro. Brandon a abraçou mais forte, com cautela no começo, como se não tivesse muita certeza de que ela permitiria, mas depois começou a chorar também. Ficaram agarrados um ao outro, tremendo e chorando porque estavam *vivos*.

Atrás deles, as tábuas do assoalho rangeram. Elexis se levantou devagar, massageando o hematoma na testa. Franziu o rosto. "Eu... Onde é que eu tô?"

Logan pestanejou. Desvencilhou-se do abraço de Brandon e correu para Elexis, e seus dedos desajeitados tentaram soltar a corda que o amarrava ao piano.

"Ai, meu deus. Por favor, me diz que você tá bem."

Elexis tateou o chão procurando os próprios óculos. Além do galo roxo na testa, parecia bem. Logan resgatou os óculos dele do meio dos escombros e fez uma careta. Uma das lentes tinha caído e a armação estava torta. Ela estendeu os óculos entre eles e deu uma risada tímida. Elexis gemeu. "Que beleza."

Logan o abraçou.

"Eu vou te comprar, tipo, uns mil óculos novos. Tô tão feliz que você tá vivo..."

"Eita", soltou Elexis, olhando por cima do ombro de Logan. "Sr. Woodley, tá tudo bem aí?"

Brandon segurava o braço junto do corpo e abriu um sorriso dolorido. Tinha manchas de sangue nas mãos e nas calças jeans surradas. O ferimento parecia pior do que Logan tinha imaginado, e a culpa se revirou no estômago dela como um punho cerrado.

Fora ela quem fizera aquilo. Ela puxara o gatilho.

"Tudo em cima." Brandon olhou para o braço. "Mas... Talvez seja uma boa a gente ir embora daqui?"

Logan fez um gesto com a cabeça para Elexis. Devagar, levantaram Brandon do chão com o braço bom sobre os ombros de Logan. Brandon fez uma careta, mas o trio cambaleou devagar para fora do chalé.

O céu estava tingido com os tons claros da aurora, e as árvores jaziam silenciosas, inclinadas pelo vento como se indicassem uma saída. A respiração de Logan fazia seu peito doer com o esforço de manter Brandon de pé. À distância, a mata piscava com luzes vermelhas e azuis. O desvio de cascalho estava lotado de viaturas da polícia estadual, e à frente do grupo, Logan viu Ashley, Alejo e Gracia.

Precisou se conter para não sair correndo.

Junto com Elexis, ela sustentou Brandon pelo resto do caminho até o desvio, antes de Alejo se apressar para se encontrar com eles. Ele enlaçou as costas de Logan com um braço e, com o outro, segurou o marido. Brandon se soltou no ombro dele, com a respiração ofegante. Apoiou a parte de trás da cabeça no braço de Alejo e riu, o rosto voltado para o céu.

"O que aconteceu?", perguntou Alejo. "Tem paramédicos aqui. Alguém vai..."

"Ele já era." Brandon deixou a cabeça pender, apoiando a testa no pescoço de Alejo. O sangue que escorria do seu ombro manchou de vermelho a jaqueta jeans de Alejo. "*Já era.*"

Alejo não falou nada. Só ficou encarando o marido e a filha, os nós dos dedos embranquecendo conforme segurava Brandon com mais força. Olhou Logan nos olhos, implorando em silêncio para que ela confirmasse a informação.

Ela assentiu.

"Ah, meu deus", sussurrou Alejo.

Arquejou e cobriu a boca com a mão trêmula. Quando piscou, também estava chorando. O vento da manhã era gelado e cortante, mas Alejo os puxou para um abraço, apertado o bastante para protegê-los do frio. Tremeu até as lágrimas se transformaram em risadas.

"Tá tudo bem. Ele não levou ela embora", soltou Brandon. "A gente finalmente vai ficar bem."

Logan olhou por cima do ombro de Alejo. Gracia puxara Elexis para um abraço tão apertado que era impressionante ele ainda conseguisse respirar. A senhora plantava beijos no rosto dele, murmurando algo inaudível em seu ouvido. Ashley estava parada atrás deles, hesitante, como se não soubesse muito bem se merecia celebrar. Tinha os olhos vermelhos e inchados, e encarava o horizonte com um sorriso que era de alívio e dor ao mesmo tempo.

"Já volto", sussurrou Logan.

E foi até Ashley. Paramédicos já cercavam Brandon, fazendo um curativo no ombro. Era uma cena surreal. Pela primeira vez desde que chegara a Snakebite, sentia que realmente havia um mundo além dali. Havia pessoas além daquela cidade. Alguém no mundo real se importava com o que acontecera naquele buraco. Não estavam presos em uma gaiola. Não tinham ido ali apenas para morrer.

"Ei", chamou Logan.

Ashley piscou, desfocando os olhos do horizonte, e fitou o rosto de Logan. Enxugou lágrimas e abriu um sorriso cansado. "Oi."

"Espero que sua noite tenha sido menos movimentada que a minha", comentou Logan.

"Acho que não foi o caso."

Logan gesticulou para o monte de viaturas. "Foi você que chamou a cavalaria?"

"Foi sim. Na verdade, acho que a Fran ligou pra eles antes." Ashley olhou para o chão. "Eu... A gente encontrou o Tristan."

Logan arregalou os olhos. Sabia que não deveria perguntar, mas não conseguiu se segurar. Ainda havia um toque de esperança abrigado em seu peito, pequeno e trêmulo.

"Vivo?"

Ashley apertou os lábios e franziu a testa. Devagar, negou com a cabeça. Seus lábios tremeram, e as lágrimas que claramente lutava para conter alcançaram a superfície.

"Sinto muito", sussurrou Logan. Por um momento, sentiu-se egoísta por ter ficado tão feliz com o fato de que sua família sobrevivera àquilo. Pegou a mão de Ashley, tímida. "Eu sinto muito."

Ambas ficaram olhando para as colinas, em silêncio. Mais cedo naquela noite — ou no dia anterior, Logan se corrigiu —, havia pensado em como aquele lugar era uma prisão. E, de certa forma, era. Mas, sem o Breu, havia beleza ali. Havia esperança.

Ashley pegou o rosto de Logan entre as mãos. Puxou-a para junto de si e a beijou como se fossem as únicas pessoas no desvio de cascalho. Como se fossem as únicas pessoas no mundo. Logan segurou Ashley pelos ombros e retribuiu o beijo. Não sabia o que faria depois, para onde iriam, mas a beijou várias e várias vezes.

Elas estavam vivas.

Por enquanto, era o suficiente.

39

Apenas os Fantasmas com Saudade de Casa

Era uma manhã calma em Snakebite.

Duas semanas tinham se passado desde o evento no porão dos Paris. Duas semanas desde que Snakebite descobrira que o xerife da cidade havia matado três adolescentes. Duas semanas ao longo das quais as pessoas tinham feito perguntas só para perceber, de imediato, que não queriam saber a resposta. Duas semanas desde que Ashley vira Tristan pela última vez. O velório foi uma ocasião silenciosa e difícil. Mas, ao mesmo tempo, foi um alívio. O inverno chegaria outra vez e Tristan não estaria ali, mas pelo menos não estava mais perdido.

Estava em casa, pelo menos.

Ashley não sabia se conseguiria chamar Snakebite de lar de novo.

O vento soprava veloz pela Funerária de Snakebite, e Ashley ainda sentia o gosto ferroso do Breu na língua. Estava sentada na caçamba do Ford, com os joelhos junto ao peito, deixando a brisa passar por ela. A sensação era a de que estivera ali milhares de vezes desde que tudo aquilo começara. Já tinha dito adeus milhares de vezes.

Do topo da colina, ela podia ver todos eles: *Nicholas Porter, Beatrice Gunderson, Tristan Granger*. Os olhos de Ashley correram pelas letras entalhadas na lápide de Tristan. O túmulo estava quase totalmente coberto por buquês de flores. A primeira vítima e o último corpo a ser encontrado.

TRISTAN ARTHUR GRANGER
2001–2020
"DORMI AGORA, E REPOUSAI." — MATEUS 26:45

Ouviu o barulho da porta de um carro se fechando na vaga ao lado da dela. Ashley não se virou para ver quem era, talvez outra pessoa que fora até ali para deixar flores para as vítimas. A notícia tinha se espalhado para fora de Snakebite em ondas avassaladoras. O rosto de Frank Paris aparecera em todos os canais de televisão do estado. Sob a foto dele, sempre havia imagens sorridentes de Nick, Bug e Tristan. Pessoas vinham de todos os lugares para prestar homenagens e ver a cidade onde tudo acontecera.

"Posso subir?"

A voz não era a de um estranho. Tammy Barton estava parada ao lado do Ford, e a mão repousava na parede do bagageiro. Como sempre, era uma imagem perfeita do que Snakebite deveria ser. O cabelo loiro tinha sido moldado em cachos soltos, os cílios longos estavam perfeitamente curvados, os lábios haviam sido pintados com um tom claro de violeta. Antes de tudo aquilo, quando Ashley olhava para a mãe, via alguém que queria ser em vinte anos. Sempre vira o tipo de mulher que sustentava Snakebite nos ombros. Sempre vira as melhores coisas da cidade: a força, a lealdade e o orgulho.

Mas Snakebite tinha algo de errado. Talvez Tammy Barton também tivesse.

Ashley concordou com a cabeça e apontou para o espaço ao lado dela na caçamba. Tammy subiu com cuidado e se acomodou em silêncio junto à filha. Colocou a mão de leve no joelho de Ashley e olhou para o lago, para as colinas, para o horizonte brilhante e dourado. Depois de um momento, tirou uma garrafa térmica da bolsa e a entregou para Ashley.

A garota abriu a tampa, e uma lufada de vapor com cheiro de hibisco encheu o ar. Mesmo ali, mesmo depois de tudo, aquele era o cheiro de casa.

"Como você sabia que eu estava aqui?", perguntou ela, enfim.

"Eu conheço tudo sobre você já faz um tempo", disse Tammy. Hesitou, depois acrescentou: "Bom, conheço *quase tudo* sobre você, eu acho".

Ashley sentiu um frio no estômago. "Não quero falar sobre isso."

"Tudo bem. Não precisa." Tammy fez uma pausa. "Mas pode, se quiser."

Ashley abraçou os joelhos contra o peito com ainda mais força. Nas duas semanas desde os acontecimentos no porão de Paris, ela e a mãe tinham conversado sobre muitas coisas. Sobre o que Snakebite faria, o que Ashley precisava para se recuperar daquilo, o que o rancho dos Barton necessitaria para continuar de pé em meio ao escândalo. Mas não tinham abordado aquele assunto. Não tinham falado sobre a sensação pesada no peito.

Não tinham falado sobre como Logan a fazia se sentir incrível, viva de uma maneira quase impossível. Sobre como Snakebite tentara matar Ashley várias vezes, e Logan a reconstruíra de novo.

Alguns meses antes, Snakebite era seu lar.

Agora seu lar era outra coisa.

"Posso falar rapidinho umas coisas para você?", perguntou Tammy, e Ashley não respondeu. "Não vou fingir que entendo. Também não entendi quando foi com o Alejo. Mas, na época, nem tentei. Você passou por muita coisa nos últimos meses. Mais coisa do que imaginei passar quando tinha sua idade. E sei que isso vai mudar as coisas para você." Tammy apertou o joelho de Ashley. "Se isso for algo que você queira, não posso te impedir. Mas nunca vi esse tipo de coisa facilitar a vida de ninguém. E, depois disso tudo, só quero que sua vida seja fácil."

"Sim, mas, né... Isso é meio que impossível agora", respondeu Ashley. Não queria ser grosseira, mas a raiva se revirava em seu peito. Ao longo das últimas semanas, dos últimos meses, era como se estivesse tentando respirar embaixo d'água. "Meus amigos morreram. Como poderia ser fácil?"

"Eu também perdi meus amigos", disse Tammy. "Um dos meus melhores amigos terminou comigo e foi embora. O outro..." Ela apontou para o cemitério.

"Não é a mesma coisa."

"Não é. Mas eu entendo."

Ashley fechou os olhos. Sentiu as lágrimas quentes antes que pudesse detê-las. Apertou os olhos com a palma das mãos, mas mesmo assim chorou. Aquela dor vinha de um lugar mais profundo do que todas as outras dores que já sentira. Era uma dor que a destruía, que a machucava de dentro para fora, que a fazia se tornar oca e gélida. Snakebite era o único lugar que Ashley conhecera, e agora não o conhecia mais.

Estava perdida.

Tammy puxou a cabeça da filha contra o peito e correu a mão por seu cabelo. As duas ficaram sentadas sozinhas pelo que pareceram horas, com Ashley chorando baixinho e Tammy deixando que chorasse.

"Quando ela vai embora?", perguntou Tammy.

"Semana que vem."

"O que você quer fazer?"

Ashley arquejou. "Não sei."

Tammy acariciou o cabelo da garota de novo. O horizonte estava cor de creme e leve como uma pena. Era o céu mais claro dos últimos meses. O sol não estava escaldante como antes. Mesmo que o firmamento tivesse voltado ao normal, mesmo que Snakebite estivesse se ajeitando, Ashley não podia voltar atrás.

"Você quer ir embora?"

Ashley se sentou e enxugou as lágrimas. A expressão de Tammy parecia genuína. Seus olhos estavam cristalinos, azuis e cheios de dor. Ashley negou com a cabeça. "Não dá."

"Você já tem 18 anos", disse Tammy. "Eu não posso... te impedir."

"O rancho..." As palavras de Ashley foram morrendo aos poucos.

"... vai seguir firme e forte, de um jeito ou de outro. Como sempre seguiu."

O coração de Ashley acelerou. Ela passara anos imaginando o futuro, e ele sempre fora ali. Sempre fora em Snakebite, sempre no rancho, sempre casada, com dois filhos e um cachorro, sempre tranquilo e previsível. Depois de tudo aquilo, ela não conseguiu imaginar futuro algum.

Mas, naquele momento, enxergava um. Estradas pintadas pelo crepúsculo e florestas que nunca vira. A caminhonete sacolejando debaixo dela, a mão macia entre seus dedos, olhos escuros sempre a observando.

"Não quero te abandonar", disse Ashley.

Tammy sorriu, um sorriso que era, ao mesmo tempo, amargo e carinhoso.

"Você não está me abandonando. Não é como se você nunca mais fosse voltar. Não é como se eu nunca mais fosse te ver."

"Tem certeza?"

"Não", respondeu Tammy, e depois acrescentou em um tom mais baixo: "Parece uma péssima ideia, na verdade. Mas eu te conheço, e você não quer ficar aqui. Você quer ir com ela. Não é a primeira vez que isso acontece comigo. Ou com pessoas que amo. Ficar aqui seria pior, eu acho".

Ashley fez que sim. Tirou o celular do bolso e encarou o número de Logan. Tammy a olhou nos olhos por um tempo e sorriu. Apertou o pulso da filha uma vez, depois desceu da caçamba e embarcou na Land Rover.

Restaram apenas o silêncio e os mortos.

Ashley clicou no nome de Logan e levou o celular ao ouvido.

No Hotel Bates, o mundo estava tudo, menos calmo.

A porta entre os quartos 7 e 8 fora escancarada, e uma brisa leve soprava entre os dois. Brandon estava inclinado sobre a mesa de centro, rabiscando um mapa dos Estados Unidos com a ponta afiada do lápis. Alejo enfiou sua última camisa florida na bolsa e a levou para a minivan, cantarolando em voz baixa uma música de Johnny Cash.

Logan estava sentada na cama. Cada um passava a manhã cuidando de suas coisas, e Logan se sentia quase capaz de fingir que tudo sempre tinha sido daquele jeito. Uma coleção de três perdidos que, aos poucos, tinham construído uma vida na qual podiam ser felizes. Uma *família*.

"Fala mais alguma coisa, vai", disse Brandon, tamborilando a borracha do lápis na lente dos óculos.

"Hmm, que tal o cemitério mais antigo do país?", sugeriu Logan.

Brandon franziu a sobrancelha e circulou um ponto no mapa. "Você também pode escolher lugares divertidos. Tipo, o maior shopping dos Estados Unidos. O lugar com maior altitude até onde dá para chegar de carro. O..."

"Que tal a maior bola feita de elásticos?", interrompeu Alejo, espanando a poeira das mãos.

Ele fechou a traseira da minivan e voltou até o quarto de hotel, a luz amarelada do sol refletia no óculos estilo aviador empoleirado na testa.

"E eu lá tenho cara de turista?", zombou Logan. Brandon e Alejo trocaram olhares, sem falar nada. "E é falta de educação isso aí que vocês fazem."

"Eu gosto da ideia de visitar a árvore que dá para atravessar dirigindo pelo meio", propôs Alejo, e Brandon fez uma careta. "Ah, eu sei, ela caiu depois daquela tempestade."

"Tem outras."

"Mas não é a mesma coisa."

"Como você é desmancha-prazeres..."

Brandon balançou a cabeça. A sugestão de um sorriso surgiu no seu rosto. Aquela virara uma expressão frequente, mas Logan ainda se derretia toda vez. Quantos sorrisos o Breu engolira em uma só bocada? Quantos anos Brandon vivera em um borrão cinzento, esperando pelo fim? Estavam tentando compensar o tempo perdido. Ela podia passar todos os dias do resto da sua vida com os pais, mas nunca preencheria o buraco que o Breu deixara. Não havia como consertar as coisas, só lhes restava seguir em frente.

Alejo e Brandon estavam empacotando as coisas para voltar para Los Angeles. Tinham decidido não expor Snakebite ao cânone do *Fantasmas & Mais*, mas aquilo não impedia que a mídia os associasse com o mistério. Mesmo depois de a polícia dispensar qualquer envolvimento seu nas mortes, Brandon e Alejo estavam ligados ao caso de forma inextricável. Sites de notícia publicavam manchetes escandalosas como:

ASSASSINO NO INTERIOR DO OREGON: O QUE OS CAÇA-FANTASMAS DA TV TÊM À VER COM A INVESTIGAÇÃO!

O CASAL DE *FANTASMAS & MAIS* RESOLVENDO ASSASSINATOS?

BRANDON WOODLEY E ALEJO ORTIZ AJUDAM A POLÍCIA A RE-SOLVER CASOS ARQUIVADOS NO OREGON

A publicidade súbita significava que precisavam fazer certo controle de danos. Tinham outra temporada de *Fantasmas & Mais: Detetives Paranormais* para filmar, e precisavam pensar nas locações para os episódios. Havia uma vida a ser vivida — algo que, antes, não achavam que seria possível com o Breu sempre pairando acima deles. Apesar de tudo que acontecera, Brandon e Alejo seguiriam em frente.

Seguiriam em frente sozinhos.

Logan sonhara em atravessar os Estados Unidos sozinha por anos, mas agora que essa era a próxima coisa no horizonte, parecia um objetivo vazio. Ela estaria sozinha mais uma vez. Depois daquilo tudo, ainda estaria sozinha. Precisaria conhecer pessoas novas. Carregaria no peito aquela obscuridade que era a verdade sobre Snakebite, sobre Brandon e sobre *si mesma*. E ninguém jamais saberia.

"Depois que decidirmos o lugar das filmagens, talvez a gente possa se encontrar para você participar de alguns episódios", sugeriu Alejo. Prendeu a ponta do edredom bege do hotel sobre o queixo e o dobrou. "Você pode ser uma investigadora convidada. Uma *investigovidada*."

Ele riu do próprio trocadilho.

"Talvez", disse Logan.

E talvez fosse *mesmo* se encontrar com eles e filmar alguns episódios. Talvez encontrasse uma cidade depois de alguns meses de estrada e percebesse que era perfeita. Talvez criasse raízes em algum lugar e descobrisse como construir uma vida do zero. Tudo aquilo parecia impossivelmente distante.

O celular dela tocou.

Logan saiu da cama e foi até o próprio quarto. Ela e Ashley tinham se falado algumas vezes desde que tudo acontecera, mas o mundo se desfizera sob seus pés. Os planos que haviam feito, as promessas que haviam trocado, quaisquer que fossem, já tinham ido por água abaixo.

Ashley merecia ser feliz de novo, o que quer que aquilo significasse. Logan aprenderia a ficar bem com isso.

"Oi", saudou Logan, fechando a porta entre os quartos.

"*Oi*", respondeu Ashley do outro lado da linha. "*Tem um minuto?*"

"Opa, claro." Logan se deitou na cama. Ela e Ashley tinham deitado ali uma noite, horas antes de tudo começar a desmoronar. "E aí? Onde você tá?"

"*Visitando o Tristan e os outros.*" A voz vacilou um pouco. "*Tá fazendo as malas?*"

"Mais ou menos. O Brandon tá me ajudando a planejar as paradas da viagem."

"*Ah, saquei. Você ainda vai embora semana que vem?*"

Logan engoliu em seco. "Isso."

"*Legal.*"

Ashley ficou quieta por um instante. O vento soava como um longo suspiro do outro lado da linha. Ao redor de Logan, o quarto sumiu. Ainda não tinha dito adeus, e não sabia como fazer isso. Porque agora todos os anos que passara imaginando a vida na estrada pareciam enevoados. A única coisa que imaginava era Ashley a seu lado, Ashley sorrindo de novo, Ashley a empurrando de brincadeira quando ela dissesse alguma bobagem. Em algum momento, algo mudara dentro dela.

Logan não queria mais ficar sozinha. Queria ser amada.

E não queria dizer adeus.

"Ashley...", começou Logan.

Ashley pigarreou. "*Por acaso você quer companhia?*"

40
Na Hora da Manhã em que Ela me Liga

No último dia de agosto, Snakebite parecia um sonho. Estava banhada por uma luz dourada e brilhante sob o céu amplo e aberto. Ela era intensa e fresca conforme o verão chegava ao fim. A cidade estava diferente de quando Logan chegara ali. Ou talvez *ela* estivesse diferente, o que parecia muito provável. O sol acalmara no dia em que o Breu morrera, como se a cidade tivesse se livrado de uma esmagadora pressão paranormal. As colinas sem fim que mantinham Snakebite no lugar pareciam mais suaves, espalhando-se na direção do horizonte como ondas no lago. Desde o começo, ela tivera a intenção de seguir a maré para além de Snakebite, tão longe quanto fosse carregada. Isso não havia mudado.

Mas agora não estaria sozinha.

O Ford cedeu sobre as rodas quando ela jogou a última das bolsas na caçamba. Ashley passou uma corda elástica ao redor da bagagem para segurá-la no lugar. Mesmo depois de tudo, o sol em Snakebite tratava Ashley diferente do que tratava os demais. Passou as costas da mão na testa, sobre a pele sarapintada de sardas que brilhava no sol do fim do verão.

"Você tá levando calcinha?", perguntou Tammy Barton, apoiando-se na porta do motorista da caminhonete. "Pegou o carregador do celular? Dinheiro para abastecer? O GPS?"

Ashley bateu o boné na mão. "Sim, sim, sim e sim."

Tammy olhou para Logan e pressionou os lábios. Passara a última semana tentando esconder o desdém. Não estava sendo muito bem-sucedida, mas Logan apreciava o esforço. "Vocês duas têm *alguma ideia* de para onde estão indo?"

Logan e Ashley sorriam uma para a outra. Tinham algumas paradas escolhidas, alguns pontos turísticos que queriam visitar, mas nenhum destino. Essa era a questão. Logan já perambulara por todos os lados, mas nunca se sentira em casa. Ashley só tivera uma casa na vida, mas o lugar não era mais um lar.

Elas tinham milhares de novos céus para ver.

Antes que qualquer uma delas pudesse responder, Alejo chegou tropeçando pelo alpendre do rancho dos Barton com a última caixa dos pertences de Ashley nos braços. Brandon vinha logo atrás, digitando sem parar no celular. Enquanto Alejo colocava a caixa na caçamba, Brandon se aproximou de Logan e virou o celular para que ela pudesse ver. Era um mapa compacto dos Estados Unidos, marcado por pequenos alfinetes vermelhos em quase todos os estados.

"Acrescentei uns lugares novos no Missouri", disse ele. "Bizarro, mas tem várias coisas legais por lá. Acho que é o estado mais legal que a gente já visitou."

"Também é o estado mais deprimente que a gente já visitou", zombou Alejo. "Então uma coisa compensa a outra."

Brandon bufou. "É óbvio que vocês não precisam parar em *todos esses lugares*, mas é um começo. Se pegarem a 95 no sentido leste para sair de Snakebite, vão acabar em Idaho. Não tem muita coisa para ver lá, mas marquei alguns pontos, caso queiram dar uma conferida. Minha sugestão é sair de lá na direção norte, até chegarem a Coeur d'Alene, e depois..."

Logan concordou com a cabeça. O mapa não importava, mas o fato de que Brandon a ajudara a montar o percurso era perfeito. Ela estava se esforçando, e ele estava se esforçando. Ambos tinham anos diante deles, havia tempo para se curarem.

"... parece uma boa?", perguntou Brandon.

Logan sorriu. "Parece uma ótima."

"Perfeito." Brandon esfregou a nuca. "Seu pai e eu vamos partir amanhã de manhã. Sei que vai ser difícil de a gente se encontrar por um tempo, mas vamos te dando notícias quando estivermos de volta em Los Angeles."

Logan assentiu. Puxou Brandon para perto.

Alejo pulou em cima deles, juntando-se ao abraço em grupo com a ferocidade de um golden retriever animado. "Não quero saber de despedidas sem mim. É ilegal."

"Vou sentir saudades de vocês", afirmou Logan. "É sério."

"Não tem como sentir saudades da gente se a gente se falar por FaceTime toda noite", brincou Alejo.

Ela esperava que fosse uma brincadeira.

Do outro lado da caminhonete, Ashley também envolvia a mãe em um abraço. A despedida das Barton era mais silenciosa. Mais solene. Ashley soltou Tammy e apertou o rabo de cavalo, olhando para o lago atrás da casa como se nunca mais fosse vê-lo.

"Sei que as coisas são... complicadas", disse Tammy. "Mas eu te amo. Incondicionalmente."

"Eu também te amo, mãe", respondeu Ashley.

Tammy deu um beijo rápido na testa dela e apertou seu ombro.

"Se as coisas não derem certo, o rancho sempre vai estar aqui para você. Você sempre pode voltar para casa."

"E elas também são sempre bem-vindas para passar uns dias com a gente, onde quer que estejamos", disse Alejo. "Você também, Tammy. A gente pode fazer uma grande festa do pijama."

Tammy revirou os olhos. "Que engraçado."

"Eu tô falando sério. Nós somos uma grande família agora." Alejo passou a mão pelo cabelo. "Uma grande família que provavelmente precisa de uma bela terapia."

Ashley subiu no banco do motorista do Ford e Logan embarcou em silêncio pelo lado do passageiro. Elas se acomodaram, encarando a estrada que se estendia adiante como uma porta para outro mundo. Ashley girou a chave na ignição, fazendo a caminhonete ligar, roncando os motores. Saíram da entrada para carros devagar, dando um último aceno de adeus para os respectivos pais até virarem na curva que levava à pista. Logan abriu o mapa de Brandon e deu uma olhada nele.

"Para onde a gente vai primeiro?", perguntou. Colocou os pés no painel e baixou os óculos de sol de lentes redondas no rosto.

"Para o leste, até a rodovia."

"E depois?"

Ashley sorriu. O sol brilhava em suas bochechas sardentas. "Até outra rodovia. Depois até umas montanhas, quem sabe. Vários nadas."

Logan colocou a mão na coxa de Ashley, com os dedos traçando círculos em sua pele. "E depois?"

"Até algum lugar, em algum momento. Tá pronta?"

O sorriso de Ashley brilhava mais que o sol.

A caminhonete seguiu sacolejando, soltando nuvens de poeira no ar. As colinas suaves e douradas de Snakebite, que aninhavam as garotas na palma das mãos, pareciam empurrá-las para fora do vale do lago na direção do mundo que havia além. Snakebite fora um pesadelo para Logan; para Ashley, tinha sido um lar. Logan tocou os nós dos dedos de Ashley. O lar delas não precisava mais ser um lugar. Não precisava de quatro paredes, uma margem rochosa ou estrelas acima das colinas. Era uma sensação.

Aquela sensação.

"Ter um lar", disse Logan, testando as palavras. "Que conceito estranho."

Ashley sorriu. Ela se inclinou por cima do painel entre os bancos e beijou Logan na boca.

A estrada se estendia além delas, serpenteando na direção do vazio. O coração de Logan acelerava um pouco a cada sorriso. Mesmo sem o Breu, havia um longo caminho à frente. Ashley estava acomodada no banco do motorista com a luz do sol refletindo no cabelo, e era difícil acreditar que ela era real. Haveria dor e haveria esperança, e Logan não sabia muito bem qual das duas coisas a assustava mais. Mas não estava mais sozinha.

E, para onde quer que a estrada as levasse, já tinham deixado o pior para trás.

O que ninguém te fala nos cursos de escrita e quantas pessoas são necessárias para fazer um livro. Quando eu era pequena, achava que escrever um livro era sentar na cadeira, cuspir uma história e depois jogar ela para o mundo. Mas é muito mais do que isso. Sou mais do que privilegiada por poder trabalhar com um time de estrelas ao longo dos últimos dois anos, todas dedicadas a fazer *A Maldição de Snakebite* ser um livro de verdade. Não consigo nem começar a listar toda a ajuda que recebi, mas posso pelo menos tentar agradecer a todos vocês.

Antes de mais nada, um enorme obrigada à minha incrível editora, Jennie Conway. Desde nosso primeiro telefonema, quando você gritou comigo por causa do capítulo 25 e me disse que a história era "tipo *Riverdale*, só que bom", soube que íamos nos dar muito bem. Você foi incrível para mim e para minhas garotas, e eu me sinto muito sortuda de trabalhar com alguém que entende tão bem o que estou tentando dizer, mesmo quando eu mesma não entendo. Também agradeço a todo o time da

Wednesday Books e da St. Martin's Press. Mary Moates, Melanie Sanders, Alexis Neuville, Lauren Hougen, Jeremy Haiting, Omar Chapa e Elizabeth Catalano. Obrigada a Kerri Resnick e Peter Strain pela minha capa de arrasar quarteirão. Olho para ela todos os dias, e acho que vou fazer isso até o fim dos tempos.

Meu segundo agradecimento vai para Claire Friedman e Jessica Mileo, minhas incansáveis agentes. Obrigada por sempre responderem às minhas dúvidas apavoradas em plena madrugada, por me tranquilizar em meio a tantas crises de ansiedade, por sempre me encorajar mesmo quando tenho as ideias mais malucas, e por me mandar memes de *Red Dead Redemption* para me manter no prumo. Não posso imaginar uma dupla melhor para cuidar de mim e de todas as minhas histórias assustadoras e inquietantes. Um viva para esse livro e muitos outros que virão. Também quero agradecer o resto da equipe da InkWell. *A Maldição de Snakebite* não estaria aqui se não fossem vocês.

Obrigada ao meu grupinho de conversas: Lachelle Seville, que escreve comigo há quase uma década e ainda não me odeia; Emily Khilfeh, que viu a primeiríssima fagulha de inspiração para esta ideia e me ajudou a avivar o fogo a cada passo do caminho; Cayla Keenan, uma torcedora incansável e uma apoiadora ferrenha de todas as coisas relacionadas ao universo *queer*; Alex Clayton, a pessoa mais encorajadora, gentil e leal que conheço. Eu não estaria aqui sem vocês, e vou ser grata para sempre por sua amizade e seu amor. Obrigada a Sadie Graham, Allison Saft, Ava Reid e Rachel Morris por serem amigas tão incríveis ao longo de toda essa jornada. Todas nós temos que ficar juntas durante esse tipo de processo. Estou empolgada com a perspectiva de apoiarmos umas às outras ao longo dos anos.

Muito obrigada a Kelly Jones, minha mentora da Writing in the Margins, que sempre abriu portas para pessoas que estão começando a escrever. Obrigada por ouvir meus desabafos e sempre se oferecer para me conectar com pessoas que sabem o que estão fazendo. Passar por todo esse processo uma vez só já foi exaustivo, então eu nem imagino como você passou por isso mais de uma dezena de vezes!

Agradeço a Trisha Kelly, Adrienne Tooley e Ashley Schumacher por serem as primeiras leitoras e apoiadoras desta história estranha. Obrigada, Andrea Gomez, por ajudar a transformar este livro e dar a ele um significado mais profundo. Obrigada ao time do Tea Time: Rachel Diebel, Anna Loose, Ingrid Clark, Maylen Anthony, Lauren Cashman, Adrian Mayoral, Camille Adams, Sylvie Creekmore e Mike Traner. Obrigada a Courtney Summers, Dahlia Adler, Emma Berquist, Francesca Zappia e Erica Waters por lerem e amarem *A Maldição de Snakebite*. Vocês são escritoras incríveis, e significa muito ouvir suas palavras gentis sobre as minhas garotas.

Obrigada *Red Dead Redemption*, *Riverdale*, *Sharp Objects*, *Holes*, Johnny Cash, *Westworld* e outras obras estranhas de entretenimento que consumi enquanto tentava entender o que fazer com este livro. Obrigada, cidades do leste do Oregon que visitei enquanto tentava trazer Snakebite à vida, eu espero que vocês se vejam representadas nestas páginas.

Por fim, preciso agradecer minha família. Obrigada, Carly, por ser o primeiríssimo torcedor das minhas aventuras criativas. Obrigada, pai e vó, pela paciência de vocês em esperar para ver se essa coisa de escrita se pagaria. Obrigada, Davis, por sempre acreditar que eu seria capaz. Obrigada, mãe, por sempre dizer que este sonho era plausível, por se sacrificar tanto por nós e por sempre ser um lar para mim. Eu sou mais do que sortuda por ter vocês todos. Este livro é para vocês.

Obrigada a todo mundo que me ajudou a criar esta história sobre duas garotas que buscam amor em um mundo de ódio. Espero que vocês gostem do resultado.

COURTNEY GOULD escreve livros sobre meninas, fantasmas e coisas que fazem barulho à noite. Formada pela Pacific Lutheran University em Escrita Criativa, Produção Editorial e Marketing, Courtney vive em Salem, Oregon, onde continua a criar narrativas encantadoras sobre pequenas cidades e lugares assombrados *A Maldição de Snakebite* é seu romance de estreia.

DARKLOVE.

And it feels good
To be known so well
I can't hide from you
Like I hide from myself
I remember who I am
When I'm with you.

— BOYGENIUS, *TRUE BLUE* —

DARKSIDEBOOKS.COM